读懂广州

Understanding Guangzhou

广州出版社
GUANGZHOU PRESS

文学里的广州·小说

刘秀丽　唐诗人　编

十九世纪岭南水乡通草水彩图

广州博物馆藏

十九世纪岭南水乡通草水彩图

广州博物馆藏

通草水彩岭南港湾图

广州十三行博物馆藏

总序：从读懂广州到读懂中国

“十丈珊瑚是木棉，花开红比朝霞鲜。”羊城广州，一座繁花似锦的国家历史文化名城，也是海上丝绸之路发祥地、近现代民主革命策源地、岭南文化中心地及改革开放前沿地。作为岭南首府，广州自古商贸兴盛，人才荟萃。早在七八千年前，先民们已在这里辛勤耕耘、繁衍生息；唐宋时期，广州成为中国最早对外通商的城市、蜚声国际的贸易口岸；清代更肩负着“一口通商”的重任，千帆竞渡，商贾云集。新中国成立伊始，广州是连接中国与世界的“南大门”，是对外贸易的重镇，“南风窗”的称号名扬四海；改革开放以来，广州一直是走在改革前列的排头兵、对外开放的桥头堡，“敢为天下先”“敢饮头啖汤”的勇气和拼劲为人称道；进入新时代，广州再次勇立潮头逐浪前行，被赋予高质量发展的领头羊和火车头职责使命，奋力谱写实现老城市新活力、“四个出新出彩”的崭新篇章。

广州的历史厚重磅礴，广州的精神大度从容。站在新的历史起点上，如何通过读懂广州这座城市历史文化背后蕴含的中国精神、中国智慧、中国力量，更好读懂粤港澳大湾区、读懂中国，并在此基础上坚定文化自信自强，激发文化创新创造活力，推动文化发展繁荣，为建设社会主义文化强国、建设中华民族现代文明作出更大的广州贡献，这是一个值得深入探讨的命题。“读懂广州”书系之《文学里的广州》选择从文学作品的视角，试图解读这座历史文化名城的辉煌。千百年来，在这片热土上产生了一大批有强大生命力的文学精品，勾勒出一幅立体的广州“清明上河图”。要让这种生命力永不衰竭，就必须在继承的同时，坚持创造性转化、创新性发展。这也是出版“读懂广州”书系的初衷——从这里，读懂广州，并继承它开放包容、务实创新的文化品格。这种品格是历史留给广州的宝贵财富，也是人文湾区生生不息的精神动力。

文学是文化的核心，文化是城市的灵魂。《文学里的广州》围绕广州城市历史脉络，按照诗词、散文、小说、杂记四种体裁收录不同年代的名家名作。所选作品均以广州为背景，彰显历史、经济、民俗等领域的万千气象，富有浓厚的“广州特色”，将岭南传统文化之美与现代文化之新共融互通、交相辉映。每一篇作品都是一束炽热的光，能够穿越时代与今天的读者共情交流，让人们感受广州的文化力量。

朱光同志在《望江南·广州好》中写道：“广州好，凭眺越王台。千里江山来眼底，十年生息入诗裁。云海一天开。”抚今追昔，展望未来。从镇海楼到广州塔，从白云山到海心沙，广州凭借丰富的历史文化积淀、得天独厚的人文优势，走出了一条熠熠生辉的非凡之路。如今，广州正全面推进文化强市建设，这是弘扬红色文化、岭南文化、海丝文化、创新文化的时代亮点，也是中华民族文化自信自强的生动体现。期待这套书能成为一张城市文化名片，让人们领略老城焕新颜的独特魅力。

是为序。

"读懂广州"书系编委会

编者的话

地方性对于文学写作的重要价值，在今天日益显著开来。广州的小说家们很早就注意到这个问题，他们在写作时自觉地把场域落地在广州。广州本土及周边生长的作家自不待说，他们大抵自觉地进行着“我城”的书写；外来作家中的大多数，在写作的时候也比居停在其他城市的作家更容易转轨到对迁入地的本土关怀。这样看来，本书的编纂成为非常紧要的文学行动。通过小说来认识广州的形象与风物，读懂广州的内在精神与格调品位，是这个小说选本的根本目的。什么样的小说能引领我们读懂广州？在思忖和选择篇目的时候，我们确定了三个原则。

第一，广州日常的再现与温习。广州是中国南方生活方式的代表性城市，一部能让我们读懂广州的小说，在内容上必然会展示广州的日常生活状态。这其中包括两个方面：一是地理的常在，珠江、白鹅潭、越秀山、镇海楼、五羊石像……这些最能够代表广州的坐标，是广州人生活中抬头不见低头见的所在，也是广州独特风光的对应物；二是生活的日常，鸡仔饼的香腻与艇仔粥的温润，榕树下的阴凉与珠江边的惠风，春天连续数月的阴雨潮湿与夏日自早至夜的热气腾腾，早茶的热闹喧嚣与大排档的烟火气息，地铁站的人潮汹涌与“小蛮腰”的浮光掠影……广式生活方式是什么样的？这种生活方式的物质辅助有哪些？我们选取的这些小说，有的展示了广州乡土性浓厚的前现代时期，有的把广州置于乡土性向都市性转变的过程中，有的则着力渲染广州现代都市的一面，但它们都无一例外地切开了某一时期广州日常生活的那个侧面。

第二，广州历史的书写与呈现。与中国古代历史中广州的偏安一隅不同，自 1840 年鸦片战争以来，广州和所在的广东省深度参与了整个中国近现代史。改革开放以来的 40 多年，广州作为改革开放的前沿阵地，经历着从城市形象到城市精神翻天覆地的变化。本书所选篇目：《镇海楼传奇》为广州的明代故事；《咸水歌》《香飘四季》同涉解放初期历史，一个是爱情与人性的民间叙事，一个是合作化道路的宏大叙事；《开门》在时间上则直面当下疫情时代口罩遮面的生活。除此以外，其他各篇都关涉上述的两个历史时期，《三家巷》《西关小姐》为几代人的历史纵深写作；《珠江河上》《虾球传》《十二月的街》是广州的民国小史，分别从革命者和人民的不同视角展示了国民党统治时期社会的腐败与凶残；《雅马哈鱼档》《成珠楼记忆》《羊城一夜》《岁月无敌》的故事发生时间都是改革开放初期。其中《雅马哈鱼档》最负盛名，讲述本地青年如何顺应时代浪潮改邪归正发家致富的故事；《成珠楼记忆》以 30 年以后的时间角度来回望解放初南下干部子女的广州记忆。有趣的是，后两篇都选取了上海人到广州这个非常特殊的视角来展示大时代中人的精神操守。

第三，广州精神的发掘和建构。谢有顺总结广州最为显著的特点就是“市民生活、务实精神，以及对人性的尊重。这是一个柔软的城市，是一个自由、松弛、能让你的身体彻底放松的城市，一个适合生活的城市[1]”。在和平的年代里，充满烟火气的市民生活、实实在在的务实精神以及对柔软人性的尊重，是这个城市的精神内核。不过岭南文化自有其生猛的一面，作为岭南文化中心的广州，每到波谲云诡的时代，那种上天入地、敢为天下先的精神气质就释放出它强大的生命力。《咸水歌》《成珠楼记忆》《岁月无敌》《开门》《你的目光》《烟霞里》等篇，是广州柔软的、充满人性的精神气质的展示；《十二月的街》《香飘四季》《镇海楼传奇》等篇，是广州生猛的、充满力量的另一种精神气质的展现；其他的篇目则二者得兼。

基于以上三点考虑，我们选取了杜埃等 16 位作家的 15 部小说以飨读者，短篇则辑录全文，长篇则选取精髓。它们在内容上或是具有广州特色的日常书写，抑或是对广州某一历史时期的呈示；在气度上对广州文化精神有一种积极的呈现或主动的探讨；在小说艺术上具有一定的创新性和代表性。

《珠江河上》的故事发生在民国末期，一艘名为“四柱大厅”的小艇在珠江摆渡的时候，遇到其他小艇哄抢国

---

1. 谢有顺：《认识一个文学岭南》，公众号“谢有顺说小说”。

军接收日本人的大米。通过撑艇妇人的咒骂、呼喊和五个搭客的帮腔，展示了抗战胜利后国民党统治下民不聊生的生活情景。

1947 年 11 月起，黄谷柳的《虾球传》第一部《春风秋雨》、第二部《白云珠海》、第三部《山长水远》相继在《华商报》上连载，在社会上引起了强烈的反响，各界读者纷纷来信鼓舞、提出意见。这部小说以二战结束后的粤港两地为背景，讲述流浪少年虾球历经劫难，最终在党的帮助下成长为革命战士的动人故事。小说反映了城市人民的生活，故事曲折起伏，情节引人入胜，语言朴素且具有浓郁的南国风采，在当时国统区特别是华南地区曾广泛流传，产生过很大的影响。茅盾曾写道："1948 年，在华南最受读者欢迎的小说，恐怕第一要数《虾球传》的第一、二部了。"林岗教授高度评价："新中国成立前后，以地域色彩书写见长的华南作家群里，黄谷柳是拥有读者最广泛的一位，其文学成就堪称首屈一指。"《春风秋雨》连载完毕不到两个月，就由香港新民主出版社发行单行本，一年内再版 5 次。《虾球传》后来多次再版发行，1979—1985 年，《虾球传》在广州 4 次印刷，达 40 多万册。除小说被译介到日本、英国及当时的南斯拉夫等国之外，《虾球传》的影响力还跨媒介到众多文艺领域。在粤语评书界，林兆明讲古版《虾球传》最为知名；著名画家关山月曾绘制《虾球传 · 山长水远》

连环画；《虾球传》话剧版曾在日本东京演出。1981 年，广东电视台将其改编为电视剧，从北京到香港，街头巷尾都掀起了一股“虾球热”。[1]

《三家巷》是欧阳山《一代风流》五卷本中的第一卷，它的出版，填补了我国当代文学反映 20 世纪 20 年代南方革命斗争这一空白，省港大罢工、沙基惨案、国民革命军北伐、四一二反革命政变、广州起义等重大历史事件在小说中都不同程度地得以艺术再现，它展示了大革命前后中国人民走过的光辉路程，塑造出红色记忆中独特而鲜活的“广州形象”，《三家巷》常被作为革命小说加以解读。小说以居住在三家巷中的三个家庭，即代表手工业者的周家、身为买办资本家的陈家和官僚资本家的何家为核心，从 1890 年写到 1927 年 37 年间三个家庭并连带两家亲戚的历史，跨越了祖孙三代，足迹遍布全国。小小的三家巷，就是当时中国南方社会生活和阶级关系的一个缩影，这体现出《三家巷》家族叙事的特色。《三家巷》也常作为成长小说来解读，小说真实、生动、历史地展现了各种政治力量的消长，不同阶级、不同人物精神世界的变化，特别是年轻人对各自人生道路的选择。周炳和区桃这一对青年男女的成长和纯真质朴的爱情，是小说中尤其

1. 黄楚旋：《广东作家黄谷柳代表作〈虾球传〉：粤港澳大湾区几代人的集体记忆》，《南方日报》，2021 年 5 月 26 日。

动人之处。莫言曾在《童年读书》一文里回忆当他读到区桃在沙面游行被流弹打死时，悲从中来，竟难过得“趴在麦秸草上低声抽泣”。小说的主人公之一周炳从一个工人阶级的懵懂的孩子混混沌沌走上革命的道路，越走越坚定，因此有研究者戏称《三家巷》为“贾宝玉闹革命”。本书选取了小说中特别具有广州民间风俗和本土意味的三章，“七夕乞巧”“除夕卖懒”“人日郊游”三个场面，委婉有致，亲切动人，和《红楼梦》的某些章节有相类的趣味，体现了欧阳山对优秀的中国古典小说的学习和发扬。

《香飘四季》描写的是20世纪50年代农业合作化运动中珠江三角洲东涌村的变化。党支部书记林耀坤、社主任许火照带动复员军人何津、妇女干部许凤英等骨干，响应党的号召，领导全村群众，坚定地走合作化道路。辛勤劳动的汗水换来了丰硕的果实，出了名的穷村变成富村，人们的精神面貌也焕然一新。小说通过田头扎营、蛇窝苦战、广州运肥、家庭生活以及察觉荣茂老板和徐金贵的勾结等情节、场景，将主人公许火照那种“对困难不畏缩，对穷苦不绝望，对一切不如意的事情不怨天尤人”的坚忍、乐观、克勤克俭、沉着朴实的性格深刻而生动地表现了出来。许火照是当时的文学创作中难得的实干家形象，与柳青《创业史》中的梁生宝有异曲同工之妙。

《羊城一夜》用第一人称讲述了一个和“文革”相关的故事：一名上海来的中学生投奔在广州黄埔机械厂工作的姐姐未果，偶遇姐姐的同事老伯，偷听老人与妻子的谈话后得知姐姐在“文革”期间曾经带头批斗、迫害了这位总工程师，而这位总工程师却在“文革”后不计前嫌，提携姐姐的工作，关心姐姐的生活。中学生十分感动：“羊城是美丽的，但是经过难忘的羊城一夜之后，我感到最美的还是羊城人的心。”

杜埃在20世纪30年代是左翼作家联盟广州分盟的会员，他的小说“为黑夜带来丝丝曙光，激励了不少仁人志士投入到革命斗争、报国报乡的滚滚洪流之中”[1]。《十二月的街》是典型的革命现实主义作品。它揭示了广州城居住在寒窑瓦舍、草屋席棚的民众生活的荒寒与贫穷，并在此典型环境的基础上展开叙事，讲述青年霍霍响应上级组织发动广州起义六周年纪念活动的要求，在老印刷工关伯的带领下和敌人斗智斗勇、走上街头张贴传单的故事。

章以武等著的《雅马哈鱼档》以反复进出拘留所的惯犯阿龙为主角，讲述他如何与朋友合开雅马哈鱼档，倒闭后各自营生，跟葵伯、葵妹合伙卖鱼深受启发和教育，最终在林所长、梁老师和葵妹的引领下，体会到“大家勤快

1.《文学斗士 革命作家——杜埃》，公众号“广州市侨联”。

点，发点小财并不难，但是，要真正学会做一个有修养的人，却不容易”。小说结尾意味深长，阿龙的形象“远远望去，俨然一个直立的人字”。小说不仅是写阿龙和女朋友珠珠、好朋友海仔向好人、成人的变化，尤其要展示的是20世纪80年代草莽英雄的奋斗人生。正如小说引言所述：“他们干的绝非开天辟地的伟业，也并非拯世济贫的义举；他们绝大多数不是名门望族的子孙，而只是沿街摆卖的市井小民，文言称为‘引车卖浆之徒’，白话唤作‘个体户’的那一类人。但是，他们用自己的辛勤劳动，为社会造福，为群众服务，同时不断在劳动中探求人生的价值和意义，从而提高了人格。这一切，未必能载入史册，但毕竟在人生舞台上演出了有声有色的一幕……”

杨万翔将他的《镇海楼传奇》定位为乡土历史小说。这部小说有两个特别突出的特色：一是它的语言特色非常鲜明。它整体上以话本小说的语言作为文本写作的参照系，容以大量的诗词歌赋，同时又大量选取并改造粤语中那些能被规范化汉语容纳的部分，糅合出整本小说精致生动、充满灵气的语言。二是它的感情特别深沉。小说围绕着镇海楼，包括兴建的目的、选址、建造过程等，不仅展示了明代广州人生猛的奋斗精神，而且不失时机地穿插各种本地掌故，展现了作者对岭南文化、对广府文化深沉的爱。第十九章《鲛人》是小说中非常特殊的一章，撇开情节上的承上启下之功，它的内容也非常重要。一方面它从先秦百越时代俚僚与蜑人的区分讲起，对鲛人和疍家的历史进行了梳理和交代；另一方面它对端午节簪花习俗进行了细腻动人的描绘，对赛龙舟习俗进行了惊心动魄的展示。

籍贯江苏、生于北京、长在广州城的女作家张欣，“不仅善于编织日常化的故事情节，而且具有一种把日常生活化为戏剧人生的独特能力，或者说她有一种打通生活现象与艺术境界的独门功夫，使生活真实与艺术真实化合得水乳交融，融汇得难解难分，从而使作品具有一种不经意中打动人、感染人的内在魅力”[1]。她的小说常对商业大潮里人心不古、真情不再的世态炎凉做准确真实的近距离展现。本书所选张欣的短篇小说《岁月无敌》里，上海女孩罗千姿在母亲方佩的带领下来到广州，克服了无数的诱惑，坚持走自己的艺术之路，癌症晚期的母亲在弥留之际见证了女儿的事业走上正轨并为其留下一封情真意切的长信，罗千姿没有辜负母亲的期许，在金钱所裹挟的情义与利益的较量中稳稳地站住了脚跟。这部小说最可贵的地方在于它对浮华、诱惑的抗拒之功，它在喧嚣浮躁的改革热潮中赞美踏实、恬静的心态，对处于孤独中的人们给

1. 白烨：《当代作家研究的拓新性成果》，《都市先锋：张欣创作研究专集》，江冰等著，花城出版社，2020 年版，序一第 3 页。

予温情的抚摸和体谅的尊重。

张梅是一个坚定地书写广州的本土作家，她坦言："我受的影响都是南方的……而且我真的爱听和爱说广州话，我说广州话时的声音也比说普通话时的声音好听，唱粤语歌也好听，这真奇怪……我是一个彻头彻尾的南方派。"[1] 任萍甚至将广州称为"张梅的城池"。《成珠楼记忆》是张梅对广州饮食文化的代表、具有四百年历史的老茶楼成珠楼的驱魅与复魅的故事描写。小说写了主人公珠珠三十年前后的两段生活：三十年前父亲派珠珠去成珠楼买鸡仔饼，珠珠因为偶遇一只黑猫忘记买饼直接回家，目睹了父亲割腕自杀后的情景，所以珠珠从此不吃鸡仔饼；三十年后，因为女儿要吃，珠珠克服痛苦的记忆去往成珠楼，却发现卖饼的竟是儿时的玩伴燕红，珠珠再一次阴差阳错未能与燕红相认，买饼后给女儿打电话，女儿告诉她燕红曾经来电找她。

梁凤莲的长篇小说《西关小姐》为《羊城烟雨四重奏》的第一部，也最突出地体现了梁凤莲坚持有意识地用文学来表达广州地域文化特征的创作主张。"她用平静而大气的笔调书写广州庸常的市井人生，刻镂近代广州的文化符号——西关小姐和东山大少，在历史真实与

1.《以南方的标准生活，以北方的标准写作——黄茵采访张梅》，中国作家网。

文学虚构中完成对广州城风云变幻的精神守望。”[1]小说的主人公——西关小姐若荷，被梁凤莲视为广州这个最早得欧风美雨的古老商埠的文化特色的象征。她是和顺绸缎庄的少东家和主裁缝，她坚守本土却也拥抱西方新思想新事物，既固守祖业又能跟上时代的步伐，既顽强不屈又在遇到事情的时候懂得变通之道，在时代风云变幻中艰难地支撑着家族的事业和自己的爱好。本书选取的第五章写五四运动前期广州社会喧嚣嘈杂的生态中若荷的自定与选择。被逼与刘可风分手并被抢走刚出生的孩子后，若荷独自坚强地操持着家业，既不为身为报馆记者和意见领袖的表哥周贻的热情所动，也拒绝了诚心帮扶自己生意的马老板，想在动荡多变的时局中独自疗愈心灵的创伤和找寻生存发展的道路。

鲍十的《咸水歌》讲述了一个叫作五娇的番禺女孩，在家人的宠爱下长得人美歌靓，新中国成立初期被选入市里的文工团，在即将转正的关键时刻，她舍弃了工作和副团长的爱慕，毅然回到家乡照料摔伤的董永并与之结为夫妻的故事。但凡是对那个年代干部身份与农民身份的差异有所了解的人，都无法不被五娇的选择所感动。这部小说体现鲍十来到广州以后的写作依然坚持他的创作初

1. 蒋艳萍：《论广州本土文学创作的文化价值——以梁凤莲作品为例》，《探求》，2011 年第 5 期，第 103 页。

心——“好的作家，我理想的是引人向善的关怀人的作家”[1]，所以他的小说塑造向善的人们，讴歌朴素的情感，赞美纯真的年代。《咸水歌》是广州热火朝天的市井生活中一首温馨的田园牧歌。

陈崇正的《开门》是一则寓言，它是作者真实生活经历的文学转述，探讨疫情时代被封闭的人如何生活。中国援非医疗队的医生吴艺越在酒店隔离，房间门锁坏了，修锁师傅张万红不仅没能修好，反而把他自己、吴医生和酒店核酸检测员薛晓清彻底锁在屋内，在等待开锁的几个小时里，他们卸下心防，讲出了各自的故事。小说看起来在等待打开酒店的房门，其实在思考人如何打开封闭的心门。由于时间固定、人物固定、场景固定，小说的限制性很强，李浩评价这部小说是“在螺蛳的壳里移挪腾转，演出一场大戏”。

王威廉新作《你的目光》以眼镜店老板何志良和设计师冼姿淇的情感故事为主线，呈现当代都市青年的生存状态与精神世界。在这部作品中，王威廉的笔触变得温情脉脉，男女主人公在共同创业和交往的过程中情愫渐生，他们彼此安慰，疗愈原生家庭的创伤，故事走向难得的大团圆结局。《你的目光》非常有形式感，结构

---

1. 王绍贝：《鲍十：平民作家的朴素心灵》，《羊城晚报》，2007年9月2日。

新颖，采用正文和日记穿插叙述的方式。本书节选的部分较多对客家文化和疍家文化的展示，尤重二者与现代文化的相遇相交，体现出作者勾画文化图景的宏图大愿。

魏微的近作《烟霞里》用编年体的方式，逐年检视和回顾了女主人公田庄从出生到离世的41年人生。她用平静又深情的调子，调和起田庄繁茂又寂静的个体生命经历之歌与中国40多年发展变迁的时代声音。本书选取了“1996 二十六岁”一节，这一年是田庄在广州读研究生的第三个年头，她读书、恋爱、交游、写文章赚钱，意气风发地感受着广州的豪情万丈与独特魅力，深深地赞叹“务实、淳朴、荣辱不惊”的广州味。尤其是广州火车站那段惊心动魄的书写，勾起多少人对广州20世纪90年代的深切回忆。

刘秀丽　唐诗人

目录

有 * 标记的篇目，可扫码听

珠江河上

易巩

作者介绍

易巩（1915—2001），原名梁植涛，广州人。新中国成立后，曾任华南文联秘书处主任、华南人民文艺学院文学系教授。1979年后，历任中国作协广东分会副主席、广东作协文学院副主任、《作品》主编。著有《杉寮村》《穷途》《少年夫妇》《在风雪到来之前》《“奈何桥”上》《偶然见到的事》等，与于逢合作长篇小说《伙伴们》。

《珠江河上》的主人公是一位“艇家婆”，她对生活不满便痛快地咒骂，对抢米者有着强烈的同仇敌忾感，作品将一位泼辣、强悍、不信命运的农村妇女形象栩栩如生地展现了出来。可以看出，艇家婆身上更能表现出一种女性的自我意识。她不信命运，我行我素，活得很有自我。从她们身上我们看到了中国女性性格中的亮点，即顽强的生存意识和自我的个性意识。（王爱平：《论四十年代国统区乡土小说的现代意识》）

刚刚离开码头，那撑艇的妇人就恶狠狠地骂起来：

“衰瘟鸡呀！十世不修德呀！碰上这样倒霉的码头，在这里撑艇的都没吉利呀！好人都给气坏呀！好像对岸那边发瘟疫似的，大半天都不见一个过渡的！你撑吧！你撑吧！从早撑到黑，撑得多少渡呀！又要码头钱，又要牌照费，又要艇租，又要孝敬那些‘地头蛇’和‘水上老鼠’。丢那妈，人心没餍足的老爷，坐地分肥的猛人！又不见水鬼拉他们下水呀！又不见他们吃了肠穿肚烂呀！”

她声势汹汹地骂着，尽量使用恶毒的话语。她涨红着脸，猛力挥舞着竹篙，故意把这只叫作“四柱大厅”的小艇弄得摇簸不定，发出一种被扭痛的嘎轧声。艇子里仅有五个过渡的客人（照规定，每渡可以载运十个人），起初显得十分惶惑不安，后来弄清楚她并不是骂自己的，才安下心来，一致用严谨的眼光看着她，仿佛在竭力理解这个受委屈的灵魂。当艇子从小河驶出江面去，她悻悻地将竹篙摔在篷顶上，开始摇起桨来的时候，她回头向岸上大路瞧了瞧，咒骂又突然猛烈起来：

“唉，你说倒霉不倒霉？等了大半天才载得几个人！刚才望眯眼都不见有人来了；可一开船，就一连串地爬来了！你看，排长龙似的！你看，他们走成那个衰样，一个个像‘发软蹄’似的，生怕踩死蚁吗？快走几步，没人说你赶着去投胎呀！老娘的艇子不馨香吗？会坐烂你的屁股吗？”

五个搭客一齐昂起头向大路那边眺望，原来大路上又来了七八个人，另一只泊在码头边的“四柱大厅”正向他们热烈地招呼着。

有一个搭客，因为他将新做的黑胶绸衫裤翻转来穿，以致他整个人像一尊出土的生锈大炮，见那艇家婆气得这样厉害，就好心地对她说：

“那你就转头回去接他们好了。”

“转回去？”艇家婆瞪着眼睛反问，被汗水沾腻了的鼻子哼了一声，“不怕给人家打崩你的头壳吗？”

另一个客人——坐在艇头的鸭贩子，一边整理他的鸭笼，一边补充道：

“不行的，有规矩的：艇子一离开码头，就轮到第二只接生意了，大家碰运气。”

“现在是争食世界呀！有人情讲吗？”那女人又发作了，“什么都给规定限死了，这样不行，那样不准，几十只艇争吃这口饭，如果不是给那些‘神主牌’（水上官警）限死在这里，我还这样笨七给你撑来撑去吗！挨一天也挣不到几两米，喂得口喂不得肚的，可惜你有翼难飞呢！你要去别处找食吗？他就取消你的牌照，还要拉人、封艇！”她歇了桨，指着钉在艇篷旁边的一块铁牌子说，“这块巴掌大的牌子他们就有胆要你一千一百二十元‘关金’，比用真金打成的还贵。我说呀，他们回来了，贼佬才多起来哩，前天，这里就劫了金水的艇。等人家喊破喉咙，他们才装模作样地赶来，向天吠了几声送尾枪。有屁用么，只会出告示，定规矩，数钞票……”

“还有呢？”一个穿着全套蓝色柳条土布的年轻人——看样子像河南的织布厂或胶鞋厂的职工，带着很有意思的微笑问。

“还有个屁！你估他们是盏嘢（好人）吗？”

“还有屙屎吃饭呢！他们整天摊死尸似的摊在巡船上，天天吃风流饭，屙风流屎，百万富翁都没他们舒服呵！”

大家都忍不住笑开了。女人用手臂揩着汗，一面哈哈地笑着，一面对迎面划来的一只“孖舲艇”叫道：

“看桨呀！”

……

小艇里流过一阵温和的静默，有人开始吸起烟来。

江水动荡，吐着饱腻的泡沫，给暴烈的太阳照射着，好像千万双怪眼，不安定地动着。渣甸货仓的红色建筑物慢慢移到左后方去了，宛如一只煮熟的螃蟹，死寂地俯伏在江边。它被破坏了的码头斜伸入江水里，好像一条垂涎的舌头，朝着对岸的大阪货仓和邻近的永兴街码头贪婪地吞吐着——那边，非常鲜明地呈现着一片暴发的景象：原来的日本大阪货仓，被接收后现在改作联合国善后救济总署广州储运处的第二仓库了，巨大的劳动正在码头上进行。几只卸了帆的大船停泊在岸边，将肥钝的“屁股”重重地压在水里。无数的小艇，像一群龙虱似的麇集在它们的周围，发出烦躁的杂音，和搬运夫的呼喊声扭结在一起，飞到江心来。

“又卸米了。”鸭贩子说，眼睛盯着那边。

“卸了两天啦！”艇家婆没好气地答道。她一边用力把着桨，将艇子掉横，抵挡着从前面来的波浪，因为来往省港的“泰山号”轮船刚驶过去。“你看吧，米价又要涨啦！见得多了，这里一卸米，沙基街的米价总是跟着上升的。”

两个一直没有出声的中学生，这时就惊奇地问道：

“为什么？有洋米进口，米价就应该下降才是……你们不会去联合国领救济米吗？”

“领我个屁！毛都没一条给你剔牙呀！”她说，眼睛只管向那边望着，“哎呀！你看多少艇子赶过去了，连永兴街码头的都撑开来了！”她突然提高嗓子，对那边的艇家兴奋地叫道：“喂——！不用争呀！有得分给你们吗？”

聚拢在大船边的小艇越来越多了。一个警察不断地驱逐着它们。它们退开了一点，又靠回去。每包一百八十斤重的白米从大船舱里搬上来了，堆积在船面和船桥上，由搬运夫陆续掮进仓库去。在每个搬运夫的背后，追随着一群赤身的小孩子，互相争拾着漏泻在地上的米粒。

突然，一场骚动发生了！所有包围着米船的小艇像耽食糖类的蚂蚁遇到猝然的袭击似的向四面散开，竹篙和木桨剧烈地碰击着，有人“扑通”地跳进水里去。米船上的管事人和警察给气得蹦蹦跳，一边摇着拳，一边呼喝着：

“丢那妈！丢那妈！米袋给戳穿了！”

“抓住她！通通抓住！”警察奔到码头边把手掌放在嘴巴上，对泊在江边的水上警察分局的小汽船叫道，“有人抢米呀——！喂——！快开驳船过来——！追呀——”

过渡的五个客人一齐站起来张望。那两个学生哥慌张地问：

“什么事？什么事？赶快靠岸！赶快靠岸！”

但艇家婆无心理会他们，只管焦急地对着前面逃跑的姐妹呼喊：

“走呵！走呵！阿带好呀，向顺水划呀！哎哟，金福婶那衰鬼呀，你懵了吗？还没解缆呢！……解缆起篙啦！镇定些呵！”

她顿足挥手，完全忘记了自己的艇子，接着，她又猛力摇起桨来，似乎要赶到那边去；但给全体搭客制止住。

一只精致的驳艇从水上分局的汽船旁边驶开来了，

篷顶插着一面三角旗子，两个擎着短枪的警察站在艇头，一面吆喝，一面追来。艇家婆又叫起来：

“分散走呵！别走在一堆呵！”

几个客人一齐附和着：“别怕！分散走啦！他不敢开枪的！”

大多数的小艇都奔散到江心去了，但有两只“孖舲艇”给驳艇在尾后紧紧地盯着。起初它们绕着一艘日本的打鱼船打圈圈，后来就发慌地直向这边奔来。当它们从“四柱大厅”旁边擦过时，那妇人就伸出手来，低扼地说道：

“来，将米扔过来，我不怕……”

可是，它们来不及了，警察如飞地追过来。他们的驳艇是由两个穿着湖水色阴丹士林布的、梳着光滑的发辫的年轻艇妹划着的。

“停下来！停下来！不停就开枪啦！”

驳艇驶近来，那妇人就故意用桨拨起水花溅向那两个艇妹去。

“慢些划嘛，衰女！追回来分给你一份么？当心人家咒死你呀！”

驳艇果然迟疑起来——但艇头的木板被警察的皮鞋一阵乱踢。他们用枪指着艇妹，命令她俩拼命摇桨。

“一定追到的。驳艇轻呵，又是双桨。”穿黑胶绸的客人忧心地说。

“追不到的！追不到的！用力呀！带喜！金娣！分路走呵！你们慌懵了吗？”

那两只被追逐的“孖舲艇”这时才省悟过来似的，立刻分头逃跑，警察没办法，只好死盯着走得较慢的带喜艇，一直追向江心去，不断喝她停下来。

大家正在着急的时候，穿蓝布柳条衫裤的那位工友，一眼瞥见刚逃脱的金娣艇，正要驶进白鹅潭边的内港堤去，便突然跳起来，恐怖地叫：

“喂——！别靠近堤边呀！那里的卫兵会打枪开来的呀！那里的仓库藏的是军用品，不准船只靠近的，上星期才打死过一个艇家。”

听他这么说，所有的客人都紧张起来，大家又一起对前面那只危险的金娣艇呼喊着：

“喂——！当心呀——！划开些，别驶近堤边去，国军会打枪的呀！”

大家见金娣掉转艇头，向沙面那边驶去，才喘过一口气来。然而这一阵呼喊声，却不幸仿佛同时提示了驳艇上的警察，他们对剩下来的唯一的带喜艇放枪了。子弹射在水里，一连三响，使被威吓的带喜不得不停下来。

“抓着了！抓着了！”岸上有人惋惜地叫。

“总抓着一个的嘛。”穿黑胶绸的搭客说，“看哪个倒运的当灾啦！他们就拿这只艇来结案的，恐怕要坐牢呢。”

但“四柱大厅”的妇人还要作最后的努力，她大声提示那个遭难的姐妹：

“带喜！把米扔进水里去呀！别给那班衰神抓着证据呀！……快扔啦，笨七！”

带喜艇被警察押着回来了。一路上，摇驳艇的两个艇妹被江上的艇家咒骂着。那个摆渡的妇人骂得最凶：

“好威风么？好架势么？你去报功啦！去领花红啦！你不知衰呀！给人家包起来的臭货！塞鼻菩萨都嫌你臭呀！十条珠江水都洗不干净呀！你不想吃这条水了，你寿星公吊颈——嫌命长了！你有本事就爬上岸去食井水啦！死母猪！臭丫头！老娘把眼睛挂在竹篙顶看你最后的两年呀！”

她骂得起劲，连桨也忘记摇了。客人们也仿佛忘记渡江似的，大家都定眼看着她。后来那卖鸭子的小贩忽然叫道：

“喂，大嫂，快些摇吧！收了市，我的毛鸭就没人买啦！”

她于是急忙收了桨，用竹篙往水里一点，“四柱大厅”就轻捷地驶进河南永兴街的渡口去。

当客人陆续登岸的时候，她又愤愤地咒骂起来：

“通通赚了都不够一百块钱呀！又要艇租，又要码头钱，又碰着这样发癫的天气，逆风逆水的连吃奶的力气都出齐了。别以为我很高兴接你们呀，我跟她们去抢一份还好。我就整包米托他的走，他追得到我才不信呢！我今天撞邪了，碰着犯神了，有客接不到，眼光光看着人家发横财。艇又不是臭的，人也未曾发霉呀！抗战胜利了，衰气还没过完。祖先的灵位打瞌睡么？枉我早晚奉香灯了！我要把你们通通扔在水里，浸你一天一夜，你以后再不灵圣，就一个一个把你们破掉了当柴烧！”

选自《易巩作品选萃》，花城出版社，1994 年版

虾球传（节选）

——黄谷柳

作者介绍

黄谷柳（1908—1977），生于越南海防华侨之家。新中国成立后主要在广东从事文学创作。著有中篇小说《杨梅山下》《渔港新事》《接班人》，通讯散文集《战友的爱》，长篇小说《虾球传》《和平哨兵》，多幕话剧《碧血丹心》《河西传奇》等。

《虾球传》是20世纪40年代后期黄谷柳调动自己深厚复杂的生活经验写就的一部杰作。它开启了左翼文艺与市民文艺相结合的新路，实现了通俗传奇与骨子里的现实主义精神的结合，它的地方风俗画式的写作亦是“左翼—革命文学”的重要遗产。也让他获得了文学书写的独特视角，从而完成了创作上的综合。《虾球传》是黄谷柳在恰当的时间、地点，顺应文学与历史机缘的结果，具有不可复制性。（李俏梅：《左翼导向与市民经验的融合——论黄谷柳〈虾球传〉的文学史价值生成》）

• 坐差舰到广州

这位唐舰长曾给他自己取上一个绰号叫作“三不怕”。他和别人争论什么事情不能马上解决，他就会脱口而出道：“我老唐是有名的三不怕。不怕撤差，不怕打靶，不怕亲手剥人！”别人一听他抬出这“三不怕”来，受不了时，就让他三分。他的上司很会利用他的这点特长，这几个月来就专差遣他在沿海一带接收押运新兵。每一回他都能完成任务回来。自然，这个“任务”，是公私两方面都包括在内的。他对新兵一贯的态度就是苛刻毒辣，随便先斩后报，甚至不报。因为他押运的新兵得不到人的待遇，很多都冒九死一生的险也要潜逃，有时还是集体暴动，经过一番死斗挣扎才逃得出来。但这位三不怕并不怎样着急，他有种种补充缺额的办法。有一次他率领两班士兵走上一个小镇去饮茶，他让士兵们吃了几碟炒面后就吩咐那个资格深的上士班长道：“今天是圩日，我们要补充三十名新兵。我现在派你率兵两班，即刻出发包围圩场及赌馆，把足额壮丁俘获解舰领奖。”他还叫那班长复诵一次他的口头命令，然后挥他们出去。

这次他把周所长释放的嫌疑犯四十五名重新逮捕，这样的手法，在三不怕说来，是相当和平的了。

虾球、牛仔跟在哭哭啼啼的乡下人后边，在士兵刺刀尖的威胁下上了小艇，转运上运输差舰去。牛仔紧紧跟着虾球，生怕给分编在两只舰上，遇事不好商量。舰长三不怕径上他的座驾差舰，下令继续开行。三只运输小差舰，每只舰约载新兵二百人，另有武装士兵一排，分舰看守。虾球、牛仔二人给押在最后一只差舰上，跟着前头三只舰缓缓航行。自晨至午，这一队新兵舰队经过西湾、大钦门而入香港海，在港海停留几个钟头，三不怕上岸去备办货物和送给上司的礼品，诸事妥当，然后取道沙螺涌驶入珠江河道，直向广州进发。

由大鹏湾到广州省河，全程一百二十余里，这队小舰慢吞吞地航行，直到第二天下午才停靠天字码头。新兵们被绳索捆绑，一个串一个，大家拖拖拉拉，颠颠歪歪，给押上岸去。

在广州的土地上，虾球第一脚就踢到一只软绵绵的东西，他上身一歪就跌倒下来，压在那软绵绵的东西上面。他一跌倒，全队人就只得停止，等他爬起来大家才走得动。虾球睁开眼一看，天呀！那软绵绵的东西是一个小孩子的尸体！还有蚂蚁在死尸的鼻孔中爬进爬出。虾球赶忙挣扎起来，他耳边只听得“呼”的一声，一条皮鞭已抽打在他的身上。牛仔在后边骂那士兵道：“你怎么打人？跌跤也有罪的吗？”那士兵也不响，他高举起皮鞭，照牛仔的肩头“呼”地抽一鞭！牛仔睁开他那血红的眼睛瞪着那士兵，那士兵又高举起皮鞭来，等他一开口就抽他。虾球喝牛仔道：“你想死吗？投胎还早呢！”

虾球跨过死尸，又继续前进。

他们从汉民南路折入南堤二马路，给送进一间只剩四壁危墙的破屋里面，士兵叫他们坐在墙边休息，等候点名编队。

黄昏时分，南堤非常荒凉。二马路一带，是新兵转运的集中点，市民老百姓都不敢打这里经过，生怕给惹出无端的灾祸。壮丁们睁着饥饿的眼睛，对着广阔空虚的马路发呆。虾球想：广州！广州就是这个样子吗？

天黑了，舰上派人送了几桶饭来，牛仔吃了七碗，虾球吃了八碗。这个数目，几乎连他们自己都不敢相信。吃完饭就来了命令道：“今天机关下了班，明早才点收。大家就在原地过夜。不准自由行动！听到了吗？”众人懒洋洋地回答：“听到了！”

守卫的士兵两个钟头换一班，轮流站岗。

半夜醒来，虾球要小便，因左右手臂都给睡下的难友们牵缚着，不能站起来，结果只好坐着解小便，洒湿了他自己睡觉的地方。士兵听到一点动静，就射电筒照他，虾球又闭上眼睛睡觉，电筒光熄灭后，牛仔在虾球的耳边悄悄问道：“球哥，有机会逃走吗？”虾球望一眼卫兵，然后在牛仔的耳边轻声道：“今晚不行！有机会我一定给你打招呼。”牛仔点点头，一会儿他就呼呼睡熟了。

• 鳄鱼头穿军服

鳄鱼头奉张果老之命出巡各地，大有收获。他回报张果老，说各地英豪，都一致拥戴果老出山。即使是防务经费不能统办，但各地赌馆、烟馆，实际上也是自己的兄弟在保护。北自江村，南至鹤咀洲，西自沙溪，东至萝岗，哪一块地面的烟赌不是在自己人武装保护下而日渐发展？既有其实，何贵乎名？说得张果老雄心勃勃，他决心干一下，在上头给他考虑的几种任务当中，他打算接受那最有利的一种：珠江两岸清剿司令。他并保荐鳄鱼头洪斌任副司令。这本来是内战时期一种临时的体制，可大可小，可有可无。有饷有人则存，无饷无人则废；用得着则留，用不着则裁。张果老也不作怎样过高的期望。他看见抗战时期的那些中将少将军长师长们，大家都向地方择肥而噬，分别就任各区清剿司令，并领得多少舰只和饷弹，纷纷走马上任。他也不甘落后，愿屈居末座，保守他自己的几万石田产和卫护手下一班徒众的饭碗。鳄鱼头虽然是进过军校、捞过军队，可是半途出家，已多年不吃军队饭；此时忽奉上头一纸委令，委他做少将副司令，他觉得十分兴奋。他缝了两套新军服，买了一副金板底一粒星的少将领章，在房间里穿戴齐整，照照镜自己欣赏一番。他并叫人替他拍一张全副武装，捧读《中国之命运》的照片留为纪念。他把司令部设在鱼珠炮台附近，布置停妥，然后集合他的得力干部蟹王七、烟屎陈、死蛇、鸡眼和那两个在观音山上用木枪剪径的青年人麦财、赵胜，等等，训话一番，要他们督率队兵，遵守纪律，不得败坏正副司令官的名誉，训话毕，便坐车进广州市去看他的太太。

他到了新亚六楼六〇八号房敲门，伙计说道："马专员公馆今晚有跳舞会，罗小姐很晚才能回来呢。"鳄鱼头走下五楼，黑牡丹一个人正闷得难耐，看见鳄鱼头进来就埋怨道："怎么去黄埔七八天还不回来呀？"鳄鱼头道："你知道我有多少事情？我们的司令部成立起来了，少不免要布置一番。"黑牡丹道："你去了几天，这里出了一些事情。亚娣、九叔、九婶都给人打伤了！"鳄鱼头吃了一惊，问道："他们出了什么事？"黑牡丹道："这也难怪他们，他们不懂得省河的规矩，'埗头主'[1]问他们要埗头钱，一开口就要十万，他们不肯给。埗头主吓他们，九婶就骂道：'你想要钱，冚家婆捞蚬，第二世啦！'这一来，码头上的一群'烂仔'[2]就扑下去打他们，不知怎么一来，乱哄哄竟踏伤了九婶的小孩子，那小孩子受了重伤，几天不吃不喝，吃药也吃不好，今早就断了气，死了！"鳄鱼头问道："他们现在泊在哪里？"黑牡丹道：

1. 埗头主：码头上的恶霸。
2. 烂仔：流氓的俗称。

“泊黄沙码头。”鳄鱼头道：“我过两天去看他们。”

虾球又给秋夜的冷风吹醒了。他睁开眼睛，望见天上闪耀的星星，在偷窥着苦乐不同的人间。身边的牛仔蜷曲着他的双脚在发抖。虾球移身靠近牛仔，用自己身体的体温来偎暖他，让他得一夜好睡。

鳄鱼头半夜醒来，他悄悄打了一个电话上六楼，回答说罗小姐还没回来。他知道这一类的跳舞会一闹又会闹到通宵，此刻正是歌甜舞醉的时候，自己不妨去凑凑热闹。他就穿起衣服，叫汽车开到多宝路马公馆去。

鳄鱼头给马专员的大少爷和二小姐请进去，马专员的太太迎出来跟他握手，请他坐下。他看不见马专员和自己的太太洪少奶，又不便探问。有一位交际科长过来跟他握手，介绍他跟左右的官绅小姐太太们认识。鳄鱼头坐下抽了一根香烟，为了表示对主人的尊重，他站起来请求跟马专员太太跳舞。这个大客厅很宽敞，三十对舞伴在厅中回旋，还有余地。二楼四周有回栏走廊，可以凭栏看人跳舞。靠门右侧是一个弹子房，里面有两张桌球台，他看见有几个总部的高级幕僚在那里打弹子。靠里的侧房是一个酒吧间，有几个在新亚常见的侍役在里面招待客人喝香槟酒。他听见楼上有麻将牌声，他问马太太道：“马专员在上面打牌吗？”马太太道：“上面开了三台麻将，副座、罗小姐、马先生跟几个美国顾问都在上面。美国人学打麻将真快！”鳄鱼头问道：“马太太听见说过关于我的事情吗？”马太太道：“是关于运输舰的事吗？”鳄鱼头道：“就是这件事。上个月我跟马专员说过了，要是调我长驻榆林港，我就不干。”马太太道：“那不是长驻在海南岛，只是一个月来回广州两三次，这样你肯屈就吗？我听他说过，要是你能吃一点风浪，押运公物来往两地，这就可以商量。”鳄鱼头道：“那就劳烦马太太转达，我可以担任下来。只是有一点遗憾的是，管理员的职衔不大好听。我最近挂了一个不大不小的职务，马太太你也知道啦，虽说是个空头官职，但也是少将衔啊。”马太太笑起来道：“那管理员是上尉衔，实在是委屈你了。”鳄鱼头道：“那倒不要紧，小小也是一个实缺呀。只要把名称改为舰长，哪怕这舰小到载重三百吨，我也愿干。”说到这里，一曲乐终，鳄鱼头送马太太回原位坐下。洪少奶出现在楼上的回栏上，后边跟着一个美国人，鳄鱼头装作不曾看见。

· 天上星星不知道

洪少奶跟那美国人下楼来了，音乐又响了，美国人就把她搂着舞过来。鳄鱼头这时不能再装看不见了，他勉强对他太太点头笑笑，心里却骂道：“啊，你又搭上了这个美国鬼了！”他太太眏眏眼睛，要跟他说话的样子。

马专员的二小姐看见鳄鱼头无伴，过来逗他说话，他就请求跟她共舞。二小姐道："我哥哥就快要出洋到美国去留学了！"鳄鱼头道："你呢？你几时去？"二小姐道："我才大一，早得很呢。"鳄鱼头道："将来可以到日本去留学。照我看，不久去日本跟去美国都差不多了。"二小姐瞪大她的眼睛问："这话怎么说？"鳄鱼头笑道："你们大学生还不懂得吗？今天我们都是一家人了呀！日本也是过的美国生活方式，那又何必一定到美国去留学呢？不都是一样吗？"二小姐道："胡说！"鳄鱼头笑道："事实就是如此嘛！连我的太太也跟美国人有了感情了！"鳄鱼头这句话是有感而发的。二小姐望一眼鳄鱼头，又望了一眼那美国人跟罗小姐。她小声问鳄鱼头道："洪先生，那位罗小姐是——"鳄鱼头道："对啦，她就是我的太太。"二小姐瞪大眼睛，许久说不出话来。她一向就怀疑这个妖媚的女人跟她爸爸有点瓜葛，想不到她竟不是什么罗小姐而是洪太太，现在又跟这美国人双双出入，这么要好，这位洪先生只能在旁边发发牢骚。她觉得如果罗小姐真的同那美国人要好，那么妈妈就可以放心，不必考问那个汽车司机了。他们舞到那美国人的身边，洪少奶用眼色关照鳄鱼头小声对他说道："下一回。"鳄鱼头点点头。等到第二个音乐开奏时，鳄鱼头就趋前请少奶起舞。二小姐跟她的妈妈说道："妈，你放心得了！罗小姐是洪先生的太太，他来找到她了。"马太太道："谁说的？"二小姐道："他自己说的。你看，他们两个人舞在一起了！他们舞到酒吧间去了！"

到了酒吧间，他们就放松了手。洪少奶要了一杯啤酒，鳄鱼头要了一杯威士忌，两人就站着干杯。少奶道："你官运亨通，事情成功了。不要你长驻榆林港，只是一个月来回两趟。"鳄鱼头道："管理员我不干，起码要舰长！"少奶道："这是政府的编制，不能改的。因为是运输差舰，不是战斗舰。哎呀！你这人聪明一世，糊涂一时，你叫大家称你作'噏顿'[1]。不是一样吗？"鳄鱼头道："你真想得妙！好，我就叫他们喊我作'噏顿'！"少奶解开小手帕，从里面取出一张小纸片来，递给他道："拿去！这就是你噏顿部下的编制表！"

洪少奶一转身就走了出去，那个美国人正来找她，她的手就搭在他的臂上，跟他走出去。他们一直出到大门外，坐上美国人的汽车，飞驶离开多宝路。

鳄鱼头打开他手上的纸片，看见他这只舰的编制人马：

甲板部

管理员　　　上尉

1. 噏顿：英语舰长的译音。

无线电生	中尉
军需	上士
大副	上尉
二副	中尉
波臣	少尉
司舵	少尉
水手	上、中、下士

机器部	
机轮长	上尉
机轮副	中尉
机轮员	少尉
斟油	上、中、下士

他藏好这张纸片，走出客厅来。马太太陪他舞了几回，心上放下了一块石头，认为他太太这一个妖精，现在算是有主了。鳄鱼头坐了片刻，看见一个喝醉酒的厅长在舞池当中作独脚舞，后来又加进了一个秃光脑袋的什么参座，跟他乱跳一阵，两人闹得乌烟瘴气，鳄鱼头就告辞走出来。马专员的司机老刘在汽车上打瞌睡，他叫醒他，问道："喂！又接一次黑市生意，兜兜风，二十分钟放你回来，杀不杀？"那司机搓搓眼睛道："照杀！"他就坐了上去道："随便绕圈子，最后停在新亚门口！"

广州市此刻有两部汽车在横冲直撞兜圈子：一部就是美国高鼻佬跟洪少奶的，他们绕出长堤又进入南堤，转出汉民路。汽车的灯光曾射在虾球、牛仔、壮丁们的身上。一部就是新任珠江两岸清剿副司令兼运输差舰“喼顿”的鳄鱼头的，他从丰宁路弯入惠爱路直下汉民路转出南堤回到长堤，这两部汽车的汽笛乱叫声，两次把虾球从睡梦中叫醒。

亚娣在艇上也给这美国佬耀武扬威的汽车声吵醒，她的肩上的伤还没好，又痛心她小弟弟的死亡。她悔恨她来错了广州。蟹王七在鱼珠想念虾球。他当了官儿，他的友伴还没有下落。司令官张果老依然叫那群婢女给他踏腰骨，踏累了就叫婢女替他暖被窝。

虾球和牛仔天没亮就醒来了。天上的星星仍然俯视着他们，但星星不会知道他们的不幸遭遇和精神肉体的痛苦。他们两个难兄难弟在耳朵边谈了些什么心事，星星也是不知道的。牛仔在虾球耳朵边问道：“我们能逃得脱身吗？”虾球道：“小声点！”牛仔道：“一定得逃走！不然他们就调我们到山东打仗去了。”虾球道：“是的，他们打了败仗，游击队打了胜仗，他们要我们当炮灰，龟仔才肯去呢！”牛仔道：“逃不脱，就得去啊！”虾球道：“别着急！我们大家都要逃的，我们正在等机会。”牛仔道：“你记得那天在警察局门口的事吗？分明是游击队干的，他们不是游击队的对手。我们要是齐心，我们也能抢掉卫兵那几支枪。”虾球道：“我们没人领头干，哪能比得上游击队呢？”牛仔停了一会儿，向虾球发问道：“你老是记挂着要找游击队，游击队到底是搞什么的呢？”虾球道：“我也不十分搞得清楚，我只知道他们专是跟我们的仇人作对的，就这一点我就喜欢他们。”牛仔问：“我们的仇人是谁啊？”虾球道：“你真糊涂！就是这些捆我们、绑我们、打我们、叫我们饿饭的王八蛋呀！”牛仔道：“这样说，我们就是拼掉性命也不帮他们到山东打游击队！”

· 梦见红裤小姑娘

天刚亮，虾球他们就给赶起来了。大家请求准许解大便，卫兵请示了副官，副官答道：“就在原地解决！”命令一下，大家就在武装士兵的监视之下，蹲下来解大便。这种命令规定的大便，要等待众人一齐完毕才得站起来。壮丁们后来给带出去站队，有一个军官出来点名，名册上的张三李四，跟站队的人牛头不对马嘴。军官发脾气道：“乌烟瘴气！一塌糊涂！报数！”这“报数”的口令，接在“一塌糊涂”后面，大家又听不懂。军官大吼道：“报数！”这一下众人才“一二三四……”报起数来。然后就一阵“立正！向左——转！齐步——走！”的口令，把他们带走。有一部无顶货车在路口等着他们，军官把他们赶上去。虾球、牛仔站排尾，最后爬上汽车，挤坐在车口。押车的武装士兵换了新人，巡舰上的兵士交卸任务后撤回去了。

汽车在晨光照耀的汉民路开驶，虾球看见许多辉煌的茶楼正在开市。心想：能舒服坐下来喝一次茶多幸福啊！牛仔的饭碗破了一个缺口，他手上握着一块瓷片，在转他的心思。再过去便折出大东路，转入红花岗。虾球正在想着脱逃的办法，牛仔静悄悄把一块破瓷片塞进他的掌心中，用眼睛关照他，还捏了他一下。虾球醒悟这块破瓷片的用途，他望一眼牛仔的手腕，知道跟他连系的一根绳索，已经弄断了。他马上捏了牛仔一下，叫他预备。虾球即刻开始去弄断另外跟别人连系的一根绳索，等待适当的机会跳车逃脱。守卫兵的步枪挂在背上，两手扶着车上的铁架，虾球估计一下，如果他们跳下车去，而车又在前进中时，那么那士兵的枪是不必害怕的。问题是怎样选择一个容易掩藏和逃走的环境。汽车过了黄花岗，又过了区庄，将近要到十九路军坟场时，虾球认为这是一个适合的环境，他精神紧张起来，先捏了牛仔一下，狡猾的牛仔望一眼那士兵，也精神振奋起来。

前面有交通车挡路，汽车慢车跟了一阵，又继续前进。虾球咬实牙根，心一横，用力捏了牛仔两下，两人就互抱着滚下马路来。

有几个壮丁看见他两人跌车，失声叫起来。那守车士兵最初还不知道出了什么事情，待他看见五十米之外有两个孩子飞奔跑进十九路军坟场时，他知道有人脱逃了。他大喊“停车！”汽车司机听不见，继续开车，又开走了数十米远。待唤得车停，跑得下来，已看不见虾球、牛仔的踪影。四个押车的士兵，两个去追虾球他俩，剩下两个士兵和一个军官，看管四十多个壮丁。不料这批壮丁看见虾球他俩已经逃脱，大家纷纷挣脱绳索，一哄而逃，向四方八面狂奔。急得那军官蹬地乱跳，举起手枪来不知道向哪里瞄准。

虾球、牛仔鼓励了这几十名壮丁，而这几十名壮丁也帮助了虾球、牛仔。军官叫回那两个追虾球、牛仔的士兵，跑回头来追那些壮丁。结果是两边都追不到。壮丁们朝四方八面逃散，有些走到新一军坟场去，有些还爬上白云山的山腰去，有些回头走入市区，再也寻不到他们了。

货车司机见军官士兵半天不回头，他等得不耐烦，把汽车开进沙河，自己上茶楼去吃沙河粉。茶楼的女侍问他：“刚才开枪，出了什么事？”那司机听不见女侍的问话，他正望着茶楼上贴着的一副对联出神：

劝君更尽一杯酒　与尔同销万古愁

司机默默在看那副对联，他心里想：这个世界真是奇怪！打完了仗又要抓壮丁；这些壮丁逃了，这几个士兵跟他们的官长非开小差不可，不然他们一定得坐牢甚至挨枪毙。逃吧！大家都逃吧！但又逃到哪里去呢？……他得不出答案。他向女侍叫道：“来四两玉冰烧！”

虾球、牛仔匿伏在沙河基督教浸信会孤儿院背后的草丛中，整天不敢出来。他们抓些杂树的枝叶来遮掩自己。任何不相干的路人经过，他们都以为是士兵来抓他们，躲着不敢动弹。直到夜色将临，他们才钻出来，绕到孤儿院的前门，请求孤儿院的先生们收容他们住一夜。孤儿院的先生答允了他们。还叫留院的孤儿，带他们到饭堂去吃饭。有个穿红裤子的女孩子带头领他们到饭堂去。这女孩子约莫十五六岁，脸颊红润，嘴角还有一个小梨涡。她端出一盆饭，一碟鱼，一碟青菜，对他们说道：“我们刚才吃过饭，饭还暖呢，趁热吃吧！”他们饿了一整天，低头风卷残云似的吞了六七碗饭，叫在旁边的几个孤儿伸出舌头来。虾球吃饱了就向旁边的红裤女孩道谢。那女孩又叫一个八九岁的孤儿倒两碗开水端给他们喝。虾球捧着这碗热水，呷了两口，抬起头来，那正对着他的粉墙壁上有两行蓝字的格言，虾球一字一字念下去：

神的王国不在乎吃喝　在于人类的信义和平

他不懂得这句格言的意思。他不知道究竟是先有吃喝然后有信义和平呢，还是先有信义和平然后才有吃喝？他正在思索，先生进来了。先生指着一个水桶和外边的浴室道："你们先洗个澡再睡吧！洗完澡把水桶放在原来的地方。"虾球、牛仔两人痛快地洗了一个冷水澡，走出来就有一个孤儿领他们去睡觉。虾球躺在洁白的床单上，盖上干净的毡子，又看见门背上有一条格言正对着他。他念道：

耶和华使我得到甜睡

他不知道耶和华是谁，但他梦见那个穿红裤子的小姑娘。

黎明之前，虾球已经醒来了。他没有牛仔那么甜睡。他一醒来就瞎想：耶和华是怎样一个人呢？他果真能叫牛仔得到那样的甜睡吗？他不知道这家孤儿院的钱是从哪儿来的，也不知道为什么人家要在这儿办这所孤儿院，有什么目的；他只是觉得这所孤儿院很惬意，有鱼塘、有菜园，孤儿们都吃得很饱，也睡得很暖。一个人能够有工做，有书念，过这样快活的日子，还有什么希求呢？一个念头来到他的心中，他决定请求孤儿院的先生收容他们两个人，在院内跟孤儿们一同劳作，一同受教育。那个穿红裤子的小姑娘的笑脸，又闪进他的脑海中。他记起昨夜那个幸福的梦来了：他跟那姑娘一起划艇和一起游泳……多幸福的一个梦啊！他即刻叫醒牛仔。这时，起床的钟声也响起来了。大家纷纷起床，迅速把床铺叠好，虾球帮牛仔学大家的样把床单拉得平直，把毡子叠成方方正正，放在床头，又把帐子翻好拉得贴贴服服。孤儿们走出寝室门外洗脸，然后给哨音引到草场上去做清晨运动。

虾球拉牛仔跑去找到昨天那位先生。虾球恳求道："先生，你能收容我们两个人在孤儿院吗？"先生道："我们这里是不能随便收人的。"虾球道："我们都是孤儿啊！"牛仔道："我三岁大爸妈就死了！"先生道："广州百多二百万人口，难童孤儿满街都是，我们怎么收容得了？我们是有人介绍才收的呢！"虾球道："那么就收一个吧！我介绍我的小兄弟牛仔，请你收容他吧！"先生笑道："小孩怎么能够介绍小孩呢？"虾球忽然想到那个能叫人甜睡的耶和华来，他想：这位好心肠的先生也许肯作介绍人吧。他就问道："耶和华先生能不能介绍呢？"先生问："哪个耶和华先生？"虾球道："就是那个能叫人甜睡的耶和华先生呀！"先生哈哈大笑道："耶和华先生救的是全世界的难童，不是一个两个呢！"虾球不大明白。他反问道："一个两个都不肯救，还说救全世界的孤儿难童吗？"先生开玩笑道："不是不肯救。你有所不知，耶和华高高在上，他听不见一个两个人的呼声啊。"牛仔问道："他住得有多高？有罗浮山顶老和尚住的大庙那么高吗？"先生笑道："高得多哩！耶和华跟天上的星星同在！”虾球听了非常失望。他“哦”了一声，就不知道怎么说了。先生拍拍他的肩膊，把他们送出大门口去。叫他们去找两位少校以上的武官，或两位荐任以上的文官，就可以把他们介绍到政府办的芳村孤儿院去。虾球无奈何，只好向先生道别。他回头依依不舍地望一眼那些正在作柔软体操的孤儿们，就拉牛仔上路。在路上，他猛然想起一件事来，他自言自语道：“啊，我明白了！耶和华不是人，他是神！神的王国是不在乎吃喝的，他哪有工夫管你饿不饿肚子呢！”

· 日行一善

虾球一路想：跟天上的星星同在一起的神，他哪里晓得人间的苦难呢？乞求天神，给吃的喝的，不如求自己吧。他领牛仔走出沙河，在沙河茶楼门口徘徊了一阵，牛仔道：“球哥，我身上还剩一点钱，我们上去炒一碟沙河粉吃吧！”虾球道：“你哪里来的钱？”牛仔不敢说明，他撒谎道：“那天警察所给人劫枪，我在圩场上捡到的。”虾球不相信。他用鼻孔“哼”了牛仔一声，心想：在这个时候，还是牛仔的办法顶事。他跟牛仔踏上茶楼去。

他们炒了一碟牛肉沙河粉，吃得津津有味。邻桌有一个喝早茶的司机对女招待道：“我猜得一点不错！昨天那个押车的排长跟他手下的四名兄弟当真开了小差了！”女招待问道：“几十名逃兵一个都捉不到吗？”司机道：“当时那两个小鬼走进十九路军坟场后，其余的壮丁就像倒泻一箩蟹一样，四方八面逃走，你想，几个士兵怎样能够捉得到他们呢？”女招待道：“其实那些当差的也够惨，他们还不是一样给人抓来的？”司机道：“那些壮丁还便宜了他们呢！你想，他们开小差后，还可以把一支驳壳手枪和四支七九步枪卖掉；或者，索性上山落寇，总比当差好。”虾球抬头望了司机一眼，他记得正是昨天给他们开车的一个。他拉拉牛仔，牛仔会意，两人不敢久坐，匆匆吃完会账下楼。

虾球走下茶楼来，他在茶楼门外的沙河车站上呆呆站着，望着对街的小巷。他的心在跳，原来是那个昨天穿红裤子的小姑娘，陪着一个中年妇人走到车站上来。那小姑娘已经换过了一身蓝布短衫。在这么凉爽的清晨，她那红润的脸颊和唇边的笑涡更逗人喜爱。她们走近来了，小姑娘把手上的小包袱交给中年妇人，对妇人道：“妈，你不要伤心难过呀！你怕我将来没有摆香烟摊的日子吗？你让我在里面多读一学期书吧。再过一学期，我就小学毕业了。”那妇人用衣襟揩拭她的眼泪，拉着小姑娘的手道：“小玲呀，妈好不容易才访查到你的下落，四年多没见到你，怎么你不肯同我回家去呢？”小姑娘道：“妈，我功课忙呢。下星期天我请假出来看你吧。”妇人道：“记得啊！我的摊位就摆在城隍庙对面的马路口。”妇人上了汽车，还在车口揩眼泪，女售票员嫌她阻路，请她进里面坐下。汽车马上就开走了。

汽车开走后，小姑娘看见虾球，她望着他笑了一笑，就转身走过马路，独自回孤儿院去了。牛仔在旁边推了一下虾球道：“她的名字叫作小玲，你听见吗？”虾球痴痴地望着这小姑娘的背影，他没有听见牛仔的话。牛仔望望虾球不知他在瞎想些什么，怕要等到两年之后，当他自己也到了虾球的年龄时，他才会懂得虾球此刻的心境呢。

他们沿沙河公路徒步走进市区。他们经过十九路军坟场大门外，急步走过去，还担心别人来捉他们。一路上，他们浏览了黄花岗七十二烈士墓园、史坚如祠、执信女校和红花岗几个地方。走进了市区，他们折入东川路、百子路而转入广州贵族住宅区的东山。他们毫无目的地乱跑乱闯。虾球很少说话，牛仔则鬼头鬼脑地留心可以下手用武的地方。

他们走进恤孤院路的学校区。这天正是星期假日，学生们不去旅行逛街的就在学校里打篮排球，虾球、牛仔在门口徘徊了一阵，他们非但不羡慕那些幸福的男女学生们，反而有点憎厌他们。虾球想：那些贵族家庭的儿女们，他们哪里弄来那么多钱穿着、享福、读书啊！他们的爸爸哪里弄来那么多钱给他们享受啊！如果是做官刮地皮铲来的，那些给铲刮了地皮身家的又怎么办呢？……这些疑问，他自己想解答，但却解答不来。

太阳高照的时候，附近的一座大教堂顶楼上响起了连续不断的钟声："当！当！……"缓慢地连续响下去，引得虾球站住脚在马路心倾听。他看见从四方八面像潮水似的涌出许多盛装的绅士淑女，有些手牵着天真活泼打扮得花枝一样鲜艳的孩童，迎着响亮的钟声，踏向教堂的门口去。牛仔精神振作，他推推虾球的手臂道："球哥，进去听听！"虾球道："有什么好听？礼拜讲道，在香港你还没听过吗？"牛仔道："去听听讲道吧！看我们有什么好运？"虾球道："我们穿得这样肮脏，他们要赶我们出来呢。"牛仔道："不会的，上帝心肠好，他不赶穷人。"虾球笑道："其实广州的上帝跟香港的上帝还不是一个样。孤儿院的先生不是说过吗，神是跟天上的星星在一起的。星星在夜里照见我们睡墙角，何曾知道我们没有饭吃？"虾球虽是这么说，到底强不过牛仔的热心，终于跟他挤在人群中，走进教堂去。

众人唱圣歌的时候，虾球的心中升起一个念头：他将来要好好答报那些曾经在精神上和物质上赐赠过恩惠给他的人们，那些人之中，有着他的母亲和香港的六姑、亚喜，沙田茶馆送大包的四眼李，沙河孤儿院中的先生和学生小玲，和那个告诉他世间上除了英国人的警察和国民党的官军之外还有着另一种人民游击队存在的丁大哥，等等。至于牛仔呢，他没有这些感激之情。倒是身边一个西装中年绅士的自来水笔和银包，引起了他的兴趣。当礼拜做完，众人纷纷散出的时候，他已经顺利把那绅士的银包拿到手了。

虾球走出教堂门口，他望一眼牛仔，看见他正把一个银包放进裤袋去，大模大样以为没人看见。虾球抓着牛仔的肩膊，把他的身体扭转过来，命令道："牛仔！快把银包还给人家！"牛仔两眼露出狡笑，他想说："今早你吃的沙河粉是哪里来的钱？还不是我从那个壮丁身上偷来的？"但他哑忍着。凭虾球的经验，他晓得这个银包一定是站在牛仔身边那个绅士的，他看见他还没走好远，就拉牛仔赶上前去。他在一家小食店门口赶到那个绅士，在后边拍一下他的肩膊，说道："先生，你等一等！"那绅士转过身来，问道："干什么？"虾球道："你看看你身上少了什么东西？"那绅士摸摸口袋，脸色变了："哎呀！我的银包不见了！"虾球对牛仔道："快拿出来！"牛仔不得已，掏出银包还给那绅士。那绅士立刻暴跳起来，他挥起他的拳头，骂道："丢那妈！你这个混蛋的小流氓！你这个小扒手，老子给点厉害你尝尝！"他正想揍牛仔一拳，虾球身一横，用身体挡在绅士和牛仔的中间，他握住绅士的拳头道："先生，不要打他！他是我的弟弟，我们两人都是干这一行的。"那绅士听了这句话，望望这个，又望望那个，站着发了一阵呆。忽然，他心里明白了这两兄弟的行为，他为他自己刚才的暴怒惭愧起来。虾球拉着牛仔走开了。绅士在后边跟上来，问他们这样那样，又要给虾球几张钞票，虾球拒绝不要。这绅士此刻才记起“日行一善”的道理，打算在这孩子身上做件善事，虾球偏不了解他的善心，弄得他无法可想。快要走到公共汽车车站了，绅士仍然逗虾球说话。虾球突然站定，转过身来，正经地问绅士道：“先生，你是文官还是武官？”绅士给问得一头雾水，答道：“我不是官，我是老百姓，但我也认得几个官。你问这干什么？”虾球道：“如果有两个文官或两个武官介绍我们进孤儿院，我们就用不着做扒手了！”那绅士想了一想，觉得这件善事他还做得来，但今天是礼拜，市政府的朋友都不上班。他记起有一位当秘书的朋友住在培正路附近，也许可以托他写一张名片介绍介绍。秀才人情纸半张，这是不费什么事的。他当即答道：“你们想进孤儿院？好的好的！你们跟我来，我给你们想个办法。”

回头走到培正路，那绅士带虾球、牛仔两人进了一间门口边贴有“职员住眷严拿白撞”字条的公馆，不到十分钟，那绅士给留在公馆同秘书的家人打麻将。虾球拿到一张名片走出来，问路上一个行人道：“先生，到芳村孤儿院打哪里走？”

· 挥泪别牛仔

虾球、牛仔两人坐上了到黄沙去的公共汽车，虾球用那自称老百姓的先生赠送的钱，向女售票员买两张车票，他向售票员道："大姐，到黄沙码头叫我们下车。"女售票员道："早得很呢，你瞌睡一觉还来得及。"牛仔觉得这位售票大姐很有趣。他一路看着她跟那些冒充军人和公务员不买票的乘客吵嘴，叫喊沿途的站名，整理手上大卷的钞票，拉响钟……没一刻休息过。

他们在黄沙终站下车，在码头上找过江的小艇。亚娣的艇就泊在附近。亚娣坐在艇头，看那些接客过江的艇家兜接生意。她没有看见虾球，虾球也看不见她。虾球下了小艇，在亚娣的艇边擦过，直向芳村方向驶去。在艇上，乘客们的谈话每一句都引起虾球的兴趣，因为他们谈到赌钱，谈到广州各地赌场的新闻，这一手，虾球是颇有经验的。他经历过很多赌博场面，但还没听到说过手枪也可以赌的。有一个乘客道："赌港币赌金器不稀奇，手枪也可以放在摊台上去赌！赌左轮赔左轮，赌七九赔七九！"另一个道："在沙溪我不清楚，我知道在官窑、兴宁、马坝、沙坪、梅豪各地，嘿，人命都可以赌呢！"牛仔伸出他的舌头来，插嘴问道："把人放在摊台上去赌？是不是女人赔男人，男人赔女人？"这句蠢问，问得众人大笑起来。那人解释道："不是把人放在番摊或者色宝台上去赌，也不是赌赢了赔一个女人给你做老婆。赌馆借钱给你，你赌赢了，他抽三成的抽头；你输了呢，你得让他们拉去当兵。现在打内战，征兵征得紧，身强年轻的人没田耕没工做，很多就去冒冒险。赢了呢，换几天米饭吃；输了呢，活该！牛不喝水，揿不得牛头低，你自投罗网，只好去当兵送命，这办法真是想绝了！”牛仔推推虾球道：“球哥，我们试去赌赌我们的性命看！”虾球笑道：“不要胡说！”

一个钟头后，虾球、牛仔找到了芳村的孤儿院。他们远远就看见高高竖立起来的青天白日旗，旗杆的周围绕着几座粉刷成深黄色的单层洋房，这些建筑，跟附近破败的民居成了显明的、不调和的对比。走近一看，才知道这些新建的洋房全是暹罗的华侨捐建的，门楣上标记着纪念捐赠人的字样。广庭上冷冷清清，只有两个赤足的院生在洒水淋菜。走过礼堂的右侧，有一个破毁了的碾路机关车摆在空地上，有几个院生在机关车内的铁板上洗衣裳。再转过右边寝室的背后，才看见有几十个男女院生，在太阳下面脱衣服捉虱子。走近去一看，他们十个有九个是癞痢头，头上的疮疤像地图一样东一幅西一块。虾球的心冷了半截。

虾球东张西望，看不见一个先生。他问一个十岁左右的院生道：“你们有多少同学？”孩子答：“百多两百个。”虾球问：“先生有几个？”孩子答：“两个。”牛仔问：“你们一天吃几餐饭？”孩子答：“两餐。一餐粥，一餐饭。”虾球道：“很好呀，有两餐吃。怎么你这么瘦？”孩子懒洋洋道：“不晓得。”牛仔道：“你头顶上生疮，身上长虱子，把你吃瘦了。”那孩子很寂寞似的坐在地上用石子画圆圈，大概是没人理他，同时也没有什么东西好玩。他连跟牛仔谈话的劲也提不起来，精神体力孱弱得毫无人生的乐趣了。

再走过去，便是女生宿舍。有一个十二三岁的女生坐在窗口上看一本教科书，反反复复念读一篇课文，闭着眼睛念一句，又张开眼睛看一句。虾球想：大概是准备背书了。忽然有两个女生从厕所走出来，后出的一个追打先出的一个，一边打一边骂道：“死 × ！你怎么偷我的草纸！”那挨打的一个哭道：“一张草纸算什么偷？拿你一张纸你就打人了？”说罢就呜呜呜地哭起来。这时，女生宿舍的一个窗口上伸出一个干柴一样瘦的中年妇人的头来，这个“头”凶恶地骂道：“你们又打架了！我等下打死你们！”牛仔跟虾球道：“这个女人好凶！动不动就说打死人！”虾球笑道：“最好她能打死那些虱子，千万不要打死人。”那妇人看见虾球、牛仔，开口骂道：“你们进来干什么？快出去！失掉东西问你们！”虾球道：“先生，我们正是来找你的呢。”回头对牛仔道：“她一定是先生，我们把那位秘书先生的名片交给她吧。”说罢就走过去，从窗口递那张名片给她。

在虾球的眼中看来，这妇人这样干瘦，一定是个痨病鬼。她接看那张名片时把脸一沉，然后详细问他们的姓名年籍。最后她对虾球道："你不行！你太大了。"虾球、牛仔两人对望一下，他们即刻明白这句话的意思，就是说他们要分手了。虾球心里即刻难过起来。他深爱牛仔，他想，两个人在外边漂泊，挨饥受苦，倒不如让牛仔留在这里一天吃两餐，他自己独自去流浪好了。牛仔不肯留下来，他说道："球哥，我们一道生，一道死，分开我不干！"虾球劝道："牛仔，别那么傻！我不会丢开你的。你等我在外边弄到一点办法，我再来接你吧！"牛仔道："你一个人在外边，我放心不下你呀！你太老实，你要饿死的！我不，我不离开你！"牛仔非常执拗，虾球再劝他，他就号啕哭了起来道："我不！我不！你打死我我也要跟你在一起！"他一哭，虾球的眼睛也红了，他为这真挚的友爱感动得淌下眼泪。

孤儿院的女先生，她隔着窗口看见这两个流浪少年一把鼻涕两行眼泪，她把她那副苦面孔缩回去了。虾球在一群男女院生的围绕中，不好再跟牛仔说话。他拉牛仔走开，绕到女生宿舍的前面来，又再劝他道："你暂时留下来一头半个月，等我的好消息。我一定回来接你。"牛仔道："你何必一定要我留下来呢？一人计短，二人计长，同在一起有事好商量。打架也多个帮手呀！"牛仔的话有他的道理。虾球却认为牛仔虽然诡计多端，常常能想出些绝处逢生的妙计，可以马虎过活下去；但虾球不想老是沾光牛仔从损人利己的偷窃得来的金钱实物，他憎恶这种勾当。他想：老让牛仔偷骗来给自己吃，实在是羞辱自己，同时也害了牛仔。他一定要牛仔留在孤儿院中就是这个道理。虾球道：“牛仔，我何尝不明白两人计长，一人计短呢？但我实在想你在这里住一下，学认得几个字，将来有用处呀！我赌咒每星期来看你一次，带东西来给你吃好不好？”牛仔破涕为笑道：“我就怕你挨饿呀！你还说带东西给我吃！”两人商商量量，牛仔终拗不过虾球的主意，答允道：“好吧，我试住一个星期。下星期你不来看我，我就逃走出去找你！”虾球道：“我一定来看你！但你要在这里学好，可别当这里是座监狱，老是想逃走呀！”牛仔道：“是不是监狱，住下来才晓得。我看，这里和香港赤柱监狱也差不了多少！球哥，你最好三天之内就来看我！”虾球道：“刚才说好一星期，现在又说三天，别那么孩子气了。我跟你去见那位女先生吧！”

半点钟后，牛仔送虾球踏出孤儿院的大门口。牛仔站在门边，喉咙酸哽，说不出话来。他不敢抬头望虾球走开，因为他这时心里很难过，他眼睛含着泪水，不愿让虾球看见。他失去了虾球，就像给人割去了一只手臂一样痛苦。他实在不愿意孤单一个人，留下来跟那些拿一张草纸也打架的孤儿们生活在一起。他一丝一毫也不羡慕这个死水一样的小世界。有两餐吃又怎样？没有生气，没有快乐，再多吃几餐也不生肌长肉。他有满腔的牢骚和感想，但他一句也不能向虾球倾诉。等他抬起头来想说些什么时，虾球已经走远了。牛仔就倚在大门口尽情哭泣起来。

虾球急步踏上他的征途。秋风从后边送来牛仔的哭泣声，他站着侧耳倾听了一阵。这哭泣声刺痛他的心肺。他咬着牙齿，紧闭着嘴唇；他不哭，但他的眼泪像泉水似的直滚下来。

• 千里姻缘一魏牵

芳村花地一带，本来有许多营业的花圃花园，此时因广州百业凋零，花市也跟着冷落起来。花圃的主人，一任百花凋残，不加整理。虾球一路看见许多这样荒凉的花圃。他走到一家“艳芳园”的门口，看见千百个花盆，乱堆在园中；养蜂的蜂巢，毁弃在门旁；浇淋百花的池水也干枯了；许多花卉都萎谢了，只见几盆顽强的秋菊，没有人料理也独自在那里开放。他在这花圃的门口呆呆站了一刻。他奇怪这样一个好花园为什么没有人整理？他觉得孤儿院仿佛有点和这花圃相像，一样是少人整理，一样是乱七八糟，一样是没有生气，也一样让人的生命悄悄地萎谢。他又想到：花没有水浇，花就一定会枯死；人没有饭吃，人一定会饿死；他今天失去了牛仔，没有牛仔诡计多端的帮助，找饭吃更不容易了。他忽然恐慌起来，觉得前路茫茫，不知道哪里是自己的出路。他打定主意，到了黄沙再说吧，在这荒凉的芳村花地一带，有什么活路呢？他没有想到，在黄沙那边，同他一样朝不保夕的少年儿童，满街满巷都是。

此刻的广州，除了原来的几十万失业者而外，又多了一批退出火线的失业军人。他们的数目天天增加，他们求生存的法宝是走私经营小生意。因此走私就成了一种风气，走私者很自然地就结成许多集团和帮口，形成一种力量，这种现象，和统治当局的经济利益是有矛盾的。因此，当局下令把他们驱赶离开铁路线，或逮捕押去海南岛屯垦。他们因此就更加团结起来，联合反抗，以求生存。有二千多个失业军人，由他们分区每十人推出代表一人，共选出代表二百多人，约到南海县属沙溪开秘密会议，商量应付当局的办法。那个在广九路私运玻璃，曾帮助过虾球的青年退伍军官，也是代表之一。他当过连长、营附、少校参谋和中校营长。他自动脱离内战战场，改行从商。为了有免费乘火车的好处，他仍然照常着军服。他这种人并非逾龄的退役军官，他没有退役证件，随时可能会被拘捕。生命与自由，同受威胁，因此他特别热心团结大家，积极为生存而奋斗。人家选他做代表，他就把这一群代表们掌握起来，指挥他们，叫他们分别秘密到达沙溪指定地点开会。

当虾球坐小艇过海时，他们正纷纷由黄沙出发西上。三个五个一群，碰头时这边叫一声“万众”，那边答一声“一心”，这就是他们彼此秘密联络的口令，用来区别是不是自己的“同志”。鳄鱼头也接到了他部下烟屎陈的密报，他转报上去，上边批下来，派他到沙溪去暗中监视失业军人的行动。他本打算抱着“河水不犯井水，井水不犯河水”的态度，但上头一定要他去做密探，只好奉命前往。

虾球站在艇头看看江面上的景物：白鹅潭的江水是静静的，不像香港海那样时常激起白沫的浪头；江水是浑浊的，泥黄的水色，正像水上人家的面孔一样没有一点光彩。珠江水缓缓地流，人的肉眼，看不见它的潜在的力量。

鳄鱼头此刻骑乘的差舰，正溯江西上。“喼顿”鳄鱼头在司舵室看大副掌舵，问大副道：“几分钟可以赶到沙溪？”大副答：“十五分钟内可以赶到。”鳄鱼头道：“我们不泊沙溪。泊沙溪目标太大，引人注意。我们超越过沙溪五里外停泊，我带几个人坐舢板登岸。”大副道：“听舰长的命令随时停泊。”鳄鱼头侧目看看这个大副，心里觉得这人还会捞世界，决定有什么油水可揩时，也分润一份给他享受。鳄鱼头这人的特长之一就是随时随地都想到对方的需要，当人家最感需要的时候就施一点恩惠，让人家感恩知己，深信他把人当“心腹”看待，死心塌地替他服务，为他去赴死。这点权术，鳄鱼头从接任管理员的一天开始，就更精巧地运用起来。他知道这位大副跟诨号叫“顺风耳”的机轮长平素有点不和睦，他就巧妙地个别中伤煽惑，使得两方面都当他是知己而诉对方的坏话。他就利用并制造双方的矛盾来巩固他的领导。这种双轨政策施行的结果，没有一个人敢侵犯他的领导权，他非常微妙地收到实效。还有，他随时对部下作私人的礼赠，使得部下个个都感激他的恩德，而不知道他原来是揩了公家的油。这种化公为私的做法，他占去了的是九牛，人家分到的是一毛，他能令这些分了一毛的人感激涕零。鳄鱼头的笼络部下、收揽人心的功夫，可算是老到极了。这时，他就在大副的耳边小声道：“我们不久要开到海南岛去送军用品，我特准甲板部的人组织一个公司，顺便带点私货，这件事由你全权负责秘密去筹备，绝对不能对任何人公开，知道吗？”大副道：“多谢舰长照顾，我一定守秘密。”鳄鱼头道：“炒这回失业军人要造反，上头要我们出来监视他们的行动，因此我把开往海南岛的日期稍为缓一下。我们可以多得一点时间预备。”大副道：“退伍军人怎么会造反呢？”鳄鱼头笑道：“你听见他们的口号吗？他们叫道：有敌有我，无敌无我；你明白他们的意思吗？他们是白悲狡兔死走狗烹呀！”大副道：“这口号不通，现在兔还没有死啊！你看，日本鬼走了，我们不是又打内战吗？”鳄鱼头道：“我也奇怪。大概是他们一来不是良弓，只好藏在后方；二来他们又不愿做走狗，只好饿死了。”

大副听鳄鱼头批评那班失业军人，说他们不肯做走狗，只好饿死，他不大同意这个说法。他说道：“这么说，要不饿死就得做走狗了！我看不一定吧？”鳄鱼头道：“我的意思只说了一半。吃饭的办法有多种：做走狗是一种，造反又是一种；总之，饭是一定要吃的，不管用什么方法去弄饭吃，在我看来都是对的。”大副道：“照你的说法，世间上就没有什么是非公理了？”鳄鱼头道：“公说公有理，婆说婆有理；此亦是一非，彼亦是一非。你能说哪一个完全对？”大副道：“总得有个标准呀！”鳄鱼头道：“标准吗？有的，有的。大副，你记着我这句话吧！谁给我们饭吃，我们便说谁对。照这标准去捞世界、揾饭吃就不会出毛病了。”大副道：“那么这就变成有奶便是娘了！哈哈！”鳄鱼头道：“对呀！你说得一点也不错。谁喂奶我们吃，我们就喊她一声娘！”大副没有话说。他也相当聪明，他知道鳄鱼头这句话是叫他明白：他要想捞下去，就得乖乖地听他的话，服从他，做他的奴才，自己不得有独立的意见。他心里很不以为然，但他知道“不怕官，最怕管”，鳄鱼头正好管着他，他就把不同意的意见咽下肚子去，不再说话了。

这艘差船在虾球的艇头越过去了。虾球看见这艘差船，他想起过去在差船上一段被人奴役的生活，他就记起了那些奴役他的军官们和警官们，他记牢他们怎样鞭打过他，捆绑过他，他越是怀恨他们，他就越是惦念那些跟他们作对头的游击队。可是，丁大哥和他的队伍在哪里呢？这是他始终没法打听的事。

他在黄沙码头登岸，茫然无目的地往前走。九婶在艇头看见虾球走在人丛中，她的老眼昏花，看不清楚，不敢确定是虾球。她擦擦眼睛，想再看清楚一点，虾球走得更远了。她叫喊，虾球又听不到，九婶叫艇内的亚娣道："你出去看看！我看见虾球呢！"亚娣应声走出艇头来，连声问："虾球在哪里？他在哪里？"九婶道："我眼睛花，看不见了。"亚娣道："在哪里？说呀！"九婶向马路那边一指道："他刚走过那边，看不见了。"亚娣即刻三脚两脚跳上岸去，跑过马路去寻找。她追到丛桂路那边去，虾球走的是梯云路，两人越走距离越远了。亚娣回来骂九婶："真是白天见鬼！"九婶道："如果我见鬼，那就一定是虾球在赤柱监房死了，鬼魂在这里出现了。"亚娣又骂道："呸！不吉利！虾球年纪轻轻，这么容易死！"这时有两个男人一个女人走到江边来，九婶就向他们兜接生意，捞些外快。那个三十岁左右商人打扮的男人走近来问："到石围塘要多少钱？"亚娣答："先生，随便给就行了。"那男人道："打死狗讲价，不好。你实在要多少？"那个二十来岁平常打扮的女人对那男人道："丁大哥，不要讲价了，讲得来就赶不上火车了。"另外一个穿西装的青年男子也催促下艇，于是三个人就下了亚娣的小艇，向石围塘广三车站划去。

在亚娣的艇上，坐着这三个乘客，他们在小声谈话。那女的向她的两个男伴道："你们嗅到广州的火药味吗？我看早晚有一天要爆炸。"丁大哥向那穿西装的道："尽管他们封锁消息，但封不了那些败兵的嘴巴，他们一回到广州，人人都知道光头佬又给我们送了好几个师的礼物。天快亮了！"那穿西装的道："在广州这个地方，眼前反饥饿的斗争是强烈的，除了工人、学生、市民之外，连那批失业军人也卷了进来了。他们的事情不好搞，表面闹得凶，也最容易给人扑灭。三姐，你同意我这看法吗？"三姐道："这两天传说他们要暴动，这当然是愚蠢幼稚的行动。不过从这里，也看得出这批长期受过光头佬教育的走卒们，他们对光头的江山已经完全绝望了。"丁大哥笑道："这是自然的，这点他们比普通老百姓看得更清楚。"穿西装的插嘴道："虽然他们看得更清楚，但他们打的是走私漏税、发横财、建立什么经济基础的如意算盘，动机完全是想浑水摸鱼，再没别的了。"三姐道："他们这样一闹，也有好处。宋子文的丑态又会再二再三地暴露在人民的面前。人民会逐渐明确地认识：到底跟谁走才是办法。"丁大哥道："现在群众都传说：解放军快南下，两广纵队快回来了。有些群众到处在找游击队，连小孩子也是这样。这说明一个问题，群众的思想准备渐渐成熟了。——我刚才在梯云路看见那个帮鳄鱼头做工的小孩，他在香港就对我说过要投游击队。”这时，亚娣听到他提到鳄鱼头，又提到小孩，她想，他们一定是说虾球了。她就问道：“先生，你们见过的那个孩子是不是叫作虾球的？”丁大哥道：“对了！他的名字我记得很清楚，就是虾球！你认得他吗？大姐。”亚娣道：“怎么不认得！他跟我们很要好呢！你先生看见他打哪里走？他穿什么衣裳？破不破烂？”丁大哥道：“我是在梯云路上看见他的，他站在一家酒家的玻璃大橱窗下面，眼巴巴望着那些挂炉鸭，我当时有事情没跟他打招呼。”亚娣又问道：“他的衣服破了没有？”丁大哥道：“好像是很破旧的样子呢。”亚娣登时皱起了她的眉头，紧闭她的嘴唇，半晌才蹬脚道：“该死的鳄鱼头！他升官发财去了，跟他的人还流浪街头！”她转头对艇尾九婶道：“亚婶，真是虾球呢！这位先生亲眼见过他。”九婶道：“我看是十足了，你还不相信。”丁大哥问道：“鳄鱼头怎样了？他升官发财这样快？”亚娣道：“怎么不是！他做了什么司令，又兼了什么舰长，穿起军服，威风得很呢！你也认得他？”丁大哥道：“我跟他是一面之缘，我知道他在香港是一个流氓头，现在穿起军服，欺负我们老百姓了。你骂得对，他是该死的！”

亚娣的小艇把两男一女的青年人送上了石围塘的码头，三姐不让丁大哥和穿西装的送她到火车站去。她笑着说道："你们送到这里好了，我自己一个人去搭火车。丁大哥，万同志，还有什么交代吗？"那个姓万的低头想了一想，然后说道："同志们这两年流动大，多少好战友都把身体拖垮了，今天的医护工作是应该加倍重视的。你好好搞出个制度来吧，像过去那样，太不成话了。"三姐点点头，她望一眼丁大哥，问道："你什么时候来呢？"丁大哥道："快了！"三姐跟两人握别，然后就提起她的小藤篋，走上火车站去了。万、丁两人一直到望不见她的背影后，才坐原艇划回市区。

在艇上，他们两人默默无言，好像是神游到另外一个什么世界去似的。到了江心，老万说道："我昨天到文德路借到一本苏联内战史，温读一次，我有很大的感触。我们常说革命是艰苦的，不错，它是非常艰苦的，我们深深知道，可是，我觉得，一九四八的中国的环境，比一九一八的苏联的环境好得多了！别说老百姓，就是反动派阵营里的人，也不怀疑我们的胜利。"丁大哥应道："那是因为有这么一个强大的社会主义国家和世界民主力量支援我们的缘故啊！"老万跟着像做结论似的说道："我们为了迎接明天的胜利，一定要打垮光头佬这张蹩脚王牌——TV 宋。在各方面和宋子文竞赛，我们必须打垮他，而且一定能打垮他。”丁大哥道：“在我们的岗位上应该一定要做得到的事情是拖住他的后脚，叫他一个兵也调不出去！然后慢慢吃掉他！”亚娣用劲把艇划靠黄沙码头。

这两个人上岸后就不再谈话，一先一后距隔十步左右走进六二三路。他们在西濠口又碰见了浪荡在马路上的虾球。

是虾球先看见丁大哥的，他正在新亚酒店附近徘徊，猛然抬头看见丁大哥在马路边买香港报纸。他奔跑过去气喘喘地唤声：“丁大哥！”丁大哥侧过头来，看见一身褴褛泥污的虾球，他问道：“你是虾球吗？”虾球道：“是呀！丁大哥，我找得你好苦！”丁大哥拿起报贩找回给他的钞票，就离开报摊，虾球跟着他走。丁大哥问道：“你找我做什么？”情急的虾球好像遇见了自己的亲人似的，把他最最迫切、最最苦恼的问题提了出来道：“丁大哥，我要投游击队！”丁大哥道：“在马路上不要乱说话！”走了两步，他小声对虾球道：“游击队生活很苦，有朝没晚的，吃不上饭是常事，有时还丢掉性命，你知道吗？”虾球道：“我什么都不怕，什么都愿做，只要有饭吃就得了！”丁大哥小声道：“你这种想法不对呀！只要有饭吃就得了吗？你把游击队看成是施饭站了。游击队是战斗的队伍，不是慈善机关哩！”虾球不知道怎样说才对，他性急起来，牵一下丁大哥的衣袖道：“丁大哥，我不会说话，你别怪我。我跟你！不管你带我去做什么！”在敌区隐蔽的丁大哥，这时候没有多照顾一个人的能力，尽管他对虾球此刻的境遇有高度的同情心，但他却认为流浪儿的产生是这个腐朽社会的必然结果，他不能因为怜悯虾球而把他收容起来。当虾球举着一双殷殷的眼睛望着他时，他的确不曾动过一点怜悯之情，他觉得对于个别不幸者的怜恤是无益的。他默默不答复虾球的要求。虾球又道：“丁大哥，我跟着你做事！你不是说过有许多小鬼能做大人一样的事吗？我还不会烧枪，但我可以学啊！”丁大哥觉得虾球在马路上无忌地谈这些事是很危险的，他多少有点厌恶这种纠缠，他想摆脱虾球的跟随。他摸摸他的口袋，把报贩找余的几千元钞票掏出来，向虾球道：“你拿这些钱去吃饭。我有事情，不要跟我了！”他塞这几张钞票在虾球的掌心，就快步转入一德路去。虾球站在一德路口，惘然若失地望着丁大哥走进人丛中，转眼就看不见了。

他呆呆地站着，他的精神纷乱，理不出一个头绪来。他想起他千辛万苦到葵涌去找寻的这一个人，原来是这样一个铁石心肠的人。他失望极了，他的眼睛红红，他想哭，但终于忍着不让眼泪掉下来。他看看他手上的几千元钞票，他想：吃掉这几千块钱又怎么办呢？加进西濠口的流氓集团再过偷劫抢掠的生活吗？不干这个了！沿门讨饭吧？今天谁有多余的米饭分给你啊！我怎能跟一大群饥民整天排队站在大饭店门口等半碗残羹剩饭？进工厂无门，投游击队无路，当兵又不甘心，到底怎么办才好呢？……一个怪念头冲上他的脑海："用性命去沙溪赌一次吧！"

丁、万两个人找到一家静僻的小茶楼坐下来休息。丁把刚才虾球跟他谈话的经过告诉万，因为万在后边听见一点，再追问他的详细。万听了丁的叙说后，他闭上他的眼睛，他追忆他看过的一套电影，里面有个镜头：列宁在一九一八年某天百忙之中，带了一个街上的孤儿到他的办公室来，跟副官耳语道："有吃的东西吗？给这小姑娘吃顿饱！"万想起这部影片，他对丁说道："丁大哥，你错了！你应该耐心一点去多了解他的具体生活情况，花一点脑筋想想是否能有办法替他指出一条行得通的路来。"丁大哥还想不清他究竟做错了没有，万又继续说道："你这种拒人千里的态度是要不得的！我们有什么道理指责他要求吃饭是不对的呢？没有饭吃找我们，这正说明我们在人民的心中有了威望。为什么要苛求一个没有阶级觉悟的普通群众懂得革命的道理？千万的人民倾心于我们，他们不懂得怎样恰当地表示他们的心愿，有的老百姓向我们恭维道：你们真是我们的财神爷，我们的活财宝啊！难道我们竟摆起架子，指责他们这种衷心的话是迹近侮辱而拒绝他们吗？"丁大哥听了万的这番话，他抓抓他的头发，脸上露出惭愧的微笑，对万说道：“你的意见很对。”

虾球回头走到西濠口，再折向六二三路，一直走到黄沙码头。那个姓巫的退伍军官正在码头上指挥他的同行踏上沙溪的电船。虾球在他的身边走过，不曾发觉他就是让他背玻璃和介绍他在淡水公路上投宿的那个军官。那军官也不曾留意到这个褴褛的孩子就是当日搭火车相识的那个难童。

虾球经过亚娣的艇头，走过去，一直走到桥板的末尾，他才走上了一只开往沙溪的电轮。电轮的内舱已经坐满人了，他就走出来站在船尾的厨舱上。一会儿，电船就噗噗噗地向西开动了。

选自《虾球传》，广东人民出版社，1979 年版

三家巷（节选）

欧阳山

作者介绍

欧阳山（1908—2000），原名杨凤岐，出生于湖北荆州。1924年开始从事文学创作。历任中国作协广东分会主席、广东省文联主席、中国作协副主席、广东省人民代表大会常委会副主任等职。代表作品有《那一夜》《桃君的情人》《莲蓉月》《高干大》《玫瑰花残了》《英雄三生》《前程似锦》《一代风流》《三家巷》等。

家族、言情与“广州记忆”是《三家巷》最受关注的文学史贡献。《三家巷》中的“新青年”是“大历史”的产物，更是其实践者与创造者，他们势不可遏的分化亦透露出“大历史”视野下深厚的唯物论根基。周炳的“傻”较少正面突入的革命利他主义（“不忍之心”）问题，而其“博爱”则使此种利他主义兼有“互惠的利他行为”的特征，因而为革命夯实了可靠的人性论基础。如此种种，共同构成了《三家巷》之于当前文学创作难能可贵的话语资源与叙事经验。（张均：《当代文学中的青春与革命——重读〈三家巷〉》）

· 鲁莽的学徒

旧历五月初五那一天，周炳就到南关珠光里区华家里去当学徒。大清早起，周杨氏就忙着给他收拾东西。家里没有别的人，只剩下他母子两人。周铁一早就上打铁铺子去了。周金在石井兵工厂做工，一个月难得有两天在家。周榕和周泉都上学去了。可就是母子两人，却比往常更加热闹。衣服鞋袜，手巾牙刷，堆满了整个神厅。依周杨氏的意思，这也得带上，那也得带上；依周炳的意思，这也不带，那也不带，光带一条洗脸手巾、一把牙刷就行。一个包袱解开了又结上，结上了再解开，两个人争执不休。后来妈妈还要在包袱外面再捆上一张草席，这才算停当了。周炳扛起了那分量不轻的行李，兴高采烈地举步就走。妈妈一直送出大街外面，望着他走远了，才转回三家巷，一面进屋，一面擦眼睛。

区家那天停工过节，全家人都穿了新衣服，在神厅里和天井里玩耍，十分快活。大表姐区苏和二表姐区桃都涂了胭脂水粉，梳了光滑粗大的辫子，十分漂亮。区苏一见周炳，就剥粽子给他吃。区桃拿了几个喷香的蒲桃揣在他的衣兜里，又拿雄黄、朱砂在他的天堂上画了一个端端正正的“王”字。周炳一面嚼着蒲桃，一面捧着区桃那张五官精致的杏仁小脸，拿雄黄、朱砂给她点了一颗圆圆的眉心。点完了，大家就嘻嘻地笑。区细和区卓本来在天堂上已经画了“王”字，看见姐姐点了眉心，又缠住周炳要点眉心，点了眉心又要画脸，后来都把脸画得像大花脸一样，大家这才无忧无虑、无牵无挂地大笑一阵。中午的时候，全家大小都和客人一道，围坐着一张矮方桌子吃过节饭。栗子炖鸡，猪肉做汤，还有大盘的鱼，大盘的菜。区华还让周炳喝了半杯双蒸酒。周炳从来没有喝过烧酒，从来没有吃过这么香的菜，没有跟这样快乐的人一道吃过饭，很快就红了脸，眯起眼睛，痴痴迷迷地笑着，昏昏沉沉地又饱又醉了。吃过饭之后，周炳就闭上眼睛，躺在神厅里的杉木贵妃床上。这时候，他的两边脸蛋红通通的，鼻子显得更高，更英俊，嘴唇微弯着，显得更加甜蜜，更加纯洁。他的身躯本来长得高大，这时候显得更高大，也更安静。初夏的阳光轻轻地盖着他，好像他盖着一张金黄的锦被，那锦被的一角又斜斜地掉在地上一样。姑娘们都没事装有事地在他跟前走来走去，用眼睛偷偷地把他看了又看。周炳睡了一会儿，区华又叫区桃推醒他。以后，区华就带着区苏、区桃、周炳、区细、区卓这五个孩子，到长堤外面去看龙船。看了一会儿龙船，又带他们到海珠戏院，买了几张“木椅”票子，爬到最高的三层楼上面去看戏。这一天，直把孩子们乐坏了。

后来，在皮鞋匠区华家里的事实可以证明：周炳不单是不笨，也不是光爱玩耍、不想干活的懒人。不管什么手艺，画样子，切皮子，上麻线，砸钉子，打蜡，涂油，他都一学就会。加上他手劲也大，心思也巧，干活又实心实意，一坐在板凳上，就干到天黑，也不歇手。因此不久，区华把皮鞋、布鞋，上鞋、补鞋，什么活都交给他做，他也都做出来了。区华常常摸着他那剃光的圆脑袋说："好小子，不到十五岁，你就会变成一个真正的皮鞋匠了！"周炳也想过自己会成为一个真正的皮鞋匠，并且想得很远。他悄悄地拿眼睛瞅了一下坐在缝纫机后面车皮鞋面子的三姨区杨氏，就想到将来他有一天会像三姨爹那样坐在铁砧子后面砸皮鞋，而坐在缝纫机后面车皮鞋面子的不是别人，正是自己的表姐区桃。不过他虽然这么想了，却没敢说出口来。那左邻右里的孩子们跟他们一道玩耍的时候，也常常拿小两口子这一类的话来取笑他们。周炳听了，心里高兴，脸上可不敢露出来。区桃只是红着脸，低着头，不作声。大人们听见了，也没有说什么。提起左邻右里的孩子们，周炳觉得十分快活。在三家巷的时候，那儿只有陈家跟何家的孩子在一起玩儿，官塘街外面的孩子不大进来，他们也不出去，就是那么死估估[1]的几个伴儿。珠光里这边可是大不相同：这里是通街大巷，时常有二三十个朋友，在一起玩耍。其中，有些是跟区苏在一起做工的，有些是跟区桃同出同归的。有些男孩子，都是

1. 死估估：呆板不灵活。

十二三岁年纪的，像手车修理店小工丘照、裁缝店小工邵煜、蒸粉店小工马有、印刷店小工关杰和清道小工陶华，都跟周炳十分要好，有空闲在一道玩儿，有好戏在一道唱，有东西在一道吃，有钱在一道赌，有架在一道打，简直谁也离不开谁。这样讲义气的朋友，从前在打铁铺的时候，隔篱邻舍[1]还有那么两三个，在三家巷里是再也找不出来的。

不过在这许多好朋友中间，也有一个他最不喜欢的人。这个人是南关大街上青云鞋铺的少东家，名字叫林开泰，今年十六岁，整天穿着一套香云纱衫裤，游手好闲，不务正业。他喜欢东家串一串，西家串一串，一串就是半天，也不用人家招呼，自己看见地方就坐下，光说一些不等使的废话。那些话也不过是香港的市面如何繁华，澳门的赌场如何热闹之类，全无斤两。有时在街头玩耍，他总仗着他家是珠光里最老的住户，又在永汉路上开着铺子，就恶言恶语地欺人，有时还动手打人。大家都管他叫“地头蛇”，没有谁不恨他。有一回，周炳拿了八双礼服呢、浅口、翻底、学士鞋到大街上的青云鞋铺去交货，恰好碰上林开泰坐在柜台上打盹。也不知道他什么地方不舒服，把那八双鞋子看了又看，就是不肯收。问他什么道理，他

1. 隔篱邻舍：篱笆之外的自属邻居。

说那不是区华亲手做的活，一定是学徒做的活，手工不好，要重做。可那八双鞋子是礼服呢配的面子，恰恰是有名的匠人区华怕周炳做不好，自己亲手做的。当时周炳把鞋子拿了回去，区华气得不得了，用切刀把麻线都切断了，扔给周炳重新上线，又愤愤不平地说道：

“那狗仔既是嫌我的手工不好，你就给他做吧！”

快活不知时日过，不知不觉又到了旧历七月初六。三家巷的人们听说周炳这许久都没出岔子，还在区华家里相安无事地干活，都觉得十分稀罕。也不知道那皮鞋匠使唤什么神通，把他降得服服帖帖的。那天，区桃歇了一天工，大清早起，打扮得素净悠闲，轻手轻脚地在掇弄什么东西。神厅前面正中的地方，放着一张擦得干干净净的八仙桌子，桌上摆着三盘用稻谷发起来的禾苗。每盘禾苗都用红纸剪的通花彩带围着，禾苗当中用小碟子倒扣着，压出一个圆圆的空心，准备晚上拜七姐的时候点灯用的。这七月初七是女儿的节日，所有的女孩子家都要独出心裁，做出一些奇妙精致的巧活儿，在七月初六晚上拿出来乞巧。大家只看见这几盘禾苗，又看见区桃全神贯注地走出走进，都不知道她要搞些什么名堂。偏偏这一天，青云鞋铺的少东家林开泰上区家来闲串，看见区桃歇工在家，就赖着不走。每逢他的手把拜七姐的桌子摸了一下，区桃就皱着眉头，拿湿布出来擦一回。林开泰想看区桃，就故意把手不停地去按那张桌子。区桃没奈何，只是拿着湿布，紧皱眉头，把桌子擦了又擦。后来他索性坐下，吹起他的“香港经”来了。

“你们看，我这只袋表。”他一面说，一面从前胸的袋子里掏出一块黄色的袋表来，摇晃着，摆动着那黄色的链子，接下去道，“是有历史的。是真有历史。”

周炳点头赞叹道：“是真有历史。是真没地理。”

大家笑了。林开泰发脾气道：“你懂什么，快闭嘴。这只表，不光是全金的就算数，它还是一件有价值的古董。有人出过八十块钱，我都没卖给他。你们知道吗？当初，一个英国人把它送给一个美国的情妇，那美国的鬼婆把它送给一个法兰西的小伙子，那法国的年轻人娶了一个葡萄牙姑娘之后，不久……”

周炳忍不住，又给了他一句道：“你讲你的表吧。又拉出那么些亲戚礼数来！”大家又笑了，林开泰本人也笑了。笑了一会儿，他又另外给大家讲吃西餐的故事。

“你们猜猜看，人家鬼子一顿饭要吃几道菜？”他卷起袖子，好像当真要动刀叉似的说道，“我去吃过一回，简直把我的脖子都吃累了。后来一数，不多不少，一共十九道菜！第一道是南乳扣肉，第二道是炖海参，第三道是全鸭，第四道是蒸禾虫，第五道是蒸虾卵，第六道是……”后来大家又笑了，他自己实在扯不下去，也笑了。隔不多久，他又忽然没头没脑地讲起英国人爱认“唐人”做干儿子的事情来。他说在香港，只要稍微有点儿眉目的“唐人”，没有一个没有“红毛”干爹，干爹越多，就越体面。区华问他道：

“泰官，想必你也是有的了？”

林开泰骄傲地扭歪了嘴唇说：“你这个人真是！我又不像周炳那样傻，怎么能没有？人家还抢着要呢！”

周炳瞅了他一眼，没生气，也没开腔。区杨氏的缝纫机“哒哒哒哒”地响着。她忽然插问了一句：“你那干爹是什么人？”

林开泰十分神气地站了起来，装出用两边大拇指勾着吊带的姿势回答道：“你们知道什么！他是一个纯正血统的红毛鬼。身材高大极了，一把胡子硬极了。他是一个大花园的看门人。你们笑什么？真不文明！你们别当给大花园看门是下贱的事儿，那可不像你们上皮鞋呀，打铁呀，尽是笨活儿！在西人看来，大花园看门人的身份可高贵着呢。”

就这样，林开泰把他们结结实实地缠了一个后晌。好容易等他说够了，伸了一个大懒腰，回去吃饭了，区桃才又央求周炳给她帮个忙，把那张八仙桌子重新擦洗一遍。

到天黑掌灯的时候，八仙桌上的禾苗盘子也点上了小油盏，掩映通明。区桃把她的细巧供物一件一件摆出来。有丁方不到一寸的钉金绣花裙褂，有一粒谷子般大小的各种绣花软缎高底鞋、平底鞋、木底鞋、拖鞋、凉鞋和五颜六色的袜子，有玲珑轻飘的罗帐、被单、窗帘、桌围，有指甲般大小的各种扇子、手帕，还有式样齐全的梳妆用具、胭脂水粉，真是看得大家眼花缭乱、赞不绝口。此外又有四盆香花，更加珍贵。那四盆花都只有酒杯大小，一盆莲花，一盆茉莉，一盆玫瑰，一盆夜合，每盆有花两朵，清香四溢。区桃告诉大家，每盆之中，都有一朵真的，一朵假的。可是任凭大家尽看尽猜，也分不出哪朵是真的，哪朵是假的。只见区桃穿了雪白布衫，衬着那窄窄的眼眉、乌黑的头发，在这些供物中间飘来飘去，好像她本人就是下凡的织女。摆设停当，那看乞巧的人就来了。依照广州的风俗，这天晚上姑娘们摆出巧物来，就得任人观赏、任人品评。哪家看的人多，哪家的姑娘就体面。不一会儿，来看区家摆设的人越来越多，有男有女，有老有小，哄哄闹闹，有说有笑，把一个神厅都挤满了。大家都众口同声地说，整个南关的摆设，就数区家的好。别处尽管有三四张桌子，有七八张桌子的，可那只是夸财斗富，使银子钱买来的，虽也富丽堂皇，实在鄙俗不堪，断断没有一件东西，比得上区家姑娘的心思灵巧、手艺精明。

大家正在得意流连的时候，忽然有个姑娘“哎呀”一声惊叫起来。大家回头一看，原来是青云鞋铺的少东家林开泰正从外面挤进来。他一面往女孩子中间乱挤，一面动手动脚，极不规矩。大家没奈何，只得陆续走散，避开了他。站在一旁的周炳、区细、区卓跟他们的好朋友丘照、邵煜、马有、关杰、陶华，都气得目瞪口呆，心中不忿。

周炳想说句什么话儿，把人们留住，可是怎么的也说不出来，只瞪着眼干着急。区苏、区桃两姊妹也不理那林开泰，只顾点上香烛，祭拜七姐。拜完之后，两姊妹一人一个蒲团，并排儿跪在香案前面，区杨氏一个人给一根针、一根线，叫她们两个人同时穿针，看谁穿得快。区桃露出洁白整齐的牙齿，把线头咬了一下，用手指把线头拈了一拈，跟着，只见她的小脑袋微微一低，她的细眼轻轻一眨，小手指动了一动，就把线穿进针孔里，站了起来。那动作轻巧敏捷，十分好看。大家正看得入神，忽然林开泰在旁边浪声浪气地叫起好来。大家都吃了一惊。区桃生气了，脸红红的，鼻尖上冒出汗珠子，站在八仙桌旁边不动。林开泰走到香案前面，伸手就去抓那朵莲花。区桃忍无可忍，就大声吆喝道：

“不许动！那是莲花！”

林开泰嬉皮笑脸地说：“怎么莲花就动不得？就是桃花，我也要动呢！”说罢，就用手把区桃那娇嫩的脸蛋拧了一下。区桃受了侮辱，那眼泪簌簌地直往外流。周炳看见这种情形，一步跳到家私柜子旁边，顺手捞起一把铁锤，又一步跳开来，往林开泰那只不规矩的胳膊上，使劲就是一锤！林开泰捂着手臂，“哎哟、哎哟”直叫唤。他本想扑上前去抢那把铁锤，看见周炳那突眼睁眉的样子，又看见周炳后面，一平排站着丘照、邵煜、马有、关杰、陶华几个小家伙，个个咬牙切齿，怒目而视，就软了下来，只在嘴里不停嚷着：“好，你敢打人，你敢打人。你别走，你等着瞧！有本事的，你别走，你等着瞧！你等着瞧！……”一面嚷，一面溜掉了。

七夕过后不久，有一个在南关的商会办事处帮闲的人来找皮鞋匠区华。他郑重地介绍了自己的身份以后，就说区华这里的伙计拿凶器伤人的事，南关的大小商号都传遍了。商会的值理们都感到震怒。他又着重地指出，商会有权叫房东收回区华的房子，商会有权叫全市的鞋铺不把订货发给区华，商会还有权叫牛皮厂子不卖牛皮给区华，而如果惊动了官府，大概区华的营业执照就会被吊销。他是本着一片好心，来给区华通风报信的。要是区华能够马上把那行凶的伙计辞歇掉，值理们的怒气消了，事情也许就好办得多。区华拿了一块钱茶钱把他打发走了，就叫周炳收拾包袱回家。

周炳对他三姨爹说：“可是咱们没错呀！”

区华斩钉截铁地回答道：“对。没错的人总得避开那有错的人！”

· 幸福的除夕

区桃、区细、区卓、陈文婕、陈文婷、何守义、何守礼、周炳这八个少年人一直在附近的横街窄巷里游逛卖懒，谈谈笑笑，越走越带劲儿。年纪最小的是区卓跟何守礼，一个十一岁，一个才八岁，他们一路走一路唱：“卖懒，卖懒，卖到年三十晚。人懒我不懒！”家家户户都敞开大门，划拳喝酒。门外贴着崭新对联，堂屋摆着拜神桌子，桌上供着鸡鸭鱼肉、香烛酒水。到处都充满香味、油味、酒味，在这些温暖迷人的气味中间，又流窜着一阵阵的烟雾，一阵阵的笑语和欢声。这八个少年人快活得浑身发热，心里发痒。转来转去，转到桂香街，却碰到了另外一个年轻人。他叫李民天，是常常在三家巷走动的那李民魁的堂弟弟，和陈文婕是大学里预科的同班同学，年纪也一般大小，今年都是十九岁。他一看见陈文婕，就长长地透了一口气，站住了。大家望着他，他一面掏出手帕来擦汗，一面说：“你累得我好找！不说假话，我把每一条小巷子都找遍了！”陈文婕只是哧哧地、不着边际地笑。大伙儿再往前走，李民天和陈文婕慢慢落到后面；一出惠爱路，借着明亮的电灯一看，他俩连踪影儿都不见了。陈文婷噘着小小的嘴巴说：“咱们玩得多好！就是来了这么一个小无赖。咱们不等他了，走吧！”走到惠爱路，折向东，他们朝着清风桥那个方向走去。马路上灯光辉煌，人行道上行人非常拥挤，他们这个队伍时常被人冲散。有一次，区桃站在一家商店的玻璃柜前面，只顾望着那里的货物出神。那货柜可以说是一个国际商品展览会，除了中国货以外，哪一个国家的货物都有。周炳站在她后面，催了几次，她只是不走。陈文婷和区细、区卓、何守义、何守礼几个人，在人群中挤撞了半天，一看，连周炳和区桃都不见了，她就心中不忿地顿着脚说："连周炳这混账东西都开了小差了。眼看咱们这懒是卖不成的了。咱们散了吧！"区细奉承她说："为什么呢，婷表姐？咱们玩咱们的不好！"陈文婷傲慢地摇着头说："哪来的闲工夫跟你玩？我不想玩了！"说罢，他们就散了伙。区细、区卓两个向东走去，陈文婷、何守义、何守礼朝西门那边回家……

周炳和区桃两个人离开了货柜，其余的人都找不见了。周炳正在暗中着急，忽然看见区桃那张杏仁脸上，浮起两个浅浅的笑窝，十分迷人。他知道她是使了金蝉褪壳之计，就笑着说："阿桃，你倒聪明。"区桃拿那双细长的眼睛灵活地扫了他一眼，说："学生还能比先生更聪明吗？"凭着这迅速的、闪电似的一瞥，周炳看清楚了她细长的眉毛：弯弯的、短短的、稀稀疏疏的，笼罩着无限的柔情和好意。周炳感到舒服，就更加靠拢一些，低声问道："咱俩现在该怎么办才好？"区桃被他吸引着，也更靠近他一步，简短回答道："表弟，随你。"到哪里去还没有定论，他们只顾信步往前走，你望着我，我望着你，不说话，也不分南北东西。在区桃的眼睛里，也没有马路，也没有灯光，也没有人群，只有周炳那张宽大强壮的脸，那对喷射出光辉和热力的圆眼睛，那只自信而粗野的高鼻子，这几样东西配合得又俊、又美、又四称，又得人爱，又都坚硬得和石头造成的一般。走了一程，周炳提议道："咱们逛花市去。"区桃说了一个字："好。"这真是没话找话说。他俩哪里像是去逛花市呢？花市在西关，他俩如今正朝着大东门走去。又走了一程，两旁的电灯逐渐稀少了，区桃就提醒周炳道："表弟，你看，咱们敢情把方向闹错了。"周炳挥动着他的葵扇般的大手说："没有的事。走这边更好！"实际上，他们从大东门拐出东堤，沿着珠江堤岸走到西堤，又从那里拐进西关。也不知道走了多久，就把这广州城绕着走了一圈。到了花市，那里灯光灿烂，人山人海。桃花、吊钟、水仙、蜡梅、菊花、剑兰、山茶、芍药，十几条街道的两旁都摆满了。人们只能一个挨着一个走，笑语喧声，非常热闹。周炳看见人多，怕挤坏了区桃，就想拿手搂住她的腰。没想到区桃十分乖巧，她用手把周炳的手背轻轻打了一下，嘴里像相思鸟低声唱着似的说道："你坏！"又扭回头对他用天生的、特殊的魅力露齿一笑，就往前跑，一眨眼就像一只野兔钻进稻田里去似的，跑得无影无踪了。在这乱哄哄、人头汹涌的花市里，这大个子周炳显得十分笨拙，他自己也知道，要想钻进人缝当中去追赶区桃，可不是一桩轻便的事儿。他努力向前赶，出了满头大汗。撞了人，赔不是；掉了鞋，拔不起——闹了多少笑话，可哪有半点影儿！

来参加郊游的人都到了。来的人当中，除了区苏、区桃之外，还有陈家大姐姐陈文英、大姐夫张子豪，李大哥李民魁和他的堂兄弟李民天，加上原来在这里的周榕、周泉、周炳、陈文娣、陈文婕、陈文婷，何守义、何守礼两个小孩子，登时把一条三家巷闹得乱哄哄的，又追又打，又说又笑，谁的衣服如何，谁的鞋袜怎样，有人忘了带手巾，有人嚷着带水壶，十分高兴。临出发的时候，何守仁说肚子疼，想不去。陈文娣走到他跟前，说："你怎么啦？你看大家多么高兴。只当作你赏脸给我好不好？"他才勉强笑着答应去了。这十六个人当中，数陈文英年纪最大，已经二十七岁了，何守礼年纪最小，才八岁，其他多半是二十上下的青年人，个个都是浑身带劲儿的。当下沿着官塘街、百灵街、德宣街，朝小北门外走去。街上的人看见这八个男、八个女那么年轻，又那么兴致勃勃，都拿羡慕的眼光望着他们，觉着他们都是占尽了人间幸福的风流人物。出了小北门之后，他们沿着田基路走进一些小小的村庄，穿过这些村庄，向着凤凰台走去。走在最前面的是李民魁、张子豪、周榕、何守仁、杨承辉、李民天六个人，他们在继续谈论善后会议呀、国民会议呀、孙中山呀、段祺瑞呀，谈得津津有味儿。这些人多半都穿着黑呢子学生制服，有新的，有旧的。只有李民魁在国民党党部里面做事，穿着中山装，浑身上下，都闪着棕色的马皮一般的光泽；张子豪从中学毕业之后，又进了黄埔军官学校第二期，出来当了军官，因此穿着姜黄色呢子军服，皮绑腿，皮靴，身上束着横直皮带。这两个人都十分神气。加上大家谈话，都按着学校里的习惯，彼此称呼某君、某君，只有他两个彼此称呼，都叫“同志”，这也使得他们的地位十分新颖，十分出色。

走在当中的是周泉、陈文娣、陈文婕、陈文婷、区苏、区桃六个姑娘，加上一个小伙子周炳。他的左肩挂着一帆布口袋饼干，右肩挂着一帆布口袋甘蔗，还没有出城，就已经累得满头大汗。这些表姐表妹们都穿着漂亮的新衣服。周泉和陈家三个都穿着短衣长裙，有黑的，有白的，有花的，有素的，有布的，有绒的，有镶边的，有绣花的。区家两个是工人打扮，区苏穿着银灰色的秋绒上衣，黑斜布长裤，显得端庄宁静；区桃穿着金鱼黄的文华绉薄棉袄，粉红色毛布宽脚长裤，看起来又鲜明，又艳丽。在1925年的广州，剪辫子的风气还没大开，但是她们六个人是一色的剪短了头发，梳成当时被守旧的人们嘲笑作“椰壳”的那种样式。区桃的头发既没有涂油，又没有很在意地梳过；那覆盖着整个前额的刘海——其中有两绺在眉心上叠成一个自然妩媚的交叉，十分动人。她们缓缓地走着，从远处望过去，就不觉得是一群人在走路，而是一大簇鲜妍的花儿在田基路上移动。不知道是由于受了男子们的影响，还是由于什么偶然的原因，她们也在争论着一个什么问题。边走边谈，指手画脚，热闹得很。走在最后面的是陈文英大姐和何家两个小兄妹，他们对于青年们的论题也好，对于姑娘们的论题也好，都没有听出味道，就离开大家，落在后边很远，这里看一看花，那边抖一抖草，倒也自在快活。

姑娘们的争论，是从陈文娣引起的。她在一间郊外茶寮的菱形窟窿眼儿篱笆上看见一张宣传标语，就气嘟嘟地说："这是什么道理？到处都写着工农兵学商！那工就一定在最前，那商就一定在最后。算是哪道圣旨？"区苏在她近旁走着，就搭腔道："这不过是人们说惯了罢了，哪里有什么意思呢？"陈文娣睁大那棕色的眼睛说："没有意思，那就巧了。我把它颠倒过来，说成商学兵农工成不成？"区苏天真地笑着说："娣表姐，那可不成。人家都不习惯。"陈文娣紧接着道："我说呢，这里面就有道理。不是我爸爸做生意，我就偏帮商人。依我看，商人对国家的贡献不一定最小，工人对国家的贡献不一定最大。"区苏觉着陈文娣不讲道理，就有点儿生气，声音也紧了，说："劳工神圣这句话，你也打算推翻么？依你说，就是商学兵农工才对？"陈文娣一想，区家是她三姨家，那一家人全是工人，觉着不好说，就没有马上回答。大家沉默下来，在风和日暖的田野里慢步走着。菜田里是绿油油的一片，稻田里还漫着水，最初来到岭南的春光紧紧跟随着这一群出色的女孩子。一会儿，陈文婷插嘴进去说：“别怪我人小，不知世界。我看论功劳大小来排，应该是学商兵工农才对。学生应该领头。工人要是押尾，也有点儿委屈。农民虽然人多，但作用不大，又没知识，该掉一掉。”陈文娣说：“这我也赞成。五四运动就是学生搞出来的。带头也成。商人之中，那些有力量、眼光远大的新式商人，其实也都是学生出身的。还有外洋的留学生呢！”区苏说：“就是这样，我还要反对。谁能离开工人的两只手？没有工人，就什么也没有了。”区桃接上说：“我也反对。共产党也好，国民党也好，都承认工人最重要。”后来陈文婕加入了她姐姐这一边，周泉加入了区家姊妹那一边，就旗鼓相当地辩论不休。谁知越辩论越带意气，说话慢慢就离谱儿了。陈文娣赌气地说：“阿苏表妹，反正你说的话，我听来都不对头。你应该多读点儿书！”区苏也气了，就冷笑一声，高声说道：“这我知道。娣表姐你饱读诗书，我没法跟你争。可是你大人自有大量，何必多余我一个没要紧的人呢？”陈文娣一听，就听出了一些弦外之音，是沾到周榕的身上去了。她也不甘退让，就说：“谁跟你争来？你要是有什么不遂意的事儿，那该怪你自己，怪不得我。我是不屑跟你争什么的！”区桃还没作声，陈文婷就帮上去了，说：“苏表姐的话，反正我到死那天，也不能赞同。”区桃在旁，也接上说道：“大人日的，别说这样不吉利的话。我可是相反，娣表姐的主张，我无论怎样还是反对！”周泉和陈文婕都比较胆小怕事，就齐声劝阻道：“算了吧，谈别的吧。要不就让别人来谈一谈，咱们听一听，多琢磨琢磨。”区桃说：“对。”又让一让到如今为止还一句话没说过的周炳道：“炳表弟，你说一说！”周炳好像很有准备似的，一点儿也不谦逊就说出来道：“我当过工人，如今又是学生，谁也不偏帮。说老实话，我是工农兵学商派。商人当然不能带头。带了头就出陈廉伯，办起商团来，从英国人那里弄来些驳壳枪，请孙中山下野。这是不行的。学生带头也不行。莫说学生不齐心，就是心齐了，顶多也不过罢课。帝国主义和军阀都不怕罢课，只怕罢工。这一点，这几年还看不清楚吗？”陈文娣听了，觉得自己这边占了下风，就高声向前面叫道：“榕表哥，你来！”周榕丢下了善后会议，跑到后边来，听了听双方的议论，就说：“这问题很大。大家要慎重研究，不忙做结论。文娣提出来的疑问是有道理的。商人来领导革命是不是一定不好？学生坐第一把交椅是不是就不行？工人不带头是不是就算不重要？这些题目都很有趣味，值得咱们平心静气，坐下来慢慢探讨。大家知道，陈独秀就主张资产阶级来领导革命，资产阶级不就是商人吗？”他说完，就赶到前面去了。周泉拍手笑道：“好呀，好呀，四票对四票，这个议案只好保留了。”陈文娣说：“不对。是五票对四票。你没有把陈独秀的一票算到我们这边来。”提起陈独秀这个响亮的名字，大家就不作声了。

姑娘们继续拨开山光和云彩往前走。路旁的柳树摇摆着腰肢，紫荆花抬起明亮的笑脸，欢迎她们。陈文婷感到胜利的骄傲，就像黄莺似的唱起区家姊妹完全不能领会的英文歌来。走了好一会儿，到快要爬山的时候，前面的男子们停住了。李民魁一面掏出手帕来擦汗，一面兴高采烈地对姑娘们宣布道："我们六个人一致投票，选出了今天最美丽的姑娘做'人日皇后'，她就是区桃！你们赞成不赞成？"周炳问："皇后要做些什么事？"陈文婷插嘴道："还没选定呢。你看你急得！"李民魁解释道："今天的皇后专管游山。到哪里，待多久，食物怎样分配，都归她管。"陈文婷叽叽咕咕地自言自语道："好大一个皇后，怎么不把婚姻也管上！"她越想越生气，就抢先说道："我一个人，投一万张赞成票。论人才，除了桃表姐还有谁呢？咱们省城的大街小巷，哪一个不认得的'美人儿'？光论相貌鼻子嘴，我倒认真赞成工农兵学商的排班次序呢！"说完，她就不理别人，一个劲儿往凤凰台山顶冲上去了。她那心灵，刚才不久才叫胜利的喜悦滋润过，如今却又叫突然的失败给扯碎了。她淌着汗，又淌着眼泪。她掏出手帕来，既擦汗又擦眼泪。下面，大家伙儿又愉快又兴奋地往上爬着，享受着这个春节的假日。区桃和周炳紧挨着走，看样子真令人羡慕。她脱去金鱼黄的文华绉薄棉袄，搭在手上，露出里面那件和长裤一样颜色的粉红毛布短褂子来，在温暖的阳光底下，简直就像一朵那种叫作“朱砂垒”的牡丹花一样。她微微喘着气，对周炳悄悄说道：“表弟，你看她们把人欺负成什么样子？”周炳说：“你还不知道吗？她就是那种脾气！你不要怪她就是了。”区桃说：“自然，我不怪她们。”说完，又灵慧地笑了。

选自《三家巷》，人民文学出版社，1979年版

香飘四季（节选）

——陈残云

作者介绍

陈残云 (1914—2002)，广州人。历任广东省文联副主席、广东省作协主席，中国作协理事等职。著有电影文学剧本《珠江泪》《羊城暗哨》，长篇小说《香飘四季》《山谷风烟》《热带惊涛录》，中篇小说《风沙的城》《山村的早晨》《深圳河畔》，散文集《珠江岸边》《异国乡情》《南大门风光》等。

长篇小说《香飘四季》其人物与故事比较平实，比较接近生活原生态，但作品中的生活真实性又与其特有的理想化书写交织在一起；其理想化的表现形式不是意识形态化地拔高人物思想境界，而是只侧重写生活美好一面，淡化矛盾冲突。《香飘四季》对读者的吸引力来自它对岭南风情的真实细腻描绘，作者对农业劳动生活的熟稔使得有过类似体验的读者感到特别亲切，在风景、风俗描写以及乡村青年男女的爱情婚姻描写方面尤其为人称道，但毕竟岭南不同于湖湘，它自有其不可替代的价值。(阎浩岗:《合作化小说的又一种写法——评陈残云〈香飘四季〉》)

第四章

环绕着东涌村的小河，河水向西南边流开去，转弯抹角绕几个弯，绕过了西涌镇，又向前流去，流入水波荡荡的珠江。

西涌，是以盛产香蕉著名的较大的圩镇。但在旧社会里，它著名的东西不是香蕉，而是酒色财气，烟和赌。那时候，它是杀人越货的“狗反之地”，土豪、土匪和流氓烂仔的“乐园”。在广州被绑票的人，如果无钱赎身的话，常常可以在这里寻到尸首。陈济棠时代，有些人称作“升平世界”，但著名的土匪头子袁虾苟、罗鸡洪、歪嘴裕，可以在此大摇大摆地流连。后来另一群“后起之秀”李朗鸡、刘法如、凤凰九、陈佳、刘老定、崩口庆等等，却是你争我夺，强拉乱杀，奸淫掳掠，勒索抢劫。国民党的党官党棍、汉奸、密侦、豪绅、地主，与他们彼此依凭，彼此勾搭，变成一窝吸血噬人的毒蛇。二三十年来，日日鸡飞狗走，夜夜枪炮连声，善良的人们没有过过一日安宁的日子，好好一片肥沃的土地，弄得蔓草寒烟，不愁水旱的鱼米之乡，变成荒凉贫瘠的厄境。凤英的哥哥、二十九岁的青年许火照，就是在这昏黑的时势中长大的。什么“升平世界”呀？他闭上眼睛都能给人回答。真正的升平世界，是从1950年开始，渐入佳境，恢复了元气，并且景象一日比一日新奇和美丽。

现在，西涌镇的景色是醉人的。圩市连接着村庄，一河两岸，静悠悠的流水在中间流过。河中的小艇子穿梭如织，河岸的行人熙来攘往，斜阳淡照，暖风轻拂，繁盛又幽雅的水乡画景，生动地铺在人们的眼前。旧时代的罪恶，一切肮脏的东西，都被河水冲走了，在新的画景面前，谁还有兴趣去追忆它呢。年轻人，有兴趣的，苦心追求的，是吸引着他们前进的更新更美的事物。

许火照便是许多有为青年当中的一个。这位在饥饿中长大的雇农的儿子，正和他死去的父亲一样，有一种对困难不畏缩，对穷苦不绝望，对一切不如意的事情不怨天尤人的，坚忍、乐观、克勤克俭，沉着朴实的性格。不同的是，他父亲相信一句宿命的浑话“人无三代穷”，意思是说：他爹当雇工，穷；他自己当雇工，更穷；他儿子不会再当雇工，比上两代都更倒霉了，所谓“天理循环，人衰运转”，而许火照却相信东涌社不会老是穷下去的，只要林耀坤想通了，社委的意见统一了，大家带个头，结结实实地把群众发动起来，把蛇窝那些坏田改好，把香蕉搞好，把猪养好，把大伙子的作风改好，立下雄心大志，勤勤俭俭，生生猛猛，拼命干它三两年，定然摘掉穷帽子，闯出一个好景象来。

许火照坐在河边，出神地想着社里的事情，想得很乐观，禁不住微笑起来。他的笑，好像对今天在会上乡党委区书记对他们的批评，做了积极的回答：“是的，我们的社是有前途的，不应安于落后，不应在困难中踏步不前！”虽然区书记只点了林耀坤的名，说他“作风漂浮，害怕困难，安于落后”，但他觉着自己是社主任，不能把责任都推在林耀坤身上，甚至是，他觉着自己比林耀坤责任更多。虽然区书记跟他个别谈话时，语重心长地点了一下他“不敢坚持正确意见”“有点软弱”“老好人”，却是鼓励的多，像“作风踏实，艰苦朴素”“群众关系好”“对生产用心钻研”“勤恳省俭”等等。但这都是上级对他的爱护和启发，他不能因此推卸责任。他想，如果区书记对他鼓励的话，全都是他的优点，也不能弥补他思想软弱的重大缺点。哪怕优点更多些，而不能把落后局面扭转，给群众带来好生活，那么，这优点又有什么值得表扬的呢？他对自己严格地责备。

区书记的话，使这个向上的虚心的青年，开始正视自己的缺点。他想：“如果我改好了，林耀坤改好了，徐炳华、何水生，以至每一个有缺点的社干部，都把缺点改掉了，我们的社就有好前途。蛇窝的田不是注定坏的，生产不是注定差的，东涌不是注定穷的，事在人为！”许火照越想越觉得乐观，越觉得周围都充满了生气和力量。

小河上来来往往的小艇，扬起了轻快的水声，西涌社的社员们出勤归来的纵情谈笑声，和市街上熙来攘往的行人，彼此呼唤、笑谑、低谈高叫的复杂的声浪，交织在一起，在金阳斜照的小河边回荡，把许火照的沉思打断了，仿佛这一切声音，都是愉快、乐观、生气勃勃的。

他抬起头，斜阳透过落了叶的凤凰树，照射在他的脸颊上，他的剃光了的圆脑袋，粗眉直鼻，五官端正的粗黑的脸膛，都闪出亮光。他仰起沉静的欣赏的眼睛，看一看小河的艇子，看一看横在河上的石桥上的行人，又沉下头来，悠然地联系到自己的村子，不禁沉思道："我们的村子不该穷的。"

一块甘蔗渣陡地落在许火照的头壳上，把他惊醒了，他回过脸来，看见一个黄铜脸孔，印堂饱满，有一双奕奕有神的大眼睛，戴着灰帽子的高个儿，咬着一支甘蔗，朝他走近来。"嗯，高佬浩！"许火照叫道，"是你——桂珍呢？"

"她是你们的人，你问我干吗？"叶浩走到他跟前，打趣道，"你一个人呆里呆气的，有什么心事呀？"

"没有。"火照摇头，随后又玩笑地回他一句，"你可别要个人主义，对我们埋怨呵。"

"一点不个人主义，"叶浩态度很爽朗，把手上的甘蔗折了一节，递给火照，"真的，你们社需要的人，我决不拖后腿。"

火照接过甘蔗，咬了一口，笑道："这叫照顾落后吧？"

"不，绝不……"叶浩摇手，"我们又不是隔着千山万水……"

"好呀，这是她自己作主的，"火照欢声道，"你们两口子不闹矛盾，我们也放心啦。"

叶浩笑笑，朗声说："可你别说我照顾落后呵。"

"那就叫帮助吧。"火照说，"欠你们的债，还要帮助一下，明年夏收清还。"

"行，秋收还也行。"叶浩很大方。说着，一把拉着他的衣领子，"走，下棋去，别呆里呆气的……"

火照坐着不动，叶浩大力一拉，把他那破旧的麻包外衣，拉开一条破缝。火照很爱惜地摸摸破缝，叶浩又顺手扭住他的手，再用劲一扯，把他扯起来："走！"

火照随着叶浩走过热闹的街场，走到乡党委的所在地，一间两进深的经过修理改造的古旧祠堂里去。走进最末一间会议室，看见一堆人在高嚷大笑，兴高采烈地玩着扑克。他们是林耀坤、徐炳华、何桂珍、许金全、大乡银行办事处干部小李、香蕉收购站经理郭成，旁边还围着几个看热闹的人。

林耀坤高高地盘坐在桌子上面。这个国字口面、眉精眼亮的三十五岁的壮汉，声音铜锣一样的响亮，笑起来声浪几乎盖住了所有的声音。他有一个手指短了小半截，是小时候跟着堂叔父做泥水工，给砖头压坏的，拿扑克牌不很灵活。他旁边的徐炳华，也竖着两条粗腿坐在桌面上，居高临下，常常窥看坐在横头凳上的许金全的牌张。许金全有个别名叫"黑炭"，很黑，很粗，很老实，脾气挺好，好得有点“漏气”，驶牛插秧是个能手，玩玩手艺儿却是又拙又笨。他连自己的牌张都砌不顺，根本无法提防徐炳华的眼睛，可是他手气很好，很少“交公粮”。跟许金全并排坐的是何桂珍，因为身体较胖，把许金全挤在一边。玩耍“百花齐放”这种玩儿，她是个新手，但她心灵手巧，又认真地用心思，“公粮”也就收得最多。她的对面，是年轻的白面书生小李，常常暗里跟徐炳华换牌，欢喜闹笑。另一个是大胡子郭成，老成持重，规规矩矩。

火照站在“黑炭”的背后，帮他用个小鬼“砌了个同花顺子”，压住了何桂珍的“大灰路”，赢了一盘，何桂珍放纵地一叫：“哎呀！”引得大家都放声而笑，林耀坤的有节奏的笑声，响彻了天阶上的晴空。

叶浩也笑了一下，拉走了火照：“我们下棋去——”

叶浩拿了棋子，走出天阶，蹲在石板上，火照跟着也蹲了下来。两人经常交手，棋艺有点分量，虽然没看过《梅花谱》《橘中秘》之类，却也不同于胸中无谋，横冲直撞“屎棋贪食卒”之辈，因此下起来都蛮认真，蛮过瘾。阵势摆好了，叶浩让火照先行，火照不假思索，走了个“卒九进一”。叶浩愣住，惊讶地叫道：“怪，怪，向来没好手这样摆阵的！”叶浩不敢轻视这步怪棋，沉思了半晌，不敢动。

火照不是个鲁莽人，自然心里有数。他微笑说：“世上许多事情都不是定局的，好比我们的穷社不是定局一般，下棋，为什么一定要按着定局的路子走？”

“别扯到社的事情去啦。”叶浩顺声答着，然后慎重地走了一着“炮二平五”，采取毫不示弱的“后手攻势”。

火照双马不动，走了第二步怪棋“象七进五”，眼白白放着一个中卒让对方吃。叶浩知道他平素稳重，不肯冒险吃卒，走个“马二进三”，以稳对稳。

火照第三步仍不出马看中卒，好像很有决心要让它牺牲，而是走第三着怪棋——“马八进九”。上七路象，起九路边马，是从来没有人这么走的，着实怪得出奇。叶浩看来这是个漏着，挺一路兵上前，让对方九路卒过河，他直车吃卒，既现车头，又牵住对方车马。但火照有意弃卒，跃马上前，走个“马九进八”。叶浩驱兵渡河，“兵一进一”。火照不慌不忙，来个“炮二进二”，打边兵。这一来，叶浩怔住了，如果继续驱兵前进，对方马炮很活，自己的车兵被牵死，如果等候兑车呢，对方双炮马归边，再后把右车调过去，攻势很猛，难于抵御。叶浩对火照这几着出奇制胜的怪棋，大为赞赏，他考虑了许久，决定退让一步，来个“车一进四”，准备弃兵避车。

正是“棋逢敌手，将遇良才”，以后彼此一来一往，互有攻杀。到最后，由于兑子太多，来了个和局。

第二局叶浩先行，用了个杨官璘的五七炮。火照也用屏风马正着防御。但这种局势很沉闷，牵得大家动弹不得，好像是要依靠耐性来求取胜利。他们在耐心的聚精会神的相持中，却引起了一些棋迷的注意。看扑克的几个人转了过来，另一些人也陆续地围了上来，围成了一个热闹的小圈，把一种静止的对垒气氛打破了。所谓“棋中无哑人”，围观的人不管自己的分量如何，总是突着紧张的眼睛，指手画脚，扬声高叫：“将军，将军！”好像谁都比火照和叶浩有本领。但许多声音，扰乱不了火照的思绪，“旁观者清，当局者迷”的古老说法，他并不信服。

围观者的热闹而紧张的嚷叫，把玩扑克的人都吵散了，林耀坤、徐炳华、许金全，都围了过来。大胡子和小李，不懂得下棋，走了。何桂珍也是不大懂下棋的，但因她爱人是当局者，有一种不言而喻的关心他胜负的心理，她也围着来看，她挤不进去，便拿个凳子来，高高地站起。有时看见叶浩摆着一只挨吃的没有走动的车子，她也心急地叫起来：“吃车啦，阿浩！”众人哄然一笑，她自己也跟着大笑。

围观者中最心急的是徐炳华，他经常不管火照同意不同意，自己就伸手动棋子，林耀坤几次打他的手，喝道：“懵华，你屎得很，别动！”徐炳华笑道：“又不是全国比赛，那么烂心烂肺干什么？”火照批评他道：“不用脑，怎么会长进的？”以后徐炳华就忍着手，不再乱动。

许火照在别人动口又动手的扰攘中，一直保持着清醒和冷静，不曾走过一步“盲棋”，也不会出什么漏洞。但后来不知为什么，只注意纠正别人却忘掉了自己的林耀坤，也动起手来，而且动得不大高明，给叶浩吃掉了一个象。接着局势转入被动了，他一半不忿气，一半为了要力挽颓势，动手动得更多，仿佛他就是正手，把火照撂在一边。

“耀坤，你不要包办代替！”围观者中有人发出带笑带劝的声音。这人三十多岁，不高不矮，身材四正，结实的明快的面孔，有一双敏锐的眼睛。他穿着一件褪色的浅黄色军衣，一条裤裆打了一块大补丁的蓝斜布裤，看得出来是两三年前转业的军人。他一面说着话，一面挤在“黑炭”的身边，蹲了下来。

林耀坤打量他一眼，说：“哦，棋王区书记来啦。”

乡党委书记区忠依然笑着说：“什么事情都要相信人家的智慧呵，耀坤。”

“对，”林耀坤顺嘴答，“你看……这颓势怎么挽救？”

“你让火照下嘛。”区忠说，“等他下完了，你跟老叶再下一盘。”

林耀坤摇头道：“不行，我不是他的对手。”

区忠笑说：“你不是他的对手，那么你包办代替，不是把火照包坏了？”

林耀坤笑道：“我在旁边动动，倒动得几步，自己做主却不行。”

“不，不会掌握全局，在旁边看也是不行的。”区忠瞧瞧火照沉着的脸孔，继续和林耀坤闲聊，“有人说，‘旁观者清，当局者迷’，这其实都是旁观者为自己的低能辩护。”

突然，何桂珍又大声叫起来：“吃车，吃车啦，阿浩！”她的幼稚、直率和急躁的惊叫，又引起人们的哄笑。

许火照没有笑。他竭力要挽回被林耀坤叫作“颓势”的危局，当中也缠住了叶浩的攻势，但到底是“一着之差，全盘落索”，缠到最后，叶浩剩下单车一兵，火照只得双兵双士单象，正缺少一个象，守不住，败下阵来。

“你来——”火照抚抚剃得光滑的脑袋，把位置让给区书记。

区忠推给林耀坤，林耀坤摇头：“刚说过，我不行。”区忠推给许金全，许金全说：“我更不行！”区忠仰头望望何桂珍，逗趣道：“桂珍，你来吧，新夫妇来个表演赛。”可桂珍叽地笑道：“他让我双车，我也不行。”区忠谦逊道：“那就让我跟高佬学点本领。”叶浩连忙谦让道：“呵嗄，区书记，你手下留情，别剥光猪。”

区忠让叶浩先行，叶浩照例是“顺炮直车”。区忠以攻势对攻势，亦以“中炮横车”对付。这种剧烈的以攻对攻的阵势，《梅花谱》里有异常巧妙的着法，曾经很流行，棋差一着，往往是一败涂地。现今的著名棋手，却把它发展为能攻能守的基本局势的一种。区忠敢于用它，自然是心里有数。区忠身旁的许火照，是不懂《梅花谱》的，他却惊叹区忠的大胆凌厉，正如听什么人说过，和他在军队时打仗的作风一样。

果然，二十多个回合，区忠就取了先手，以后节节进攻，步步迫紧，一鼓作气，迫入重关，连何桂珍也来不及惊呼阿浩的“盲车”，就把叶浩杀败了。何桂珍拍掌一叫：“好彩，没剥光猪！”

徐炳华说：“要是区书记不留点情面，还不是剥光？”

何桂珍说：“教你懵华，你早就给剥光啦。”

“不，”徐炳华怄气道，“连杨官璘也剥不光，顶多输就是了，他有什么法子把我剥光呢。”

叶浩要火照跟区忠也来一盘，火照很想试试。区忠见天色慢慢昏暗，说：“快开会了。”随手把棋子捡起。

徐炳华转口问区忠：“区书记，这鬼玩意有些什么道理没有？”

“有是有，我不懂。”区忠掠掠散乱的头发，环顾一下许火照、林耀坤、叶浩和许金全，问道，“你们懂吗？”众人都摇头，他随意道：“在我想来，指导思想是很重要的。”

火照探询地问道：“怎叫指导思想？”

“开始时一定要有决心赢得胜利，”区忠用着愉快的声音说，“进攻也好，防守也好，目的都是要胜利，这就是说，进攻与防守，都不是盲目的、被动的、挨打的，而是有谋有略、有远见、有目的性。有了不害怕对方的取胜信心，才能冷静的大胆的部署自己的力量。”

何桂珍听不懂，抢嘴说：“哎哟，区书记，你好像谈打仗。”

“是呀，有点像打仗，听说那‘楚河汉界’，便是项羽和刘邦打仗的事儿。”区忠轻松地笑笑，续道，“那时打仗是兵对兵，将对将，恐怕没有游击队的。可我们有些下棋的人，却用了个游击战法，孤零零地送一两个子到对方去，‘孤军深入’，给人吃掉。挨了吃，自己又心慌意乱，打个输数……”

林耀坤插话道：“这情况你说中了我。”

“有一些人就是这样，莽莽撞撞的推几只子过河，大声喊几声‘将军’，想把人吓倒，不愿意在苦战中求取胜利。”区忠的语气慢慢地好像有点离题，“世上许多事情，下棋也好，打仗也好，生产也好，办社也好，不深入钻研，不经过艰苦奋斗，马马虎虎，飘飘浮浮，说空话，吹大炮，是不会胜利的。”

何桂珍叽地一笑，说：“你总记着打仗，生产……”

“呵，我扯到哪儿去？”区书记抹了一把刮光胡子的脸，也笑起来，“还是说下棋吧，如果给人吃掉一只要紧的子，就算车公吧，也不要害怕，单车难杀士象全，输了一只车也不是注定失败的。但头脑立刻要改变，设法兑子，求和。总说一句，要胜利，碰了好手不自卑，碰了坏手不自傲，能胜即胜，决不拖沓，不能胜利就退一步取和，切不可有失败的打算。当然，你棋艺不高，总不免是要失败的，就算棋艺高的人，也会犯错误，但失败是一回事，心理的失败又是一回事。”他顿了一下，把眼睛瞪着徐炳华。“至于像懵华这样的不三不四的水平，就得学会稳扎稳打，不要随便使用中炮，用上中炮象难保，象保不住，帅爷岌岌可危，一下子就给剥光猪的。稳妥的办法是先关上大门，上好士象，车马炮站好位置，不随便过河，这一来，怎么高明的好手，都会攻得很吃力。要杨官璘不把你剥光猪，这种法子较有保证。”

许火照很佩服区忠的道理，他想他说的虽然是下棋的道理，但对做工作，做人，都有启发。他正要赞扬那些道理，却给徐炳华抢先说了。徐炳华扬声叫道：“对呀，我这莽撞人，该学会稳扎稳打！”

“这便是扎稳马步，勇敢前进，”区忠拉高嗓音续道，“稳而不前，能胜利不敢胜利，叫作右倾保守。保守者在棋坛上决不会获得冠军，在生产上，就会安于落后。飘浮和保守，实际都是安于落后的具体表现。”

火照频频点头，有所追求地说道：“你像讲棋经那么剔透，给我们多讲些工作道理吧，区书记。”

“让你们自己好好总结吧，所有好道理，都是从群众里来的。怎么才能把生产搞好，才能把穷社的面貌扭转，群众一定有许多好道理，好办法。”区忠顺着火照的语意，把话拉到他们的社里去。他望林耀坤一眼，似乎要林耀坤警惕自己的飘浮作风。他像有许多话要对林耀坤说，看看天色晚了，开会的时间快到了，他就咽着不说。“哦，快开会啦。”他站起身来，平静地说，“今晚你们在小组会里，再深入地摆摆情况，看群众还有什么意见。明天，转入另一段，传达县委的指示，着重反对右倾保守，大跃进……”

许火照心里像有什么感受，眼珠闪着光彩，说：“报上说哩，人家都在跃进！我们也该跃进！”

“对！我们也要跃进！”区忠朗声说，“反掉右倾保守，在思想上，生产上，一切工作上，都要来个大跃进！”然后，区忠带着一脸笑意，走了。众人散去。

叶浩和何桂珍据说有什么“私事”，折出冷巷去。火照、林耀坤、徐炳华，三人一块儿走出大门。剩下一些没人注意的小事情，“黑炭”许金全自动地去照料，他端回何桂珍站过的凳子，收好棋子和扑克牌，才不声不响地走出门。

徐炳华要赶着回村子去，火照和耀坤陪他走了一段路。当中，耀坤告诉火照，他同意火照提出的年终分配计划，少扣公积金、公益金，拖一拖银行的欠款，多分一点现款给社员，而且要早分，有困难的人尽量帮助。耀坤说：“大胡子希望我们搞好香蕉，还答应预付一点收购款，又给我们一些专用化肥。这一来，社员是会满意的。”火照听耀坤没有坚持彼此争论过的“多扣少分”“先还后分”一类意见，特别没有再给他扣上“农民观点”的帽子，也就使他安下心来。“可道理还得跟群众摆清，”火照回答道，“要不，分那么一点钱，一些儿女多的劳苦人家，日子也不是很好过的。”随即他轻轻地拍一下徐炳华的腰背，又关切地嘱咐道：“懵华，你不要说‘肚子生不出钱’那些赌气话，学学区书记那副讲道理样子。”徐炳华爽朗道：“行。”

• 第十一章

火照领了徐炳华、何桂珍、凤英、许文仔、许金全、许发、何牛、何开见、林福等十多个精力旺盛的人，摇了四只泥艇到广州积肥去。林耀坤也坐在火照兄妹同摇的艇子上，一块儿到广州，进了一间痧病医院留医。

同一个时候，许三财也领了自己的女儿，到广州做一件不平常的事——相亲，用广州人的说法便是“相睇”。这位善于捞钱的上中农，也趁着这个机会，拿了几个肥鹅和一篮子买来的鸡蛋，到农贸市场售卖。他的女儿许细娇，对这种买卖原来是没有兴趣的，但因为跟着父亲来，也就帮了父亲一点忙。卖完了，她又完全被动地跟着父亲，进入一间名叫“陶陶居”的又大又辉煌的茶楼里去。

“陶陶居”是一间鼎鼎有名的茶楼，它的出名，除了莲蓉包和点心之外，便是“看妾侍”。从前，广州的官爷们、阔爷们、阔少们，要讨小老婆，总喜欢到那里物色，这便成了个“妾侍市场”。据说这“市场”是很自由，又很斯文的；一个老太婆把一位打扮得尽量漂亮的女子，带来和男人吃一顿茶，聊聊闲天，彼此悦意了便通过老太婆议价还钱，一说即合。不悦意时，男的给女的一块几毛钱红包，各自散去。这风气一传开去，有些拈花惹草的西关阔少们、阔爷们，纵然不是讨小老婆，却也喜欢花一两块钱吊吊膀子，同时也就出现了一门“妾侍职业”。有些不正派的女子就利用自己的尊容，终日穿插在茶楼间，白吃茶，捞红包，自然，她们也学会一套应付男人的本领。这一来，“陶陶居”就经常有一批衣饰华贵、精神卑贱的“高等客人”。但这都是解放以前的旧事，初次进城的农村姑娘许细娇当然不懂，就连解放前也常常进城的许三财也都是不懂的。

现在，“陶陶居”没有那种肮脏事了。但一些老茶客们，对走进“陶陶居”去的年轻女子，却总带着奇怪的眼睛，习惯了似的，对她们贪婪地欣赏一番，发出了奇妙的猜想。穿得漂亮却仍然是有些土气的许细娇，进到茶楼里去，也就引起了茶客们的注视。尽管许细娇觉得自己很文明，学了一点广州姑娘的气派，但走进那样华丽又复杂的地方，迎接那么多新奇的眼睛，她感到很害怕。特别是她要和一个陌生男子相会，那男子可能成为她的丈夫，他可能改变她的命运，变成一个城里人，因而她的心情异样地紧张和害怕。

许细娇随着她爸走上二楼。

许细娇跟着她爸在宽敞的茶厅中兜了一圈，最后，在一个略为僻静的厢座里，看见两个人无言地坐着。一个年老的，秃脑袋，尖鼻子，红光满脸，好像刚喝过烧酒，穿了一套半新不旧的哔叽唐装。一个年轻的，跟老头一个板样，也是尖鼻子，却有一头梳得匀滑的黑发，面白唇红，眉长额满，穿上杏色呢子短打，衣袋上插了一对派克牌水笔，一表人才。许细娇看见他们笑嘻嘻地和她爸点头，老的站起来，后生小伙没有站。她猜想那后生小伙正是她要看的人，禁不住害臊起来。

“呵，表亲，等你很久啦。”那年老的人，用着殷勤的欢快的语气，和许三财招呼，“请坐，请坐。”

许三财一头招呼那老头，一头嘱咐女儿道：“你叫声表叔呀，他便是西涌村的荣茂表叔，开杂货铺的。”

许细娇怯怯地叫了一声：“表叔——”

“还有祥表哥——”许三财指指那坐着的年轻人。

许细娇羞怯地和那后生点个头，没有叫。那后生欠欠身，腿子没有动，扯起一脸笑意，贪婪地打量许细娇。

许细娇闪进茶座去，和那后生对面而坐。许三财也和荣茂表叔面对面坐着。荣茂表叔一面斟茶，一面说：“阿祥没回过乡，连亲戚都不认得啦，我也久不回乡，真把家乡卖断了。”

许细娇实在不知道那是什么亲戚，低着头，一声不响，常常用胆怯的眼睛偷看那叫作表哥的人。

许三财接道：“现今乡里乱糟糟，吃碗粗饭也吃得不安宁，你何苦回去？”

“到处杨梅一样花，”荣茂老板说，“我的铺子给改作‘公私合营’以后，什么事情都懒得动了，就指望讨个好媳妇，平平安安地过个晚年。”这话有几分真实。荣茂老板向日开一间“雷公轰”当铺，捞了几个冤枉钱，解放后当铺开不成，就放些本钱开个杂货铺子，暗下里又做些乌七八糟的投机买卖。杂货铺子据他说是“共产”了的，他心灰意冷，只把心思落在投机买卖上。如今他要跟许三财对亲家，也是打过算盘的，一则可通过许三财搭个农村线，二则讨个来自农村的媳妇，少花钱，有人顾理家务，又不知晓他做买卖的底子。

许三财自然不晓得荣茂表兄的心思的，他点头道：“是，是。就怕乡下人配不上。”

“不，我就喜欢知悭识俭的乡下女子，”荣茂老板瞥许细娇一眼，赞扬似的，“广州的女子，就爱讲时兴话，爱打扮，爱花钱，我不喜欢。这年头，就是乡下人好。”

“乡下人比城里人进步，”阿祥搭讪道，“一个合作化，又一个大跃进，把乡下人的落后思想都改变了，我喜欢乡下，喜欢乡下人。”显然，这位后生小子看上了对面的人，竭力想出一些动人的话来讨好对方。

许细娇虽然上台唱过戏，在村里是个挺开通的人，而此刻，她始终感到局促和羞涩，不敢扯话。但在内心里，她喜欢荣茂表叔态度慈和，没有小看她爸和她，当然也喜欢祥表哥，他相貌温文，俊秀，又有口才。暗地里似乎没有半点犹疑，愿意投身到他的怀里，愿意做他的妻子。她在默想中，出神地注意到祥表哥的每一个动作。

茶楼里捧着东西叫卖的伙计，走过一个又一个；此起彼落的有节奏的叫卖声，经常冲断了善于说话的荣茂老板的声音。这当中，他要了两碟金银卷，另外点了一个鸿图伊面，然后又殷勤地要三财父女吃。细娇拘束地拈了一块金银卷，侧着脸小心地咀嚼着。荣茂老板问她：“好吃吗？”

许细娇轻轻点头，没有回话。

“广州好吃的东西多着呢，日后带你尝尝。”荣茂老板眯着细眼睛笑笑，很欢喜这位未来的媳妇似的。“料想你听也没听过哪，好比蛇王满五蛇羹、太平馆烧乳鸽、利口福炒牛奶、务农牛奶鸡、愉园油爆虾、宁昌盐焗鸡、北园红烧鱼头、莲苑梅子蒸鹅、菜根香斋烧鹅……”他像念书似的，说得口沫横飞，教许三财频频用舌头舔着嘴唇。稍顿，续道，“还有荔枝湾艇仔粥、欧荣记云吞面、刘桂康炖狗肉、海珠路路边鸡、顺记雪糕、南方双皮奶、莲香三黄莲蓉、趣香园杏仁饼、成珠鸡仔饼、沧州腊肠、莫记乳猪……嗨，多呢，一个月也吃不完。”

许三财很羡慕地接嘴道：“我也没听过，何况她？”

“所以呀，广州什么都好，只有一样——”他歙歙嘴，把声音压得很低，“没有自由。”

阿祥用臂腋轻轻地撞一下他的老子，意思是要他不要乱扯。然后连忙夹起一小碗子鸿图伊面，送给细娇，很亲热地叫道：“表妹，你吃，多吃一点。”

许三财自己吃着，也催促女儿吃：“吃呀，在村子里吃不上的呢。往后你到了省城来，也带挈爸多吃一点。”

许细娇羞得脸孔发红，径自沉下头吃面。

“表弟，”荣茂老板高兴地拍拍许三财的膀子，倚老卖老地叫道，“我很喜欢跟你攀亲，亲上加亲呢，让我们喝点酒吧。”当即叫了两杯玫瑰露，又加要一盆下酒的锦卤云吞。

好大一会儿，两位不知什么时候攀起来的表亲老头，喝得有点飘飘然了，便借故要谈谈乡情，一起走到另一个厢座去，留着两个年轻男女自己相谈。

许细娇独个儿对着这陌生男子，更害羞了，她频频用手帕来揩抹嘴唇，有意掩饰自己心情的紧张。

“表妹，”还是祥表哥先开口，他一点不紧张，问道，“你喜欢看大戏？”

许细娇点点头，薄薄的小嘴咧开一点不自然的笑意。

祥表哥又道："罗品超、郎筠玉的《楼台会》，你看过吧？"

许细娇摇头，依然是露着笑意。

"演得不错呵，几时我带你看看。"

许细娇屏息着呼吸，想了半晌，微微点头。

祥表哥东拉西扯地谈了好一阵，谈得轻快活泼，好像把许细娇的感情抓住了。

"看了那个戏，我觉着往日那些人很可怜，爱不到自己想爱的人。"祥表哥很老练，打蛇随棍上，一步步追入，"而今可不同啦，用不着遣媒问聘，要爱就自己爱。你有什么主意？"

许细娇愣住，不表示态度，用着似乎在发烧的眼睛，怯羞羞地打量祥表哥一眼。

祥表哥大胆地直白道："我就向你掏出心来啦，细娇表妹。"接着伸手往口袋掏东西。

许细娇鼓着勇气问："你干什么的？"

"当掌柜的。"

"一个月多少钱？"

祥表哥讷讷道："五十……五十来块，花不完，我爹还给我钱呢。"他掏出一只黄澄澄的戒指，是朱义盛假金戒指，送给细娇，"是我妈叫我送给你的。你莫嫌弃老人家头脑守旧，是个规矩呵，你戴着吧。"

许细娇不肯拿。祥表哥很勇敢地拉着她的手，把伪金戒指替她套上，她颤抖，偏着脸让他套。由于心情过分紧张，她的颤动的手，不由自主地拨掉了桌上一个茶杯，啷的一响，茶杯打碎在地上。她连忙弯下腰去，捡起地上的破杯子。这之间，她偶然发现祥表哥一条腿子有点异样，鞋子一只大一只小。她立刻冷静起来，睁着疑问的眼珠，想道："他是不是跛子？"但她不敢正面问他，仰起头来，对爸呼唤："爸——"没有回应，她便不安地坐着，默然地盯视着对方。

她爸许三财在另一个厢座里，正为她的婚事跟荣茂老板讨"聘礼"。他说："这阵子我不敢跟你讨聘金，可一场喜事，缝几套新衣，置张把棉被，打几件首饰，都是要钱的，你也得叫媳妇儿光鲜光鲜。"

荣茂老板道："一百块足够啦，老表弟，亲戚之间，我不会叫你过不去。要是从前，铺子没'共产'，我哪会跟你计较？"

许三财吝啬道："不瞒你表亲说，她的首饰和私己钱，也不少的呢。你当老板的，指缝漏出的米，也够我们种田人活一辈子。你别教我吃亏太多呵，我嫁出了女儿，失了一个劳动力，又得赔钱。"

荣茂老板竖起两个指头，很体贴似的："多给你二十块，这全是亲戚情面，你晓得，现今时势，不许要聘金的呢。"

“这我懂，我懂，”许三财觉着自己很明理，“我家细娇是个伶俐人，要讲聘金，抵得五百块。”他用着在市场卖鸡子的姿势，伸出一个巴掌，“再加五十好不好？老表亲。”

“别再跟我计较啦，”荣茂老板按住他的手掌，很知心地，“往后你到广州来，住的吃的都有个落脚处，卖点东西，也有个好门路，还跟我计较这点子鸡毛蒜皮做什么？”

许三财一想，觉得也是情理，于是不再坚持了。很大方似的笑道：“那就算啦，往后还得要你多多带挈。”

“这不用说的。”荣茂老板为自己的跛脚儿子，完成了一件大事，感到很高兴。他满满地灌了一杯酒，转了语气问许三财，“你家里还有没卖的谷子吗？”

许三财愣一愣，试探道：“你问这个做什么？”

荣茂老板小声说：“要有呢，送到广州来，给你三倍价钱。”

许三财小心谨慎地想了好一会，吞吞吐吐地说：“卖余粮那阵子，我呀，唔……藏着一点度荒用的，十来担，可不……”

“该卖啰，嫁了女儿，少一个人吃饭，藏着没用。”荣茂老板怂恿他道，“况且，万一给人查出了，不得了呵，表亲。”

许三财冲口说：“我用瓮缸藏在地里的，很密，连细娇也不知道。”

荣茂老板道："俗语说，鸡蛋那样密都孵出小鸡，总归藏不住的，这时势，做人做事都要灵醒啊，表亲。"

许三财深深一想，微微点头道："好是好，就不便当挑到省城来。"

荣茂老板道："你们村里有那些懂得营生的人吗？让他跟我搭个手，不用你自己冒风险。"

许三财道："那'泉香居'的老板徐金贵，很会营生的。"

"哦，对啦，那人十多年前，我们是认识的。"荣茂老板好像摸到了门路，心里轻松，"你跟他说说，让他来跟我谈谈吧，我们是一路人，空头老板。可要他斩得鸡头，咬得铁钉，别漏风呵。"然后他又嘱咐许三财，"至于你呢，便是有个三长两短，再给人辩论，也得照顾亲戚情面呵！"

许三财道："我不是蠢仔，表兄弟。"

荣茂老板带着笑意，倒了两杯酒，兴冲冲道："好，多喝几杯，等他们两个谈得情投意合，我们就走。"

…………

在原来的厢座里，阿祥和细娇，发生了意外的变化。

原来许细娇很聪明，当她发觉祥表哥腿子有异，她便一点害羞都没有了，经过了一阵沉思，她想出一条妙计，装着肚子痛，要阿祥跟她买一瓶济众水。阿祥以为她早晓得他是跛脚的，她既戴上他的订婚戒指，又没半点儿腼腆地使唤他，他就全不着意自己的严重缺点，很乐意地应诺而去。

许细娇瞧着这跛得难看的跛子，蹒跚地走着，离了厢座，她呆住了，幻灭了，又气又恨，几乎哭了起来。她立刻除掉了戒指，扔在桌上，站起来想走，却又害怕丢失了别人的戒指，只好受屈似的坐了下来。继而她想："幸亏没有给他钓上。"等一会儿又想："他的模样儿长得多好，口才多好，品性多好，要是不跛脚，可不是一个好丈夫？"再等一会儿又想："他当掌柜的，跛脚怕什么？只要他养得活我，管他跛脚不跛脚？"可是她再想深一层，又觉得不妙："我不是没人要的，何苦跟一个跛子过一辈子？人家说，'细娇的丈夫是个跛子'，多难听呵！"正在想得苦恼的时候，跛子回来了，她定睛地瞧着他，越瞧越觉得可怕，她于是硬着心肠把金戒指掷还他："我不要！"

阿祥坐了下来，喘着气问："怎么啦？好表妹。"

许细娇的白嫩面孔涨得红通通，乜着嘴唇不哼气。

阿祥似乎猜中了几分，竭力使用自己的聪明和智慧，企图要把对方说服。他说："表妹，你知道有一个大英雄叫作拿破仑？他打仗很本事，征服了全个欧洲，他也是个跛子。他的情人，是欧洲出名的美人儿。人呀，要紧的是心灵和意志，不是五官四体。有一句话，'人不可以貌相，海不可以斗量'，便是这个道理。"

许细娇听不懂，觉得这个表哥像个古怪的南无先生。

“好比我，打算盘的本领，全广州没几个。”阿祥尽量夸耀自己，“表妹，你知道，打得一手好算盘，就会得捞钱，会得捞钱，就有幸福。钱呀，什么时候都有用的，都香喷喷的。那么，我的腿子有些缺点，算什么？”

许细娇觉着他的话很离奇，为什么起首说得那么好听，而今又那么胡混？她不大愿意听，想走，可不见爸回来，不禁有点心急。

“表妹，我再一次向你掏出心来。”阿祥重新捡起伪金戒指，伸手去抓细娇的手。

细娇突地怒红了脸面，把它打开，连爸也不等了，跃起身往外走。

阿祥眨着失望的眼睛，生气地骂了一句：“哼，要不是跛了脚，送上门来，我也不瞅睬你这乡下臭货！”

这时候，荣茂老板和许三财笑嘻嘻地走回来，阿祥却悻悻然地拐了开去。两个表兄弟晓得事情不妙，陡地睁起了惊异的眼睛。

许细娇从“陶陶居”一怒而走，走出街头，有点惶惶然。她想一个人走回乡去，又不知何处搭渡，就算问到了路，也觉着不妙，她独个儿不明不白地回到村里，少不免引起村里人的非议。倒不如寻凤英说个明白，跟她说说自己的心事，还可趁便跟她一起摇船子回村去。但凤英在何处，她茫无头绪。后来她记起了，她听她爸说过，他也曾摇船来广州装过大粪，船子泊在叫作大沙头的河边，凤英他们也许就停在那里。但大沙头在哪个方向，是远是近，如何走法，坐什么车子，她全都茫茫然。不过正像俗语说的，“盲公有竹，哑子有手”，盲公哑子都可以四围走路，她不盲不哑，怎么寻不到大沙头的去向？主意定了，她壮着胆子向人问路。

她不敢完全相信指路的人，因而车子也不坐，生怕车子把她带到更加渺茫的地方去，只是问一段，走一段，边行边问。走了大半天，繁华热闹的广州大城，扰得她头昏眼乱，腿子走酸了，鞋子夹得她的脚趾发肿发疼，还没有走到。后来顾不得漂亮不漂亮，土气不土气了，她索性把鞋子脱掉，赤脚而行，这样，又转弯抹角地走了不少路，直至太阳西下，终于给她走到大沙头。她在河边兜了一转，用打雀般的眼睛搜寻村里的人，又终于给她寻到火照和“黑炭”。

火照和“黑炭”面对面地蹲在船头吃饭。船上载满了垃圾，别的几条船子，也载满了垃圾，却一个人也没有，看来火照和“黑炭”是留下看船的。许细娇寻不到凤英，但寻到了火照们，倒也叫她舒了一口气。

她走下船去，用手抹着红鸡蛋一般的淌汗的脸儿，细声叫道：“火照哥。”

火照仰起头，瞅她一眼，问道：“哦，细娇，你怎么摸到这儿来？吃了饭没有？”看样子，火照是早晓得她到了广州来的。

许细娇这时觉着肚饿，直白道：“没吃。”

许金全让开一个位置，说：“一块儿吃吧。”

许细娇放下鞋子，看看饭锅，想坐下来又犹疑：“饭不够啦。”

火照拿个碗子，给她装了一碗饭，叫道：“来，吃吧，马虎也够你吃的。”

许细娇感到火照对她很关照，也就感激似的坐了下来，端着饭吃。下饭的菜，只有萡莛菜和咸鱼仔，但她吃得很有滋味，仿佛比她在“陶陶居”吃的金银卷还滋味。火照和许金全到了城里来，还不上馆子吃饭，又吃得像在家里一般省俭，不禁使她觉着惭愧。吃着，吃着，她问：“凤英姐？”

“全都看大戏去了，”火照道，“明儿摸黑就走呢，大家忙头忙脑的推板车，挑垃圾，忙了两天两夜，现今就抽个空看场大戏。你呢，你是个戏迷，看饱了吧？”

“没看过。”许细娇摇头，低眼垂眉，害怕火照窥透她的秘密事儿似的。

“你往日总嚷着要来广州看看名牌老倌，现今来了，怎不看个饱？”火照用着安详的眼睛打量着她，放下碗筷。

“我爸……”许细娇有点窘，含糊地，“我爸不让我看。”

选自《香飘四季》，广东人民出版社，1963年版

羊城一夜

陈国凯

作者介绍

陈国凯（1938—2014），出生于广东五华县安流镇半径村青龙寨。1979 年加入中国作协，历任广东省作协副主席、文学院主任，深圳《特区文学》主编。著有长篇小说《好人阿通》《荒唐世事》《都市的黄昏》《大风起兮》，中短篇小说集《我应该怎么办》《羊城一夜》《平凡的一天》《奇才》《摩登阿 Q》《文坛志异》《荒诞的梦》，作品集《陈国凯》《陈国凯选集》《陈国凯小说选》（三卷）等。

陈国凯的小说，不追求完整的故事情节，不需要大的事件，也没有很多的行动描写，而是通过精心选择的几个细小的生活事件，借助于富有典型意义而又个性化的细节来显示人物的性格特征，使人物形象跃然纸上。因此，他的小说在人物的刻画上，明显地具有朴素、细腻、真切的特点。生活本来是细碎的，容易被人忽略，甚至习以为常的简单的一句话、平凡的一个行动，他都能体察出它的内涵，着意从中找到与人物的思想、感情、心理和道德观念的连接点。（谢望新：《性格的闪光——读陈国凯短篇小说集〈羊城一夜〉》）

我是上海人，今年是高中一年级学生了，还没到过外地。年轻人是喜欢跑跑玩玩的，我多想有机会到外地走走呀。

暑假将至，姐姐来信了。姐姐在“文化大革命”初期大学毕业后分配到广州黄埔机器厂工作，姐夫在佛山一个研究所工作。姐姐信上说，如果我暑假有空，可以到广州玩玩。一放暑假，我给姐姐发了电报，就心急如焚地上路了。

广州——这古老美丽的五羊城，早就使我心驰神往了。姐姐回上海探亲时讲过羊城的许多景物和掌故。她描述的羊城，简直像神话般美丽。什么白云松涛、萝岗香雪、长堤春晓、越秀远眺呀，光听名字就很美，还有什么黄婆洞、东山湖，尽览羊城的五层楼，秀色媚人的兰圃，万花竞艳的花市，文化公园琳琅满目的灯会，烈士陵园百丽千姿的菊展，充满诗情画意的珠江夜游，使人心旷神怡的鹅潭夜月……一年四季都郁郁葱葱的羊城，真使人梦魂萦绕。姐姐寄给我的广州风景照片，我不知看过多少遍了。这次去广州，非玩个够不可。

到了广州站下了车，我随着潮水般的人流，来到出站口。接车的人群围成一道道人墙，人头簇拥。我伸长脖子在人丛中寻找姐姐，但是我越来越失望了。等到潮水般的人流退尽，我还没看到姐姐的踪影。最后，出站口的铁门“当”的一声关上了，我仍挎着旅行包呆立着。看来，只好靠自己解决困难了。我向一个老太太问路，老太太蛮热情，不过她“里朵”“边朵”的广州话比英文还难懂。我只好再去问别人。后来，我按照一位穿中山装的同志的指点上了车，七腾八转，才找到梅花村路边的黄埔车上落站。这时已经是晚上八点多钟了。候车很久，不见有车开来，我心里发了毛：是不是已经收车了？正要找个人问个究竟，一个过路的老伯伯走了过来：“同志，你等车？”

我回答之后，老伯伯说：“不要等了。这路车八点钟就收车了。”

我急得额头沁出汗珠，叫苦道：“糟糕，怎么办？”

“你去什么地方？”老伯伯问。

“到黄埔机器厂。”

“厂里离市区挺远呐。你在广州没其他熟人吗？那么，赶快找旅店吧，没有车了。”他看看我两个大提包，慢吞吞地走了。

我不知如何是好。找旅店？哪里去找？我什么证件都没有，连学生证都忘了带！我急得眼泪都快掉下来了。我正忧心如焚的时候，老伯伯又慢吞吞地走回来问我：“同志，到机器厂找谁？”

看见老伯伯，我好像抓住了一线希望，急忙回答：“找我姐姐。”

“你姐姐叫什么名字？”

“叫李雪清，在设计室工作。”

“啊，我认识。”他沉默一会儿，热情地说，“到我家过一宿吧，我住在附近。”

“山穷水尽疑无路，柳暗花明又一村。”困难中碰上这好心的羊城人，我感动地说：“老伯伯，太谢谢您了。”

“别客气。一个人出门在外，难免会碰到一些困难的。”他笑笑说，就领着我穿过一些大街小巷到了他家。这是一幢古老的楼房，他住二楼，一厅一房，厅不大，家具也不多，布置得很雅致。墙上挂着一幅徐悲鸿的《奔马图》，下边的高脚茶几上放着一盆玉兰花，散发着幽香。靠墙一张两用大沙发。这时候我才看清老人：他身材修长，面容清瘦。长眉下面嵌着一对神采奕奕的眼睛，眼神亲切、和善。他的头发已经苍白了，但整个气色却给人一种返老还童的印象。他穿着工作服，脚上是最普通的塑料凉鞋，像个工人老师傅。

老人话不多，从简短谈话中，我知道他姓张，在厂里搞技术工作。家里只有他和当医生的老伴。他赞扬了我姐姐，说她这几年学习蛮刻苦，工作挺有成绩。最近改革了一项什么工艺，为国家节约了不少钱。老人说了几句话之后，就安顿我盥洗、休息。由于一路疲劳，我很快就睡着了。

一阵开门声把我弄醒了。看看表，深夜十二点了。我迷迷糊糊地听见一个女人的声音：“厅里睡的人是谁？”

“过路的上海人，赶不上市郊车，又找不到旅店，我让他在我们家住一宿。”

“你真爱管闲事！”女的低声地埋怨。

我听着心里很不是滋味。老人笑笑说话了：“人家有困难，能帮点忙有何不好。过去我参加学生运动，上街游行时被反动军警一棍打昏过去，还不是你管了闲事！”

“那是解放前……”女的笑了。

“新社会就更应该互相帮助了。”老人说。

女的问：“这人到什么地方去？”

“到我们厂找他姐姐李雪清。”

“啊！李雪清，是她呀！”女的声音激动起来，“她在‘文化大革命’中批你、斗你，还和一帮人来抄过我们的家，你忘了？她要是上我的门，我就请她出去！你倒好，把她的弟弟请到家里来了！”

我一听，汗毛都竖起来了，顿时像躺在针毡上。这时要是有地方去，我真的马上就逃走。

“这些事别提了。”老人声音平静地说，“这笔账要算到林彪、‘四人帮’身上，他们也是受害者。这几年，李雪清变得可好呢。”

“变得再好，我也忘不了他们来抄家那副样子。想想他们当时的样子吧，骂我们不算，还要我们低头弯腰，手指戳到你脑门上。真不是东西！”

“你不能这样说！”老人突然激动地高声说，但很快又降低了声调，“瑞芬，请原谅，我不是对你发脾气。因为一提过去那些事，我就要生气。”

女人声音很委婉：“都怪我不好——这几天你血压很高。”

老人的声音：“我不是生李雪清这些年轻人的气，他们是无罪的，有罪的是林彪、‘四人帮’，这些狗东西欺骗、毒害了一代人的灵魂。瑞芬，不要把‘文化大革命’中这一代年轻人看得那么坏，在‘四人帮’最疯狂的时候，不正是这一代人勇敢地敲响‘四人帮’的丧钟么！好，不谈这些了。”

女的没有出声，过了一会，才抱怨地说：“过十二点钟了，你还要拼老命呀？”

“快了，我看完这份图纸就没事了。你先休息吧。”

“不行！”女的声音挺严厉，“我还要让你多活两年呢！”说完，“啪”的一声，灯关了。老人笑了笑：“你这个医生太严厉了。”

一切归于静寂。这一番谈话使我久久不能入睡。老人的博大胸怀，打开了我的眼界。我为姐姐过去的行为感到害臊。

我弄不懂姐姐当时为什么会干出这些蠢事。这是多么好的老人呀！

第二天早上醒来，张伯伯的老伴已上街买菜去了。老伯伯热情地招呼我用了早餐，便一道乘车来到厂里。来到厂设计室的楼下，就碰见了我姐姐。姐姐一见我就飞快地跑过来，手里还拿着一份电报。老伯伯望着我们，微笑了。

姐姐快活地埋怨我说："也不先来信打个招呼。我刚好前天到佛山了，昨晚回来，刚刚收到电报。你昨晚在哪里过？"

我有点生气地说："要不是碰上张伯伯，我昨晚只好睡马路了！"

"张总，谢谢您……"姐姐激动地瞧着老人。

"没有什么，"张伯伯微笑着问道，"雪清，你爱人的胃病好了没有？"

姐姐答道："还是那个老样子，时痛时好。最近他担负了一项科研项目，时间上要求很紧，他也是拼命的人，捂着肚子在干。"

老人感慨地说："是呀，搞'四个现代化'，大家的心里都像搁着一盆炭火，恨不得马上搞上去。不过，你可得叫他注意身体呀，你们年轻人来日方长哩。"说到这里，他突然像记起什么似的说："你那个电镀工艺改革方案我看过了，挺好。不过有些地方还要做些改动。有空时我们一块儿聊聊。"他和我招招手说声"再见"，微笑着走了。

我蛮有兴致地听着老人和姐姐的对话，想不到这一对"文化大革命"中的"仇人"，如今关系是那么亲切。望着老人的背影消失了，我才回过头来问："姐姐，张伯伯是干什么工作的？"

姐姐好像有点惊讶地说："你在他家住了一晚还不

知道他是总工程师呀？他还是留美博士，技术界的大权威哩！”

真是人不可貌相，如果从他那副装束，根本看不出他是一个名流学者。

“他是很好很好的人！”姐姐拎起手提包边走边说，“他的心胸能装得下高山大海。今年还是他亲自提名我当设计一组组长的哪！可是我……”姐姐没有再说下去，她低着头，把脚边一块石子踢开去。我看见她的眼眶润湿了。我知道她的心在翻腾，在忏悔，为她过去的愚蠢、荒谬的行为忏悔。

我和姐姐都没有说话，默默地向工人住宅区走着，厂区前面就是羊城八景之一——黄埔长林，这是一条蔚为壮观的十里长林，从市区中山一路一直伸延到风景秀丽的黄埔港。姐姐的工厂就是处在黄埔长林的中段，青山秀水，周围是散落在山丘田野间的工厂楼房，附近的菜田里开着白的、金黄的菜花，田野的绮丽风光，工厂的雄伟建筑，黄埔长林的翠绿林带，交织成一幅十分美丽动人的画面。羊城是美丽的，但是经过难忘的羊城一夜之后，我感到最美的还是羊城人的心。我想，像张总工程师这样精神境界的羊城人一定很多很多，要不，羊城的山就不会这样绿，羊城的水也不会这样美……

选自《羊城一夜》，上海文艺出版社，1979 年版

十二月的街

杜埃

作者介绍

杜埃（1914—1993），原名曹传美，广东大埔县莒村人。1940年赴菲律宾办《建国周报》等，从事海外抗战宣传工作。1947年回香港任《华商报》副总编辑。历任中国文联委员、中国作家协会理事、广东省文联副主席、广东省作协副主席等职。著有《在吕宋平原》《丛林曲》《乡情曲》《花尾渡》《杜埃自选集》《风雨太平洋》（三部）。

《十二月的街》是典型的革命现实主义写作，它揭示了民国时期广州城的一种样态。小说营造出一种肃杀的环境氛围，这种写法显示了杜埃小说长于写景的特点。小说讲述一群革命者响应上级组织发动广州起义六周年纪念活动的要求，在组长关义的带领下如何与敌人斗智斗勇，走上街头张贴传单的故事。小说以几个性格各异、出身不同的角色，尤其着重表现他们对革命的一腔热忱，赞颂他们在黑暗中坚定的革命信仰。（编者注）

• 一

“嗖嗖”的西北风，卷地而来，五羊城真像一座冰冻的城。在穷人眼里，人和景物都被冻得压缩了，蜷曲了；凛冽的北风特别不放过这寒窑瓦舍，草屋席棚的都市一角。它带着喧嚣的声音，穿门过户，掀动屋顶，摇晃棚舍，仿佛有个风声鹤唳的不祥信息又传播到这个贫民区来了。

衣着单薄的霍霍，从一座棚舍中走出来。他身上穿着的灰布长衫，下摆被北风掀起，仿佛有个顽童，故意把他的衣衫撩起，露出罩在长衫里面那挂成丝丝的破衣。霍霍拿手掩住眼睛，挡住扑面的灰尘，急步走出贫民窟，向市区前去。

冬天的大街，一样是寒气袭人。骑楼下，行人照样摩肩接踵、熙来攘往，有工作的人早上班去了，而这如潮水般涌来涌去的人群大多是闲散没工作的失业者。从各种穿戴服饰上，可以辨别出这大批踯躅街头的“闲人”，多半是来自破产农村的农民和被工厂解雇的工人；也有的是失业的小职员、教师和大量了无生计的游荡青年。这些人为寻找一份职业，为挣一口饭吃，或为向亲友告借一元几角以渡难关，不得不在肆虐的冷风中焦头烂额，拼命奔忙；这些衣着芜杂、身份相殊、面黄肌瘦、神态萎靡的芸芸众生，正好跟街道上的萧条气氛一致，似乎都日渐趋向穷途末路。看那满街满巷扯起大减价、大拍卖、商店招顶和楼房招租的形形色色广告，更使人产生一种惶恐的压迫感；加上报纸连篇累牍报道：日军步步紧逼华北，上海地区日寇咄咄逼人，厦门的日本“浪人”连续肇事，工厂倒闭，市立小学教师游行请愿，要求发放工资，关外难民大量流入，当局加重苛捐杂税和七省“会剿”红军，江西内战激烈以及本市厉行冬防的消息，这一切，就是灾难深重的中国一幅幅光怪陆离的哀鸿图。南方大城的广州，过去虽曾有过一段畸形的繁荣，但现在不景气的厄运，也像一片摔不开的魔形，压迫在城市的上空。

十二月的永汉大街，一边是川流不息的闲散人群，一边是蹲在骑楼墙脚伸手讨饭的乞丐。有男有女，拖老带幼，他们衣履破旧，在行人脚下发出哀鸣。这支乞讨队伍，布满市中心的永汉路、长堤、西关和惠爱中路的闹市区，为这个闪着半明不灭霓虹灯的城市增添上凄怨的颤音。

冬天连一双破鞋也穿不上的卖报童，把官办民办报纸，摊在骑楼下叫卖。霍霍瞧见几家反动报纸的头条新闻正在吹擂江西“剿共”战争。

“蒋总裁亲临督师”。

“五十万大军会剿江西共匪”。

“粤军开抵赣南合剿”。

反动报纸张牙舞爪，吹嘘反共战争的所谓“胜利”。

时局的混乱、紧张，叫人感到呼吸紧促。

“呸！中央社死剩一张嘴呀！”行人中有谁啐了一口。

霍霍走过报摊，心里燃起一团怒火。他知道这是反动报纸为他的主子打肿脸充胖子，大吹牛皮。

什么红军某军团“溃灭”，朱德“重伤”，毛泽东“战死”。可过不了多久，同样的军团番号和红军将领名字又出现在字里行间，只是避用大字标题罢了；每当鏖战惨烈，毙伤无数之后，他们必然来个“国军转进”掩饰其溃退的败象。中央社也真蠢到不能再蠢，厚着脸皮念这些牛皮经，读报的人也早已学会从反面看新闻的经验了。

尽管如此，但在风雨如磐的年代，内战毕竟愈演愈烈，它的速度和日寇威逼、亡国危机的发展成为正比例。大凡有点爱国心和民族自尊心的老百姓无不为时局忧心忡忡。

霍霍留有这个年代时兴的垂长头发，因为刺骨的冷气，使他脸孔显得更加苍白和消瘦了。他紧攥左手，右手插在长衫口袋里，顶着风，一步一步走着。看看商店的挂钟，碰头时间还未到，便在大街上漫无目的地踯躅，不知不觉转到了惠爱西路长街。隆冬时节，虽有北风的流速，但也不能减却人们的窒息感；这一带的街头，乞丐更多了。不景气从工厂、商店推出新的失业者，人行道旁告地状的灾民增加了；惠爱西路和四牌楼一带的“荐人馆”

里，长板凳上挨挤着那些蓄长发辫的南海、顺德籍的娘姨。她们面容枯槁，神色呆滞，张着茫然的眼睛，在等待主人的雇佣；街头巷角，张贴出“冬防”告示，真是民穷盗多，偷窃、抢劫案件增加了。这都因为民不聊生啊！

自从几个月前秘密刊物《火花》被查禁通缉后，霍霍从破旧的学旅转移到南关东横街陈树德的住处避了一段，然后就在东郊一处贫民区找个棚屋住下。那时候《火花》刊物的领导人不知去向，联系中断。按地下工作的原则，被领导者没有必要知道领导者的住处，但上级可以知道下级的地址，这是为了保证组织安全的必要规定。霍霍虽然焦急，但也只能耐心等待组织上派人来跟自己联系，这样又过了一段时间。一天晚上，老贺突然来到广大路一家英文补习夜校。霍霍那段时间断断续续地在那儿上课，于是就和老贺接上了联系，并约好了今天接头的地点。

在惠爱大街行走着的这个有点奇特的年轻人，看看商店的挂钟快到九点半，便快步转入中华北路，步进静慧公园的阅报亭，挤进看早报的人丛中。在那时候，虽然大街上或茶楼门口都摆着卖报的摊档，也有报童沿街叫卖各式各样的报刊，但早已被搜刮得囊空如洗的市民，能够掏出几枚多余的铜板来买报纸的是不多的。霍霍是靠反动当局附设在公园的“民众教育馆”的阅报亭来看报的。这时他正引颈盯视当天《市民日报》第一版新闻。正聚精会神看着，忽觉有人在后面捅了一下，回头一看，呵，他正是老贺。

• 二

这个略微驼背，一头修长黑发的穷画家老贺，跟往常有点不一样，身边没有背着画箱。穷画家呵了呵冷气，双手摩擦着，悠然自若地走出报亭。

霍霍迅速跟上去，在西边古榕树下，停停望望。老贺继而绕道北边，从公园旁门走出去了。两人远距离走着，穿过盘福路，在一条横巷靠拢了，两人有说有笑，徐步向观音山走去。

他们在山边的一处土堆上坐下，俯览灰色的五羊城。

“你很焦急？”

“嗯。”霍霍说道，“《火花》刊物出事后，很多情况不知道，只看到报上的查禁通令。”

“没什么，没什么，嘿嘿。”老贺还是那样悠然自得，好像天下所有困难都压不倒他。“敌人的便衣忙乱了几天，盘问过几家书店和学校，把西湖路一家小印刷店主抓去关了几天，但一无所获；工厂也找不到线索，没法进行逮捕，只好在报上发出伪省政府查禁《火花》的通令。癫犬吠日，狂叫几声罢了。”说到这里，老贺把手一摊，“便算了事，蠢呵！”老贺说完，耸耸肩，轻蔑地笑了笑。

“那间梅花印刷店没事吗？”霍霍问道。

“没发生什么。”老贺道。

“我想起来了，那老板的儿子姜先生，像有点注意我，又回避我。他到底是什么人呀？这人没事吧？”

“他吗？唔，不大清楚。听说他是在大学念社会科学系的。”

“这我也知道。”霍霍说道。“他没事吧？”霍霍又追问了一句。

“你怎么这样注意他，难道他有什么特别的地方吗？”老贺突出眼珠道，这是他否定一件事情或者面对某种疑点，非追根究底不可的习惯。“他跟咱们没关系。看来也没发生什么别的事情。”老贺把那姓姜的隐藏在心里，没把他暴露。

霍霍嘘了一口气，连他自己也说不出原因来，为什么会对那位并未作过正式交谈的姜先生引起某些感觉——是警惕呢还是疑虑，或者是好感？他瞧瞧画家那副神色，便不再言语。

“你估计一下，”老贺大声岔开话题道——因为他发现有两个穿对襟衫的男人站在后面，“从黄埔到白鹅潭该有多远？”

“五六十公里总有吧！”霍霍会意地答道。那两个男子汉走开了，看来也是闲逛的。

老贺顺手扯了一枝野生金钱菊，向镇海楼走去，两人在楼东一座小山上坐下来，小山下面是人行道，从藤萝的疏影间可以看见来往的游人。

老贺压低嗓门道：“这些天来，城里的地下组织开展了反内战活动，多半是学生搞的。而我们，我们《火花》社的人暂时隐蔽隐蔽。”望了望沉默的霍霍，好像发觉这青年的眼睛在问：为什么要隐蔽？便又笑道：“你急得不耐烦了？告诉你，鲁迅的旗子，在人们心中飘扬，我们‘左联’‘社联’和‘剧联’在广州的分盟组织，又有了新发展；救亡社团利用公开和秘密相结合的形式，斗争逐步深入，已经伸展到郊区农村了。”

听着老贺的密告，霍霍得到鼓舞。忙问道：

“我们有新的事要做吗？”

“不着急。此时此地，要特别注意不要暴露哪！”老贺忽然兜转话题问道，“你记得后天是什么日子吗？”

霍霍一时回答不上，他皱起眉头思索。

“六周年了。”老贺的语音显得很沉重，“六年前广州爆发了震动世界的苏维埃起义……”

霍霍猛然忆起，止不住用严肃的眼神盯视眼前这位穷画家。

“暴动已经过去整整六个年头。那时候你还在遥远的山区，年纪也还小，大概也听闻过吧？”

霍霍点点头，随即又摆了摆头：“听小学的老师说过几句。”住了住，又加重语气，“的确是只有几句。你知道吧，当暴动的消息传到山区时，起义已经失败了。国民党在到处捕人，老师们守口如瓶哩。”他回忆起当年反动派在粤东清党清乡，四处白色恐怖，共产党人和工农群众被屠杀的不少，整个山城风声鹤唳。可正在这时，周恩来、朱德领导的贺龙、叶挺的南昌起义军从闽西南下攻打潮汕，起义军经过粤闽边境时，占领了山城，召开了群众大会，镇压了县里的清党委员和一批刽子手；被摧残得转入地下的四乡农会，重新亮出镰刀红旗，韩江流域又沸腾起来了。但不多几天，起义军在潮汕受挫，反动派又卷土重来，更疯狂地进行清乡屠杀，粤东地区又被推进血海中。这样过了几个月，到了冬天，忽又传来广州起义的消息，人们正满怀希望，等待着胜利的喜讯时，却盼来了起义遭到镇压的噩讯。那时候形势多变，情况复杂，斗争尖锐激烈，革命的浪潮一起一伏，胜利和失败，受挫和再起，几乎交错在同一时间。而少年霍霍所处的遥远山村，对广州起义的胜利和失败的消息几乎是在同一时间得到的。

“起义虽然失败，但对当时疯狂到极点的蒋介石却是个沉重打击，大长革命派志气，留下了很多火种。”老贺道，“革命是从失败中找出经验，才有今天。南昌起义向国民党反动派打响了第一枪；以后的秋收起义和广州起义，革命的军队建立了起来，才发展成为今天能够与蒋介石几十万精锐部队周旋到底的中国红军。”

老贺说到这里顿了顿，“广州起义时我也不在广州，我是在外国知道起义情况的。”

原来大革命失败后，老贺已不能在粤东家乡立足，便和几个知识分子星夜雇了只小舟，顺着韩江下到潮汕，逃亡到新加坡。广州起义消息的详细报道是从当地的华侨报纸上看到的，其中不少真实的报道是从当时进步的法国记者马尔洛的目击记录而来的。后来老贺在新加坡华侨社会闹革命，被英政府驱逐出境，辗转来到广州。他加入了地下组织，结识了一些当年参加过暴动的老工人，知道了起义的更多情况。

“你知道吗？当年就在这座观音山上，展开过一场多么惊心动魄的肉搏战！革命主力能够撤退到东江农村，就全靠死守观音山的战士舍生忘死作掩护。这儿的一草一木，都是烈士鲜血浇育长大的。”说到这里，老贺沉浸在壮烈的回忆中。

这是一首极其悲壮的革命史诗！青年霍霍噙着热泪，深沉地吸了一大口气。

“革命不是那么容易，更不像有些空谈革命的青年想象得那么罗曼蒂克。革命是要付出重大代价的。”老贺瞄了瞄正在颔首聆听的霍霍道，“你知道那以后的恐怖情况吗？”

起义失败后，反动派在城内连续来了一周以上的血腥大屠杀，很多来不及撤退的人死于敌人屠刀之下，数以千计的黄包车夫被惨杀，女革命者裸尸马路上。凡是因佩戴红领带红袖章而染有红色汗迹的人，都被抓住枪杀……七天七夜都没人敢去收殓革命者的尸体，弄得全城尸臭熏天。后来反动派不得不派出收尸队，从南关江岸的天字码头，把一批批牺牲者的尸体，推到珠江里去……

这血海深仇，广州的工人阶级是永远不会忘记的！

霍霍陷入仇恨的大海中，他横着心儿想到他虽然没有经历过这样的革命，但革命的挫折，敌人的疯狂，使他看清了真理，看透了敌人的本性。恐怖并没有能动摇他，相反，更增强了义愤和正义感。打从反动派清党起，他就在周围熊熊的革命烈火和野蛮的白色恐怖环境中，由兴奋、失望、迷惑中逐渐清醒过来，对革命慢慢有了认识，心中渐渐积聚了对反动派的仇恨，从而内心深处开始燃起了献身革命的烈火。他如饥似渴地阅读一些反映俄国革命的小说，也从进步报刊隐隐约约的报道中得知大革命的一鳞半爪。他还在现实生活中看到有一部分知识分子，最初对革命狂热追求，革命一失败就产生动摇和幻灭，甚至转向、投敌。自己是个贫苦青年，对革命应该义无反顾。正如他在一本书上看到的：革命对于无产阶级，失去的只是一条锁链，而得到的却是整个世界！自己应该站到这支革命队伍中去，如许多进步青年那样，立志要做一个在革命低潮时期投进革命洪流，紧跟革命的人。

老贺道："党今天有了那么多摧不垮、打不败的红军，有了中央苏区和很多根据地。我们的人是杀不绝、剿不灭的。"

"你看我是不是可以作为党所信任的人，为党干点有益的工作？”霍霍突然抓住老贺的手，眼露期待的神色。

被亢奋的情绪所控制着的穷画家，没想到这个小青年会提出这样的问题。他迟疑了一阵，微笑道：

“这要从不断的考验中去做回答。不过，我是信赖你的，你知道我把你当亲兄弟看待，把心底话也掏出来了。《火花》事件并没有影响你的情绪，这就很好，这就是一次考验。”老贺说，忽然态度变得严肃起来，“不过，这也仅仅是一次考验，而且是一次很小很小的考验。比起广州起义的先烈们来，我们还差得远。我有个身经百战的老工人朋友，才是我们学习的榜样。”

“我可以跟他结识吗？”

“可以，也许很快可以相见。”

“那真好。”青年犹豫一会，忽然问道：“加入中国共产党要什么条件？你看我够格吗？”霍霍终于鼓起勇气，说出了久已孕育心中的愿望。

这个问题，对穷画家是很突然的，一时感到有些为难。歇了一会儿，又坦诚地说：“这个，我还不能回答你，因为我还不是党员呢。”

“你也不是？”霍霍有点不大相信，下意识地自语道，“这年份，谁也不会说出自己是个共产党员的，我明白这是铁的纪律。”他像谅解似的对着老贺露齿一笑。

“真的不是。还不是。”老贺诚恳地说，“让我们一起争取吧！终有一天党会接受我们的。”说完转过话题，

“今天不谈这个了。你知道，后天便是起义六周年，组织上决定做出一次行动哩！”

霍霍神情严肃，急切地道：“真的？”

“现在国土被日寇鲸吞蚕食，蒋介石却拒绝共产党提出的联合抗日主张，大肆叫嚣‘患不在外而在内’‘宁赠友邦，不予家奴’，防民甚于防寇，置民族危机于不顾，却一心要消灭共产党，不断扩大内战。军阀陈济棠的军队也已大批调往赣南。这个南面王又怕蒋介石吃掉自己的广东地盘，把精锐部队摆在北江一带，广州城靠特务、宪兵队和保安团维持，空虚得很。组织上决定来个广州起义纪念活动。目前敌人正得意忘形，大吹‘剿共’胜利，他们发热的脑袋正伸向江西，臂膀却在北江，我们在他的屁股上敲一下，警告反动派不要以为广州起义后革命火焰熄灭了，也让水深火热中的人民看到一线光明。这次行动要突出宣传党中央的时局主张。”

“什么时候行动？”

“明晚。”他的声音很低。“要绝对秘密。另外，再挑两个人。”

霍霍点点头。

“你的住处要保留下来今后用。明天的碰头就到东横街你住过的小陈家吧！”待了片刻，又问，“那地点可以？”

“可以。八时半到吧！”

• 三

第二天一早，霍霍就离开东郊的棚屋区，在小陈上学之前就来到了东横街。

因为半夜里刮了强风，寒流的后劲未消，晨间的街头，显得特别萧瑟和阴冷。老贺身上只穿件破毛衣，罩上那件旧长衫，颈上缠了条浅蓝间格麻线围巾，上面有几个破洞。他冻得牙根打战，背更显得驼些了。他抵御着刺骨的冷风，双手插在口袋里，缩起脖子，从北边向永汉路走来。在他后面不远处，有一个约莫五十的人，缓缓走着。这人中等身材，体格结实，穿酱色旧短袄，方脸大头，两腮有胡须，戴一顶榄形毛帽，光脚穿布鞋，两手笼在袖里，是个地地道道的老“打工的”。他们相距三十来步远，一前一后转入了东横街。

霍霍早已候在屋里，同住的一伙青年都上学去了。一阵楼梯声，霍霍迎了前去。老贺一阵风似的闪进屋里，身后边那个陌生人一闪身也溜了进来。

“认识吧？”老贺搓搓手，呵了呵气。“外面真冷呀！”瞄了下霍霍发呆的脸色，“瞧你的！”便嘻嘻地笑起来。

这个陌生人的突然出现，叫霍霍一时间手足无措。他悠忽着眼珠子打量一番，骤然脑际浮现一个似曾相识的面形，可却又一时记不清。

陌生人摘下榄形帽，微笑地瞧着霍霍。

“还认不出来？”老贺哈哈大笑道。

“哎呀！小伙子，没想到吧！”老印刷工关伯拍打着年轻人的肩胛。

“没想到，完全没想到。”霍霍高兴地说，“太好了，打从《火花》刊物出事后就一直惦挂着你哩，可又不敢去找你，嘿嘿，怕你站近我这个危险人物，会避开我哩。”霍霍说后摆了摆尖瘦下巴询问老贺。

穷画家这才揭开秘密。原来关伯是不露脸的自己人。秘密刊物《火花》最初在梅花印刷店排印时，这位一语不发的老工人暗中帮了很多忙，出事后霍霍送给老贺那封告急信，就是关伯经手的。

霍霍想起当时为了避开掌柜注意秘密刊物的内容，就将目录表直送到排字房。关义一手接过去，配合得很好。当校对大样时，他及时地亲自一张一张打印出来送给霍霍，然后迅速地一张张改排，一切都做得挺利索、顺当。使霍霍印象特别深的是当老印刷工把套红的封面清样送来时，老工人像铁柱子似的立在一旁，粒声不响[1]，露出严肃的微笑。

当刊物在一小时多时间里一批批运出店门时，老工人

1. 粒声不响：一点声音都不出。

事先包扎得又快又牢靠。当霍霍来回进出印刷店取刊物，他默立一旁深情地看着，后来又破天荒地开了腔问了一句：“就你一个人忙吗？”这话音至今犹在霍霍耳边。

老贺走前来郑重介绍道：

“他就是我要介绍给你的老工人——参加过省、港大罢工，跟随叶挺的铁军打过汀泗桥硬仗，广州暴动的幸存者，百战英雄关义同志。你就叫他关伯吧！他是我们的老大，好好向他学习。”

“呀！那还用说吗？我们有了老大哥了。”霍霍高兴得几乎嚷了起来，紧紧握住老工人的粗手，感到这只手多么有力，感到自己更接近了革命。

“现在的事，靠青年人啦。”关义侧了侧脑袋向老贺道，“我看他很不错。”

“出巢小鹰，要靠老山鹰呢。老伙计，你还得多拉扯点儿呵！”老贺道。

霍霍结识关义师傅，可以说是自他认识知识分子的老贺以来第二桩挺激动的事。

霍霍还是没有忘记《火花》的事，又问道：

“那次事件，印刷店没有事吧！”

“怎会没事！狗特务逢印刷店便来嗅嗅。盘来问去，一眼看穿他们心中无数，头一回合就给小老板姜先生应付过去了。”关义擦亮火柴点上短烟管，丝丝地吸了两口，“那帮蛇头鼠眼的家伙，便又来盘问我们工人。我说，不知道，没看过，什么‘火花火花’，我连‘火烟’也没有看到呵。这时姜先生就捧上细茶好烟——他是老板的儿子，纯正生意人。就这样把狗特务支使开去了，还贪婪地在茶几上捞去一包英国‘三炮台’。”

老贺把手一招，三人进入内房。穷画家谨慎地从长衫内袋掏出个纸包。摊开一看，是一叠白纸黑字传单，另一叠是一尺二寸见方的朱红纸，一共十五张。霍霍挤前再看，只见每张朱红纸的上方都有“招租”两个横写大字，下面就是一条标语。这些标语就像还没有爆发的炸弹一样，登时在霍霍心里涌起一股临战前的壮烈感情，但同时又觉得很新奇，便问老贺为什么要在标语上头写“招租”二字。

“这还不明白？”老贺瞧瞧霍霍，见他仍然疑惑不解便说，“现在正是资本主义世界经济恐慌，咱们半殖民地的中国，影响所及，到处萧条，不是连很多楼房都空着没人租赁吗？房产主人和二房东焦急死啦，你不是到处看到在电灯柱上、大街小巷的墙上都贴满红纸的‘招租’告白吗？”

“招租与标语有什么关系？”

“关系可大啦。”老印刷工人会意地说道。

“对！这‘招租’二字对我们有作用。”老贺说，“你夜里张贴标语时，万一碰到有人走前来问干什么，你就说是贴招租广告嘛，这样你应付人家几句，就乘机溜之大吉。”老贺说着眯起双眼笑了。

霍霍这才恍然大悟，频频自语：“有道理，有道理。”十分佩服这次行动的组织者组织得周到。

老贺把标语分成几份，说明散发地点是在五仙门发电厂及附近一带。他又摊开那叠三十二开的小传单，布置道：

“四个人一组，一人担任警戒，定好暗号。这个组由关师傅当组长，负责行动指挥。现在要再挑两个人。”他转向霍霍，“你们组的陈树德行吗？”

“行。这小伙子话不多，可胆大，挺镇定的。”

“还差一个看风的。”老印刷工道。

“章霞怎么样？”

“就是那个女的，小章？”老贺问。

“女的更好。”老印刷工道。

“她是南洋长大的。大方、脑灵、嘴滑，在小组里已多次要求行动。”霍霍道。

“那很好，锻炼锻炼。”老贺道，“明天是十二月十一日广州起义日，定今晚入夜后七时左右行动，没有特别困难不要改变时间，也不要提早行动。这是上面总的规定。你们把人叫齐，碰个头，认真准备一下。”临末，又对老印刷工说道：“老关同志，你留下开个布置会。我走了。”

贺亦群走后，陈树德腋下夹着一大叠课本回来了。接着一个穿灰绒旗袍套上紫色毛衣的大眼姑娘推门进来。她见了陌生人，也不畏怯，眼珠子滴溜溜转了几转，舒展笑容，大大方方问道："老伯，你是……"

"是我的叔父。"

"去你的，什么时候你有个叔父。"章霞啐了一口，声音尖快，像一阵银铃。

关师傅坐在一旁，嘿嘿笑着，把短旱烟管往布鞋底敲了几下，风趣地说道："有个叔父很平常。你还是我今天才见面的侄女儿哪！"

"哎哟！你这个老伯，还没通姓名，就认起亲来啦！"小章把书包撂下，快活地笑起来，掠了掠刘海，走到桌子边，"待我敬上一盅茶，然后再请教您老人家，咱们五百年前在何处何家共个饭勺子。"但陈树德早已沏好岩茶让老师傅喝过了。

看见这个南洋女面对陌生人"一见就熟"的爽朗性格，霍霍道了句："大家都是五湖四海嘛！"便和陈树德一起笑将起来。

"他已喝过了，不用再'查'了。咱们有要紧事商量呢。"霍霍说后跟小章耳语了一阵。

小章听后突然显得严肃起来，瞪大乌光闪闪的眼珠，侧着头，认真问道："真的？我也……？"她兴奋极了，登时变得老成起来，她压低嗓门道："一定好好干，报答组织上的信任。"态度庄严，一反刚才那副活泼劲儿。

四个人细细议论起来，神态庄重，声音低沉。起初由霍霍介绍关伯的情况，宣布他是组长，陈树德和章霞听了，向老工人投去敬仰的目光，从心底里发出激动的感情。然后由关义师傅主持会议。这个“老广州”对五仙门一带街巷十分熟悉，他用火柴枝摆在桌上，又用短旱烟管点点划划，侃侃而谈，从容不迫，话音低到只有他们几个人听得见。霍霍偶尔插上几句，章霞也凑上意见，陈树德则一声不吭，老是点头，神色坚决。最后老印刷工做出几条具体决定：四人分成两路，小章本来只担任警戒，但她一再要求兼做贴标语挂传单工作，关伯同意了，但只负责两张标语和一叠传单；小章扮成进城探亲的姑娘。大家定了暗号，并决定中午一时分头到指定地点作详细观察，选好张贴地方……

• 四

十二月的黄昏来得真快，不到六点，浓重的暮霭就笼罩广州城。

北风呼啸，江涛击岸。转眼黄昏变为黑夜。稀疏街灯，闪出微光，长堤岸上，几处馄饨担子已开始叫卖了，梆子声敲得卜卜作响。堤岸上，一群一群拖着长发辫的姑娘，打着发髻的少妇，穿上同夜色一样的黑衣裳，一任江风掀动那薄薄的衣角。一见男人走过，就趋前发出哀求的颤声：

“先生，叫艇吗？”

“过夜吗？”

“几角钱过夜，你来吧，先生……”

“叫艇呀，先生！”

她们中有的是自己拉客，有的是由一个中年妇女出面招徕。这些都是贫穷的艇家妇女，其中许多是年纪轻轻的。为了生存，只好抛头露脸。从东堤、南堤，特别近西堤一带，那么多在黑夜中伫立江边的贫穷妇女，为了养活自己和艇内全家，而贱价出卖肉体。这是多么凄惨的世界呵！

五仙门是市内唯一的发电厂所在地，但它附近一带，尤其是长堤一带，街灯却很稀疏。在暗淡的电灯光下，数不清的下层妇女，低微的招徕顾客的颤声，和着那一阵停、一阵击响着木梆子的馄饨担子的叫卖声，使珠江边上的夜色格外凄清。

四个夜行者，分头来到指定地点。拢紧两袖，不戴帽子的老印刷工，来到五仙门电厂前面长堤溜达；章霞穿蓝色旗袍，披黑短褂，趿着高跟鞋，拎着手提袋，装扮成刚登岸的小康身份的旅客，跟在关师傅后头，相距三四丈远。

初夜的堤岸，行人络绎不绝。关伯瞥见电厂门口那个腰配短枪的门警和另外两个徒手警察正虎视眈眈监视来往行人。觉得一时不好下手，便向爱群大厦方向走去，小章远远跟上。忽然，关伯又折了回来，快步横过马路，往靠电厂一边的人行道走来，步履稳健，似乎充满了信心，径直来到门警身边。

“老总，麻烦你通传一下。”

“通传什么！”那声音是恶狠狠的。

“我的侄子在电厂当夜班，他老婆快断气了。”

“断气又关我屁事！”

“她求他回去看上一眼好咽气。”

“不行！”门警喝道，“没这闲工夫。”把手一摆。

关伯听出那门警口音，随即用同样乡音笑笑道：

“老总是台山的吧，乡里哪。叨个光，叨个光。”关伯一面说，一面奉上一包“三炮台”香烟，“高抬贵手，劳神通传一声。”

那门警看是上等英国香烟，绷着的脸孔略一松弛，老实不客气就接了过去：“你叫什么名字，你侄子是何姓名？”

“我叫李兴，我侄叫李有材。他媳妇病得快断气啦，要他赶回去见一面。”

“什么车间？”门警贪婪地拆开烟包，取出一根，眯着眼儿瞧瞧、嗅嗅。

关伯大大方方地给划上一支火柴：“是铲煤灰的，烧锅炉的。”

门警深深吸了两口，啧着嘴，满足地把脑袋慢慢一摇：“难呐！明早叫他回家吧！”

“来不及啦！”老印刷工急得蹬了蹬脚，“还是叨个光吧，乡里人……”

这时另外两个徒手警察走过来，一个大声骂道：“你急什么，横直明早死尸没那么快埋掉。”他闻到好烟味，一边骂着一边就向门警口袋掏，又骂道：“少啰唆，你知道厂规吗？”不过口气和缓些了。

“通融一下嘛！”故意哀声求告。

“不准就不准。快滚！”

另一个就劝中带吓地说道：“喂，老友，现在是冬防时期呀！”

关义也不顾斥骂，就一直跟他们磨缠，诉说如何如何病得惨，只求见丈夫一面，死了也瞑目……

章霞在近处看得清楚。当那两个徒手警察走去跟门警一块儿抽烟时，她横过马路，在一处转角处装作取物件，把手提袋纽扣一摁，迅速抹好糨糊，把两张标语贴在紧闭着的偏门铁板上，这是工人集中进出的大铁门。那标语在黑夜看不清楚。但到了明天，夜班工人一放工，日班工人一接班，就将赫然在目：

“工人阶级纪念广州起义六周年！”

“反内战，要抗日，打倒蒋介石卖国贼！”

南洋女动作快捷，即刻又从短褂暗袋抽出一叠事先用绳穿好的小传单，绑在铁门旁的一根柱子上。在半明的灯光下，她从容不乱，不到一分钟，便全部完成了张贴任务。随即她大胆地走到正被关伯缠磨着的门警面前，挽着手提袋，很有礼数地问道：

“警察先生，请问到东山去搭哪一路汽车？”

关伯知道这是完成任务的暗号，心里顿觉踏实了。那门警撇开他，淫亵地瞄了瞄章霞一眼，但见对方像刚进城的姑娘，穿戴斯文，不像是个贫贱人家，更不像长堤边上的拉客“野鸡”，也就装出一本正经的模样，用手一指斜对面的车站。

关伯装成拗不过门警们的样子，无可奈何，唉声叹气道：“唉唉，实在急死人啰！好吧，那就让我留个条子。”说着从口袋摸出一截铅笔，一块皱巴巴的纸头，就着灯光，写写画画。但是另外那两个门警却不耐烦起来，连声逼赶：“去！去！反正明天回家就会收尸，还写什么。”关伯故意显出难过的神色，连声地说：“唉唉，唉唉，连留个字也没办法，没有办法……”

北风继续呼啸，拍岸江水发出冬夜听来特别凄厉的声音。风声里，仿佛听得见当年千军万马的厮杀声。六年前，这一带的工人赤卫队，凭借临时堆起的沙包，正与在帝国主义军舰掩护下从河南渡江的张发奎匪军作殊死战斗。这一切对老印刷工都是记忆犹新的。他怀着悼念壮烈死去的战友的激情，止不住满腔仇恨，把藏在怀里的旧榄形帽戴上，步履豪迈地沿电厂西边暗处走去。

在发电厂后面一条马路上，行人比较稀少，在这天寒地冻的时刻，骑楼下传出小贩叫卖馄饨的声音，和那一阵阵无限悲凉调子的盲女卖唱的琴声，把这条长街沉没在凄怆的黑夜中。

霍霍和陈树德两人沿电厂后面的一德路东段徐步行进，分别在马路两旁的骑楼下移动，隔路互相策应，暗地里观察街区一切动静。

快到七时了，过往的行人因冷空气侵袭，都缩着脖子匆匆赶路。那中午选择好的一幅街墙偏偏还有几个过路人用手电在看着各种招贴广告，不能下手。这时一个女人在南边骑楼下，扯开嗓门询问商店伙计：

“大叔，借问诗书街在哪儿？”

店伙计指个方向，女人又往前走，碰到一个过路妇女，那女人又问道：“阿婶，诗书街往哪儿走？”

霍霍听见这熟悉的声音，知道是章霞从电厂绕过来走在自己的后面了。

陈树德看看商店挂钟，糟了，已是七时十分了，但传单标语一张还未贴，不觉心里十分焦急，匆匆走到一根电灯柱下。一手从口袋抽出标语，一手抓糨糊，看看行人一时中断，正待贴上去，突然后面不远处有个女声叫唤：“手车！手车！”

陈树德猛一缩手，这是报警的暗号。

活动在陈树德后面的章霞，当时正挽着手提袋，站在街边叫了两声黄包车。叫声刚落，一队冬防巡逻兵就从陈树德站着的电灯柱子旁那条横街窜了过来。

陈树德若无其事地向西走去，保安队向东开去了。

不知什么时候，老印刷工关义已变了个样子。他披上一件麻包，榄形帽压得很低很低，手提一只盛糨糊的小铁桶，身上背一个装有纸料的扁布袋，手里正正经经拿着一把刷子扮成一个通常看到的专门在夜里覆盖人家广告而把工厂主、商店老板广告贴上去的广告工人。他穿出小巷，把写着“踏着广州起义烈士血迹前进！”“中国共产党万岁！”“反对内战，实现中共联合抗日主张！”三张标语贴在三根电灯柱子上，把一张张反内战、宣传抗日的小字传单，一路贴在街墙上，就像普通广告工人那么做法，手脚快捷，一丝不苟。这一切做完之后，便把小铁桶连刷子往街角一扔，绕道来到一德路段进行检查。

关师傅睁着好似猫头鹰的夜光眼，满意地看到南边骑楼四方柱上贴有几张鲜明标语。他知道那是霍霍干的。走着走着，几处墙上都贴出新的告示，虽然夜色迷茫看不清楚，但那一律三十二开式的朱红纸张，一望而知就是传单了。心里暗暗称赞两个小伙子挺不错哩。

章霞沿南边骑楼往西走，然后又跨过马路走到北边骑楼又再往东走，这时行人时多时少，她走到东端再跨过马路，这是她第二次从一德东路重复向西走了，她像探亲找不到门牌号数似的，一路暗中护卫陈树德和霍霍。老印刷工从西边走来，两人相隔不远就要碰上了。突然在北边楼房之间一扇开阔街墙下，一个穿灰布长衫的人和一个穿西式大衣的青年，动作敏捷地贴完最后几张标语和传单。

远处，冬防巡逻队，步声橐橐，又朝一德西路走来了。关师傅站在黑黝的骑楼下，连咳几下，发出撤退信号。

听见暗号，这两个青年离开街墙，一东一西，分散溜进不同的横街小巷，脱离行动区。

十分钟后，关义来到大德电影院。戏院门口挤满看影片剧照的群众。章霞接着也来到，她把短褂脱了，却又戴上了紫色头巾，会意地睨一下关师傅。不一会儿，两个青年也先后来到了，向老工人打了个眼语。大家都装成互不相识，每个人心里都隐藏着喜悦。

老印刷工看看人马齐全，任务完成，便做了个暗示，分头散去。

十二月的夜，江风飒飒，涛声滔滔。黝黑的夜，像暴风前茫茫的海面上，巨涛从海底涌起；几声教堂钟声，使夜更深沉了。刺骨的寒风，发出喧嚣的呼啸声，这个身穿短袄的老印刷工，重新拢上两袖，在夜街昂首缓步。这风声，把六年前的情景重又引回脑际：无数的战斗街垒，四处传来胜利枪声，革命士兵，工人赤卫队，学生，满城的男女工人，在街头挺进，红旗飘扬，国际悲歌播向四方，人们欢欣鼓舞去西瓜园参加城市史上首次的工农兵群众大会……

夜，深沉的夜，苍茫的夜。

老印刷工壮怀激烈，迈动健步，头顶凛冽北风，朝维新北路走去，威严的眼睛射出仇恨的青光，对着一处建筑群盯视。前面不就是起义失败后为敌人重占至今的市公安局吗？呵！这就是当年市苏维埃政府的所在地，共产党的省委书记张太雷、工人领袖苏兆征，无产阶级的英雄叶挺、叶剑英、聂荣臻、徐向前和赤卫队总队长周文雍，就在这里领导新政权，指挥保卫新政权的惊天动地战斗……

十二月的夜，多令人激动的夜。

十二月的街，血染的街，难忘的街……

选自《杜埃自选集》，花城出版社，1983年版

雅马哈鱼档

章以武　等

主要作者介绍

章以武（1937— ），浙江宁海人。曾任广东省作协副主席、广州市作协主席、广东省人民政府文史研究馆文学院副院长。著有电影文学剧本《雅马哈鱼档》（合作），电视连续剧剧本《南国有佳人》《心天一角》《情暖珠江》《爱的结构》及电视专题片《历史的见证》，话剧剧本《三姐妹》等。

我将这部短篇小说扩成中篇小说《雅马哈鱼档》并寄给了《花城》文学杂志发表，获得了 1984 年“花城首届文学奖”。珠影认为其应时势，接地气，故事性强，富有视觉冲击力，具有广州地方特色与南国风味，将小说改编成电影剧本。影片拍成后大获成功，好评如潮，轰动大江南北，被誉为撕开了计划经济的一角，呼唤社会主义市场经济的到来，是广东改革开放的第一张靓丽的名片。茅盾文学奖得主、著名文艺家刘斯奋先生曾言：电影《雅马哈鱼档》对广东文艺创作具有引领的作用。（章以武：《电影〈雅马哈鱼档〉诞生记》）

·引子

广州河南，水网交错，其中有条叫漱珠涌的，流经之处可谓藏龙卧虎之地，赵匡胤的遗裔，邓世昌的后代，一直蛰居在此。小涌河水嫩黄，两岸是鳞次栉比的民房，临涌的，向水里伸出一块半块麻石或木板，倒有一番“人家尽枕河”的韵味。小河涌上，有三座石拱桥，由南往北，依次为龙珠桥、横珠桥和漱珠桥，内中以龙珠桥最为精巧别致。桥的两端，便是车水马龙，颇为繁盛热闹的龙珠街市了。

不过，沧海桑田，河涌慢慢地淤塞，小桥流水的景致没有了，污黑腥臭的涌水，挟带着死猫死狗，向过涌的人们示威。于是，人民政府在整治了西关玉带濠之后，便来对付这孽障，将小涌改为暗渠。渠面铺成一条宽阔平坦的水泥大道，夹道种上大叶桉、马尾松；三座石拱小桥也就成了旱桥。茶余饭后，附近的人们或拖儿带女，漫步桥上；或舞拳弄棍，演练桥旁。更有鹤发童颜的老耋之辈，列阵楚河汉界，大话三国西游，引来一群壮丁稚童，又是一番安乐太平的景象。

天有不测之风云，60年代末至70年代初，这里各地段都成了各式各样的批斗大会的天然会场，成了头戴藤盔帽，手执水火棍，臂佩红袖章的战士们耀武扬威、施行“专政”的演武厅。某些人想给枯燥抑闷的生活涂上几分亮色，在龙珠桥大搞过一番用吹拉弹唱来“占领思想文化阵地”的活动。无奈，在那个人们心头浓云密布、“私伙局”被指斥为“地下音乐会”的年月里，弦管笙簧里冒出来的是阵阵硝烟，有谁相信几句声嘶力竭的时髦口号，配上“工尺合士上”，就会使人们的灵魂得到抚慰呢？越来越多的回城户聚居在这涌面上、桥洞里。几块门板，一堵残垣，便栖息着几条性命；深夜万籁俱寂之时，凝神细听，那浓重的老人咳嗽声与慌惶的婴儿啼哭声此起彼伏，揪人心肺……

元元复始，万象更新。跨进80年代，一群当代的草莽英雄们在此大显身手。他们干的绝非开天辟地的伟业，也并非拯世济贫的义举；他们绝大多数不是名门望族的子孙，而只是沿街摆卖的市井小民，文言称为“引车卖浆之徒”，白话唤作“个体户”的那一类人。但是，他们用自己的辛勤劳动，为社会造福，为群众服务，同时不断在劳动中探求人生的价值和意义，从而提高了人格。这一切，未必能载入史册，但毕竟在人生舞台上演出了有声有色的一幕……

· 1

龙珠桥畔，一条迷宫似的小巷里，两座还散发着石灰气味的三层楼房中间，有座十五桁瓦的平房，房檐低垂，一副尴尬难堪的模样，似乎不敢仰望它那趾高气扬、神采奕奕的邻居。虽然脚门油漆得锃亮，毕竟掩不住寒碜气。拉开歪歪斜斜的杉木趟栊，里面冲出一股霉味。黑魆魆的小房上截，搭了个阁楼，瓦顶上开了个天窗，一缕阳光，照在一位身材魁伟的青年身上。他穿着背面印有摩托车图案和“RIDER FELLOW”字样的枣红尼龙T恤。双手插在坚固呢牛仔裤袋里，微微缩着背，踱来踱去踩得小阁楼的楼板“咯吱吱”响。突然，他那透着一股蛮气的面宇舒展开来，“唰”地掀开席子，哗，一大堆人民币！“唉，只够一只半轮子！”他泄气了，拉过一只油腻腻的枕头靠着，点燃一支烟，盯着吊篮里伸出来的绿生生的万年青发呆！

阁楼梯口那块花布帘，给无声地拉开了。

“谁？”主人吃惊地问。

“是我！哪里滚来这么多钱？哼，我看你呀，阿龙，拘留所还没蹲够，那里的油黏米特别香，还想去吃！”

说话的是阿龙的女友珠珠，婉转悦耳的声音带几分嗲里嗲气的埋怨，一张可爱的小圆脸上，水汪汪的大眼睛鼓着，一束在秀发上的金黄色丝带微微地颤动。

“别像吞了火药似的。上来，听我说。”阿龙说着，挺起身，一把将珠珠拽上了楼板，“跟你说实话。这钱，有的是伸手借的，有的是把电视机、手表、自行车卖了得来的。”

“为什么？你疯了，不想做人？”

“我想活，活得像神仙。”阿龙拉过珠珠柔软的小手放在掌心，拍了拍说，“你瞧那花布帘上有什么？”

珠珠瞟了一眼，没反应过来，懒得答。

那花布帘上印着许许多多吐水泡的鱼！

“告诉你，你阿龙哥今后要大干一场，发财致富！珠珠，我正在筹钱，买辆日本的‘雅马哈’牌摩托车，开鱼档。那龙珠桥是块宝地，一年不赚个三五千才怪呢！”

珠珠清俊的眼睛在阿龙兴奋的脸上转了一圈，轻叹一声，不冷不热地扔过去一句话：“开鱼档卖鱼好是好，可惜……”

“可惜什么？没卖鱼的本事？放心，我找占卦佬算了命，我姓龙属龙的，你是属鱼的，我当波士，你做领班，虾兵蟹将会乖乖来的。”

“真的？”珠珠瞪大眼睛问，忽然怀疑地摇摇头，“我好像没听过有属鱼的。”

“你不懂。”阿龙掰开珠珠手掌，眯起眼看了一会儿，摇头晃脑，拖长腔调说，“你叫潘彩珠，1961年生，属鼠，鼠属阴，阴利水，鱼得水即生，无水即死，所以你又属鱼……”

“放屁！”珠珠挣开手，撒泼地一巴掌打在阿龙颊上。阿龙慌忙说：“别打别打。老实说，我还要跟海仔合伙，他是个人精，会算、会钻、会吹。”

“哈，孖宝！算了，海仔蹲‘格仔’，吃‘三两’的次数比你多，时间比你长，你得拜他做师傅，你们两个，都是派出所挂了号的，屁股上有屎，人家肯定不会发牌照的。”

“放心。派出所那个林所长，你记得吗？就是那个把我从拘留所领出来的胡须佬，长相虽恶，心地却好。我问过他了，他说，蹲过拘留所的就不用吃饭啦？还说，如果我领不了牌照找他。嘿，够义气的。”

珠珠担心地说：“我怕你赶早摸黑，做得混混沌沌的，赚了钱，人家又说你‘走资本主义道路’。阿龙，还是去做合同工吧！”

“嗨，你这个人，就知道邓丽君。我给你看个东西。”阿龙从牛仔裤后袋里掏出张皱巴巴的报纸，“上面写得清清楚楚、明明白白，个体户是受保护的。什么叫保护呢？这个问题嘛，呃，就是说，个体户装钱的口袋，就跟银行的钱柜一样，谁打劫，谁就蹲监狱。”

阿龙越说越得意，逗得珠珠乐了。珠珠抢过报纸瞧了一会儿，抬起头，动情地说：“你也舍得，舍得花四分钱买张报纸学习了，你真的有点开窍了。龙哥，这一年多来，我多少眼泪往肚里咽你晓得吗？我去拘留所给你送衣服送钱送香烟的心情你清楚吗？唉，谁让我好像前世欠了你的姻缘债似的，偏偏中意你呢？”珠珠顿了一下，偷偷擦了一下眼眶，又说：“龙哥，只要你正正经经做生意，我什么都可以给你。说，开鱼档本钱够吗？买摩托车差多少？”

“好珠珠，你的心情我懂的，不过，好马不吃窝边草，我不要你的钱。你妈本来就讨厌我，这么一来，又说我讹骗你的钱财了。”

“身正不怕影斜！听命令：闭住眼，转过身去！”对方乖乖照办。珠珠略一侧身，解开外衣纽扣，取下脖子上的鸡心金项链，反剪手说：“行了，你猜猜，我手里捏着什么？”

阿龙双眼眨巴了几下，打量了珠珠一阵，诡谲地说：“恐怕是半只摩托车轮了啰！”

“哎呀，你你你，你今天是吞了人参果了。”珠珠把金项链往席子下那堆人民币上一放，雨点般的拳头落在阿龙宽阔壮实的肩膀上。

忽然，一个脑袋硕大、身材短小的青年旋风似的冲上阁楼，双眼骨碌碌地转着说：“龙哥，领牌照的事糊啦！”

阿龙吃惊地推开珠珠，问；“海仔，怎么回事？”

海仔从阿龙床上那包“丰收”牌香烟抽出一支，缩作一团，慢悠悠地说："于得水那老小子，分明在搞名堂。报告打了一个多月，他说街道还未审批。哼，街道批了还得上报工商所，这一来，我海仔穷得要卖血了。"

珠珠焦急地说："哎呀，那去找林所长吧！"

阿龙拍了下胸膛说："大丈夫未搏尽最后一口气，也不求人的。海仔，明天我们去会会那于得水。"

漱珠桥畔，有个成珠茶楼，以小凤饼驰名，其他的中西美点，在河南地也属上乘，茶客颇众。这天适逢星期日，阿龙起了个绝早，和海仔在三楼的雅座占了三个位子。两人坐下，海仔脱下西服，往空椅子上一披，阿龙把一包美国"万宝路"香烟往桌面一摆，俨然有人暂时离去的阵势。七时许，一个五十来岁的男子悠然自得地叼着烟嘴上来了，宽大的浅灰中山服在他瘦削的骨架上晃荡着，周围若干位茶客便热情地打着招呼，这壁厢呼"水叔"，那壁厢唤"于同志"，阿龙唯恐别人占了头筹，慌忙一个箭步冲上前去，装作偶遇的样子热情地把于得水拉到自己占着的空位子前："于同志，来饮茶？这里靠窗，空气好。"海仔连忙抽出支"万宝路"递过去，"啪"地打着了甲烷气体火机。于得水泰然自若地坐下，接过烟深深地吸了两口，脱下皮鞋，撑起一只脚，眯起眼睛问："阿龙啊，最近有学习吗？"

"有，有。"阿龙糊里糊涂应着，他根本不知道于得水说的"学习"指学什么。

"年轻人要学习啊。"于得水以长辈的身份和口吻开导着阿龙与海仔，时而吸一口烟，时而喝一口茶，从容地吃掉了阿龙他们叫来的一笼鲜虾饺和一碟牛肉肠粉。

海仔阴森森地坐着，看到于得水始终是顾左右而言他的模样，踩了阿龙一下，阿龙正要摆出车马与于得水理论，刚庄重恭敬地叫了声"于同志"，那老于便扭过头，半倚在椅背上与邻座的一个肥胖妇人调侃打趣："一看便知，你是假潮州人，人家在家吃工夫茶，哪有上这大茶楼的！"

"嘿，我的老底于同志最清楚了。"妇人答。

"所以你的潮州鱼蛋粉面还不够功夫。"

"嘿嘿，于同志真是个食家。"

"哪里哪里，你会做生意倒是真的……"

阿龙和海仔插不上嘴。快收市了，于得水招呼服务员来结账。这可是个考验的时刻，阿龙挡住于得水，示意一起算，把手伸向服务员的小账本。于得水一面说"我来、我来"，一面蹲下去找他的皮鞋。当面孔冷峻的服务员把账单一把塞在阿龙手里时，于得水站起身还抱怨几句。阿龙一溜烟跑去付账，然后陪着于得水下楼，在外卖点买了盒驰名遐迩的成珠小凤饼塞给于得水。老于面色一沉："还未参加工作，怎么就学会这一套啊！"

海仔脸上堆着笑："小意思，小意思。"

"你们还没有收入，手头怎会这样阔？"

机不可失！阿龙赶忙开口："我们借了本钱，准备做生意的。于同志，我们的牌照……"

"这个问题嘛，我不是早说了吗？党对你们这些犯错误的青年，总是要给出路的，但手续上还要费一点时间。你们要多学习，多参加街坊工作，争取给人有个好的印象嘛。像这样大庭广众中请客送礼，怎么行呢？"说完，一甩手扬长而去了。

阿龙呆住了，嘴里喃喃地骂着："烧腊档阿全开张，还被你这老小子'借'了50元兑换券，你如今装什么正经！"

海仔眼珠一转，打了一个清脆的响指，拍拍阿龙肩膀："放心，有门路了。"

当天晚上，阿龙和海仔带上两条"万宝路"、一包银鱼干、半斤一级发菜，当然还有早上那盒小凤饼，来到河南基立新村一座大楼前，上了二楼朝南拐，敲开了一间有镂花铁门的房间。

珠珠在楼下的花圃前等着，好一会儿，只见阿龙和海仔空着手一前一后地下来了。海仔往地上唾了一口："那沙发真软和，坐上去真叫人销魂。"珠珠轻蔑地瞪了他一眼，拉着阿龙问："有希望吗？"阿龙面带喜色说："他说尽快办！"

珠珠说："阿龙，你不是说你不求人的吗？"

阿龙眼珠一瞪，粗声大气地说："这叫'求'吗？这叫‘智取’！”吓得珠珠不吭气，撇了一下小嘴。阿龙看珠珠不高兴了，又换过温柔的口吻说：“来，给龙哥唱首歌。”

珠珠一把搂住阿龙粗壮结实的腰，头靠在阿龙的肩头，轻轻地唱道：

我与你同行，心里边多轻松。
你是否也祈祷草儿绿啊花儿红。

“不唱这个，唱个劲歌。来，海仔，我们一起唱《姿三四郎》主题曲。”

于是，冬夜空荡的马路上，响起一阵粗犷嘶哑的歌声，虽然听来像什么在嚎叫，但那“希哩哇啦，索古依爹”的日语居然模仿得惟妙惟肖。

没几天，牌照真的发下来了！那张硬纸片上，在“负责人”一栏用正楷写上阿龙的尊姓大名。“嘻嘻，我也当官啦！”阿龙扬着牌照得意地说。靠在床上的海仔冷冷地答：“这护身符，前前后后花了十张‘大团结’哪。”

“管他，小钱不出，大钱不入啊。”阿龙在阁楼上跳着“迪斯科”，一会儿，又开腔说：“还是海仔你有计谋。那银鱼、发菜、万宝路，兆头好，又实惠，既合我们心思，又可那老小子意。”

“那当然。于得水不是认为‘大庭广众中请客送礼’

不好吗？那我们就悄悄送，送上门，我看那老小子心里像灌了蜜似的。”海仔说。

正拿着茶壶和水杯上楼的珠珠接过话头：“你们没听报纸？有个管发牌照的干部敲诈勒索一个待业青年，被点名批评了。派出所林所长碰见我，还问起过阿龙你领牌照的事呢。我看于得水发麻风也不敢发出面的。”

“阿龙，处处有政府相帮，今后就要好好做人了。”阿龙的父亲，一个敦厚的老工人在楼下的小房间用浑浊的喉音劝说着。

“怎么？我现在不是人？是猴子？”阿龙的蛮劲又来了。阿龙的父亲，像大多数失足青年家长一样，绝不敢有望子成龙的奢想，他们朝思暮盼的，不过是孩子循规蹈矩地日谋两餐，夜求一宿而已；而阿龙尽管蒙昧，也绝不仅仅只得“人”字的生物学意义，他从拘留所出来，就对林所长表示过，循规蹈矩去谋生。本来父子俩是可以契合的，偏巧阿龙是个牛性子。珠珠慌忙劝道：“算啦，你阿爸是为你好。我阿妈也说了，阿龙能正正经经做生意，赚了钱就……”

“就什么？”阿龙一听就来劲了，急切地问。

“就允许我嫁给你啦！”珠珠坦率地说。

“浪子回头金不换。珠珠，龙哥我一定堂堂正正捞世界，好日子那天，叫上两部‘的士’接你。”阿龙显出一股大丈夫的豪气。“来，闲话休提，兵分三路：我明天去芳村鱼栏看看行情；珠珠，你去五金铺定做鱼盆，一定要用日本锌铁；海仔，拿钱去把那辆‘雅马哈’提回来，我们的鱼档就叫‘雅马哈鱼档’．怎么样？”

珠珠拍手叫好。海仔懒洋洋地从床上爬起来，推开气窗的木板门，把烟蒂往外一扔，往龙珠桥方向眺望了一下，忽然惊叫起来：“不好了．我们的‘龙口位’让人家霸占了！”

这时，龙珠桥南侧，一个骨板瘦削但精神矍铄的老者和一个二十四五岁、长得端庄文静的姑娘，正在安放鱼台和鱼盆。鱼台是用竹片拼成的，鱼盆是旧铁皮敲成的。

阿龙趿着拖鞋跑过来，一脚把鱼盆踢开，气呼呼地说：“这是我的档口，你胆生毛啦？”

老人惊愕了一下，抬头发话：“后生哥……哦，原来是阿龙哥，有话慢慢商量。”

阿龙定神一看，原来是一个老鱼贩子，叫葵伯，那少女是他女儿葵妹。阿龙又问：“喂，你在龙导尾街摆档，怎么捞过界啦？”

“是这样，原来我在人家门口摆档，现在人家开小店，我就申请换了个地方。听说龙哥你也卖鱼啦，好好，今后多多关照。”葵伯显得客套而油滑，阿龙的怒气一下子消了大半。赶上来的海仔指指鱼盆说：“这家当……”

“阿爸，我们搬到对面去吧。”葵妹神色泰然，处事不惊，一边用沉稳的语调劝说父亲，一边自己动手把鱼盆拿过去了。阿龙一听这口气，一看这动作，心里就更舒坦了。要知道，这块地皮虽与对面相距咫尺，但正在当眼处。做生意最讲究地皮位置的，阿龙牌照还未领，就到处放风声说他“订”下这块“龙口地”，一般人碍着他，也没在这摆档。阿龙此时也顿觉自己长了几分威风。海仔在他旁边耳语说：“喂，龙哥，这老家伙要和我们争吃的呢！”

“击沉他。”阿龙用指挥员的语气轻声说。海仔心领神会，“击沉”的意思，就是要在生意上压倒对方。于是，又在阿龙耳边如此这般一番，说得阿龙频频点头。末了，阿龙扬起右手，潇洒地用拇指向后一指：“横珠桥肥珍的鱼蛋粉面档，来二两九江双蒸！”然后，两人凯旋而去。

第二天，天还是墨黑墨黑的，阿龙一骨碌爬起床，蹬了个破单车过芳村鱼栏探察行情。天气颇冷，江面上微微泛着雾气，岸边的老菩提树像一个个正在耍太极的长须老翁。一条小河涌已泊满了装运鲜鱼的小艇。岸边，蹲着好些穿皮夹克、穿尼龙风衣、穿太空褛、穿夹胶雨衣和穿布棉袄的鱼贩子们，彼此在倾谈着，或与艇上的卖鱼人讨价。香烟是一根接着一根地抽，活鱼是一篓接着一篓地提。半明不白的夜空中，弥漫着鱼腥味、汽油味、烧酒味、烟火味和珍珠霜以及香水纸巾的气味，鱼鳞片在电灯、汽灯、车头灯和正在泛起的熹微的晨光中发出银光。单车铃声清脆地响着，汽车引擎的发动声焦急地嚷着，小艇的桨橹咿呀地唱着，汽船的柴油机扑扑地笑着，一辆消声器不良的摩托车暴躁地叫着，这一切都和南海、番禺、顺德、中山的土话及省城人引以自豪的纯正广州方言混合在一起。这真是一阕奇妙的有声有色有气有味的、电广合成器也难以产生的音乐，一幅具有时代气息的南国风俗画！阿龙来到这种场地，感到兴奋而刺激。他赶忙向最近的一只小艇抛去一根香烟，问："兄弟，什么价？"

"支马，支马。"艇上一个中年汉子答道，随即把香烟夹在耳朵上。

"什么'芝麻'，我是来买鱼的。"阿龙又问了一回，对方仍是以"支马"作答。阿龙看到对方已转身与另一鱼贩子做交易，只得另觅商家。

香烟已去了半包，人家不是说"支马"，就是说"支宁"。阿龙懊丧地蹲在一株老菩提树下，迷惘地抽着烟。忽然有人拍拍他的肩膀。是葵伯！葵伯和气地说："阿龙哥，卖鱼人都用行话做交易，你不讲行话，人家就说你尚未入行，就冷淡你，有的甚至欺骗你。"

阿龙想向葵伯请教，但又不愿开口，倔强地"嗯"了声，倒是葵伯出了声："记住，支、辰、斗、苏、马、宁、喉、庄、弯，就是一二三四五六七八九。做生意不容易啊，还有很多东西要学的呢！"

阿龙充分施展小学背九九歌、中学背语录得来的功夫，一下把这行话全记下，心里却想，这葵伯笑口吟吟，好像没昨晚那场龃龉似的。“哼，这老泥鳅，说什么‘做生意不容易’，分明向我敲边鼓，想我转行，他好把龙珠桥的生意一人独吞了。”阿龙觉得一下窥破了葵伯的内心，跳起来，双手一拱：“今后多多指教了。”语气分明带着“走着瞧”的挑战气味。

几支竹竿搭了个棚，上边盖张彩色塑料布，风一吹，倒像一只彩蝴蝶。竹竿上系了条会摇尾的金鲤鱼，当然少不了招牌，阿龙的“雅马哈鱼档”开市大吉了。爆竹响过，空中还飘洒着纷纷扬扬的大红纸屑，弥漫着火硝气味，好热闹的广州人就围了上来，指指画画。只见铁皮鱼箱边上，放了只十加仑的油漆桶，桶的底端，七八道细细的水柱不断向外喷涌，鱼盆里的鱼欢蹦乱跳。阿龙笨手笨脚地在刮鳞、破鱼。海仔嘴叼滤嘴烟，身着米黄色西装，裤管塞进高筒雨靴里，个头虽小一点，但身子挺，嗓门大，反格外惹人注目。他除了偶尔从鱼盆里把水舀回铁桶外，便常常站在一辆亮闪闪的、天蓝色的“雅马哈”摩托车旁，扯开嗓门大喊：“诸位街坊邻里、父老兄弟、阿叔阿婶，‘雅马哈’今日开张，优惠大酬宾，要买趁早！”

站在鱼档旁边的珠珠，乐得笑口吟吟。她身着细腰身、酱红纹银线的短袄，让冬日的阳光一映照，显得格外妩媚动人。纤纤细手，捏了只小巧玲珑的电子计算器。

首先惠顾的，竟是一位个子修长、皮肤白皙，戴着黑框斯文眼镜的中年人！

“梁老师！”珠珠腼腆地喊了一声。原来这是位中学老师，珠珠当年在市五中念书时的班主任。

“声音大点，有什么不好意思的呢？我早鼓励你自寻职业嘛！”梁老师待阿龙报了斤两，珠珠用指头点着计算器之际，又和悦地说：“如果你们懂速算法，根本不用电子计算器，也可节省一个劳动力，提高效率。”

“怪我书没念好。”珠珠红着脸喃喃地说。

“不要紧，慢慢学，如果要补课，再找我。”

“谢谢。一元四角啦，梁老师。”

“哟，才收我这么点钱！我说你们，什么优惠酬宾这一套用不着，只要货真价实，就能赢得顾客的信任。”梁老师略一估算，掏出一元八角放在鱼台上。

“梁老师，客气什么！”阿龙和珠珠不约而同地呼唤着，但梁老师已乐呵呵地远去了。

烧鹅档的阿全走过来，要了条大鲩鱼，付了个八折价，然后挤眉弄眼地说：“‘雅马哈’，真够意思，鱼又新鲜人又靓，一个个像电影明星！”

海仔抓住时机又吆喝上了：“来啰，破开肚还会跳啰，不跳不收钱！斤两足够啰，短一钱赔十元！买就来啰，鱼要老鱼，猪要嫩猪，不买说你不是食家啰，不买说你没有钱！”海仔把从清平市场、万松园市场等地学来的、足可编半部叫卖辞典的词汇都搬出来，还押上韵，制造了又一个高潮。

一个老态龙钟的阿婆买了一条大鱼，欣赏着那仍不断往上打卷的鱼尾，乐滋滋、颤巍巍地走了。海仔瞅住时机，变戏法地一蹲身，一起立，扬起一张五元人民币，叫道："前面的阿婆，你掉了五元钱了！"

老人不解地回过头，然后掏出钱包看看、点点数目，友善地笑着说："后生哥，我没丢。"

海仔愕然了，马上又说："阿婆，你人老，再想清楚，看清楚。"

老人依旧说："我人老，心里清明。不是我丢掉的。"

海仔就把钞票高高扬起，向人丛嚷道："谁掉的钱？谁的？我们小小鱼档，不义之财，分文不取！"

这一叫唤，马上博得拎菜篮的、提塑料兜的、拿鱼丝袋的阿婆大婶们的赞叹："难得，真是难得。"而在赞叹声中，有个声音钻了出来："钱是我的！"接着，一只了无血色的手从人群头顶上伸进来，把钱抓去。

无须去看那张面孔，更无须查究任何细节。海仔所需要的正是这种效果，这个社会，有疏财仗义、拾金不昧的，也有见钱眼开、贪婪成性的。海仔毕竟是个人精，书没念好，却懂点社会学和心理学，甚至可说懂点导演学。

珠珠是眼见海仔从钱箱里取去一张五元人民币，往地面抹了一下的。眼前发生的一切使她眼花缭乱，一时不知如何是好。肥珍却扭扭捏捏走过来，故作神秘地说："我会扮潮州人卖鱼蛋粉面，你阿龙也会出计谋赚彩头，精仔！”阿龙“嘘”了一声说：“给点面子吧，否则我不光顾你的了。”

“好，好。”肥珍嬉笑着，顺手拿了副鱼肠和一撮鱼鳃。

当天下午四时，人家刚开市，阿龙的150斤鱼已卖得精光。但珠珠面无喜色，小嘴噘得老高。阿龙悄悄哄着：“要赚大钱，哪能不出点‘法术’？反正不犯法，好珠珠，有了钱先替你把金链赎回来，管叫你比真由美还美，比邓丽君还甜。”

“呸——”珠珠嘴角绽开了笑意。阿龙心里畅快，指指对面：“你瞧瞧对面葵伯的档口，整整一天，生意冷冷清清的，现在才让他赶赶尾市。哼！不出半月，我定叫他们档口拍苍蝇。”

“龙哥，”珠珠叹口气说，“别损人了。今早你和海仔去鱼栏，我挑自来水到鱼盆，葵妹对我说，新鲜自来水有漂白粉，有什么‘氟’，不能用，要用得隔夜，她是比我高两届的同学，后来还帮我一起去挑井水呢！”

此事当真？阿龙糊涂了。

葵伯的档口未至于拍苍蝇。葵伯依旧不紧不慢地灵巧地挥动着鱼刀，开鱼膛，挑鱼鳃，把净鱼肉、净鱼头、软边、硬边乃至鱼肠，一一分门别类地摆成一个“百鸟朝凤”的拼盘模样。有顾客了，他客气地应酬，熟练地掌秤，动作如行云流水，绵绵不绝，又像玩太极推手，进退自如。葵妹则手勤脚快地刮鱼鳞，戽活水，报账收款，送往迎来，那声音像用海绵裹着的锣槌轻轻地敲着小铜锣，清脆中带几分柔媚。阿龙心里也暂时把要压倒葵伯的念头收敛起来，一则人家没有什么对不起自己的地方，做人还是得讲点义气；二则阿龙着实需从人家处偷师，有几回眼瞪瞪地望着葵妹，还挨过珠珠几下不算太重的巴掌呢；三则大半个月下来，那用五元人民币"买"回来的"不义之财，分文不取"的美誉不胫而走，生意滔滔，确实赚了些钱。于是，阿龙建议"轻松一下"，和珠珠、海仔到海幢公园音乐茶座听歌。

海幢公园算是广州城内颇有名气的一座古寺庙，最初叫千秋寺，建于五代十国时的南汉，后荒废为民居。明末清初，才又有几位好事的僧人，向富绅郭家募来，稍加葺治，称为海幢寺，以后逐渐增扩。寺里有个大雄宝殿，内中原有三宝大佛、十八罗汉和一个长胡子的观音，都在60年代末"灰飞烟灭"了，偌大的一座殿堂空空如也。如今铺上水磨石米地，装上各款时新吊灯、壁灯，改作一座中不中、西不西的音乐茶座，在这飞檐斗拱式的古建筑里，欣赏电子琴演奏的怪声怪气的黑猫探戈，虽有点不伦不类，倒别有一番幽默的情趣。

有一支轻音乐队正在演出。神采飞扬的击乐手把额前那绺长发向后一甩，轻佻活泼的小军鼓和沙槌响起来了，像沙地上跑来了一群顽皮任性的小鹿；夏威夷电吉他那带点醉态的音调出现了；长笛吹着得意扬扬的口哨加进来了。小号故意掩住了嘴，偶尔发出几声扁扁的谐笑，电子琴一本正经地调和着众兄弟的喧声，和最古板的大贝斯相映成趣。一束射灯照向一位手持话筒的女演员，她和着鼓点缓缓地走上铺着猩红地毯的小舞台，微微地扭动着腰身。她身穿银灰底色，有红白黑三道彩条从肩部斜斜沿向腰肢的紧身超长旗袍，头发披散在肩上，光晕从那金色的高跟鞋向台前反射着。

台下响起了几声口哨，但很快被另一些义正词严的粗言压下去了。女歌手表示要为各位嘉宾献上一曲《卖汤圆》，听来虽缺乏科学的发声训练，但音质倒也醇和入耳。一曲刚了，捧场的掌声朝小红台蜂拥而上，击乐手的长头发兴奋地甩了几回。最后，长号疲倦地叹息了一声，如痴如狂的歌迷才把他们的偶像放回后台去了。

音乐会结束了，阿龙、海仔和珠珠恋恋不舍地步出大雄宝殿，晚风送来那株活了三百多年的鹰爪兰的香气。三个人虽从迷醉中醒来，却一直没说话。整个晚上，海仔老盯着那些女演员，盯着茶座里的一对对红男绿女。他二十五了，要找个女人了，但要弥补五短身材的不足，对海仔来说，大约只能靠钱。珠珠也有她的心事，她希望手头宽绰点，时款新装多置几件，人参胎素美容膏多买几瓶，不是再来海幢公园，而是到白天鹅宾馆的茶座去，靠在阿龙哥身上。阿龙又狠狠抽着烟，现在像个人样了，要把佳人接回家，得把房子翻盖一层，珠珠母亲要的礼金肯定是不会少的。

一想到“钱”字上头，人就容易走火入魔了。

第二天，海仔主动请缨掌刀掌秤，把刀往砧板上敲得啪啪作响；珠珠把袖子挽得高高的，一头秀发盘起来，在鱼盆边上站着，格外殷勤地招徕顾客；阿龙大概受了《卖汤圆》的启迪，捧来只录音机，找不到有唱“卖大鱼”的，就弄了首有句“卖鸭蛋”唱词的词意鄙俗、节奏狂野的《尖沙咀苏丝》凑数。显然，他们一心想把生意做得更火红。

事与愿违，望而却步者不少，不少老主顾都好奇地望了一下，便悄悄走开了。半个时辰，才做了三四宗生意。好不容易才盼来个大买主。肥珍来了！阿龙急忙上前，递烟点火，海仔则把往日的鄙称“肥婆”改成昵称“肥姨”，一下子成交了一宗大生意：肥珍买去五条大家伙！

“喂，你肥姨丑话说在前头，这鱼，斤两足吗？”

“足，短一钱赔十元！”海仔斩钉截铁地说。

“那好！今晚来吃碗姜丝葱花鱼片粥。”肥珍颠着粗大的身躯，挪出市集。

于得水背剪着手来了。他走在这熙熙攘攘的市集里，依旧那么一副悠然自得的样子，好似善缘广结，又若左右逢源，谦恭地、和蔼地、温柔地、诚恳地回报每一声讨好的问候。他来到阿龙鱼档前，抬起头上下左右看了一道，说："好热闹哪。"阿龙他们对他并无好感，勉强动员脸上的肌肉应酬着。谁料于得水竟指着鱼盆中的一条鲩鱼要过秤。也许是年轻人不谙世事，也许是阿龙他们还牢记那不要"大庭广众中请客送礼"的教诲，海仔机敏地甩了秤杆，阿龙却偏要逞性任气，放下鱼刀，抓过秤杆，钩起珠珠捆好的鱼，把秤砣一压，用行家的腔调大声吟哦："二斤二两啦，三元九角六分！"那"啦"字拖得特别长。珠珠扯了他衣尾一下，他不理会，就嚷："付钱吧，于同志！"于得水脸色一沉，正在掏钱的手放下来，装模作样地说："大了点。怎么？没小的？"说罢就往葵伯档口走去。葵伯一见于得水来了，便主动点头招呼。葵妹在父亲示意下，毫无表情地抓起一条约三斤重的大鲩鱼，葵伯以魔术师般的手法把鱼用水草一捆，用秤一钩，悄声笑着说："一元五角啦！"于得水满意地付了钱，扬起提鱼的手，在阿龙们跟前昂首而过。

那边，葵妹带着不满的表情跟父亲嘀咕着什么；这边，阿龙的火气一下冲着葵伯来了："老泥鳅，甩我的面子[1]，托人脚也不另找个地方！"

肥珍满脸乌云地转回来，手里还提着那五条鱼。她把鱼在水里一按一提，气冲冲说："后生仔，短一钱赔十

---

1. 甩我的面子：让我落面子。

元，说话可算数！”说完把鱼往鱼台上一扔，叫阿龙重新过秤。

可不，足足短了三两！阿龙尴尬地赔着笑，说海仔未入行，第一回掌秤，可能看错，愿意退钱。偏偏肥珍是个好闹的角色，左手一叉腰，右手指着阿龙鼻子骂开了：“个体户做生意，靠的是诚实和信用。你欺骗顾客，又不守信用，还不如去偷鸡摸狗！”她越闹越凶，葵伯过来了，劝住肥珍，又和悦地对阿龙说：“阿龙，顾客是衣食父母，千万不能得罪啊，我看多多少少补些钱给她，亏了钱，可得了信誉，就像当初你们拾了五元也要还给顾客那样。”

不提犹可，一提阿龙便以为葵伯在挖苦他，不禁怒从心上起，恶向胆边生，舀起一瓢水，往葵伯身上一泼。周围的人顿时哗然了。

这场风波很快就平息了。葵伯涵养好，葵妹不介意，围观的群众劝得及时，肥珍见势也不便闹下去，要了短欠的斤两钱就了事了。事后，珠珠告诉阿龙，秤杆是标准的，只是海仔右手袖套里有块磁铁，就是最刁钻挑剔的买鱼人也要上当！还说海仔偷钱！但阿龙此时昏了头，不但不追究，还和海仔商量如何压垮葵伯。

一场好戏又开场了！

这天，阿龙把一块歪歪斜斜地写着“雅马哈鱼档鲜鱼平卖”几个黑字的纤维板挂在竹竿上，以比葵伯低二角的价钱推销着。这样干当然要亏本的，但阿龙捅捅海仔背脊说：“给我顶住，先让老泥鳅的鱼‘打更’，亏得眼直直。”海仔当然首肯，这一着奏效了！第一天下来，阿龙一算，只亏了五元三角；看看葵伯的鱼盆，三四十斤鱼有气无力地挣扎着。妙！你不丢它五六十元才怪呢！第二天情况也差不多。第三天葵伯也降价了，阿龙心一横，再降一角。晚上一结账，亏了三十多元！但想到葵伯鱼台上那一堆向上翻着白肚皮的鱼，想起葵伯摇头叹息，葵妹捧着瓜子脸幽幽地坐着的样子，阿龙心里就产生了快意。

珠珠不同意这样干，但她的意见没分量。海仔阴笑着说：“龙哥，老泥鳅晚晚煲鱼粥了，我们也不好再赔钱了。”阿龙一副满怀韬略的样子说：“收兵。进可攻，退可守，有机会再煮他一锅。”

第四天，阿龙标出往常的价钱，但他没想到，市民心中有杆特殊的秤，他阿龙的半斤是压不住葵伯的五两的，早上还好一点，在市场泡油了的人还依着惯性拥到雅马哈鱼档前，问问价钱，有的人后退了；有的人黏滞了一下，反复叮咛“要够秤”后总算成交了。下午就糟了，顾客们几乎都光顾葵伯去了。海仔一侦察，对方的价格与自己的一样！当阿龙很不情愿地想重新祭起撒手锏时，已经迟了，晚市的高峰呼地过去了，几个想捡便宜货的食客、下班迟了的工人，也被深谙“赚头蚀尾”之道的葵伯吸引住了。阿龙们望着三十多斤鲩鱼、大鱼、鲮鱼的鱼尸在水面漂浮着，在鱼台上挺着，心痛了。阿龙想哭不能哭，想骂人也没对象，谁也不惹他，谁也不理他，他感到孤寂。

那边阿全的烧鹅档打烊了。阿全这个三十来岁的精明汉子，右手耍弄着烧腊柜的钥匙，吹着口哨向阿龙档口走来阴阴地说："喂，今晚的鱼'打更'啦？"

换了别人，阿龙定会借机发作，可阿全是附近个体户的阿哥头，却是开罪不得的。阿龙顺水推舟做个人情："全哥，拿条回去弄鱼生。"说着，在鱼盆里抓起一条腮盖还微微开合的大鲩鱼，扔了过去。

阿全一愣，谦让几句，看阿龙一副"一言既出，驷马难追"的架势，也就回报几句奉承话，敬谢不恭了。随即，摆出一副有八拜之交的样子，扬起右手食指，往自己方向勾几下，让阿龙、海仔附耳过来，领教几道秘诀。

秘诀一经公开，海仔拍手叫好。原来阿全说，把鱼用冰箱冷藏起来，明天涂上些新鲜鹅血，一样可冒充鲜鱼出售。珠珠在一旁，鼓着腮帮不作声。阿全走后，她说："可不兴讹神骗鬼的，档口信誉要紧。"阿龙又踌躇了。但触类旁通，计上心头，阿龙说："海仔，肥珍不是有个从珠海特区弄回来的意大利旧冰箱吗？那鱼，按八折卖给她如何？"海仔支吾道："龙哥，前几天还得罪过人家，这……"

"珠珠，你去。"阿龙半命令半央求说。

尽管珠珠脸皮薄，但事到如今，只好遵命。

两支烟的工夫，珠珠垂头丧气地回来了："人家的冰箱早放满冻鱼了。葵伯人缘好，卖剩的鱼一条也不用在自己家里'打更'，都以进价推销给附近的粉面大排档了。"

"妈的！"阿龙狠狠地把烟蒂往地上一扔。海仔劝道："少安毋躁，天无绝人之路，小弟已有一妙计：打鱼胶，卖鱼丸。怎么样？"

"妙！"阿龙眼睛一亮，跳了起来。

说干就干。晚上，阿龙家的小厅里，六十瓦的灯泡明晃晃，阿龙和海仔凭着在肥珍处目睹的几道打鱼丸的功夫，居然无师自通，阿龙有的是蛮劲，用力把鱼肉打在一个大脸盆里，打得发黏。

"放点盐腌一会，再放点生粉，不要太多。"珠珠亲热地站在一旁，指手画脚，夜深了才回家。要知道，阿龙开"雅马哈鱼档"，她不只是搭上一条鸡心金项链，而且搭上一颗少女的心！

第二天是星期日，不到上午十一时，那鱼胶、鱼丸卖个精光。阿龙一点款，妙哉，比卖鲜鱼还有赚头！他有点怀疑海仔是否又在秤杆上耍花招。海仔双手一摊："声明在先，这回我绝没有出法术。"

他们正高高兴兴准备收市，不料，好几个买了鱼胶鱼丸的顾客，不约而同转回来了。有的痛心地摇头，有的愤懑地咒骂，有的像催命的阎罗，有的似讨债的债主，有的像劝人行善的牧师，又有的似铁血无私的法官……一忽儿工夫，把小小的鱼档围了个里三层外三层。

人丛中有人幸灾乐祸了。

“我看不如叫‘马大哈鱼档’。”有人卖弄机智。

“‘马大哈’还有点良心，我看叫‘黑乌鸦鱼档’最合适。”有人拼命挖苦。

原来，昨晚珠珠走后，海仔忽发奇想：生粉贱，鱼肉贵，多拌点粉，再接点“双桥”牌味精，吞进肚皮，一样可口，一样有益！这法子一说出，阿龙因白天辛劳，眼皮老往一起黏，糊里糊涂地同意了。

“这哪里是鱼丸，简直是粉团！”一顾客用手指将鱼丸“一分为二”示众，“诸位看看，闻闻。”于是，人们嚷成一片。

“缺德！”

“奸商！”

“骗子！”

这时，一个年轻女子拨开众人挤进来。她那略长的脸上，嘴巴爱向左边撇起，带着睥睨一切的神气；为了保持雍容华贵的风度，冬天也把头发高高地盘成个如意摆，她把一包鱼胶“啪”地扔在阿龙身上，用发自喉头、行经鼻腔、出于牙缝的声音说：“怪不得有人说，现在是不三不四的人赚了钱，照这样，你们三个月就可盖洋楼了。德行！”

阿龙从来没如此地受一个女人的侮辱，正想发作，人堆里又响起一个尖声尖气的妇人的声音："哼，一个蹲过拘留所的，一个劳教两年放出来的，再加个牛粪抹了双眼的傻女，能干出什么好事来？"煽风点火的是肥珍！

珠珠越听越难受，浑身哆嗦，白净的额头上，小蚯蚓似的青筋直跳。她嘴唇一咬，脚一蹬，解下那玫瑰红人造革围裙，想了想，扔在阿龙脚下，接着，忍不住呜呜大哭，斜着身子，一溜烟跑了。

海仔也不知什么时候脚底抹了油。

真是屋漏偏逢连夜雨，于得水不迟不早，偏偏这时大驾光临。人们怀着种种复杂的心情，给这位个体户的太上皇让出一条道来。于得水严肃得近乎冷酷地说："经营作风不正，违反卫生管理条例，占地又超范围，罚款三十元，听见吗？还有，这个月的税款、管理费、垃圾费、地皮费、治安费要缴了，带二百元来吧。逾期，每天罚滞纳金五角。"

阿龙心里像着了火一般，但此时此刻，万万不能爆发。他心想：你于得水借机报复来啦，好，过了这场风波再与你论高低！蓦地，一个念头上来，阿龙"哗"地把钱箱的钱全倒在鱼台上，说："各位街坊父老兄弟，我阿龙过去行为不好，但自从拘留所出来后，只想凭十个指头去磨去刨，未曾存心诈骗人家钱财。事到如今，我一时也无法辩解。谁从我的鱼档买东西短了斤两，吃过哑巴亏的，尽可凭良心账，自己动手，把钱拿回去，本人心甘情愿！"说完，抹抹额头热汗，粗脖子挺得直直的，挤出人丛。

人们，包括于得水、肥珍、盘如意髻的女子，被阿龙这一举动惊呆了。又是一片纷杂的议论：肯定的、否定的、折中的，都有。似乎政法学院来到龙珠桥公开招生，人人争着显示自己的逻辑思维能力，表现苏格拉底般的辩才。那堆钱，谁也没动，在冬日的阳光下，散发着难以名状的气味。雅马哈鱼档的招牌，不知什么时候被顽童扯了下来，让人不经意地践踏着。

雅马哈鱼档寿终正寝了。

· 2

雅马哈鱼档被拆了招牌的当天晚上，阿龙像条死蛇似的蜷伏在小阁楼上，海仔窜了上来。阿龙也不起床，只是微微睁开眼。他不骂人，有什么好骂的呢？他自觉头脑一片混沌空虚。最好什么都别想，让它麻木！

"龙哥！"海仔支吾了好一会儿说，"卖鱼不成，不如散伙吧。我想把本钱抽回来。"

"好，过两三天，我把车卖了，还你。"阿龙淡淡地回答，他好像有点超然物外的样子，把一切都看得不在乎。大雨淋头各自飞了！飞吧，卖了车，还了海仔的本，给珠珠买回一条鸡心金项链，然后拿着剩下的钱，上"大三元”，游鼎湖山，散散心再算！钱花完了，最多重新“下水”，再吃从前那碗饭……不过，他不敢往下想。吃那碗饭，有时可以一掷千金，有时弄得慌不择路、饥不择食的。过去不懂事，胡混过，现在年纪大了，也该想想了，做人，总有点自尊心，谁愿意像白天那样，让人一辈子指着鼻尖咒骂的呢？阿龙内心矛盾极了，不愿多开口。

海仔见话不投机，只得悻悻告辞。

阿龙下了阁楼，抚摸着“雅马哈”那天蓝色的油箱，柔软的坐垫。那垫子上的皮革套还是珠珠亲手缝的呢。车身的漆还是锃亮的，照得见人影。一个月前，他这个浑身是力气的男子汉，立志正正经经做人的回头浪子，向往着比神仙还快活的好日子，做起买卖。那时他是何等自信，何等威风！可如今一败涂地，落荒而逃，而且后院起火，众叛亲离。起早摸黑辛苦了一个月，弄得连老本也要贴上。

唉，难道卖几尾鱼，也真如那葵伯所说的，有很多东西要学？

不过，阿龙的智力还不足以让他洞察一切，他一会儿把原因归咎在海仔身上，怪他短秤欺人，鱼丸掺粉；一会儿又归咎在于得水、肥珍、葵伯诸人身上，怪他们向他戳来明枪，射来暗箭；最后，他叹了一口气，唉，只怨自己身上不干净，臭名烂声的……

这时，一个温文尔雅、个子高高的中年人喊了两声

"阿龙"，走进来了。原来正是开张那天第一个光顾的梁老师。阿龙看见这不速之客，心中奇怪。只见梁老师满脸堆笑，从那塞满书书本本的半新黑人造革包里，拿出一个塑料袋，里面那花花绿绿的纸币，银光熠熠的硬币，还散发着鱼腥味。"阿龙，这是你今天留在档口上的，谁也没动过。我和派出所林所长刚好路过，当场点了数，给你送来的。来晚了，请原谅。"

阿龙听了，简直不知说些什么才好，内心的滋味比那堆纸币不知复杂多少倍！他想起过去自己遇上一回的事：有什么人用单车载着些什么水果，他和同伙就故意把那人的单车弄翻，然后一拥而上，抢个精光，可如今……唉！

他赶忙把梁老师让进局促的小客厅。阿龙父亲看到有个文质彬彬的老师，客客气气地来看望阿龙，就赶忙沏茶送烟，他巴望有人能给他那不孝儿开开窍，不要再堕入那犯罪的渊薮中去。梁老师居然也啜着茶侃侃而谈。阿龙诧异这位老师也能大谈生意经，还有些理论，叫什么"消费心理学"。梁老师说，鱼档不是音乐厅，你放录音带，吵吵嚷嚷的，那些上了年纪的顾客就不来了；又说，信誉的取得不是靠一朝一夕的，那骗来的信誉是不持久的；还说了一大通和蔼的态度、温柔的语言、熟练的动作会产生"美"，能令顾客愉快之类的道理。嗨，这些新鲜、动听的话儿，简直使阿龙又兴奋又糊涂。后来，梁老师还讲了个《老人与海》的故事，说的是一个老渔民去打鱼，历尽千辛万苦，才拖回一副鱼的残骸。

“这有什么意思？”阿龙边听边想，“鱼骨能值多少钱？”不过有句话却很合他心意：“人生来不是被打败的。”阿龙反复咀嚼着这句话，胸中顿时萌生起男子汉大丈夫的豪情，梁老师临走时说：“希望再有机会光顾你们雅马哈。”阿龙双手一抱拳道：“承你贵言。”

他送梁老师出了门口，转身看到自家的破屋檐似乎比往日更低，大有愧无颜面见江东父老的情势，就很不服气，捡起一块小石子扔向瓦面，赶跑了两只正在“叫春”的猫。他于是想起了珠珠，珠珠那个势利的母亲；又想起了肥珍，那张讨人嫌的胖脸；想起了于得水阴阳怪气的腔调；还想起葵伯父女那似乎幸灾乐祸的表情；想起围观的人群种种怨愤的、嘲弄的姿态。他内心产生了一种倔强不挠而近乎野蛮的情绪，冲着黝黑的夜空、空荡的街道，扯开喉咙，大喊一声：“雅马哈还没有玩完！”

省港市民社会，近来给“玩”字赋予更新颖的意义、更广泛的使用范围，值得语言学家们予以高度重视；举凡政客下台，大亨破产，名优卸演，高僧还俗，及至一般人事业失败，行动失利，赌场失算，情场失意，推而广之某足球队从甲级降为乙级，统统戏称之为“玩完”，这种时新用法，甚至堂而皇之地出现在报章上。一个“玩”字，虽意味着对人生的游戏，但同时不也隐含着对生活的乐观向上、百折不挠的态度吗？阿龙这一喊，更多成分属于后者，因为起码对阿龙本人来说，是振聋发聩的。

一颗星星似乎被这粗野的喊声震落了，拖着长长的尾巴，滑向那莫名其妙的所在。“世界轮流转，我不会一辈子倒霉的。”迷信的阿龙相信这流星的出现，是上天的谶兆。

鱼档没有了，“雅马哈”还在。阿龙走仙村，窜九江，上神岗，下桂洲，碰到虾鳖卖虾鳖，遇上猪羊贩猪羊。天寒地冻，细雨霏霏时节，还捎上一头半只刚宰杀了的狗，风风火火地赶回来，有时卖给香肉档，赚他几元水脚费，有时回龙珠桥头，快刀一斩，就吆喝上了。他抱着一个宗旨，薄利多销，童叟无欺，来者欢迎，去者欢送。有一回，他在花县新街向一个湖南来的牛肉贩子买了三十斤牛肉，回家一闻，发现这牛肉放了硼砂，他一边诅咒那坑人的牛肉贩，一边把整块牛肉扔进垃圾筒。

就这样，居然让他滚了好些时辰，口袋里的钞票又多起来。只是一个人干，实在辛苦，精猛的龙也要变成一条干瘦的蜥蜴的。海仔？不想他了，这家伙没义气。珠珠呢？

一张八仙桌，两旁各放一张直靠背椅，使人感受到坐在上面的长辈的威严；靠墙一边又是两椅一几的样式相同的家具共两套，使人猜得出坐在上面的晚辈的拘谨；八仙桌后，是一张两米多长的桥台，其上，一头置一个大理石座屏，一头是一个年代日久的壁裂花瓶，中间一个观世音像，前面放三盘塑料供果，铝制的仿宣德炉青烟袅袅。墙角，四把电镀皮折椅，风流潇洒地围着一张轻佻地叉开双脚的防火板饭桌。这就是珠珠家的客厅。那么些唐式家私都是酸枝的，可惜上面的福寿纹和龙凤图案，不是给锯掉了，就是被铲掉了——珠珠父亲是个小老板，挨过好一顿整，后来死了。

那天，珠珠哭着跑了回家．她母亲刚从成珠茶楼剔着牙签归来，见此情状，以为珠珠和阿龙闹小别扭，就说："傻女，拍拖恋爱难免有个顶嘴的时候，阿龙这个人牛是牛，总归是个精仔，你困得住他，他好好做生意，还是会赚大钱的，去，今早没菜，拿条鲤鱼回来焗姜葱，再弄副鱼肠阿妈蒸蛋。"珠珠更气了，干脆跑回房间。及至"雅马哈"的笑话街知巷闻的时候，珠珠母亲的脸孔又拉长了："呸，早知那衰仔没出息的，我劝你多少回了！算啦，有人给你介绍个香港客，快回来了，你想想啦。"过去，母亲也常提这一类的事，珠珠总是又哭又闹的。她沾染了些流俗气，但毕竟是个义气钗裙，可现在还能再说些什么呢？只有负气地说："来了再算啦。"母女俩倒也相安无事。

这大早上，珠珠在客厅里看小人书。故事说，有个女青年和一个邂逅相遇的男青年相爱了，后来那男青年说自己劳教过，还没有正当职业，这个女青年经过一番激烈的思想斗争，终于诚恳地帮男青年彻底与过去决裂，支持他领了执照，开设小货摊，走上了正确的生活道路，两人结婚了。珠珠看完，合上书，眼里冒出点点泪花：阿龙哥，不是我珠珠嫌弃你，而是你太不争气了。正想着，大门被轻轻推开，阿龙走了进来。

阿龙曾写过字条约她出去，她没去。现在阿龙趁珠珠母亲上了茶楼，与那么些饱食终日的老妇人飞短流长而未归的时候，找上门来了。

"你来干什么？"珠珠侧着头，气愤地说。

"送金项链来的。我买了一条还给你。"

珠珠一听更火了，心想，你以为我珠珠就只稀罕什么金啊银啊的吗？口口声声说"还"啊"还"的，难道当初我是"借"给你的么？我给你的，仅仅是金项链么？珠珠越想越委屈，气上心头，一把夺过金项链，扔在门外，冲口而出："不要来缠我了，我打算跟一个香港客相好！"

阿龙一听，顿觉天昏地黑，七窍生烟，热血直往脑门上冲。他想发作，一时又气昏了头，苦无言辞，攥紧拳头，往八仙台面上猛地一击，转身就走，路过门口，顺势把地板狠狠地踏了一下。

他浑浑噩噩地走着，内心骂着珠珠。呸，你这女人，上回去三元宫拜神，在菩萨面前还发过誓，说什么生生死死永不分离。还有，六榕寺花塔第六层的墙上，还留下你的字迹：我和阿龙哥好一世！如今一听说有咸水喝，就变心了。我有不对之处，但你就这样负心？上天也要惩罚你的。哼，你以为我没有你就上吊？只要我能赚钱，比你漂亮十倍的女仔都有。

阿龙心是这样想，可珠珠的俊模样老在眼前浮动。“唉，她样儿甜，心也善良。我蹲拘留所时她仍然爱着我，做了初一为什么就不能做十五，准是她那势利老娘在作怪。珠珠啊珠珠，人世间，唯有我疼你，你晓得吗？”

一个更大的打击向他袭来。当他回到家里时，老父亲哭丧着脸，惶恐地告诉他，于得水来过，借口阿龙超范围经营而又屡教不改，把牌照给没收了。

往何处去？阿龙彷徨极了。

他驾着“雅马哈”，在市区内乱转悠。所有的人，都是一副春风得意的样子，好像只有他倒霉透顶。难道蹲过拘留所的人就一辈子喝水都砸牙？难道再回到过去的伙伴中间才是他的归宿？

他胡乱转悠了几天，心绪好点，就到广州火车站、汽车站等地载些单身旅客回市区。生意倒好做，只是有一回让汽车公司的调度员发现了，罚了款，就再也不干了。这天，他心烦意乱，把车停在珠江长堤，买了个甜筒雪糕啃着。花城四季如春，江边榕树如盖，道上游人如梭，阿龙瞥见一棵榕树下，海仔蹲在那里，面前摊开一张塑料棋盘，几颗棋子，稀稀疏疏，红蓝双方，均呈溃不成军之状。嘿，这“棋屎”，居然摆起棋摊混饭吃了。只见有一好汉，下了五元赌注，挑了蓝子先行，与海仔大斗残棋功夫，怪哉，竟让红子死里逃生。十来步棋，海仔便有五元收入。那好汉不甘心，又挑了红子先行，还是海仔得胜。阿龙看得眼花缭乱，忍不住叫了声：“海仔！”

海仔抬头一看阿龙，赶忙收摊、穿衣。那崭新的皮夹克镜面似的亮。海仔气色很好，掏出一包“万宝路”塞给阿龙，自己另外摸了支“三个五”，要拉阿龙到西壕二马路那间引进外资、装修得金碧辉煌的“人人菜馆”吃饭。

阿龙被好奇心和无聊感所驱使，跟着去了。

席间，酒酣耳热，海仔大吹其发财秘诀，大谈赌经，说什么只要背熟几段古棋谱，就能瞒天过海，倘如遇着高手，只需如此这般。他邀阿龙“帮手”。阿龙心情郁闷，多喝了点，一会儿觉得跌入波谷，一会儿又像被抛上浪尖。踌躇了好一会，终于摇摇头说：“你这骗人的把戏，我不参加，放心，我不告发。”

“咦，进步啰！”

“谈不上，我阿龙还欠你债，对钱也眼红。不过，不想干那偷鸡摸狗之类的勾当，只想靠力气，堂堂正正地赚钱，夜里也好睡个安稳觉。”

本来酒逢知己千杯少，可惜话不投机半句多，海仔缩着背，颤着腿说：“好吧，你几时混不下去，来找我。”财大气粗，海仔也似乎不是在阁楼上向阿龙讨还本钱时的那个海仔。

阿龙自家出了餐馆，只见熙熙攘攘的人群中有个熟悉的身影。啊，珠珠！再仔细看，她的母亲正眉开眼笑地与一个三十来岁的男子说着什么。此人像个瘦猴，身穿笔挺西服，留着齐耳短发。这就是那个港客了吧。哼，没良心的贱女！他尾随着她们。

只见珠珠母亲佯作与珠珠谈话的模样说："珠珠，我们今晚去人民剧场看粤剧吧，是时装戏《梦》，是讲香港的，我最爱看这样的戏了。听说还是那个粤剧新秀倪惠英主演的，她是个外省人，唱广东戏唱得那么好，真新鲜……"

没等珠珠母亲把要看戏的必要性和重要性铺垫得更加充分，那港客早已取悦地说："伯母，我这就去买票，买最好的位子。那我们今天不回去了吧。先去沙面海员俱乐部逛，看珠珠有什么合心意的，然后去'大三元'吃晚饭吧。"

阿龙听了，忿忿地唾了一口，心想："来来去去，还不是看在'钱'字份上？阿龙我哪点比不上这瘦猴，我争点气才是。"一会又思忖开了："钱多，有什么了不起！我阿龙不和你们一般见识。"他内心矛盾重重，取了摩托车，飞驰而去。心烦意乱，刚才又多喝了点，下人民桥急转弯时，一不留心，人仰车翻，顿时不省人事。

当阿龙睁眼醒来时，发现自己躺在自家的小阁楼上，父亲那张满是皱纹的憔悴脸孔正对着他。阁楼下有人窸窣地走动着。一会儿轻轻拉开趟栊，推开脚门，走了。

阿龙勉强撑起身，撩开那布帘，一看阁楼下那自造的方桌面上，小塑料盆里盛了几块猪血。“谁来过？”阿龙问。“葵伯送猪红给你补血的。”父亲答。

“真的？”阿龙简直不相信自己的耳朵。

“唉，还是葵伯送你去卫生院的呢！他刚准备去鱼栏买鱼赶晚市，看你出了事，连鱼也顾不上买了。”

此时此刻，阿龙内心真像开了个酱料铺。

阿龙在家歇了几天。他去附近一家什么诊所看了一回伤口，到西药房领药时，一看发药的，正是那位冬天还盘着如意转、把鱼胶扔在自己身上的公主。瞧她那副对人爱理不理、喜欢摆出副居高临下模样的酸样子，阿龙连药也不领了，而且发誓不再光顾这家诊所。幸好他血气方刚，恢复得也快。

这天下午，他闲着无聊，拿起副扑克牌，为自己的前途卜一卦。他紧闭双眼，跪在床前，两手低垂，神态虔诚，口中念念有词：“上天保佑……”他把牌叠来叠去，一路顺风，还差点就全“通”了，却被一只牌卡住了，翻转一看，是只“黑桃皇后”。啊！阿龙我事业要成功，非有女人相助不行，是珠珠？唉，冤家。

一个熟悉而又陌生的女子声音在门口呼唤他的尊姓大名。他撩开布帘一看，是葵妹！

她来干什么？不迟不早，偏偏这时候来。

不知怎的，阿龙穿戴整齐下了楼。他觉得葵妹瓜子脸上的长眼睛盯着他。葵妹递给他一张油印的通知，上写：本街全体个体户青年，明天下午去街道文化站开会，内容重要，务必出席为要。

若是往日，不管你通知写得如何动听，口气如何硬朗，阿龙是不屑一顾的，但此刻，神推鬼使的，发软的手终于抬起来接过通知。他目送葵妹的背影，犯了狐疑，莫非她就是“黑桃皇后”？不可能，完全没有可能！

第二天午后，文化站里坐满了青年人。卖鱼的，贩牛肉的，烤烧腊味的，炸春卷的，补鞋的，缝衣的，磨刀剪的，修电器的……还有那些“发型屋主”“车行老细”“咖啡馆经理”“建筑队队长”，一个一个，神采奕奕，谈笑风生。这几位，肩披新潮牛仔装，好像要仿效当年到美国西部淘金拓荒的冒险家；那几位，身穿中长纤维西装，又有些运筹帷幄的将帅风度。阿龙的眼睛向左边瞟去，那里坐着一堆女强人。首先映入眼帘的是各种发型：蘑菇装、水母装、真由美装、小鹿纯子装，唯独没有那眼熟的略呈褐色的大马尾！阿龙找不到珠珠，很失望，随意在门边的椅子上坐下。会还没开，扩音机正播放着“青春啊青春，美丽的青春”的歌声。

又陆续进来一伙后生仔。阿龙眼尖，一下认出了熟人，“烂仔强！”他高声向此人打招呼。那“烂仔强”颌着微笑地走过来。两人碰在一块儿，点火抽烟，恰似流落异乡逢知己，西出阳关遇故人似的。

“收山啦？”阿龙问。

“早收了，跟你是同行。”

“也卖鱼？”

“不，卖五金杂件，兼做水电装修。”那人没说几句，就开水烫脚似的说，“龙哥，找个时间好好再叙吧，暂不奉陪了。”说罢，像条泥鳅似的钻进会场。

“开会了！”阿龙抬头一望。啊，主持人竟是葵妹！今天，她穿着一件枣红的女式皮夹克，更显得秀外慧中，光彩照人。

“这位卖鱼妹真有款度。”一位牛仔装说。

“别贬损我们葵姐。”女强人中的几位，七嘴八舌地回击着牛仔装。

“我怎敢贬损她？谁碰她一根汗毛，我都心疼呢。”牛仔装继续厚着脸皮，撑着面子。

中长纤维西装群中有人仗义执言，教诲牛仔装了：“讨便宜走远点。有了葵妹，我们个体户亏也少吃点。沾了人家光还说这话，不义气。”

阿龙曾经零零碎碎地从珠珠和梁老师口中得知，葵妹是比珠珠高两届的校友，在学校时就是个品学兼优的学生。毕业那年，她在市场工作的母亲病故，市场同意让葵妹顶职，并许诺要让她当干部。但葵妹思量再三，领了个体营业牌照。这事街坊议论纷纷，有说她脸皮厚的，有说她贪钱财的，有替她惋惜的，有为她不平的，她统统不管，后来，团区委表扬了她，说她敢于与旧传统观念，与社会世俗偏见作斗争，为待业青年树立了好榜样。要知道，恢复个体经济头一两年，愿领取个体营业牌照的二十岁上下青年还是很稀少啊！耳听为虚，眼见为实，阿龙观察到，为葵妹捧场的人，那些同时代的男女强人，多着呢！

不一会儿，会场安静下去了。葵妹几句开场白十分风趣得体：“怎么称呼大家呢？有人叫我们街边仔街边女，就算是吧；但我们街边仔街边女也有我们的理想和追求，也有我们高尚的人格。今天，请几位先进的街边仔街边女和大家谈心，讲讲他们如何赚钱……”台下登时热闹起来。葵妹不急不躁往下说：“更重要的是，如何做人。因为，只有懂得做人，才能在平凡的劳动中赢得群众的信任和尊敬。”

阿龙不由得佩服了。想不到一个卖鱼姑娘，说起话来像中学语文老师一样！只听见葵妹在宣布会议程序：“首先请秦兆强同志发言。”

这秦兆强何许人也？阿龙抬头一看，走上讲台的正是“烂仔强”，当年拘留所中的“难友”。

他只听见秦兆强第一句话是说他每月收入二百五十元。其他的，什么热心为顾客服务啦，怎样上门为孤寡老人修理电灯水喉啦，他全没听进去。阿龙此刻心潮起伏，眼前浮现起拘留所的生活画面。这秦兆强，当年可算是人精中的人精，在拘留所的铁窗里还聚众赌博，欺小凌弱，呼三喝四，占地为王。而且，常常能巧妙地躲过管理员的耳目……

一阵热烈的掌声打断了阿龙的回忆。秦兆强最后说：“我曾经是个失足青年，但我深深体会到，只要自尊自重，自珍自爱，像马克思所说的，用信任换取信任，用爱换取爱，就一定能重新得到社会的欢迎。我现在心情舒畅，因为，我觉得自己是个人，一个有用的人！”

又是一阵掌声。葵妹走过去，自然大方地和他握手，悄声说着什么。镁光灯一闪，拍下了这动人的一瞬。

会做人就能赚钱——这是阿龙开会的收获。但怎样做人啊？这个题目，对阿龙来说，看似平常实不容易。不过，阿龙想，你秦兆强能获得高分，我阿龙也决不会交白卷。

大会结束时，一个胡子拉碴的民警把阿龙叫去了。原来正是林所长。林所长送一支“金双喜”给阿龙抽，自己卷着南雄生切。

“阿龙，今天的会有听头吗？比起去海幢公园听歌怎么样？”林所长语调是冷峻的。

阿龙不知如何作答，他在林所长面前是服服帖帖的。

“人家秦兆强是钱有了，面子有了，连大姑娘也相好上了。”

阿龙心里一震，随即又暗自嘲弄道：“还不是从过去的伙伴中，找个发过山盟海誓的‘烂番茄’，若和我的珠珠相比……唉。”

“好啦，我看你怎样再爬起来。”

“牌照叫于得水那老……同志收了。”

“就是该让条地头蛇压压你这条强龙。”

林所长说完，“啪”地把一张烫塑硬纸片扔到阿龙面前。

“牌照？”阿龙欣喜地说。

“好啦。”林所长把“金双喜”烟包收回，“烟嘛，戒了不易，少抽点。坏习惯嘛，改掉也有个过程，只要有决心就好了。”说完，头也不回，径直回隔壁派出所去了。

走出文化站大门口，那些当代年轻的“个体企业家”们称兄道弟，呼朋唤友，欢欢喜喜地散去了，但只见一个亭亭而立，像朵玫瑰花似的葵妹，带着笑靥，在那紫荆夹道的石板路上等着他——阿龙。

“我爸找你，有事商量。”葵妹浅浅地笑着。

阿龙一愣，不知商量什么事，只好点点头，顺从得像只小猫似的跟着去了。

葵伯毫无芥蒂的样子，在档口接待了阿龙，开门见山说：“阿龙，广州的大马路，就是那么几条，转悠多了，也就腻了。若不嫌弃，我们联合干如何？葵妹也有这个意思。”

他那标致的女儿抿嘴笑笑，不开腔。

阿龙一时有点糊涂了，想起“黑桃皇后”之事，这父女俩不知究竟安的什么心？选女婿吧，我阿龙心里还有个珠珠，我这烂泥巴还糊不上你家墙壁；找伙计吧，你们现在混得不错，何必偏偏叫我呢？葵伯葵妹，说起来对我阿龙还算有点小恩小义，但毕竟是买卖人，绝不是吃素的，且伸长耳朵听下去。

葵伯又开口了：“阿龙兄弟，我人老了，力不从心，生意又多，忙乎不开，特别是往返码头角栏，装鱼运鱼，舟车劳顿，实在吃不消。你年轻力壮，又会骑摩托，日行千里都行，到我这里专管运输，怎么样？”

“哦，大概看上我的摩托车了。”阿龙似乎恍然大悟了，“且看条件如何。”他暗暗想。

“利润嘛，这样算：我跟葵妹各占三成，你拿四成。”

这话，倒也坦然诚恳；方案，倒也公平合理，我阿龙还略占便宜。不过，且慢，我阿龙还是粗中有细的！你父女俩管档口，掌钱财。我阿龙骑车在外面疯跑，别说钱柜子穿洞，就是整个搬走，我也双眼摸黑。明赚一千，你说五百，我能放个屁？

阿龙一犯疑，神色就表露出来了，半天支支吾吾地不作声。葵妹瞧在眼里，干脆说：“这样吧，先试一个月赚一千，你得四百；倘若赚得少，甚至不赚，你二百五十是铁定的。信得过我父女，明天就开始。”

阿龙虽以己之心度人，脱不了个“疑”字，但毕竟被说动了。他在“雅马哈”，里里外外一把手，张罗一个月，也不足二百五十此数。如今营业牌照虽重新到手，但自己是独头司令一个，卖卖猫鱼还可以，真正干起来可不行。常言道，英雄落水，上岸再说。于是，阿龙把主意拿定，浓眉一挑说：“葵伯，听你的，往后多多关照。”

葵伯高兴，当晚约阿龙到他家叙谈。小小的红泥炉，炭火明晃晃，一大砂锅呈奶白色的鱼汤，香气四溢；小桌子上，团团围放着一圈大碟小碟；碟子上，绿生生水淋淋的是玻璃生菜，一片一片透明如翼的是鲩鱼片，一根一根嫩黄的是姜丝，一条一条紫红的是牛肉，还有麻酱、辣酱、蒜泥、胡椒粉……简直像把个别具匠心的小花圃搬到桌面上来了。

一老一少，围炉对酌，偶尔还猜几下拳。一杯一杯又一杯，差不多干完一瓶九江双蒸。葵妹在一旁劝道：“酒，饮它一杯两杯活血补身，多了就不好！”葵伯正在兴头上，连声说：“没事没事，这酒，度数低。”

晚上，阿龙回到家里，心里也着实痛快。林所长递烟，葵伯敬酒，可见我阿龙运数来了。先恢复元气，把人家的“道行”学到手，再正正经经谋求发展。一个多月来的郁闷之气似乎无影无踪了，倒下床，头沾着枕头就打呼噜了。

· 3

头几天，葵伯带着阿龙到各个鱼栏转悠，这葵伯地头熟，人缘好，到处有人送烟送茶的。爱打闹说笑的鱼栏经理们、秤手们，见葵伯身后跟着个相貌堂堂的后生仔，纷纷打趣。

"啊，葵伯，发达了，还带个秘书哪？"

"哈，葵伯，什么时候招进个新女婿？"

葵伯总是笑吟吟地摆摆手，阿龙也一副憨厚的样子。其实，这小子心里有个小算盘：在家靠父母，出门靠朋友。买卖人，人头不熟，关系不广，如何转得开？所以，所到之处，他不仅眼观六路，耳听八方，而且把各公私鱼栏头头的尊姓大名、个性癖好等，一股脑儿记在心上，回到小阁楼里，还歪歪斜斜地记在小本子上哩。他思忖，有朝一日，雅马哈鱼档重整旗鼓之时，这关系、这人缘是用得着的；到其时，我不欺不瞒，不骗不诈，学不了那秦兆强十分，也学个八成，钱还不会滚滚而来？让龙珠桥畔远远近近的街坊们去说、去骂、去弹、去唱吧，结论只有一个：阿龙会做人！阿龙是龙，不是虫！

阿龙正式就任运输员的职务了。

第一次，阿龙从鱼栏运鱼回来，神气地将摩托车"突突"地开到葵伯鱼档前，父女俩用轻柔快捷的动作，把鱼箱从车尾架上卸下来，把鱼一条一条捉放到鱼盆里。阿龙见了好生纳闷，问："怎么，不问进价，不过秤磅？"

"这用得着吗？"葵妹拖长话尾，双眼笑得弯弯的。

"俗话说，亲兄弟，明算账嘛。"阿龙分辩着说。

"不用啰。做生意靠一个'信'字，一个'诚'字。阿龙，你辛苦了。天未亮就骑车出门，又是霜打，又是风刮，快，回去睡觉再说。"葵伯劝说着。

这堂堂的男子汉，此刻热血沸腾了。他阿龙什么时候这么被人信任过呢？尽管当着面，也有对他呵呵笑的，但他心里也明白，人家与自己打交道，都是防一手的；自己在人家心中的斤两，就跟一顶扔在路边的破草帽差不多。如今，对方并非糊涂虫，二百多元的货，就这么信得过？人心肉长，哪有不感动的！阿龙想起肚里仅有的几句古话中的一句："士为知己者死。"他不管自己算不算"士"，总之觉得：你敬我一尺，我敬你一丈。将心比心，我也决不欺瞒你父女，今后，多装快运，水涨船高。

阿龙推着"雅马哈"路经阿全的烧鹅档前的时候，这汉子正准备开市，一见阿龙，三言两语，就扯到葵伯身上："跟着他，的确可以学点东西，老江湖了嘛。"阿龙想再多聊一会儿，无奈那精明汉子就此打住。阿全半明不白的话语又挑起了阿龙的疑心：是啊，我与葵伯父女非亲非故，我阿龙名声也不好，他们为何如此待我？中学时不是背过那么一段话，说什么世界上绝没有无缘无故的爱吗？是不是先给我点甜头，把我喂得驯驯服服，再来玩我呢？唔，我得警惕点。我可是不容易玩得转的。走一步，看一步，能飞便飞。

且说阿龙在葵伯父女的鱼档干得倒也安泰顺心。那秦兆强还来替葵伯鱼档装了个电动鱼泵，一接电源，涓涓的水柱从鱼盆里冉冉升起，又弯弯地落下，像公园里的喷泉；鱼儿欢快地摆着尾巴，招惹来更多的顾客，生意滔滔，财源大进。难怪那梁老师一看葵伯装上电动鱼泵，就吟了句什么“为有源头活水来”了。

阿龙每天运鱼回来，带一身鱼腥气，挤进人声鼎沸的成珠茶楼。喝两盅浓茶，来几碟虾饺之类的点心，伸长耳朵，听听茶客们传递着的各种各样离奇古怪的新闻。听腻了，掏出张在茶楼门口买的《足球报》了解一下马拉多纳和普拉蒂尼的身价，关心一下广东队在甲级联赛中的战绩，或弄张《舞台与银幕》欣赏几眼艺坛靓女的生活小照。待到快收“早市”了，才回到小阁楼，酣睡一觉。醒来之后，精神十足地去鱼档转转，帮帮忙。

这大傍晚，葵妹踏着细碎的步子来到阿龙寒舍，坐在小厅里，与阿龙父亲扯着家常。阿龙拎着半只烧鹅，正从外边归来，一见葵妹，就朗朗地说：“你真有口福，就在这吃晚饭吧！”

“多谢了，我来跟你报个喜，这个月，挨年近晚，家家户户奖金入袋，买鱼的人多；我们合作得又愉快顺利，有你的‘雅马哈’勤装快跑的，所以赚得也多，除去税款、管理费、地皮税、清洁费等，净利是九百零四元。这三百六十四元是阿爸叫我送来给你的。”说完，掏出一只胀鼓鼓的大信封，添上一句：“点点数。”

真是“言必信，行必果”！阿龙也是条好汉，接过信封，从里面抽出十张“大团结”，颇为感动地说：“钱，我也中意的，欠海仔的债至今未还清。不过，给多了。你们父女两个，一天到晚站着，比我辛苦多了。我不过骑车兜兜风就是了。冬天，风刮在脸上，还有点割肉，若是春夏秋，那简直是种享受了。所以，这一百元还是拿回去吧！”

“哟，你还算不算男子汉大丈夫？一点也不爽气！说好了的，这钱是你的劳动所得，不要也得要。再说，你的摩托车要保养、要维修、要缴税、要付保险金，还得买议价汽油。七除八拆，你要的钱还不算多的呢。怎么，这硬挺挺的钞票会割破你的手指头啦！”葵妹说这番话，嘴儿是笑盈盈的，但却是那样不容置辩。阿龙想了一会儿，搔搔后脑勺说：“好吧，那就承惠了。”

葵妹一听这话，扑哧地笑了，笑得那凤眼眯成弯弯的弧线，活像那新崛起的歌坛新秀沈小岑。当葵妹告辞后，阿龙站在门口，望着葵妹身着酱红太空褛的婀娜身影，又联想起珠珠。这冤家如今不知怎么样了。唉，珠珠啊珠珠，你如果有葵妹一半的本事，一半的聪明，该多好，那就不至于有今天的结局了。你跟那港客去谈情说爱吧，只要我有机会重新挂起“雅马哈”的招牌，发达起来，加上我阿龙这副模样，不愁门口没有红色的、白色的、蓝色的高跟鞋的响声。那时我穿上件皮猎装，打扮得和《追捕》里的杜丘一样，和“她”去找你。气死你！唉，这个“她”是谁啊？阿龙又不愿往下想了。

吃过饭，阿龙想起要找一个人，就把那装着钱的信封往口袋里一塞，骑着摩托车上街。

在北方，隆冬腊月，朔风怒号，一到天黑，家家户户门窗封得严严的，很少有人逛街，广州的冬夜，却是另一番景致。老街上，霓虹灯的广告特别明亮迷人，奶白的路灯下，青青的榕树旁，依旧是熙熙攘攘的。广州人爱吃、会吃，可谓“食家”，“食在广州”之说，便是因广州盛产“食家”而来的。在那些闹市区及其边缘，稍空旷处，并排着一摊摊一档档的大排档，热腾腾，明晃晃的，经营着各式各样的小食，有适时冬令炖品：令北方兄弟瞠目结舌、畏而远之的炖蛇、炖狗；还有银丝云吞面、牛肉拉肠粉、及第粥、盐焗蛋、双皮奶、莲子茶。五花八门，香气四溢，令人垂涎欲滴。每一个摊档前，都有一个笑容可掬的俊男或靓女，热情地向过往路人发出邀请，这色、香、味，这情这景，包管使每一个来自上海城隍庙、南京夫子庙的食客们臣服！阿龙骑着车，缓缓而逛，终于在人民大厦对开的江边榕树下，找到他要找的人。

“海仔！”阿龙喊了一声。

正挤在人群中看热闹的海仔转过身来，脸上现出困乏疲倦的神色，懒懒地答："龙哥，是你啊。"

"在家找你不到，果然不出所料在此碰着你，看什么啊？"

"一个卖字的。不知用什么鬼怪颜料和手法，写上些五彩的怪字，龙不龙，凤不凤的，居然骗了不少外汇兑换券。"

"又想学师转行？"

"唉，不了。这些日子，钱是赚了点，摆棋局，设赌档，卖过快速电镀液和慈禧太后的美容霜，但总是担惊受怕的。喏，昨天有个外地人，被一个卖假药的骗去五百元，要在这跳水寻死。当然死不了，但我看见时，心都凉了，我不也常常骗人吗？骗得一时，混不了一世啊。"海仔有所感触，顿了顿，问："龙哥，你混得怎么样？"

"还好。这不，还你钱来了。"

海仔想问阿龙现在吃哪一路的水，阿龙说道："说来话长，去沙基涌吃艇仔粥，慢慢讲。"

不一会儿，目的地到了。将车往保管站一停放，一高一矮，来到涌边。这曾经在中国历史上有过炮火和鲜血的记载的沙基涌啊，如今是那样的和平、安宁。只见一只一只油漆得五颜六色的小艇，挂着汽灯、油灯或灯笼，显得那样的玲珑剔透，晶莹夺目；那稠黑的河水缓缓地流淌，像匹微微抖动的黑色绸缎，在泛着或停泊着小艇的地方，印上了一圈朦胧的光晕，远远望去，像绽开的金花。每一只小艇的顶部，都插着一面旌幡，旌幡上“艇仔粥”三个大字赫然入目，有宋体，有魏体，有楷书，有隶书；那缀在旌幡上的黄色飘带，在南国温馨的小北风中，猎猎飘动。

阿龙与海仔在沙基涌边的石堤上，找了张小木头桌子坐下。不一会儿，从艇上来了位身材窈窕的大眼睛姑娘，端上两碗艇仔粥。绵绵的稀粥上，飘浮着金黄的炸花生，嫩白的海蜇皮，橙红的油条丝，碧绿的葱花。当然里边也少不了鱼片、鱼骨腩的。

海仔跟那端粥的姑娘很熟，说了几句笑话，做了个什么手势，不一会儿，那姑娘又端上来一盆清蒸河虾，一瓶阳江白酒，娇滴滴地说：“慢慢饮啦。别喝醉了，否则，摔下涌里我可不负责。”说完，扭腰而去。

两人杯酒到肚，就各自倾诉别后情状。

海仔享受了一只大虾的美味后，舒口气，指指艇上刚才那端粥的姑娘：“龙哥，你估估那靓女的身价。”

“你这是什么意思？”

“噢，我是说，你猜她有多少存款？”

“不知家底身世，如何猜得出？”

“实话告诉你，这条艇是三个叔伯姐妹合伙经营的，干了一年。原先都要吃救济的，最初的小艇还是贷款置来的，好吧，你再猜。”

阿龙眨巴了几下眼睛，伸出一个指头说："一撇！"

"一千？会不会太保守啊？"

"二撇！"

"再加一撇吧，龙哥！"海仔"咕噜"地把半杯白酒一饮而尽，又挑了一只颇肥大的河虾。然后，教训着正发着呆的阿龙，"龙哥，人家三个弱女子，就打出这么个世界，我们呢？我靠在珠江长堤边要点小法术混两餐，你牛高马大的，骑着摩托车，却给人当伙计，你说窝囊不窝囊？"

刹那间，阿龙坐不住了。海仔的话正说到他心坎上，他血管里的血直往脑门上冲。他蓦地站起来说："海仔，老实告诉你，我心里那盏接财神的灯一直没熄灭过！我们好好筹划筹划，齐心合力，把'雅马哈'这块牌子再打出去！"

海仔示意阿龙坐下，然后，坚定地小声说道："就这个意思！"

于是，阿龙就把帮葵伯父女运鱼以来的见闻、感受、想法、打算，甚至把设立大小鱼档主档案之事，统统地告诉了海仔。海仔一拍大腿说："高！与鱼栏主有了交情，还愁进不了便宜货？今后，'万宝路'一条一条扔过去，关系深了，我们就可以搞小批发，租船、租车，坐地分红，那时，我们月进千元也说不定的，我们鱼档该叫'发记雅马哈'了！"

“记住，凭真功夫，不要再耍小法术了。”

“……呃。”海仔又咽下了一只大虾。

两人你一杯我一杯，你一言我一语，喝得昏沉沉的，做着黄金梦。

但当阿龙又回到自家阁楼后，用热毛巾擦过脸，两杯浓茶下肚，又闪过一个个画面，那些画面里的角色，除了自己，就只有葵伯和葵妹。“唉，现在人家对自己不错，而自己过桥抽板，对得起人吗？”一会儿，另一个声音又在回答：“也许他们有他们的目的和打算，人，不能太忠直。”

啊，人生在世，要想顺顺当当地生活下去，难啊！不仅有来自外界的压力和阻力、引诱和迷惑，也有发自内心的种种犹豫和彷徨，多疑和猜忌，让人常常不得安生！一般人，要战胜这一切尚且不易，何况阿龙这一类人？

思前想后，阿龙还是决定重起炉灶，大展宏图。他觉得，自己一个人混两顿饭容易，倒希望把海仔和珠珠（唉，又是珠珠！）拉上岸来，阿龙近月来思想不能说没有长进的。

这天，运鱼回来，躺了个把钟头，心事重重的，睡不实，干脆一骨碌爬起来，来到葵伯鱼档，帮忙干点零碎活。看看事情不多，就叼了支烟，蹲在鱼档斜对面的一块麻石板上，观察葵伯父女卖鱼。

近来，他心里常嘀咕，为什么附近的街坊，特别喜欢到这里来光顾葵伯？龙珠桥畔，少说也有十档八档卖鱼的，论价钱，大家差不多（这小子有点开窍了，知道自己过去压价整人，是干了件大大的蠢事）；论品种，也是大同小异，那这里面究竟有何奥妙呢？好比《姿三四郎》里的桧垣，论功夫本事不低于姿三四郎，但最后却服了姿三四郎，那是因为姿三四郎不仅武功好，而且受了和尚的教诲，有道行，有修养。那么，葵伯父女，除了有鱼卖、会卖鱼之外，还有什么招数胜得过其他同行的呢？

阿龙实际上是在为雅马哈鱼档未雨绸缪。

他盯着，盯着葵妹的脸，葵妹的嘴，葵妹的手；盯着每一个顾客的表情！

啊，从葵妹那张好看的弧线的嘴里，吐出来的话儿多温柔，多清亮："老伯，买鱼头吧，够你喝两杯的。"

"阿姨，你的宝贝仔真得意，来，要这净鱼肉吧，煲粥、炖饭都合适。"

"阿婆，慢慢走，鱼，我已刮干净的，回去用保鲜纸一包，放进冰箱，够你三天吃的，也不用餐餐跑市场了；如果你行动不方便，你托人带句话，我替你送来。"

阿龙听着听着，都有点陶醉了。顾客听了这些话，心里该多么顺畅；就凭这贴心的话儿，不想买鱼的，也要买他个半斤一条啊！然而，葵妹说得多得体，多自然啊，丝毫没有哗众取宠、存心招徕生意的味道，很有点人格！

本来，葵妹一向都是这样卖鱼的，只是，阿龙这几天才看得出来，才品出其中的味道。

这一天，发生了一件事，教阿龙对葵妹更加折服了。

下午，开市时分，诊所西药房的那位药剂士，盘着如意髻，穿着褐色绒大衣，蹬着奶白半圆头高跟鞋，君临葵妹鱼档来了。

阿龙仍然蹲在那麻石板上看葵伯父女卖鱼，一见此女，胸中又积聚团团怒火。

药剂士蹙着眉，偏着头，傲慢地说：“喂，称一条鲤鱼！”

葵妹从鱼盆里取了条斤把重的，刚称好，药剂士用指尖把鱼翻了翻，命令道：“我要一条公的。”

“好。”葵妹和颜悦色，换了条公的。不料对方又吐出尖酸的话：“喂，别手颤颤的。拣条大点的嘛，你怕我没钱吗？这条，看清楚点。”

葵妹依旧笑吟吟地说了声“好”，然后按药剂士的意思，抓起一条颇大的鲤鱼公，不紧不松地捆着鱼头，正要过秤，对方又嚷开了：“哟，用这么粗的水草，也按鱼价钱卖吗？真会做生意。”

葵妹抬起头，庄重矜持地说：“鱼用水草捆，捆住了才能过秤，这是常识；你这鱼大，用稍粗点的水草，你提着也稳妥，这也是常识；过秤的时候，我少算一钱半钱，秤尾抬高点，也不会让你吃亏的。”

“我怕什么吃亏？我不像你们，一钱半钱都斤斤计较，我是说，这里面有个职业道德的问题！德行！”

阿龙听了，真是火冒三丈，他捏紧了拳头，看看这位自以为阳春白雪般高雅的白衣战士，要闹到什么程度。必要时，冲上去，朝她那张老向左撇的嘴巴掴一巴掌，以雪当日之恨。

葵妹泰然自若，那语调照样是细软而又明亮，不过透出几分严厉：“请尊重别人，也尊重自己，不要开口闭口就骂人。卖鱼的要有个卖鱼的道德，买鱼的也得讲个买鱼的规矩。要，请付钱；不要，我把鱼放回水里，欢迎你下次再来光顾，也欢迎你多提宝贵意见。”

葵伯也插上一句：“买卖不成仁义在嘛！”

谁料那药剂士虽理屈词穷，依然死撑面子，大摆架子。她掏出块香纸巾，把指头擦了又擦，往地上一扔，横蛮地说：“好像还挺能的呢。卖鱼的，你傲气什么？就你才有鱼卖吗？谁服你讲什么仁义攀什么交情，有本事的用得着在街边卖鱼吗？小市民！市侩！”

此刻，葵妹一反往日温柔的姿态，把手里的鱼往盆里一放，正色道：“同志，你的话已经超出了与我做买卖的范围了。什么叫市侩？你有文化去看看列宁的书。什么叫有本事没本事？为国家分忧，自谋职业，为群众服务，吃苦耐劳，这就是我们街边仔街边女的本事！你有胆量的，沿着龙珠街市，把刚才说的话，向每一个摊档说一遍。去啊！”

这时，周围的个体户，有向葵妹跷大拇指的，有为葵妹鼓掌喝彩的。一位卖“飞机榄”的小青年，趁势兴奋地吹起唢呐，泛着银光的喇叭口里，响起了一曲《得胜令》，回荡在龙珠桥上空。阿龙的拳头放松了，何须动武呢？

药剂士脸上青一块白一块，死不服气地说了声“无聊”，悻悻地溜了。逐渐多起来的看热闹的群众，用嘘声欢送着她。内中有认识她的，就数落起来了。

“她有什么本事？还不是靠父亲当个什么公司的经理。搞特权最有本事，调到这个诊所还是走后门的呢。”

“哟，我去诊所看病，受过她不少气了，服务态度差极了，还说什么发扬人道主义，我看她连‘人’字怎样写还不懂。”

“生活作风也糟透了。最近，嫌原来男朋友的父亲官不够大，就把人家甩了，与一个高干子弟结婚了。”

“哼，官大，钱多，有什么了不起？还不一样要穿衣吃饭。葵妹，以后她来买鱼，不要卖给她，其他人也不要卖。”

阿龙听着，舒心极了。葵妹为他出了气，正直的街坊群众为他出了气。

群众敬佩葵妹。那位当初不愿冒领海仔扬起的五元人民币的阿婆，不知什么时候站在阿龙旁边，冲着葵妹的档口点头，频频说：“有人格，有人格。”阿龙也更加敬佩葵妹。当初，只觉得这瓜子脸蛋的女子，俏是俏，在照相馆坐坐柜台，在大宾馆当当服务员，倒还不错，若论卖鱼，吃“街边饭”，恐怕还不是块料；后来“雅马哈”倒闭，阿龙落难，一时气昏了头，也无从去研究研究葵妹的能耐；自打在街道文化站一睹她主持会议的风采，心里着实有点佩服，但印象还谈不上深刻；合作以来，才比较了解葵妹的为人处世，今日的一番唇枪舌战，更让阿龙瞧见了葵妹性格的火花。他朦胧地意识到，姿三四郎能制服桧垣，与葵妹能战胜药剂士，赢得群众的尊敬和信任，都有一种共通的东西，大概要叫作什么修养、德行、品格、精神之类的东西吧。

唉，光有钱有势又有什么用？阿龙浮现起那穿着高贵、性情高傲的药剂士，方才在龙珠桥畔现出的那一副尴尬难堪的狼狈样子，觉得此人又可憎又可怜；同时，对人生要追求什么，开始了第一次严肃认真的思考。

正当阿龙蹲在青麻石板上冥思苦想的时候，烧鹅佬阿全轻轻走过来，往阿龙身边一靠，狡狯地笑着：“阿龙，葵妹是个出得厅堂入得厨房、甚至可以说上得国务院入得大使馆的人物呢。不瞒你说，我也曾打过她的主意，只是……哎，不说了。她倒也客气，没有张扬过我的轻薄，这我知道的。”阿全顿了一下，又喃喃地说：“你小子可能有门，不然，他父女为何对你……”

“我有‘雅马哈’。”阿龙漫不经心地答。

“算了，你那辆破车算什么？世界上也不是光你阿龙一个人有摩托车。老实说，葵伯早就知道，现在买车谋生的人不少，何必偏偏选中你？”

“去，去，全哥。”阿龙很不耐烦地把阿全赶跑了，说实在的，葵妹在他眼中尽管可敬，但珠珠的影子始终抹不掉。不知那负心人现在怎么样了，快结婚了吧？算了，宁可你负我，我决不负你，等你结了婚我再作打算。这样，我总算对得起你，也不会招致别人闲话。大丈夫何患无妻？先考虑如何做人的问题吧。

阿龙烟瘾大发，下意识地摸摸口袋，但烟包已经空了。

原来，近来阿龙不知怎的下了决心，尽量少抽烟，每天只放十根香烟在烟包里，抽完即止。他拧了自己大腿一下。

这时，旁边响起了他熟悉的娇滴滴的声音：“走过去啊，才几步路，又没有隔着河、横着海的，过去才好跟人家说悄悄话嘛。何必那么辛苦，眼珠瞪得快跳出来了，难受得大腿也拧痛了！”这说话酸溜溜的，正是珠珠！

珠珠也绝非水性杨花，她跟阿龙毕竟是患难之交了。说她牛粪抹眼也好，说她鬼迷心窍也好，她的确爱这个仪表堂堂的蛮小子的。只是家庭、亲戚、邻里、街坊的压力太大了。她的脖子上，好像总是挂了几十斤重的铁饼，抬不起头。这回经营鱼档，做正经事，赚正经钱，指望着一帆风顺的，连势利的母亲也改变了态度，谁知阿龙也实在太不争气，又惹是生非，致使形势急转直下。说笑就笑、说哭就哭的珠珠，虽说与那港客上过两回茶楼，入过一次剧场，逛过国际海员俱乐部，也去过友谊商店和外贸中心商场，但都有母亲出席作陪，孤男寡女从没有单独活动过，珠珠也从没主动要买什么“合心意”的东西。她之所以愿意去，一则母亲胁迫得紧，不去就要生要死的；二则是赌气兼游戏，反正母亲在场，也不会出什么事。她心内还紧紧牵挂着她的“杜丘”——阿龙哥。

世上之事，也绝非铁板一块。前两天，那香港客竟在珠珠家里，向珠珠母亲提出一个令她吃惊万分、啼笑皆非的问题。此人说：“伯母，请问现在政府的个体户政策会不会变呢？”

“我看十年八年不会变的。你在香港也看得到大陆的新闻啦，怎么，你也关心时事？”

“不瞒伯母您说，我是很关心这事的。请问，发牌照要不要审查申请人呢？”

“我看也没什么审查的。只要有本市正式户口，没有职业的青壮年都可以领到的。”

那港客叹了口气说：“伯母，那天我们去人民戏院看粤剧《梦》那里面所唱所做的，都是香港社会的实情啊，总之，那社会有钱就好，一般我这样的打工仔，生活也是靠搏的。伯母，你对我有情有义，我很感动，在你老人家面前，我不便充大头鬼。我与你说真话，我全部积蓄也就一万几千港币；我看到广州的个体户，只要手勤脚快的，收入也很高，算起来也不低于香港工人的水平，所以想回广州落户，做点小生意，过个安定日子。珠珠我很喜欢，我会很好待她的，什么彩电、冰箱，我可以马上办齐的……”

在香港客说这番话的时候，室内气温逐渐下降，珠珠母亲脸上颜色逐渐加深，听得她浑身起鸡皮疙瘩，连捏着烟的手指头也都打颤了。她心想，原来也是个没出息的。也不拿镜子照照自己，癞蛤蟆想吃天鹅肉！我珠珠水灵灵鲜花一朵，多少腰缠万贯、进出白天鹅宾馆的公子哥儿来求亲，我还挑挑拣拣呢。她脸上的黑色素已积淀得差不多了，不冷不热地扔过几句话：“我家珠珠长得也一般，脾性也不柔顺，也没福相享受电冰箱的。再说年纪也还小，过了年，我想让她进文艺夜校学唱歌，终身大事不忙考虑的。你们，以兄妹相称啦。”那港客自然识趣地告辞了。

为此事，珠珠母亲狠狠地跟说媒拉线地吵了一顿，要讨回红封包。这两天，这位势利婆娘在家气也没那么粗了，也没闲心去管珠珠的出入了。

那位有点迂、但迂得可爱的梁老师也关心珠珠的终身大事。有一回，趁珠珠母亲跟那港客去饮茶，偷偷来找珠珠，对珠珠说：“老师我又来多管学生的闲事了。你过去对阿龙那么痴情，难道现在前功尽弃了吗？过去能拉他一格，难道今天把他推开了事吗？要知道，爱情的意义，就在于帮助对方提高啊！”

珠珠嗔着：“我们分手了，也不知人家现在怎样了。”

梁老师看到阿龙在葵伯父女鱼档干活，也不明底细，话也不能说死，就说：“我看阿龙也是个血性男儿。解铃还须系铃人，你不去说个清楚，谁去？再迟了就难说了。”

年轻女子，最急最忌的是自己的意中人旁边有个俊俏姑娘在转。珠珠也曾远远看到过葵妹在“雅马哈”车前车后，帮着阿龙卸鱼抹车、又说又笑的情景，当时心里就像敲着小鼓似的一阵比一阵紧促。听梁老师一说，更加紧张。连日来，趁母亲禁令解除，已侦察过她的“杜丘”的行动多回了。

当下，珠珠把阿龙酸酸地挖苦了一顿，阿龙有点愕然，却一点也不气恼，他毕竟有点小聪明，一看情状，冷静地一想，就什么都明白了，便有心逗着说：“你还记得我，认得我？”

“当然记得、认得，化灰也记得、认得。我是来问你拿喜糖的。”珠珠竭力装出淡然的样子。

“笑话，应该是我问你拿喜糖才是。那倪惠英唱的戏好听吧，国际海员俱乐部的洋货漂亮吧……”阿龙也一副若无其事的表情。

未等阿龙说完，珠珠已按捺不住，捂着脸，抽泣着转身就跑。阿龙一看，觉得玩得过分可不妙。也着实心疼珠珠，便一跃而起，拐进一条僻静的小巷时，追上了珠珠。珠珠干脆号啕大哭起来。

也难怪珠珠紧张，因为，这龙珠桥方圆数里，不止一个乱点鸳鸯谱的。

第二天，葵妹让阿龙用摩托车送鱼到五中教工食堂，那学校要搞校友日活动，请客吃饭，事前向葵伯预约了的。

来到食堂，一位长相诙谐油滑的管理员接待了阿龙。阿龙卸了鱼，就要过秤。

那管理员不急不忙，笑眯眯地递过一支烟，朝他上上下下打量了一阵，摇头摆脑地说："人结人缘。后生仔，你艳福不浅哪！"

阿龙深感突然，纵然珠珠是这所学校毕业的，但他怎么会知道珠珠是我的女友呢？难道这位老兄见过我和珠珠一起？他想通了，也就不以为然地说："老兄，你过奖了。"

"我说，后生仔，你交红运了，不仅桃花运好，财运也好！你这位俊俏的未婚妻，人品好，道行高，将来你们小夫妻同心协力干下去，保管是'生意兴隆通四海，财源茂盛达三江'。哈哈！"

阿龙心里明白，这位饶舌的管理员是弄错了。不过，他蛮有兴趣地听他继续饶舌，一则一支烟未了，二则他知道对方话匣子里还有许多话要倒出来的。阿龙不吭声，只是微微颔首，笑嘻嘻，像欣赏喜剧中的主角似的瞧着对方。

“那时，你可能没搭上线吧。葵妹鱼档还在龙导尾街。我家里有点喜事，到葵妹处买了十斤鲩鱼，刚巧她走开了，是她一个什么亲戚临时顶档给称的。买回来后，我又蒸又炸，香喷喷的，没发现任何问题。不料我们刚吃饭时，葵妹来了，说其中有三条鲩鱼，约七斤重，是翻了白眼的，她的亲戚当活鱼一块称了，她补了钱给我，还向我赔不是呢！你说说，这多么难得啊，这样的事，就是公家的鱼档也不容易办到啊！所以，打这以后，别的鱼档我是瞧也不瞧的。喏，今回学校开校友会，平常公家是不光顾个体户的，这回校长却同意了，说是个体户的鱼新鲜，说葵妹的鱼档什么名震什么遐迩，还要请葵妹回校给中学毕业生做报告呢！”

这时，梁老师拿着饭盒过来了，深度近视眼镜后的眼睛打量着“雅马哈”，再一抬头，认出阿龙：“嗬，送货上门啦。”阿龙开心地应了一句。梁老师又问：“和珠珠和好啦？我说你啊，也该迁就一下她。女孩子嘛，总爱要点小脾气的。”

那管理员有点莫名其妙了。阿龙瞄了他一眼，哈哈大笑说：“这位同志刚才搞错了，我阿龙只不过是跟着葵妹学学卖鱼，学学做人而已。”

梁老师像发现了新大陆似的，望着阿龙，说：“得，得，就凭这学卖鱼、学做人一句话，就大有文章可做。阿龙，你的确长进了，把你的感受体会写出来，我向毕业班的同学宣读，并且向报社推荐！”

“我是拿笔的材料吗？卖鱼也还没学会啊！同志，把鱼过过秤吧，我得回去了。”

“不用称了，你走吧。”

“要的。数归数，人情归人情。况且，这鱼是我阿龙送来的，你信得过我？”

“只要是葵妹鱼档的人，我就信得过，信得过。”

顿时，阿龙因为激动而感到脸上火辣辣的。

这一场喜剧性的误会，却使阿龙的灵魂受到一次冲刷。他沾了葵妹的光而受到称赞，得到信任，内心充满了一种从未有过的幸福感觉，甜丝丝的，美滋滋的；旋即，他又联想到自己，自己也有过循规蹈矩地去生活去待人处事的愿望，但最终还是为了钱，这与葵妹相比，不是有点本末倒置了吗？一个人，究竟有了钱去吃喝玩乐愉快呢，还是得到别人的尊重、爱戴和信赖愉快呢？怎样才算是一个人呢？阿龙还难以回答，但他起码感到，人应该有人格，像葵妹那样有人格！

他浮想联翩，思绪万千，为世界上还有那么多美好的事物美好的情感而激动，而欣悦，而自愧，而奋发。告别了梁老师和管理员，他驾车来到珠江边，让北风给降降温，更冷静地思考思考。面对着巍峨高耸、振翅欲举的白天鹅宾馆，百感交集。这是现代建筑学的成就啊！都八十年代了，该怎样去跟上时代的步伐，成为一个当代青年呢？

人，在宏伟崇高的物象面前，感到的是自卑，还是自豪？

珠珠这些天，总有些心神不宁。快刀斩乱麻。无论如何，雅马哈鱼档要重新开业，越快越好。因为她非常留心地观察着阿龙的动静，发现阿龙近日对“东山再起”并不太热衷，不，简直只字不提，却热心给葵伯父女出点子，用“雅马哈”去给老弱病残、知识分子送货上门啦，买鱼肉不搭配鱼头啦，等等。人家葵伯说，送货上门可以搞，但鱼肉搭配鱼头却是卖鱼这一行的老规矩了，偏巧阿龙却跟葵妹一个鼻孔出气，说老规矩也可以改。结果改了，还引来了报社记者，登了一则小小的消息。

看见阿龙那份热心劲，珠珠急了。这天晚上，把阿龙约到越秀公园。

“到南音餐厅听歌？”阿龙问。

“不，到鲤鱼咀。”

“喝西北风！”

“我有话说。”

天气颇冷，珠珠却穿得很单薄，一件米黄的紧身弹性尼龙衣把她那美丽的身段充分显示出来，在冬夜里格外迷人。她紧紧靠着阿龙坐着，但明显感到这个臂膀有力的男子搂得她一点也不够紧，吻得也太缺乏热情了。好一会儿，阿龙情话没说半句，反而没头没脑地问："珠珠，你记得上星期天在我家煲狗肉那天晚上，梁老师讲的那句话吗？"

"什么话啊？他喝了酒，话讲得一串接一串的，你说的是哪一句啊？"

"梁老师说，什么国的扎克讲过一句话，一个晚上，可以爆出一个暴发户，但是培养一个英国绅士得三十年。梁老师不是还解释说，'绅士者，有道德有修养人也'吗？"

"好像讲过。人家是有学问的人，我们卖鱼，不管这些！"

"唉，珠珠，这话大有学问哪。这几天我在琢磨，'雅马哈'重新开张，大家勤快点，发点小财并不难；但是，要真正学会做一个有修养的人，却不容易。虽说不用三十年，但也不是一朝一夕的事。你瞧，像葵妹那样做人，才做得开心呢。所以，我希望你也学学她。"

"你又提她了，又提她了。我不听！不听！"

"唉，珠珠啊珠珠，你现在不理解你的龙哥了。"阿龙说这话，也大有"士别三日，刮目相看"的意味。

"我理解。"珠珠拖长腔调说，"我理解得很，鸡吃放光虫，心知肚明。你喜欢她！你中意她！你爱她！"珠珠挣开阿龙的手臂，抖动着那斜斜的美人肩，低声啜泣了。

阿龙一时也不知如何解释。他笨嘴笨舌的，一些深奥的道理，他无法说得清。

不料，珠珠蓦地抬起头，拭了拭泪水，在公园花草夹径的鹅卵小路上走得飞快，飘回来一句带哭声的话：“我现在就去找葵妹，摊牌！”

突然蹦出这么一个意外，是阿龙万万料不到的。他愣了一会儿，跟着珠珠跑出大门，看见珠珠扬手叫了一辆“的士”跑了。没法，他只好施展他那中国“杜丘”的本领，截了另一辆“的士”，尾随而去，“追捕”他的恋人。

珠珠在葵妹家找到葵妹，尽量压住一肚子愤懑，开门见山地说：“我不明白，你明知阿龙有对象，为什么要拖住他？你看中他了？”

葵妹理了理耳边的一绺头发，待她明白了怎么回事后，平静地回答：“早就有人这样说的，我都没有理会。没错，我是看中他，所以要拖住他，因为，他是一匹野马！”

“野马也好，野牛也好，轮不到你拖。他的主人是我，是我潘彩珠！”

“可你一时没有力气拖得住他啊！”

“屁话！”珠珠气得耳饰一颤一颤的。

“珠珠，你先莫动气，听我说。阿龙的脾性为人，你比我更清楚。他是匹野马，但只要经过训练，可以变成一匹好马的。你不觉得他现在比和你们一起开鱼档时有很大的不同吗？他曾经是个失足青年啊！你对他好，而且很坚贞，我完全知道，可是你帮助他认识错误了吗？”

“我也说过他，他不听我的。”

“他为什么不听你的呢？因为你对自己要求也不严格。”

珠珠有点不好意思了，但仍不甘心地问：“那用得着你来管他？他有父亲管，有派出所管，有街道的组织管。”

这时葵伯从房间里走出来：“一个好汉也要三人帮嘛！过去我们做小生意，常常受鱼档主、‘大天二’和伪警察的气，常常要联起手来，济贫扶弱的；现在做小生意也现代化了，为什么人的思想反而退化了，连团结互助也不讲呢，阿龙有难，我父女理应帮忙的，这叫义气。古时候刘关张桃园三结义……”

“去去，《三国演义》看多了，至多是关云长水平。”葵妹把父亲支开，继续开导珠珠，“我好歹是街道个体户协会负责人，现在又是个预备党员，我应该管的，应该管的。”

珠珠无词了，垂下头，让马尾花高高地扬起来。葵妹走过来，细心地帮珠珠理着散乱了的马尾发型，一边说：“阿龙是个自由身，他随时可以离开我们父女俩的鱼档，不辞而别也可以，但有一条，他必须走正道。我知道你们，还有海仔，要重新开业，我支持！只希望你们卖鱼也卖得光彩，卖得体面，卖出个人样来！”

珠珠羞愧万分，感到自己太冒失，太对不起人，也太冤枉人了。但始终有点不放心，问：“如果阿龙对我变了心，看上你怎么办？”

葵妹听了咯咯大笑。迟疑了好一会儿，欲言又止的，终于说：“你要相信你的阿龙哥，也要相信我。我个人对他，并不掺杂一丝一毫特殊的感情。我也有对象，而且领了结婚证，过了春节，是鲜鱼上市的淡季，我们就结婚了。来，拿个相簿你看看。”葵妹亲热地牵着珠珠的小手入了她的闺房，珠珠这才放下块大石头。

珠珠不看犹可，一看吃了一惊：“这不是那大名鼎鼎的烂仔强吗？葵姐你……”

“是啊。他过去是匹野马，不，简直是匹劣马、害群之马！可现在是匹好马、骏马。他是市的‘新长征突击手’，是区团委委员，我的好丈夫。我拖住阿龙，也有他一份主意呢。”

“真的？”珠珠更惊奇了。

“真的。阿强现在能赚点钱，但自己所得不多。哪个认识的兄弟愿改邪归正的，他送本钱给人做生意；遇上也与他同行的，就把自己的门路和老主顾介绍过去。上月，还给拘留所捐了三百元买乐器、图书呢。他真好！”

“葵姐，你也很好，真的。我错怪你了。”

葵妹沉吟了一会儿，又说：“要说我与阿强之事，真可以写部小说的，不过我写不好，还得请梁老师和过去的老师们帮帮忙。”

“哟，写小说，这可是文化人的事呢？”

“我们个体户就不可以成为文化人吗？等有机会，你唱歌，阿强跟你伴奏，他的吉他弹得可好呢。现在又去学什么魔术，和他在一起总是很开心的。珠珠，我们不要只想着赚钱，只听港台流行曲，要学会做一个有道德、有修养、有高尚生活情趣的人。”

待阿龙心事重重赶到现场时，傻眼了。他原来估计双方一定是唇枪舌剑，各不相让，争得面红耳赤，不可收拾！而眼前的情景却大出意外：在少女温馨的闺房里，葵妹把一件一件的柔姿装、尼龙衫、薄绒中褛、西装裙褛等向女伴展示；珠珠看见款式特别好的，也试穿着，口里啧啧称好，分享着即将做新娘子的葵妹的喜悦！

这天晚上，三个青年人促膝谈心。葵伯特地煲了鱼片粥。派出所林所长值夜班路经此地，还进来尝了一碗。末了，抹着胡子上的稀粥水，捶了阿龙一拳说：“你这小子，现在开始像个人样了。”说完，拧了阿龙一下耳朵，扬着那只三英尺的大电筒，向黑夜里走去。

葵妹望着林所长消失在暗夜中的背影，感慨地说：“要说人，林所长、梁老师那才叫人。他们钱多吗？不多，林所长的爱人和小孩还都在乡下呢，可他们多么关心人，爱护人啊。做人，这也是一个方面的内容呢！八十年代了，随着经济形势的发展，赚点钱还不容易？但做人就不易了。一个人净想着‘钱’字，迟早会中邪的！”

“一样！一样！”珠珠叫起来。

“什么一样？”葵妹有点诧异了。

“跟阿龙在越秀公园说的一样。”

“我还不是捡葵妹的口水尾。”阿龙搔着头皮。他在珠珠面前是老师，在葵妹面前是学生。

龙珠桥畔，这所普通的平房里，不时传出爽朗亢奋的笑声。幸福愉快的感觉，从生理效应来看，都是相似的。有人为权倾朝野而高兴，有人为攀龙附凤而高兴，有人为一举成名而高兴，有人为一本万利而高兴，而这么些工作平凡、地位不高的街边仔街边女，也有自己的高兴！

这几天，龙珠桥畔不少个体户歇市了。有关部门要整顿市容，决定在市集搭上整齐划一的金属棚架，盖上清一色的尼龙瓦。

金工师傅好手艺，泥水师傅效率高。三下五落二，现代科学新成果给这古老的龙珠桥增添了时代气息，碧绿的、防火防腐的波形尼龙瓦带来了诗一般的意境，站在高处望去，阳光照射在棚架顶部，瓦面像荡漾的绿波，向远处泛着涟漪。高大的石栗，低垂的杨柳，似乎从“水”面冒出来，树叶子轻轻吻着“水”波。来往的人群，却像在“水”底下游动，脸上、身上染着澄碧的绿；颜色各异的服装，因绿而黄，因绿而紫，因绿而鲜，因绿而艳。人，仿佛生活在春天的王国里。这里，绿就是生命，象征着萌动与新生。但同时，在阳光照不到的地方，绿变得幽暗、清冷而神秘。

雅马哈鱼档要重新开张，阿龙巴望，在新修的水磨石米鱼台上继续与葵伯父女唱对台戏——不是在生意上的较量，而是在探索人生价值的跑道上竞争。

但却传来一个令人不愉快的消息：档位要重新分配，一切由于得水定夺！

机灵乖巧的，马上入庙拜菩萨；老实木讷的，祈求领导有眼，政策保佑；生就一副侠义心肠的，这回非把庙拆掉，把神佛掀倒不可。

这天傍晚，阿龙碰到阿全，看他心事重重的样子，就关切地问："怎么啦，全哥？"

"唉，送的礼不够别人的大，于得水把我的档位排在别人后面。这几天，那'太上皇'家的铁门也摇烂了。阿龙，你拜神没有？"阿全恨恨地诉说。

阿龙听了，赶忙知照海仔和珠珠。珠珠这回急了："于得水最恨你了，这回一定整我们。"海仔也担心，分得个坏地头，就别想"发"了。

阿龙却是不急也不躁，和伙伴一起找葵妹。

葵伯一听，摇头叹息说："这于得水……唉，没法子的啰，阿龙，该做还是要做的。"

葵妹却不同意："不像话。我们不能拍马屁，更主要的，不能让于得水胡来，败坏共产党声誉。党有政策，有法律，决不容许他这样做的。"

阿龙听了，在一旁频频点头。打抱不平，太合他口味了，何况，对手是于得水。

谁料第二天一早，珠珠拎着包扎得精巧别致的一对"五粮液"，两条"登喜路"香烟来找阿龙。阿龙从阁楼下来，睁着惺忪的眼睛，打趣说："今天跟我做生日啦？"

"龙哥，你生日是旧历五月初四，还早呢。快洗脸，慢慢说。"

阿龙洗完脸，喝着珠珠为他冲好的"乐口福"，吃着买来的蛋糕，珠珠这才开腔："阿龙，不要再耍牛脾气了，还是给于得水送个礼罢，有个好地头，赚钱容易，我妈……"

阿龙头也不抬地说："不送！"

"那领牌照的时候，你不是亲自给于得水送过礼吗？"

"现在的阿龙已不同往日的阿龙了，我的好珠珠。"阿龙把最后一块蛋糕咽下肚，搓着手。

"我要……"珠珠撒着娇，轻轻捶着阿龙宽大的肩膀，嘟着小嘴说。

"没人格！"阿龙看她这副模样，大喝一声，蓦地站起身。

阿龙父亲赶忙从小房间里出来，劝住阿龙，安慰珠珠。

谁料珠珠看见有老人在场，干脆撒泼，已经淡化了的醋意又浓缩了。昂起头，像只小母鸡：“你还不是想赖在葵妹档口？说话做事，学人样，跟人尾……”

未等珠珠说完，阿龙已恼怒地举起巴掌，咬着牙。珠珠也不示弱，干脆把红扑扑圆鼓鼓的脸蛋凑过来：“你打，你打，打死了也变个冤鬼缠住你。”说着说着就哭起来，好不凄楚。

阿龙心软了，狠狠往桌面一捶，两瓶“五粮液”互相搂抱着滚下地去。这不亚于一对殉情的情人跳下万丈悬崖。清脆的玻璃瓶碎裂声，宣布这对“五粮液”“生同床来死同穴”，它们的汁液混合在一起，被贪婪的红阶砖地吸收着，它们的破碎了的外壳，被一同扫进垃圾桶，分不清哪一块是你，哪一块是我了。

酒香扑鼻，林所长大概是闻香而至的。进门一看此情景，就骂阿龙：“喝醉了欺负珠珠啦？”

“哟，林所长，你还开这个玩笑。”阿龙一下变得十分正经，把事情的原委前前后后讲了一遍。

林所长两道浓眉蹙起来，问：“你说的都准确？”

“不信？你问问龙珠桥的个体户，问问阿全、肥珍那些人，只要他们不昧着良心，不贪生怕死……哦，对了，你还可以问问葵妹。”

林所长沉思了好一会儿，抬起头，坚定地说：“阿龙，我相信你！我支持你！”

这总共才十个字的一句话多么有分量啊！阿龙激动地握着林所长的手，嘴唇微微地颤动。活了这么多年，第一次亲耳听到，一个派出所所长，一个当年不止一次把自己押到拘留所，不止一次把自己从拘留所领出来的人，能亲口对着自己说出这样的话！过去，阿龙听到林所长所说的，常常是“不老实”“耍花招”一类的话，如今听到的，却是“我相信你！”。过去，阿龙欺负团伙中的其他小兄弟，也常常遭到林所长训斥，如今，自己要告一个好歹算是个共产党官儿的状，林所长却说“我支持你”。这前后变化，不啻天壤之别呢。

阿龙父亲心潮澎湃，他的不孝儿终于成个人样了。老人按捺不住，偷偷回房间，高兴地啜泣着，喜泪纵横。珠珠羞惭地收拾着地面，然后撕开一条“登喜路”的包装纸，给林所长递上一支……

当天，阿龙到葵妹家里，写啊抄啊什么的；珠珠呢，也忙着找阿全、问肥珍。

接着，龙珠桥附近的个体户，在一种莫名其妙的心态中过了两三天，档位分配的事定不下来，个别人陆陆续续、规规矩矩地在原有地段摆卖开了，也没人过问。

葵伯父女也开市了。阿龙也还帮着工。

这天，于得水轻轻走到阿龙跟前，脸色阴沉，但带几分虚伪地讨好，给阿龙递上一支烟，并点上火。阿龙也不动声色，看他卖什么药。

“阿龙，其实我早就给你安排了好档位的。你想，葵妹是个体户协会的头头，我的左右手；你呢，又打算跟她父女俩搞联营，搞‘五自’小集体，我能亏待你吗？”于得水轻柔地表白心迹。

阿龙悠闲地吐着烟圈，不吱声。

“当然，你提意见我也欢迎，有则改之，无则加勉嘛！不过，提意见也得实事求是。再说，要说我受贿，也总有行贿的；说我收礼，也总有送礼的。这是矛盾的统一体的两个对立面嘛。所以说，你何必去……告我的状呢。”于得水把话挑明了。

阿龙掐灭烟头，放进果皮箱，然后一板一眼地开始了他生平第一次义正词严的演说：“于同志，我所反映的是实情，为的是帮助你。要说邋遢，我阿龙过去邋遢得多，以后洗干净就是了。我阿龙告状，并不是为我自己；要为我自己，送个礼请个客也不难。老实说，让各位兄弟姐妹挑完、挑剩，把雅马哈鱼档安排到哪一个角落，我都没意见。今后做生意，不靠地头信誉，赚多赚少我无所谓，只要各位街坊父老，不把我当成昨日的阿龙就是了。”

“阿龙，你是条龙！”附近有人喝彩了。

“阿龙，说下去，为个体户争气！”有人鼓励着。

阿龙用眼睛扫了附近一周，接触到葵妹的目光，那目光是欣喜的、闪烁的。葵妹挨着珠珠，珠珠小嘴巴嘟着，大概又在责怪她的阿龙哥什么什么的，也大概是有点激动、紧张。阿龙兴奋地说下去：“状是告了，决不收回；档位分配，绝对服从。我只是想，我们每个人身上都纯洁干净一点，才能使整个社会纯洁干净一点。”

人们，附近的小贩们，市场的店员们，买菜的主妇们，闲逛的老人们，过往的工人、农民、教师、干部们，纷纷用惊奇的眼光打量着阿龙——这条龙珠桥过去的孽龙。人群中发出种种轻微的惊奇赞叹声。当然，也有几句不协调的声音，那盘得高高的如意髻，在人丛中一晃，只听得用鼻子轻蔑地“哼”了一声，接着便芳踪杳然了。

阿龙什么也没听见，什么也不管。他没有发现新大陆，没有发明原子弹，没有得过金牌，没有得过奖章，甚至还没有做过什么值得记下来的好事，他只是在人生道路上迈开了许多人已经迈过的一步。这一步对于他来说却是那样的艰难。他避开了众人，缓步走上龙珠桥，想起了梁老师讲的本地掌故：这里曾有两条恶龙作孽，后来，来了一只仙鹤，仙鹤驾着五彩祥云，披着斑斓羽毛，鸣唱着婉转动人的歌，袅袅地伫立在这里。它的灵气制服了恶龙，一条死去了，一条新生了。于是当地就有了二龙里、鹤鸣巷、鹤洲街等地名。

阿龙最后站立在桥头，抚摸着那已被岁月磨平了花纹的石栏杆，思索着什么。他双手插在裤袋里，右腿向前斜斜伸出，远远望去，俨然一个直立的“人”字。

选自《当代岭南文化名家·章以武》，广东人民出版社，2016 年版

镇海楼传奇

（节选）

杨万翔

作者介绍

杨万翔（1947—2013），广州人。著有历史文化随笔集《羊城旧事》《广州轶闻》，长篇历史小说《镇海楼传奇》。

杨万翔写作《镇海楼传奇》的期许是，在小说里“十分突出当地的风土人情和名胜掌故，并最大限度地使用能为全国读者接受的俚语方言”，“我奢望《镇海楼传奇》能够成为当代历史小说创作范围内的补天之作”，“写作乡土历史小说，粤语地区作者不但拥有文学语言方面的优势，而且拥有题材方面的优势”。（梁凤莲：《镇海楼之夜》）

• 第十九章　鲛人

一叶舢板江西上，正绕过海珠岛。

江阔云低，天昏地暗，阴风怒号，豪雨欲来。大群鸟雀吱喳惊叫，打空中掠过；红蜻蜓成阵，贴着水面盘旋。

大船小艇尽躲往两岸泊靠，江面寥廓空茫，只剩这叶舢板。

舢里坐着个艄公，俯了脸，身子一探一探，没命地只顾划桨。江风挟着沙尘，裹着水沫，一阵紧似一阵，把他的齐耳短发吹得翻飞；他脚跟微微提起，脚趾钳紧船板，那十只脚趾间距疏大，拇指开桠尤阔，似对蟹螯——疍家人从不穿鞋踏履，自小儿赤脚在艇上蹒跚，身子平衡全赖脚趾，便都长成恁般异样。

此人是个弄舟好手，虽逆着水，迎着风，那舢板却教他赶得吹风呼哨，滑不溜秋，才绕过海珠岛，一转眼已窜到拾翠洲对开的白鹅潭。

白鹅潭是广州一带江面最辽阔处，且珠江于兹又有分流，那艄公把舢子暂歇，撩开乱发察看周遭——此刻浓云压顶，天色愈暗，挨晌午竟似初夜，泊在黄沙渡口的百千船艇尽点起灯，沿江岸一溜灯光荧荧忽闪，恍若江底无数恶鲛浮出水面在睐眼，风也愈猛，把拾翠洲上的群树摇撼得好似一落索披头散发、张牙舞爪的狂人。

那艄公复俯下脸，把舢板驶往黄沙渡口斜对岸的芳村。乌云愈聚愈重，闷雷愈响愈频。忽地电闪雪亮，一声霹雳"隆"地震得天摇地动，大雨便泼剌剌倾盆而至；顿时漫天漫地白茫茫，几十里江面如万马狂奔，无量数长长的白鬃迎风飘拂，两岸船艇、灯光、房屋、林木都混混沌沌，旋教雨幕罩得影儿不见。

江水翻漩，似大锅沸粥；舢板穿涛越浪，趺趺颠颠只望芳村那壁厢挣去。艄公身子随浪势忽歪这侧，忽倒那侧；短桨忽撑左舷，忽拨右舷，一路险象环生。总算近了岸，艄公奋力棹几下桨，舢身一转，闯入一搭河口。

兀的这河名唤花地河，是珠江横汊，入河口不远处有座木桥，叫山村桥；连着两日暴雨，龙舟水涨，快漫没桥顶。舢板驶近山村桥，艄公为钻得过桥洞，趴下了身，不巧有股旋风卷来，舢板被扫横，撞在桥柱上，翻了。艄公弃桨，深吸口气，泅水向前。只见他两臂频撩，两脚猛蹬，一身黑凛凛的肉在黄浊水里翻转出没，泼腾腾好似条大海里搏风击浪的鲛鱼。

泅得三五里，艄公仰头望，望见雨幕中影影绰绰几十艘疍家艇泊在岸边，心知地头已到，因使劲一蹿，扑往艇群侧近，踩着水浪，直起身朝艇群瞄了瞄，认准一艘，攀住舷子跳上去，把湿透了的草箔舱帘掀开条缝，轻轻唤了声："虾伯！"

艇舱里窗子关得密密实实，一灯荧荧，好似鬼火。师父虾搭件背心，正蹲在艎板上剥蚝，忽觉背上一阵冷风掠过，耳边听得有个声音好生惯熟，正在唤他，忙转头应道：“进来！”

那艄公弯身钻进舱，朝师父虾扑身便拜，湿漉漉满头短发披散，浑似个出海夜叉。

师父虾把剥蚝小刀猛地往艎板一插，惊叫道：“哎呀，是阿坤哇！”回头朝后舱嚷：“苏娣，你金叵罗回来了！”

却说这艄公姓邓名坤，诨号翻江太岁，正是永嘉侯抵达广州前一日被水师营抓获，解往番禺县衙，又被侯爷因罗宗五所求而放了的那个疍家仔。

此刻，那师父虾把灯草捻亮些儿，叹气道：“这三个多月，你两兄弟匿到哪里去了？却教你娘牵肠挂肚！”

听得师父虾叫，后舱扑出来一位四十不到的疍娘，身穿黑褂黑裤，袖口、裤管又阔又短，都绣得一圈老黄色小花；两腕并两踝套就亮晃晃银镯；脑后椎髻，插支长长的耳挖子——虽徐娘半老，却风韵犹存。

“阿大！”邓坤一见，慌速速[1]膝行几步，抱紧苏娣双脚，号啕大哭——这疍家仔，管娘叫“大”的。

“阿坤，盼得你归了，”苏娣清泪长流，跌坐艎板上，端起儿子脸盘仔细看，“你老弟呢？”

1. 慌速速：慌张急速。

"阿基——他在南澳岛。"邓坤伸手摩挲他娘脸颊，泣不成声。

师父虾瞧着他娘儿俩恁地痴缠，好生不悦，沉了脸，瓮声瓮气道："阿坤，你好似只湿水鸡仔，先把衫裤都换了！"

那苏娣怯生生看看师父虾，因推开邓坤，膝行几步揭开木箱子，捡出一身衣裤，邓坤接过，自去后舱更换。

舱外雨声"哗哗"，艇身晃荡不定，邓坤边换衣裤边想心事："怎的阿大会跟这孤老共居一艇？适才见她开箱取他衣物，竟似取自家老公的一般随便，想来那咸诽淡话怕也有几成当真……"原来这邓坤今年才廿二岁，弟弟邓基二十岁，兄弟俩自幼丧父，早些年，娘仨生计全赖师父虾相帮。邓坤爹在生时是东莞疍家头领，跟师父虾是拜把子兄弟；他爹殁后，头领交椅由师父虾坐了，那师父虾待邓坤、邓基如儿子一般，兄弟俩一身功夫都是师父虾所教。疍家老辈都说，邓坤爹和师父虾后生那阵，同恋着一个疍家妹——就是苏娣；终归邓坤爹得手，师父虾便终身不娶。更有说得钳饳的，说邓坤爹和师父虾这对把子兄弟用的同一个老婆，阿坤、阿基两个竟不知是谁的种……不过传闻归传闻，十几年来，苏娣娘仨毕竟自居一艇，师父虾只是日夕前来看觑他们罢了……"还是把阿大接走好——没眼屎干净盲！"冷风自窗罅透进来，邓坤赤身裸体，不由得打个寒噤，因出力捺了捺，穿上师父虾裤衩，光着上身拱出前舱。

师父虾一径在剥蚝，小刀贼亮，剥出的鲜蚝丢进竹箕，白雪雪蚝肉兀自跳扎。见邓坤出来，师父虾朝那婆娘道：“阿娣，生火，烫酒给心肝儿子暖身；炉火莫熄，连随生滚蚝粥吃！”

舱外母鸡“咯咯”叫。苏娣起身道：“鸡乸下蛋哩，我且捡将来给阿坤放粥。”

邓坤竖挺挺站着，说道：“虾伯，我只住一宿，明天一早走——把阿大也带走！”

师父虾手一颤，把小刀丢了，仰脸狞视邓坤，声音喑哑说道：“鬼撵你了？好端端竟要连芋乸带芋仔一起挖！”

“你道我跟自在有仇？真个好端端我会走？”邓坤一脸暴戾，“那次替姓罗的商家走了次货，郑四这老贼便派了杀手要追杀我和阿基；在广州，再没我兄弟立脚之地！”

“兀的你让谁落过蛊了？”师父虾愤然道，“那晌，一晓得你两个被解往县衙，四爷便天天前来问长问短，说要设法营救；后来知道你俩被永嘉侯放了，即刻又来探望，等了半天不见你们回来，留下五百贯钱给你老娘——说东莞伯给你兄弟将养身子的。那钱，你娘用到如今！”

“咳，咳，都多亏东莞伯。”苏娣咳嗽着插了句——因下大雨，她把炉子搬进舱里来，此刻正蹲着，拿火筒吹炉子，满舱烟雾腾腾。

"恁地，东莞伯竟饶过我了？"邓坤教火烟熏得只顾揉眼。

师父虾把窗推个半开，好透烟，因答道："东莞伯大人有大量，压根儿就没与你计较过。开初，他听说东莞疍家竟有人帮外人带水货，着实有些气恼；后来，郑四爷告知他，你两个是我……徒儿，嗯，他便再不根究，只让四爷向我传话，叫我好生管束你们。他若不饶你，还给送大拿拿[1]五百贯钱来？"

邓坤心中迷留没乱，眨巴着眼望那师父虾。

"且坐下，把这几个月行藏细说我知。"师父虾扯扯他手。

疍家人镇日价坐卧都只在艎板上，那艎板早教汗水渍得乌亮溜秋；邓坤盘腿坐下，絮说起来——原来正月头那晚，兄弟两个撑着载满私货的大艇，偷偷摸摸正待绕过扶胥渡口，没时没运却被水师营缉着，水勇们把他俩打个一佛出世，二佛升天，连夜便解往县衙；不知怎的却又不审，只在牢里搁了几日，便被转解往一座大衙门。正捆着在院子里，没揣的却见罗员外同一位满嘴胡须麻茬的大官过来；罗员外亲自给他俩松了绑，指住那大官道："这

1. 大拿拿：数目巨大。

位是永嘉侯，他赦了你俩，还不叩头！”哥俩身上伤痛，肚里又饿，迷迷糊糊恍在梦中，忙不迭叩过头，急急往外奔；一气奔到山村桥头，却撞着几个走惯私货的相好疍家，扯住他俩道：“千万莫回去——郑四爷的杀手正在那边厢打白鸽转，只怕是等着杀你两个灭口哩！遮莫何处，避过风头要紧！”谁不晓得郑四爷心狠手辣？兄弟俩不敢回艇，偷条舢板，亡命珠江口，匿在芦苇丛中，干了几夜请人吃“板刀面”和“馄饨”的勾当；终不是头路，因把舢子荡到海上，辗转漂往南澳岛。兀那南澳岛，跟潮州城隔海相望，地处厦门、泉州、宁波，乃至台湾往来广州水路要冲，古时是鳄鱼生息繁衍的野恶去处，真个生人勿近的；南宋末年，南逃的小朝廷曾在此勾留；宋亡之后，散兵游勇日夕在此岛与潮州之间出没，操起了无本营生，不久即招惹来无数海盗、倭寇、逃犯、走私商；元、明两朝，这南澳岛直成了强梁渊薮，魑魅世界。邓坤、邓基兄弟闯到那壁厢，畅好如鱼得水，即刻便给歹人当了“马仔”，镇日价无恶不作；有道是“不是猛龙不过江”，兀那两个疍家仔，生性本就强悍，经了这番历练，愈发胆边生毛。上月头，有队海盗船靠了南澳，邓氏兄弟帮他们上货，被贼首相中，撺掇他两个入伙——这伙海盗，老巢却远在爪哇。两兄弟应承了，只邓坤是个孝子，想把娘亲也带去享福，因教邓基在南澳等候，急张张自回广州搬娘。

此刻，炉子里柴火“劈啪”响，瓦罉里黄酒“吱吱”

叫，苏娣蹲在炉前，边听儿子讲述，边端详他模样：依然一头齐耳短发，依然一身刺满涂过炭黑的蛇纹；只脸庞黑瘦多了，两颧和额头高高凸起，眼窝深陷，一双眸子时时闪露凶光；炉火打斜刺里映照着他的脸，半面红半面黑，看去阴森狞厉。苏娣觉着一阵胸翳，因抬手搓揉，不由瞟瞟那紧绷着脸的师父虾，又看看龇牙咧嘴说着话的儿子，心中渐生酸楚："阿坤这孩子，小时模样像他爹，越长却越似阿虾了……那时节稀里糊涂……唉，竟糊涂到今日……这次第，该怎个结煞……"对着这两个，竟又忆起当年老公被斩得血肉模糊的尸首，眼角不禁挂下泪来……猛可地眼前腾起大片水雾，嗅得满舱酒香，原来罐里酒沸，泻到炉火上，"哗哗"作响，忙起身端开瓦罐倒酒，大海碗盛个满，递给儿子。

邓坤咕噜噜灌几口，因问娘："我们艇里还有什么家杂？"

苏娣登时满脸飞红，喃呐道："艇吉着，家杂都搬你虾伯这里来了。"

"倒也干手净脚，"邓坤抹抹嘴，"阿大今晚便收拾些细软，明天一早跟我撑了那吉艇出海。"

"真——真去南澳？"苏娣脸色转白，那双明倩不减当年的杏眼却瞟瞟师父虾——师父虾正冷眼瞧邓坤。

邓坤点下头："嗯，先去南澳；会齐了，便去爪哇。"

"去——爪——哇，兀的爪哇有金掘？"师父虾从牙缝里挤出句话，声音有似蛇嘶。

邓坤头一昂，放高声道：“他们说，大秤分鱼肉，小秤分珠宝；有福同享，有难同当！”

“放你的春秋屁！”师父虾一声断喝，跳将起身，额上青筋暴凸，“休得去——不准你娘去，也不准你去！”

邓坤眯眼看看他，冷笑道：“我娘俩儿自有手有脚，没可得你准！”

“兀的你这发瘟仔，才做了几日人？我说你脑榫子还未接嵌得牢合，”师父虾指住邓坤怒骂，“你死鬼老爹害了你娘前半世，你又要来害她后半世？若你两兄弟被人斩作七碌礴，我没眼睇；只我话你知——像你娘恁样的女人落进海盗巢，莫说身子，连牝毛也没得半根剩！你爹在海盗手里丢了命，今儿娘仨又往海盗巢里拱——邓氏一家真叫咸家铲[1]！”

听师父虾提起旧事，苏娣抽抽搭搭便哭了。邓坤也登时怯了气——爹怎个死法，娘告诉过他。原来闽、粤、桂三省疍家，分作几百支，在水上各有地盘；俗话说“海阔疍家强”，只是说的踞在海岛上那干卢亭遗裔，不可囫囵而论；邓坤所在这一支千把人，是东莞疍家，虽说方便时也干些杀人越货勾当，地盘却只在东莞内河和狮子洋一

1. 咸家铲：全家死光光。

隅，前元末年投托于何真门下，受何真庇护，为何真效力。邓坤四岁那年，有队商船满载货物从广州开往南洋；一伙海盗闻知风声，要劫，一时人手不够，找着邓坤爹，求他相帮，说好财物对半分；师父虾力劝把子兄弟莫上钩，邓坤爹不合财迷心窍，偷偷领几船手足去了；果然劫成，兀那海盗却要独吞财物，反转过来便杀疍家，几十人只剩十几个逃出，抢得邓坤爹尸首回来——却连头也没了半边。

此刻，呆过半晌，邓坤搂住他娘肩头，细声问道："阿大，你真个不愿我去？"

苏娣哽咽道："阿——阿大说——你去——去把——把阿基——也招回来吧！"

邓坤咧咧嘴，似笑非笑，把娘肩头搂得更紧："若我再去，他们便不会轻易放我兄弟走了！"

"阿基单身寡仔，左等右等不见你们，自会觑个空跑回来，"师父虾蹲到邓坤身边，把他搂住苏娣的手掰开，"兀那撩你们入伙的哥头叫什鸟名？"

邓坤呆呆望住他："不晓得，他手下都唤他屈尾龙，我管他叫龙公。"

"屈尾龙？"师父虾惊得眼也瞪大了，"可是瘸了条腿，走路扶根拐棍的？"

"正是，那拐棍里藏着口剑，"邓坤点点头，"兀的你识得他？"

“下辈子也识得他！”师父虾暴雷般发声吼，“这趟，东莞伯发往扶南国的三条船，就是我牵的线，请托这厮护航；讲好的价是给他们两艘双桅海船。可货船开回到阳江海面，却教他们扣在海陵澳里，硬是要再敲白银三万两。为这混账事，我被郑四爷骂个狗血淋头。屈尾龙这泼贼无信无义，东莞伯恨杀了他！”

“敲得好！敲得好！”邓坤只顾冷笑。

师父虾把邓坤碗里的酒喝两口，咳了声，叹气道：“阿坤，跟我打过交道的海贼，多过你脐下牡毛，有几个靠得住的？对东莞伯，他们尚且敢敲竹杠，似你和阿基，无依无凭，没名没声，投到他们胯下，只合给人家卖命，到头来休想有分毫好处与你！”

邓坤劈手夺过海碗，把剩酒一饮而尽，爆出一阵狂笑。

“发什么酒疯？”师父虾瞪住他。

邓坤两眼血红，脸色狞厉，尖叫道：“你不也给何真老贼卖了半辈子命？到头来他又有什么好处与你？临老了，你还不是住烂艇一条？你有胆在那边厢岸上搭间屋仔住？你有福分吃过晚饭在自家门前踱踱步？”

师父虾一下语塞，呆过半晌，喃喃说道：“这花地河，本不是我们东莞疍家地头，没东莞伯做主，我们的艇连这一搭也不能泊，兀的这——这，不就是好处？”

刚下过蛋的母鸡兀自在笼里“咯咯”叫。

邓坤拿拳头在师父虾腿上狠命擂了下，做个怪相，却又爆出一阵骇人的狂笑："哈，哈，哈！哇，哇，哇！准我们泊在这虾蟆也不多半只的小河汊里挺挺尸，兀的就叫'好处'？就是奢遮煞的大恩大德？你听，你听，舱外头鸡叫了，虾伯，岸上的咸家铲拿我们的鸡打诨哩，'疍家鸡——见水没得饮'！呵，呵，呵！嘿，嘿，嘿！不弱如鸡贱，鸡主人更贱——我们疍家人，是见岸没得上！虾伯，虾伯，我们祖宗十八代作的什么孽，子子孙孙要恁地遭人轻贱！"灌过一海碗酒，邓坤醉了，脸皮儿酱红，浑身热烘烘。

师父虾望望邓坤，又望望苏娣，眼皮儿湿润了，咧嘴苦笑道："阿坤，认命——谁让你投错了胎！"

苏娣刚打了个蛋，蛋清溅在手指头上黏湿湿的，却把邓坤按倒，摩挲着他的光身子，柔柔说道："阿坤，乖儿，你苦累了一早晨，不如先睡会——粥，阿大且给你热着，睡醒了吃。"

邓坤抱紧他娘两膀，仰脸怪笑："阿大，我是你肠子里出的，我听你话——你不教我投海盗，我便不去！你教我睡，我便死睡！你教我吃，我便大口吃！阿大，你快替我讨个疍家妹，让她给我们屙出一窝子疍家仔，疍家仔又生疍家孙——子子孙孙，千年万代，都在艇上吃，都在艇上睡，都在艇上生，都在艇上死……"说着又笑，笑过又哭，哭着又说，翻来覆去闹腾了好一阵，方沉沉睡去。

雨声渐歇，苏娣拿根小竹竿撑开木搭窗，只见外头一派天光。

潮平岸阔，碧空如洗；落日又圆又大，静静地悬在天边，映得满江红透。

“端的壮丽，怪不得人说，中国的江河，都是千古流不尽的英雄血！”朱暹豪情满腔，跟他爹并肩而立，靠着船舷观赏江景。

这晌是五月初四傍晚。昨天下午，还下蒙蒙细雨，郑四爷到将军府来诣永嘉侯，报说南海神诞那天订造的战船都已竣工，问永嘉侯何时前去船场验收。侯爷见阴雨绵绵，想挨到端午节后；那朱暹却按捺不住，一迭声说第二天就去，侯爷只好依他。今天一早天未亮，永嘉侯父子、许良、吕源等一行便去到接官亭码头，乘船直趋扶胥镇。天公作美，这初四竟是个大晴天，诸事办得顺手，待战船移往水师营泊定，永嘉侯的官船便自回航，此刻已驶近广州。

刮着东风，三张大帆鼓得满满，船行稳而且快，两岸数不尽的沙洲渔村、鹭汀鸥渚，纷纷一掠而过。

“没揣的这何老大竟真要给我脸色看，”永嘉侯紧皱双眉，“昨儿我千叮万咛，教郑四请他亲自去一趟，这厮却诈病！恁大一桩事，就指派郑四这奴才与我打交道！”

“何真老儿有胆向你摆款，无非赖着广州卫那一干鸟旧部！爹，你听我主张没错，”朱暹扬着脸，深深吸口江风，“眼下广州卫建制不全，旱营、水师营都缺指挥使。张发子是淮西老乡，且跟过你几年，今番进剿山贼立了功，你可趁此把他擢为卫指挥使；姚正仁这厮想当水师营指挥使都快想疯了，他虽是何真旧部，但何真不在其位，帮不上他，若经你手把他扶正，只怕他认你作干爹也肯呢——你不见刚才向他露了点口风，他那副感激涕零的鸟模样！待到水、旱两营坐纛旗儿的都成了你的心腹，爹，遮莫何真老儿是条潜龙，也拔去了他两根须！”

“嗐，”永嘉侯苦笑，“这趟出镇广东，也不知任期长短，若皇上夹脑风来了，忽一下把我召还，眼下升张三、擢李四，还不是让人冷手捡个热煎堆？”

“所以就要投石问路，”朱暹扶着船舷前俯后仰，微微笑道，“爹，且听我计较——在建议擢升张发子、姚正仁的奏章上另起一笔，保举我为广州卫水师营指挥使同知！若皇上允准，便可知他有心把你长久放任广东；本官家眷可否随任，过一两年却理会。”

永嘉侯笑笑，不吭声。

“爹，你说心里话——在广州好还是在应天府好？”

永嘉侯望望那直奔大海的浩浩珠江，望望两厢江岸的平畴绿野，望望远处在暮色中显得紫微微的群山，点点头道：“依这几个月光景看，没褒弹是在广州好！”

“恁地，爹，你便莫迟疑，快快上这奏章，”朱暹眉开眼笑，他武弁两侧的银翅儿被夕晖照得金光闪闪，“今晚写——我替你写！”

“我看你忘形了，暹儿——写奏章是许良、吕源两个职分内事，你不可抢手夺脚，”永嘉侯看着神采飞扬的儿子，眼里充满舐犊柔情，“千里迢迢跟我来广州，却让我牛逼着成天价蹲越秀山顶做监工头，有什么出息！爹想想也过意不去。此后莫再上越秀山了，得空且多去水师营向姚千户讨教，趁这当儿学着些水战门道，待诏令真个下来，准你为姚正仁的副手了，便可胜任！”

朱暹喜不自胜，拍着船舷嚷道：“爹，眼下还有桩逼迫事哩——新造了二十艘魛鱼船、十艘斗舰、两艘艨艟，刚才看看兀那水师营，竟是船多兵少了，正该招募水勇！”

“我跟姚正仁商量过了，”侯爷点点头，“他说此事由他办，估算两月内可招得一千名。待他招齐，你便帮着他操练——日后这支新军能由你带，便最好。”

越近广州，沿岸船艇越密，渔歌唱晚，响彻珠江之滨。

“你再迟一步回来，我便要闯进养庐去！”一见朱暹踏进小花厅，何迪跳将起来大叫，没揣的永嘉侯和许良、吕源也一落索跟了进来，何迪吐吐舌头，急张张抢前两步，向侯爷深深作揖：“侯爷，阿迪请安！”

“你刚说什么来着？说什么来着？你大哥平日就是恁般管教你的？”永嘉侯沉了脸，厉声道——他对东莞伯窝着一肚子火，这晌正好向何迪发作。

“没——没说什么，我——我只是跟阿暹说，等了他半晌，肚子饿煞了。”何迪耳根发烧，做张做智把侯爷扶到太师椅落座。朱暹、许良、吕源都笑。

“就是后生家，说话也不可咸无顾忌，”永嘉侯坐端正了，凛然看着何迪，“你大哥又闹病了？”

何迪眼珠骨碌碌转，答得乖巧：“大哥么——他无日不病！哦，大哥还有差事要我办哩，兀的我就是专程为此而来——”说着，径奔门边，拖过来两大箩筐荔枝，对永嘉侯道：“今早，东莞老家运出来好多荔枝——叫四月红；大哥惦着侯爷，委我送一箩过来，给侯爷尝个新！另一箩，嗯，是我对阿暹、许兄、吕兄的一点心意！”趁那侯爷低头取荔枝，何迪朝这三个做鬼脸，惹得三个又笑。

侯爷把那四月红扯起一挂看，点头道：“我还是头回见着恁地新鲜的荔枝哩，连皇上也没这口福——在应天府吃的荔枝，都从福建运去，任是一摘下来当即上船，最快也须五七天！还算你大哥对我有心。”

“小子对侯爷不也有心？”何迪垂手侍立，眯眯笑，“我晌午后送荔枝过来，挨到这晌，饿得肚里咕咕叫，只为的等侯爷回来，好给您老请个安！”

“恁地，便不多责怪你，”侯爷也笑道，“就留在将军府这壁厢跟阿暹一起用晚饭吧！”

“噢，‘将军府这壁厢’，”何迪抓耳搔腮，挤眉弄眼，

“侯爷意思，是说正厅呀，小花厅呀，还是养庐？后生家心存顾忌，晓得内外有别，叵耐心中总惦着敝干妹子，想尽尽为兄之道，探看探看她！”

“你这小猢狲真真拿你没奈何！”侯爷笑骂，“随阿暹意思吧！”

“就到养庐去休，我请你吃粽子，”朱暹因笑道，“昨晚，我听得馥兰说今天要扎粽子了。素素和竺英必在里头相帮——吕兄也去，瞧瞧你如君手艺；良哥哥，一落索都去！”

吕源自应了。那许良却道：“我不相陪了——侯爷却才吩咐我给写个奏章，我陪着侯爷随便吃些，赶早儿想想怎地下笔。”

永嘉侯笑着挥手道：“一起去，一起去，后生家难得高兴；奏章回头却理会！”

何迪挽起箩筐一头索耳，努努嘴示意朱暹挽另一头。

吕源忙道：“怎能让两位贵公子做粗杂事，待我唤铁册军来！”

“兀的孔夫子有教，毋自伐，毋施劳！”何迪摇摇手，“你倒是唤铁册军来，领我四个长随去吃晚饭要紧，为这四月红，他四个陪着我饿得眼发黑！”

兀那两箩荔枝，确乎是东莞伯着何迪给永嘉侯送过来的，但何迪在将军府挨到这晌，却另有好事要跟朱暹等人商量——原来明天便是端午，粤中老例，年年都要在江边搭起“观龙台”，供本城官绅耆老坐看斗龙夺标；何迪自有一艘紫洞艇，因邀朱暹等人明日前去，看完斗标再沿江作竟日之游。众人听说，欢喜不尽。馥兰待那何迪，真似待亲哥一般，一见他来，忙拆粽子给他吃；又让毅勇上街，好菜好酒只顾买回来。吃饭当儿，馥兰笑着把那芸芸要佩四只香囊过女儿节的憨事给众人说了，众人便一径拿些风月话头向芸芸寻开心，一席怡然。朱暹又跟何迪说起今日去扶胥镇接收战船的事。

此刻，台上盘盏狼藉，地上丢满粽子叶、荔枝壳；馥兰、素素、竺英、芸芸四个，平日亲如姐妹，全不分上下尊卑，便分头收拾打扫。

却见何迪打个饱嗝，站起身来，摇摇摆摆地朝长案走去，拿起小鼎炉旁边那古越人木俑，端详一阵，又捧过来，拿手指敲敲它脑壳，对朱暹道：“我一进来，便瞧见这岩巉物事。刚才听你说要招募水勇，我看，何须费周折请托老姚？兀的这鲛人畅好现成！”

朱暹接那木俑过来，摩挲着道：“我晓得这古越人是疍家先祖，却为何又叫‘鲛人’？”

吕源定睛看看，咋舌道：“恁地狰狞丑恶，若活转来，此人必是秉千年暴戾之气而生！”

许良对何迪道：“自到广州，不时便听人提起疍家，也乘过疍家艇，只知那厮们是贱民，世代跼蹐舟中，却究是怎个缘由？”

“疍家古来善水斗，却又古来受人欺。”何迪坐下，兴头十足，把一车子话倒将出来——

原来先秦之世，自交趾至会稽七八千里，皆古越人聚居之地。古越人各有种姓，统称百越，其中分布在岭南的有两支——依山地刀耕火种者，称为俚僚；滨珠江以渔猎为生者，称为疍。俚僚与疍，乃广东地面真正土著，皆蛮横好殴，疍人尤熟水斗。

秦始皇吞灭山东六国之后，征发亡犯、赘婿、小商五十万众，组成大军远征岭南。土著不甘臣服，决死相抗，水陆两面狙击秦兵，致秦兵伏尸数十万；经六年血战，终不敌秦兵强弓硬弩，岭南纳入秦之舆图，那几十万大军在此占地定居。斧钺之下强为臣民的俚僚与疍，便跟南来者结下血海深仇。

秦末天下大乱，秦尉赵佗乘乱在岭表建了个南越国。兀那赵佗晓得笼络人心，行“和辑百越”国策，招揽大批土著入朝做官，委以重任，故此很受土著拥戴。南越国一度臣服大汉，及至赵佗五世孙赵建德时，丞相吕嘉专权，嚣嚣然闹着背汉自立。吕嘉是俚僚还是疍，已无可考，总之是位土著越人；其人在土著中极有威望，吕氏一族在南越朝廷为官者多达七十余位。闻知南越国反，大汉武帝遣楼船将军杨仆平叛；吕嘉率水军在广州西北之石门迎战——南越水军，都是疍人——旋即兵败，那吕嘉挟赵建德逃亡出海，终被汉军追杀。楼船将军杨仆，是个嗜杀成性的魔君，参与叛乱的俚僚和蜑，惧他残暴，结伙奔逃。俚僚逃入深山林壑，演化成黎人和俍佬人。蜑人则沿珠江浮家泛宅，轻易不敢上岸，正是后世所谓粤语疍家的始祖；东晋末年，沉渣泛起，追随五斗米妖道卢循作乱，卢循败亡后，其中一支亡命海岛，世世为海盗，史称“卢亭”。

蜑人断发、绣面、文身，自称龙蛇后裔，古时中原人亦称他们为“龙子”“龙户”。汉晋南朝年间，广东合浦地方所产珍珠已闻名中原，采珠人都是蜑人。蜑人既绣面文身，出没波涛之中，浑似鲛鱼；采得好珠，口里含着，上岸吐出——此般情景，经贩珠商人附会神化，传至中原，便讹成“鲛人泣泪成珠”之怪说。有唐一代直迄北宋，中原人又都称广东蜑人为“鲛人”。北宋以后，蜑人方才最终被称作“疍家”——盖“蜑”与“疍”同音，而“疍”字通俗易辨故也。

千百年间，中原屡有战乱，北人陆续大批迁居岭南，都在陆上占地农耕，唯疍人仍居水上。水陆分居的肇因随岁月流逝而湮没，留给后人的，只有莫名的仇怨。岸上人虽视疍家为异类，不过，元代之前，官府却并无不准疍家上岸居住的明令；元时，朝廷建户籍名色，始把疍家入册，编为“疍户”，列作贱民。洪武爷得天下前后，辄把敌国臣僚连同眷属一起，放逐舟中禁锢——在广东，便把原驻蒙古军户列为“后船疍民”，又严令全体疍民不得脱籍，不准陆居；自此，疍家方才陷入万劫不复之境。

“兀那鲛人，天生便是水勇，直无须教习，”何迪重重拍下台面，“眼下，谁能让他们脱去疍籍，谁便是他们再生父母！”

——原来恁地，若让他们入了军籍，自可脱去疍籍！朱暹盯住那满脸悲苦的古越人木俑，微微发笑。

许良、吕源都拊掌给何迪喝彩：“没揣的何爷竟是这般博古通今！”

“不是小可夸口，这般学问，你便翻遍诸子百家也寻它不着，”何迪讲疍家讲顺了嘴，此时一发缅缅如贯珠，“你们晓得，我大哥是一代枭雄，平生最瞧不起腐儒，他给我请的先生，是位天文地理、三教九流无所不晓的杂家，姓邬名诱，名满云山珠海。这邬先生，平生稀奇事迹三天三夜也讲说不完，单说年轻那阵，他随他爹在罗浮山——”

“迪哥哥，广州一带，疍家约有多少？”朱暹真怕何迪要把邬诱先生连爹带娘讲到半夜，忙截住他话头。

“好几支，男女老少总合起来，怕有上万，”何迪眨眨眼，“记得那趟去海珠岛，搭过他艇的师父虾么？他那一支，见今泊在花地河，便有成千人。闲话休提，再表邬先生跟他尊大人——”

“哎哟，瞧这火辣辣物事——”素素刚洗好碗碟进来，一手抓起木俑，瞧着芸芸挤眉弄眼“咭咭”笑。

“好素素，心有灵犀一点通哇，”何迪登时笑得前俯后仰，“该让芸芸把它搂紧了睡！”一头嚷着，便跳将起来，抢过木俑，往芸芸怀里只顾塞。

芸芸满脸涨红，身子左扭右扭，那木俑一个筋斗栽跌地上，众人哄然大笑。

“越闹越不成话了，芸芸可是姑娘家呢，”馥兰嗔道，“兀的这腌臜八怪，早不该供在这厢现眼！”因把木俑捡起，“扑”的一声往门外扔个老远。

朱暹兀自舍不得呢，待人静了，偷偷捡它回来，藏进床后头放着《鹏鸟赋》条幅的木箱子里。

端午节早晨，江堤十里人潮人海，处处旗幡飘舞，笑语欢声遐迩震动。画舫、紫洞沿两岸节次排开，挨挨挤挤不见尽头；卖花小舢穿插其间，花香随江风四溢。南城五仙门外的花渡头，平日是花地运来的鲜花上岸处所，今日搭起座披红挂绿的观龙台。观龙台两边厢，又搭了十几座戏棚，伶童正在唱演“鳌头独占”“童子拜观音”诸般台阁故事，急管繁弦不绝，大笛吹得起劲，真个响遏行云。赛龙场西起白鹅潭上，东止五仙门前；一艘遍体通红的锦标船横卧五仙门对开的江心，船首竖根老粗竹竿，悬着只金灿灿的锦缎鸭子，只等龙舟来夺。龙舟开赛定在午时正中，离此刻尚有差不多两个时辰；水师营已派出几十艘哨艇四处游弋，把白鹅潭至五仙门这段江面封了。

却说朱暹陪永嘉侯赴观龙台拜会过了官绅耆老，脚底抹油般便溜往何迪那紫洞艇去；许良、吕源因是官身，暂留观龙台上应酬。

紫洞又名花艇，本是粤中妓船，但富贵人家也有仿着款儿造，照着名儿叫的，只作自家游江饮宴之用，都备极奢华，浑似水上小花厅。何迪正在艇头顾盼，一见朱暹，忙不迭把他扶了上来。珠帘揭处，但见舱里头窗明几净，陈设整齐，馥兰等几位丽人衣裙鲜艳，锦簇绣丛一般围了张嵌纹石面圆桌坐定，桌上几只朱红漆盘，个个盛满荔枝、黄皮、蒲桃、菱角，果品堆里一只珠雕茶橐架，供着只黄澄澄、香喷喷的佛手；俪雯倚桌而站，正剖碱水粽子。兀那碱水粽，广州特有，系用碱水把糯米渍过，再裹扎煮成，吃时浇上饴浆，香甜爽滑；剖法也别致——只见俪雯一手捏着解去粽叶的粽子，一手捏着刚才扎粽用过的水草下端，牙齿啮住上端，就用那水草绞绕粽身，粽子绞绕得薄莹莹的，刀切也似齐整，一片片跌落盘中。瓷盘净白，粽片明黄，煞是鲜妍醒目。俪雯又把饴浆浇了，殷勤招呼众人吃，却不见芸芸。朱暹四顾大叫。却见窗帘掀开，芸芸闪出张笑脸，说道："左右都唱歌，好听得紧，你们都出来！"

朱暹、何迪、毅勇、俪雯、馥兰、素素、竺英一窝蜂涌出舱外，只见邻艇绣帘低垂，却有弦索悠悠传出，几个女子歌声轻曼，浑似行云流水：

广州富庶天下闻，四时风气长如春。
长城百雉白云里，城下一带春江水。
龙舟水涨龙舟闹，鼍鼓竞鸣震珠岛。
游人过处锦成阵，公子醉时花满堤。
闽姬越女颜如花，蛮歌野曲声咿哑。
疍娘头上微风过，勾尽游人是鬓鸦……

江风如醪，朱暹陶然，点着头心中说道：“没赛的是广州好，我也如苏东坡般，唯愿此生长做岭南人了！”

却又见别艘艇中，一干娃娃粉妆玉琢，围在艇头唱儿歌：

红娘喊，荔枝红；龙舟鼓，响咚咚；
家家包裹粽，凭吊屈原公！
龙舟舟，出街游，姐妹行埋莫打斗，
封封利市压龙头——龙头龙尾添福寿！

咿咿哇哇，唱了又唱。

朱暹忽又嗅着一阵花香——原来见这紫洞艇头聚满红男绿女，即刻就有几条舢板从花渡头那边厢抢着撑了过来，几个卖花女腰束汗巾，嗲声招揽：“官仔，少奶，买茉莉啦，买素馨啦，先头才在花地摘嘅，好似几位少奶一样恁靓呢！”

俪雯笑道：“人细鬼大，嘴巴子满晓得哄人；那只佛手周围又正好缺些白花。”因将出钞子来，买了两升。朱暹只觉这花香得旖旎，色又淡雅，想着方才那歌里唱的“勾尽游人是鬓鸦”，不由情动，随手捡起朵，要给馥兰簪在鬓角，没揣的那何迪一把扯住他手：“外江仔，莫胡来，入乡须随俗！”

朱暹愣愣道：“怎簪花也有乡俗？”

何迪笑道：“你可知素馨来历？这小可可是南汉后主宠姬，后来玉殒香消，坟上却长出这又素净又馨香的小花儿来，物与情通，人们便把这花也唤作素馨了；是故广州风俗，男子该簪素馨，女子才簪茉莉——兀的你捡着这朵，正是素馨！”

朱暹眨眨眼道：“原来又有恁多讲究。”便换了茉莉，小心给馥兰簪上；馥兰脸红了红，却也拣朵素馨，给他簪了。

何迪干咳了声，朝俪雯装个怪相，捡朵茉莉，在她眼前晃了晃；俪雯便阖了眼，淡淡笑着，一任何迪施为。

毅勇愣在一旁看，何迪劈胸把他扯过来，指着茉莉要他给竺英簪一朵。竺英看定了他，目光柔柔；毅勇憨笑，倒把手藏到背后，只偷眼瞟瞟何迪。何迪笑着喝道：“我说你这鸟眼，贼一般的看人！风风韵韵一个竺英，倒让你这呆鸟白糟蹋了！”因捡起朵茉莉，不由分说便给竺英簪上。

“嗳，何爷，可怜我呆鸟也没只在身边呢！”那素素正替芸芸簪花，却侧过半边脸来，朝何迪飞个媚眼。

何迪喜得打跌，一头嚷着，捡起五七朵花，胡乱给素素簪了满头。

芸芸跳着脚拍掌笑道：“素素姐真像只从深山里钻出来的野狐狸精了！”教素素追着拧嘴，一时艇上笑语喧哗。

“癞——痢——阿——黄——”忽听得这紫洞艇头一个艄公拖长声子，朝江面那边厢叫唤。旋见一艘小艇应声而来，艇上几筹乡巴佬，内里有个满头癞痢。

小艇划近紫洞，艇上乡巴佬一见何迪，都忙不迭拱手躬身。那癞痢阿黄仰脸叫道：“十二老爷，身在艇上，小人不能给您老叩头！”原来这几个，都是何家东莞庄里佃户。

紫洞艇上那艄公，原来也在庄里打杂的，去年才被何迪招了出来；此刻，他蹲在艇头，跟癞痢阿黄几个攀谈。原来，昨日从东莞出来给何真送荔枝那几个，还转去花地河看了趟师父虾，晓得师父虾今日也要斗龙舟；回到庄上，跟乡里说了。那师父虾在东莞时，跟何真庄里上下都相处得好，听说他要斗龙舟，佃户们凑了份礼，举癞痢阿黄几个赶出广州来给他“犒标”。摸着黑便出艇，没揣的今日船多路阻，赶到五仙门，前头早已封江，眼见不远就是白鹅潭，偏过不去，心里正火烧火燎。

谁不晓得何迪跟水师营官兵厮熟？几筹东莞佬一迭声求他引路。癞痢阿黄身子随小艇上上下下，兀自不住欠身叫道："十二老爷，都是东莞乡里，倘虾哥他们夺得了标，您老脸上也有光辉！"说着，揭开红锦缎罩着的礼盒，露出两条红灼灼大金猪。

何迪心中犹疑——离开赛不足一个时辰，他怕赶不回来看夺标。那朱暹听说要给师父虾犒标，心中一动，附在何迪耳边嘀咕几句，也未待答应，便扯他跳下癞痢阿黄的小艇。

白鹅潭上锣鼓喧天，几十条来自四乡的龙舟正在"趁景"——趁景也者，赛前卖弄也。龙舟分白龙、黄龙、青龙、赤龙四色，只见桨荡银波，龙破碧水，都在白鹅潭上你追我逐，往还盘旋。桡手们个个上身赤裸，腰缠彩带，划得起劲；舟头站位篙师，手执长钩，吆喝着指挥，神气十足。江面上又有成百艘小艇如乱叶浮水，各寻自家乡亲犒标。犒标艇到，龙舟停棹，"劈劈啪啪"燃起鞭炮，收了金猪，供在舟上——收的犒标物事越多，越是吉利，越有光彩。

却说癞痢阿黄那艘犒标艇溯江而上，沿途但有哨艇拦截，何迪只举举手，便给放行，转眼工夫已到了白鹅潭，却转来兜去，总寻不着师父虾那条龙舟。

癞痢阿黄不由焦躁："撞什么鬼？他竟不斗了？"

"去年夺了标，今年他肯收手？"几条汉子都道，"昨晚还听得说，他让阿坤当篙师的！”

这次第，何迪也一不做二不休了，只叫驶入花地河。

花地河两岸尽是素馨花田，白雪雪地一眼望不到边。几个东莞佬，连着何迪，七嘴八舌都在议论那翻江太岁邓坤；朱暹方才晓得，原来这疍家仔竟受过爹爹点水之恩……

小艇撑近山村桥，渐听得前头人声嘈杂。朱暹一行起身张望，只见桥上连带两边岸，压肩叠背站了几十人，都朝桥下起哄；隔桥洞里边河面上，不进不退浮着条赤色龙舟，几十个桡手却指着桥上骂；黑凛凛一个精瘦后生站在众桡手前头，双手抱拳朝桥上众人打拱，仰了脸咿咿哇哇嚷着什么。

“哎呀，那古越人木俑直似照着这后生模样雕出！”朱暹心中蓦然惊叫。

“阿——坤——”癞痢阿黄几个隔了桥向那后生喊。人声忒煞嘈，那邓坤又只顾仰头叫嚷，咸听不见。

何迪不知就里，忙叫把小艇泊往岸边，遣癞痢阿黄上岸探问。霎眼工夫，癞痢阿黄愤然奔了回来，满头癞痢疤儿都亮，只顾咆哮：“兀那咸家铲，委实欺人太甚，欺人太甚——”原来去年端午斗龙舟，师父虾这支疍家夺了标，岸上有闲汉不忿，把气憋了一年，今天一早便来寻事，挨挨挤挤聚在山村桥顶，还把女人秽物好似彩旗般挂满桥身，要骑疍家龙头——龙舟穿桥，最忌有人在桥上行企，俗谓被“骑龙头”，恰如大海被镇海楼镇住一般，再休得生猛云。疍家求了他们半日，只赖着不走。

“斗龙成讼，官府头痛——没得奈何的！”何迪搔搔后脑勺，索性坐稳了瞧科。朱暹却叫把艇子驶前。

艇子近了桥洞，听得分明那邓坤在苦苦恳求：“时辰已近，顽笑且留明天；诸位父老乡亲，饶让些个！”

“谁是你父老乡亲，”桥上轰然哄笑，“疍家佬父老乡亲是兀那龟、蛇、鱼、虾！”又有人“哗哗”地冲龙舟撒下泡尿。

猛可地，只听邓坤狼崽般一声嘶叫，抄根竹篙在手，“扑通”扎进河里，湿淋淋窜上岸，火咂咂抢上桥。桥上众人各掣棍棒，来迎邓坤。邓坤手中竹篙，足有丈把长，排头儿一扫，打翻五七人下水；后头的尽吃一惊，呆了呆；邓坤抢前两步，把竹篙着地卷将去，又撂倒几个。众人掉头便往桥上退；邓坤挺起竹篙，撒腿直追。龙舟上的疍家，也成群结队爬上岸，抢着木桡，哇哇怪叫，好似一落索旱地忽律，从另边桥头掩杀过来。撩事闲汉原以为疍家不敢上岸，只来讨野火，倒未想到斗狠，是为骄兵；方才被邓坤挫了锋锐，气早馁了五分，这下又见疍家们真家伙命也似，腿仔软了，麇集桥心，只有招架之功，却无还手之力。

却说邓坤扑到桥头，看看两侧护栏，料竹篙太长，不好施展，因尖叫了声，好似鹗啼，把竹篙横在膝盖上一拗两截，左右手各掣其一，十足兀那使双鞭的呼延灼，撞进人丛，蒙头转向没命乱打。撩事闲汉两面受敌，吃打个七支八离，没出豁唯有纷纷跳水；内中有一个，腰圆膀阔，比邓坤高出一头，拳脚似有些根底，乘邓坤指东杀西，斜刺里闪将来，朝邓坤后背猛踹一脚。邓坤一个踉跄，撞往桥栏上，把栏杆也撞断了，身一侧，便栽跌下去，却急张张反手抓住根栏柱，挣扎着要攀上来。那大汉窜到桥边，抬脚往邓坤头上狠踩，没揣的那脚被邓坤一把抓住。邓坤舍了栏柱，双手只搂定大汉那脚，死劲往下拖；大汉半边身子被拖下桥顶，双手却紧抱邓坤刚才抓过的栏柱——两个人似两只串着的螃蟹悬在半空晃荡。邓坤发狂，要讨人肉吃，因往那厮小腿瓢上猛噬一口，那厮疼得“哇”地惨嗥，手一松，跟邓坤双双掉落河里，水花“通”地溅起丈高。

朱暹都看得真切，心里头肉紧，却没个发泄处，因猛地一巴掌掴在癞痢阿黄头上，放高声喝彩：“端的奢遮好男子——不毒不发！”

不说癞痢阿黄摸头，只说那邓坤名不虚传是翻江太岁，两脚踩着水浪，直起上半身，一手把那大汉头发扯定，教他脸仰了；另一手握成拳，却让中指节儿凸起，往大汉眼窝连凿五七记——这翻江太岁没赛的歹毒，一上来先把对家两眼封了！随把那大汉捺进水中，拣要害处只顾狠踢狠椎；那大汉又吃呛又吃打，叫得出爹却唤不成娘！

此刻，那山村桥顶已水静鹅飞，再没半只鬼影。疍家仔们早返上龙舟，一时间金鼓齐鸣，五色牙旗招展，桡手奋力划桨，红灼灼龙舟窜出桥洞，骁腾腾直要飞离水面，没褒弹似条张牙舞爪的恶龙！

篙师邓坤舍了那半死不活汉子，三扒两拨朝龙舟泅将去；这边厢，癞痢阿黄的小艇也迎前来，欢叫着燃起鞭炮，给东莞疍家犒标。

却遥遥听得白鹅潭那头传来闷闷儿三声号炮：午时正中到了……

选自《镇海楼传奇》，花城出版社，1990年版

岁月无敌（节选）

张欣

作者介绍

张欣（1954— ），江苏人，生于北京。现为广州文学艺术创作研究院专业作家。广东省作协副主席，广州市作协名誉主席。著有长篇小说《深喉》《不在梅边在柳边》等。

理解张欣笔下的广州故事，需要把握广州城市文化和市民精神。务实、注重日常生活，这是广州城市市民精神的重要维度，也是张欣小说叙事和人物形象的基本品质。《岁月无敌》写的是千姿随过气歌手母亲从上海来到广州后生活和事业的发展遭遇。千姿来到广州学唱歌、求成名，但在20世纪90年代的广州这种正处于商业化热潮、人人都想走捷径快速成名致富的环境下，谈何容易。张欣用细密的日常生活展示了千姿是如何在母亲的教导下一步一步克服各种诱惑扎实地走了一条凭借实力的成才成名之路。（唐诗人：《广州故事与张欣小说的市民精神》）

完全是在恍恍惚惚之中，千姿随母亲来到了广州。

舅妈开着红色的夏利到机场去接她们。这是个小巧玲珑又有着几分精明的女人，一身火红的套装裙，黑色的高跟鞋足有三寸，手袋也是黑色软皮的。这类长相的女人如果多话就会莫名地令人讨厌，还好，她话少并且热情有度。显然她对方佩也是无比敬慕的，只说："方源晚上才能从香港赶回来陪你们吃饭。"

母亲微笑地点点头。

舅舅名叫方源，是做电子生意的，在城郊有厂，由舅妈主理，他自己则负责外销和内销这一块，所以总是常年在外面跑，钱也是挣到一些的。

夏利轿车开到天河西路一座高层建筑的门前停下来，千姿和母亲下了车，看到楼门的一侧有四个烫金大字：悦康大厦。里面有电梯，舅妈带她们到了十二楼。

是一套三房两厅的公寓，中等的装修，普通的家具，但显然没人住过，干净得很。舅妈道："买这套房本来是想保值的，结果这几年房地产不景气，楼价不跌已经不错了，还谈什么升值？租出去又可惜，不如你们来住，去去生气。"母亲道："我看四周环境蛮好的，干吗你们全家不搬过来住？"舅妈笑道："老房子住惯了，再说大姐你也知道方源，他是能省事就省事，这边我叫他好好装修一下他都不肯，你们也只好将就了。"

大伙又寒暄了几句，舅妈交代了洗衣机、热水器等家电的用法便匆匆告辞了。

千姿对母亲说："舅妈人蛮大派的，过去她陪舅舅到上海来，只觉得她喜欢穿广告色的服装，别的一点没印象，一接触倒挺好的。"

方佩道："了解一个人需要时间，怎么几分钟你就觉得她人好？"

千姿道："妈你最近说话都像是开讲座，每句话都是人生指南。"说完嘴巴嘟起来。

方佩笑道："角色不同了嘛，从今天开始我做星妈，当然跟普通的母亲有所不同，换了程序。"

母女两人歇也没歇，便开始动手布置清简的家。

接下来的事情就相当不顺利，按照母亲周密的计划，首先是要找到星海音乐学院师范系的余教授，请他指点一下千姿的声线和唱法，至少要有半年的训练，才不至于让人感到千姿是新手。

方佩离开上海之前，动用了自己全部的社会关系，带了十多封熟人的介绍信、举荐信到广州。当时她还曾为千姿打气，说，感情也需要投资，目前是零存整取，这些信中只要有一封起作用，事情就成功了一半。

母亲最先拿出了自己的音乐老师写给余教授的信，他们是多年的密友，信的分量也就不同些。千姿唱歌不是从头学起，只要有名师指点，一经升起便会不同凡响。

然而余教授一周前突然中风，住进了省人民医院心脑血管专科。

方佩还是备了礼品、买了鲜花带着千姿去医院探望余教授。路上，千姿不解地问母亲："他现在不能帮助我们了，我们又不认识他，为什么还要找这麻烦？我们得赶紧另想办法才对。"方佩道："做事情要有头有尾，代表我的老师去探望他一下，并不是太难的事。"

方佩又补充说："你们年轻人处理问题太实用了，到头来发现自己是熊瞎子，通讯录上是一堆毫无用处的电话号码，碰到困难才发现找谁都不合适。"

千姿想了想，望着母亲不说话。方佩也回望了她一眼，那意思是希望她记住自己的话。

隔了两天，母亲带千姿去朱泓菲阿姨家。泓菲阿姨和她的丈夫最早在上海跟母亲是一个团的，后来调了几个单位，最终落脚在广东轻音乐团。泓菲阿姨仍唱花腔女高音，她的丈夫仍旧是二胡头架。千姿对泓菲阿姨并不陌生，当年她也曾与母亲齐名，很红了一阵子，她人又生得漂亮，围在她身边打转的男人不少，可她还是找了乐队的二胡——一个老实巴交的小伙子乔木，人称乔二胡。

那个年代除了讲政治上清白，再就是爱情至上了，钱被看得很轻很轻。

泓菲阿姨还是蛮热情的，先把乔木叔叔推到门外去买菜，自己附庸风雅地把咖啡壶找出来煮咖啡。她看上去胖了，老了，但仍保留着一点点美人胚子的痕迹，说话的神情比较夸张，配上一头卷发和一件大花毛衣，看着直让人眼晕。关上门泓菲阿姨就抓住母亲的手感叹起来："方佩呀，我们俩这辈子走的弯路可太大了。"

母亲习惯地笑笑，泓菲阿姨道："以咱们俩当时的条件，什么样的人找不到？司令员的儿子追你，参谋长死了老婆追我，那些外贸局长、处长的根本排不上，什么旅美华人，那在我们眼里个个都是特务……结果怎么样？咱们就是这个下场，我算是找了根木头，你呢，青春岁月独守空房……"泓菲阿姨说着说着突然难过起来，眼眶里涌出一泡泪。母亲道："乔木对你不是蛮好的嘛，整天被你指挥来指挥去的。"

"他还敢对我不好吗？！"泓菲阿姨恨道，"你就看他这点本事，每回调房子都没有我们，他的职称也被人挤掉了，家里负担又重，不是弟弟上学就是妹妹治病，我们自己还有两个孩子，你可以想想过的是什么日子……"

千姿四周看了看，的确泓菲阿姨的家很小，房子又是简易的框架结构，破败得一塌糊涂，因为所有的家具、电器等都拥挤在一块儿，情趣当然根本就谈不上。

泓菲阿姨继续说："还记得季潦潦吧，大合唱站最后一排，从来咬字不清楚，嘴里像含了块萝卜似的。人家多明白啊，趁着年轻嫁到香港去了，现在不知道有多阔，在从化温泉还买了别墅呢，上回接我去她那玩开的白色的宝马，她家保姆的衣服都是皮尔·卡丹的……你别笑，真的，哪天我给她打个电话，她要知道你来了，没准多高兴呢。”

母亲跟泓菲阿姨在一起，尽是泓菲阿姨说，她根本就插不上话。此时泓菲阿姨手抚着热咖啡杯，无限神往地说：“我要是当了参谋长的小老婆，现在绝不至于这么寒酸，那时怎么就没人跟我说有钱有势的重要性呢……”

正说得荡气回肠，电话铃响了，是泓菲阿姨的女儿晓菲打来的，说的好像是走穴的事，泓菲阿姨反复说：“你爸爸的二胡独奏他们为什么不要？你要强调是高水平的……什么？连上我的独唱都很勉强……他们懂个屁，他们有什么档次？！”说完气愤地挂了电话。

晓菲已经是广州比较有名的签约歌手，照片在报刊上不时露头，当然还没有成为顶尖人物。

泓菲阿姨的思路也是跳跃性的，先前还在谈论金钱万能，挂了电话突然问母亲：“方佩你想不想走穴，我来联系，也挣点钱嘛。”母亲摇摇头道：“我倒是想请晓菲向太平洋音像公司推荐一下千姿，不见得马上签约，试一试也是好的，这回到南方，希望千姿能在歌坛发展。”泓菲阿姨想了想说：“也对，跳舞是没多大希望的，广东的歌坛还是蛮活跃的，到时我跟晓菲说说。不过你也别抱太大的希望，南下来唱歌的人实在是太多了，太平洋音像公司属于资深的，什么人没见过？不太容易动心。”她看了看千姿，自然又要夸她漂亮。

千姿心里凉了半截，明显地，泓菲阿姨不愿晓菲多一个竞争对手。太平洋旗下的歌手已经够多了，要实力、要漂亮的都有，再引见一个千姿，谁都知道音像公司喜欢新鲜面孔，力捧谁还不一定呢。千姿看着母亲倒像是没有什么感觉似的，依旧陪着泓菲阿姨聊天。人都是很自私的，老了就更自私，多少年的交情会因为一点点的利害关系付之东流。

后来也吃饭，也喝酒，泓菲阿姨的热情只升不减，还要乔木叔叔拉二胡助兴，幸而被母亲制止了。她都半醉地说：“你拉你拉，没人欣赏你，我和方佩欣赏你……对不对，方佩？”还把胸脯拍得嘭嘭响。

可是千姿觉得这一切都是假的，泓菲阿姨不过是在做戏给母亲看。她在内心里已经决定不帮助她们母女俩了，所以她会愧疚，人的热情常常是愧疚激发起来的。

回到家已经十点多钟了，一路上像是约好了一样，千姿和母亲都没有谈到泓菲阿姨。

洗完澡躺在床上，虽然很累了，但是千姿仍旧睡不着，她爬起来，跑到母亲的房间，在她的身边躺下。

老半天千姿才说：“妈，你明明知道泓菲阿姨不会帮助我们——你是很了解她的，干吗还要去碰钉子？”

方佩道：“我觉得时间会改变人，但如果我什么也不说，怎么知道她改变了没有？”

千姿没说话，用头抵住母亲的肩膀。母亲委婉地说：

“这个世界有险恶，你不能永远待在象牙塔里，不能永远做舞台上和生活里的天鹅。”

“我们现在怎么办？”千姿心虚地说。

“睡吧，会有办法的。”母亲率先闭上了眼睛。

千姿怔怔地正待想下去，突然感到眼前一片雪亮，她连忙起身离开雅阁轿车，看见车场经理陪着一群电视台的工作人员来拍展销会现场，强烈的灯光像探照灯一样扫来扫去地找最佳位置。经理招手叫美腿小姐都过来，年轻的女孩们叽叽喳喳地涌到镜头前，经理挥着手说：“蹲下蹲下都蹲下，别把车挡住了！”在他心目中，汽车才是真正的美女。混乱之中，千姿落寞地离开了现场。

她一个人坐在空旷的升降台上看着水银灯下的女孩子像道具一样被人搬来搬去，面部却露出无比的欢欣。而她的现状与当明星根本是风马牛不相及，她真不知道母亲义无反顾的勇气从何而来。

一个瘦高、长相有点懒洋洋的男青年提着捆电线从她身边走过，接好电源之后又忙着布线，几股电线乱糟糟地缠在一起，他甩了几次都没甩开，只好又跑过去动手解。他穿一条牛仔裤，上身是石灰色的旧绒衣，背后有四个浅浅的草书：上海交大。

这四个字倒是吸引了千姿的视线，她的目光始终追逐着男孩的身影。

摄像师、灯光一帮人拼命地催，男青年只能加快动作频率，又是忙中出错，他用上海话骂了一句“册那”。

千姿情不自禁地跑过去帮他理电线，因为自己境遇不佳，所以格外地同情小人物。两个人动作到底快些，很快摄像区域灯光普照，又是一片热闹地拍起来了。

男孩也没谢她，只冲她点点头，她用上海话问他：“你是上海交大的？”男孩觉得有些意外，忙点点头道：“你也是上海来的？”千姿嗯了一声，没提自己是芭团的，觉得掉价，男孩会以为她是给刷下来的，要不就是到南方捞钱的。可是男孩这时打量打量她说：“跳舞的吧？”千姿又嗯了一声，再就不知说什么了。

那边有人在喊：“简松，简松，过来举灯。”

男孩答应了一声，便转头用上海话对千姿说：“完事了我过来找你。”说完就跑去打灯了。

下班后，千姿换了自己的衣服走出来，也是一条牛仔裤，上身是高领薄毛衣，黑色，外加一件牛仔背心，双背带的皮包也是黑色的，脚上是一双黑色战斗靴。因为她身材好，看上去简单、悦目。

果然简松在大门口等她，见了面两个人很时髦地互相嗨了一声算是打招呼。

进了快餐店，简松说：“我们AA制吧？”千姿道：“算了吧，我请你，我心里闷，想找个人说说话。”

简松只要了两块炸鸡和一听啤酒，千姿也要了酒，外加薯条和汉堡包。

两个人一边吃一边聊，看上去都有些没精打采的。千姿简单说了一下自己的情况。简松说："那后来呢？"千姿说："后来我和妈妈跑了几家信托商店，比较来比较去，买了一架七成新的二手钢琴，请调音师调好，妈妈每天在家里教我练唱，她理论上不行但经验很多。"

"但是唱歌不能从早唱到晚，其实每天好好练两个小时也就足够了。我们在广州的衣食住行需要钱，妈妈看到报纸上招聘美腿小姐，条件特别苛刻，还要量三围，跟选美差不多。但是月薪有三千元，我只能先干着再说。"

简松转着酒杯道："你妈把你当摇钱树了。"千姿道："你不能这么说，她都是为了我好，这我知道。"简松道："她为了你好，就应该让你跳芭蕾舞，出不出名是次要的，那样你就可以一辈子生活在梦里。广州多现实啊，我在电视台见得多了。漂亮一点的女孩子，都觉得自己能成星，为了拍一个 MTV，跟谁睡都行，那你不完了？"

"没那么严重吧？"千姿疑惑道，"我妈说，在这个世界上还是凭本事出头的。"简松笑道："可是谁会来跟你拼本事、拼实力？你怎么跟你妈一样幼稚，他们那一辈人老了，唯一的出路是自行退出历史舞台。"千姿气道："你这人怎么这么说话？你要是见到她，说不定还会爱上她呢！""那我相信，只要她有钱，什么样的爱情都有可能发生。"

千姿收拾黑背包准备夺门而出，一张脸板得铁青，心想今天真是倒霉到家了。

坐在对面的简松站起来，隔着一张窄桌抓住千姿的胳膊阻止她：“怎么真生气了？连玩笑都开不得还出来闯什么世界。”千姿不理他，一味地要走。简松道：“你总得听完我的经历再走吧，要不然也欠公平。”千姿甩开他的手，坐直了身体，眼睛却望着落地玻璃窗外。

外面天已经完全黑了，沿街的小贩档口亮着一片灯火，行人匆匆地自快餐店门口川流不息。看自行车的乡下丫头在跟两个无所事事的保安打情骂俏，不知什么地方用高音喇叭放着类似“你是我心中永远的痛”这种失恋歌曲。

整个城市充满着滥情的肤浅和人造幸福。

简松空洞的声音向千姿飘来：“……我是因为分配问题跟学校闹翻的……只身南下考上电视台，以为可以大有作为了，结果分配打杂，连集体宿舍都分不到，我厌倦了与人合租菜农房子的那种艰苦和嘈杂，可是又没有退路，走到哪儿都得从底层干起。

“我在大学时也算是洁身自好的，有一个女朋友。她一听我要来广州流浪就吓跑了……我现在住在一个比我大十岁的女人家里，她丈夫把她抛弃了，但房子和一切都归她，她那里很温暖，一日三餐加上热水澡，这实在是我梦寐以求的东西。”

“你爱她吗？”千姿直直地望着简松，听得竟然痴了，情不自禁地冒出这句话。简松笑道："你说呢？！"然后侧头点上一支烟，是普通的红双喜，千姿并不知道，这种烟是广州退休老工人的至爱。

千姿的心情似乎好了一些，因为自己还不算最差，还有能力同情和安慰别人。

不过年轻人尚没有互相抚慰的习惯，只彼此获得了倾吐之后的轻松。然后简松问了一些上海方面的变化，譬如浦东开发这类热门问题，都市人的乡思与眷恋与乡下人并没有太大的不同。

两个人还是比较愉快地分手，简松送千姿去公共汽车站。并肩走在一起，千姿看见简松手插在牛仔裤的裤兜里，旧校服已经洗得泛白，头发蓬松向后，不长不短，一切都那么随意，那么舒服。千姿想到自己来广州这么久，从未见过一个这么顺眼的人。

简松并没有要她的电话，她登上双层巴士之后，他在夜幕中向她挥挥手，那一瞬间，千姿有些怅然。

回到家，母亲当然不高兴，主要还是担心她的安全。母亲跟许多女人不同，不高兴时不是唠叨不休，而是不说话，不理人，只专注地做自己的事情。千姿急忙洗完手，收拾餐桌摆碗筷，只不提已吃过一个汉堡。

菜是很清淡的一荤一素，母亲端着汤从厨房走出来，坐下之后慢慢地喝汤，灯下的脸颊消瘦并且苍白。千姿心里不好受，又不知怎么提起今天的心情和偶遇。

此时的方佩，贴身穿一件墨绿色的圆领羊毛衫，咸菜色的素格长裤，她的装束以及神色在千姿眼里，永远不是这个时代的。西洋菜熬猪骨汤的热气大团大团地升起来并迅速地挥散开，白色烟雾中的母亲仿佛在追思着什么，更给人一种时光倒流的感觉。

方佩的确从未跟千姿提起过她的父亲罗潜，这是她很不愿触及的一块旧伤。

少不更事几乎是所有女孩子在情感上走弯路的因由，方佩也不例外。人的可悲全在于必循的进化论，总是先犯最原始的错误。当时她拥有的东西太多了：年轻、冷艳、有才华又不乏少女的矜持。她虽然生长在知识分子家庭，但因随继父长大，直影响到她与许多东西有隔膜。

家庭方面的自不必说，后来涉世或与人相处，她从未有过“亲密无间”。好的一面是她自小就没有漂亮女孩与生俱来的沾沾自喜，她不善言辞，喜欢独处。

这样的性格让她在走红之后身边也没有太多的追随者，不是她不吸引人，而是她太耀眼，太完美，令许多男人的自卑感油然而生，他们不敢离她太近，似于她一言不发便已经灼伤了他们。

泓菲提到的司令员的儿子曾有一度每天晚上演出都把红旗牌轿车停在后台外面，那时还不兴送鲜花什么的，这种气势本身就有了威慑力。行伍出身的人喜欢捧名伶并不会让人大惊小怪，只不过方式不同罢了。司令员的儿子也长得不错，见人彬彬有礼，这在当时是最吃香的人选了，泓菲就喜欢追在方佩屁股后面说："你还想找什么样的？！"

对此方佩没有兴趣，不为别的，单单就察言观色她已经是无力消受了——继父的存在本身对她就是一种持之以恒的训练，她不恨他，甚至是爱他的，因为他是尽职尽责的父亲。但感情上她又无法与他融合，这也是没有办法的事。彼此都曾努力过，但还不如承认现实的好。

如果嫁到司令员家去，一定是会加重她身上的隔膜感。她太需要轻松和自由了，如果再加上她自己的才华和美丽，才是她心目中所追求的艺术人生。

一个非常意外的场合，方佩认识了罗潜。

那是她一个人到北京参加汇演，演出是经过精密筛选的，团里送上的四个节目只留用了一个女声独唱。演出完她坐飞机回上海。

飞机起飞时就有雾，飞了将近四十分钟碰上大雾，再回头在北京降落已无可能，继续飞行又有危险，飞机便在天津暂时降落，这一场罕见的大雾始终不散，居然狠狠地耽误了四天。

飞机是笨重的苏联造，那也有百来号旅客，都是穿着整齐、体面的人，那时坐飞机有规定，要证明，价格也是火车的多少倍，一般的人是不会问津的。

开始大伙还绷着，互相只是偶尔客气地点点头，然而不要等四天，只两天就谁也绷不住了，每个人都找到了发泄不满的对象和聊天谈话的对手。

旅客中看上去最完美的一对自然是方佩和罗潜，罗潜高大伟岸、英气焕发，眉宇间透出年轻人不可多得的沉稳。他是一名上海远洋公司的三轨。

由于长期漂泊海上，他完全不知道方佩是个有名气的演员，更不知道她正当红。他只把她当作最普通的女孩子对待，呵护她，关照她，给她讲海上和异国的故事。

方佩太需要这种感觉了，只要是民航通知当天不飞，两个人立刻跑到街上去玩，看电影，去找十八街桂什么祥的麻花，还去劝业场和起士林……内心里都巴望着这场雾不要散，彼此都不要回到现实中去。

有次在人流中挤散了，方佩赶紧停下来张望，四野茫茫全是些素不相识的面孔，她真是手心里的汗都急出来了，慌得只想叫罗潜的名字。

后来一眼看到罗潜躲在不显眼的地方望着她笑，真令她又羞又恼，扑上去抓住他，直用小拳头捶他也不解恨，便陡然放开他扭头一个人往前走，像是生了天大的气。罗潜便赶紧追上她，左劝右劝她不理，自己也不知道怎么回事，竟滴下泪来。罗潜这才吓了一跳，主动拉住她的手，人挤的时候握得紧，人疏了倒也不松开，想不出是忘了，还是故意忘了。

后来两个人正式建立了恋爱关系，罗潜还问过方佩怎么开个玩笑就哭了，方佩道："一下找不到你了，以为是梦醒，心里面好难受……"罗潜捏着她的鼻子说她傻丫头。

罗潜比方佩大六岁，风吹日晒的一点不嫩相，所以追方佩显得自然而有情趣。

相识和相恋如同《罗马假日》。

天造地设的一对璧人理应出演类似《魂断蓝桥》的悲剧，这是把美丽爱情变成永恒的唯一途径。可惜他们一点阻挠也没有，罗潜回到上海不久就登船远航，时空强化了他们彼此的思念，谁也不可能发现对方不适合自己的地方，都坚信找到了自己的另一半。

泓菲对于罗潜的出现表现出格外的欢欣鼓舞，内心里她希望司令员的儿子移情于她，所以暗示了方佩几次，方佩也愿意成全她，找个机会三个人一块出游，方佩直言自己已有了男友，但三个人的关系仍旧没有改变。泓菲有些心灰，后来有一次去部队慰问演出，被一位少壮派的参谋长看上，其夫人因车祸已故去三年了。参谋长托人找到泓菲，答应结婚后让她参军、上学、当军医。

当时的泓菲一身盛气，思量再三，"做小"总是女人一生意难平的事，纵是有既得利益，到底也是说不响的事，最终还是回绝了。

后来团里比较像样的女演员都陆陆续续有了朋友，季潦潦更是一声不吭嫁往香港，她丈夫到团里来接她时派糖，均是瑞士产的朱古力，铁盒、精装，国内根本见不到。

那个男人不仅长得不好，而且矮胖，但是派头十足。这两年大款多了，大伙见到戴戒指、梳油头的男人不以为怪，那时如同外星人。

乔二胡追泓菲倒是有年头了，开始泓菲觉得特可笑，只因近处需要有人照顾，比如到外地演出提箱子什么的，自然都是乔木的事。但泓菲从未确认恋爱关系，只不阴不阳地吊着，自己在外面照样到处撒网，重点培养。希望找到一个条件好且又般配自己的人。无奈都是有缘无分，再回首时，发现二胡跟乐队的琵琶手小米关系非同寻常，不仅出双入对，还总在一起有说有笑的。泓菲这才暗自掂量，如果这条小鱼也跑了，自己便莫名其妙地成了困难户，晚上躲在被窝里哭了一场，第二天就决定跟定乔木。

结婚之后才知道小米早有一位画家对象，那么做无非是友情客串，拉乔二胡一把。

多少恨。

方佩跟罗潜的关系发展得很顺利，一年之后便结了婚。罗潜渐渐知道了自己的老婆的名气和成绩如日中天，所到之处均是鲜花和掌声，有时谢幕达七次之多。不仅记者围着转，还经常有秘密而神圣的任务——为到上海来的中央首长单独演出并做舞伴等等。

他也去看了方佩的演出，在这之前他认为唱歌跳舞都是年轻女孩子喜欢做的事，完全没想到是这么专业的高级别高层次的演出。他也知道了有些显赫的人物一直在追逐方佩。

这就带来了一个问题，罗潜百思不得其解：方佩为什么要找他这样一个名不见经传的轮机长？

他有什么？工人出身，无权无势，钱也有限，除了海上的寂寞和异国的见闻，他可以说一无所有。

这个问题始终缠绕着他，他想了很久，甚至请假好长一段时间不上船，他都在暗中观察方佩，又找不出她有什么不对头的地方。

新婚之夜他因为喝得太多了，醉醺醺地做了那件事，但是细节已经完全记不得了。在方佩之前他是有性经验的，所以恋爱期间他对方佩也有这方面的要求，只是方佩不肯，当时他虽说有些扫兴但还是颇看重她的，因为海员的妻子的生存环境到底不同些。

罗潜始终也摆脱不了一种受骗的情绪，他总觉得方佩对他隐瞒了什么。何况共同生活之后，他更感觉到了方佩的完美，即使在琐碎、无聊的日子里，她都是一样的斯文、优雅。

他无端端地变得性情暴躁起来。

这实在不该怨他什么，中国男人的自卑心理是用大男子主义表现出来的，谁敢公开承认以妻子为荣？那在其他男人眼里自己成了什么？所以聪明的影星陈冲嫁了一个美国人，避免了多少中国男人可能生活在她的阴影里。

他会为很小的一件事大发脾气，譬如说找不到一件换洗的衬衣，便大声地指责方佩动了他的东西，当方佩说已挂在盥洗室的门后了，他丝毫不感到内疚反而冲着她大喊："我是一个男人，不是婴儿！"

这样的事不胜枚举，方佩总是尽量忍着，有时她实在不可思议，会用一双大眼睛六神无主地望着自己的丈夫，罗潜不忍看到她这样，他毕竟是很爱她的，所以会突然跪倒在她的面前，抱住她的双腿求她宽恕。

"你为什么要这样折腾呢？你有什么不开心的事不能说出来呢？"每当方佩用柔软的手指抚摸着他的头发时，他真想失声痛哭，他总不能说因为你的完美我怀疑你。

之后是一番缠绵悱恻的爱。

如果是在餐桌前，点起烛光，手握着手四目相望，那种氛围是非营造的，但又有些特殊，人静止下来，在一个静止的地点和空间，似乎又超越了现实，爱变得容易和简单。

可惜这一切总是长不了，最多48个小时之后，罗潜又会渐渐地烦躁起来。尤其他周围的人，对于文艺和舞台世界非常陌生，思维和语言系统都是完全不同规格的，而他们对罗潜却又无比熟悉，看不出凭哪一点该着他能摘取一颗瞩目的明星。

他们的态度在某种程度上迎合了罗潜多疑的内心。日子周而复始，好好坏坏的爱情也让人感到疲惫了。

方佩对婚姻也有些失望，她清楚地知道她与罗潜之间有爱，但却没有默契和温馨，这些都是爱情的润滑剂，如果每天都是大起大落的发火、后悔、死去活来的炽爱、诗一般的回味，之后不可避免地多少有些恐惧即将来临的新的争执和口角，这种爱情谁受得了？其实爱并不难，平凡相处、平和面对的日子，要想得到却是难乎其难的。

罗潜决定上船。

他走了之后方佩才发现自己怀孕了。

方佩的妊娠反应非常厉害，吃什么吐什么，最后不吃也吐，直到把胆汁吐出来，有两三个星期她粒米未沾，一下子人就形销骨立。

身边又没有一个可以随意使唤、端茶倒水的人，她只能披头散发地蜷在大床上，一点一点地挨时间。心里想着罗潜在海上漂泊，若是知道了这个消息，会有怎样的反应呢？

泓菲有时过来看看她，或为她做一点辛辣的食品。

泓菲的性情本来并不娇贵，但因有乔二胡在身边，简直打个喷嚏都有人关照加衣服，两个人恩恩爱爱的只把方佩衬得无比冷清。

这样子过了三个月，方佩才停止呕吐，但已瘦成骨感美人，风刮过来都会倒。

一天到团里去，那时的形势已以政治学习为主，大伙坐在排练场读报纸，泓菲低着头跟方佩咬耳朵。

泓菲说："我真不知道该不该告诉你，你说罗潜上船了，我怎么昨天在街上看见他，跟一个女孩子上电影院呢，女孩子蛮花哨的……"方佩惊道："你一定看错了。"泓菲道："总不见得二胡也看错了，不信你问他去。"

方佩突然腾地一下站起来，在大家惊愕的目光中离开排练场，她急急地回到家，家里自然没有人，气都没喘一口，便乘车、摆渡去了浦东。

七拐八弯到了罗潜父母家的门口，已经是吃晚饭的时间了，方佩只觉得两腿发软，脚下虚得好似踩了棉花一般，走起路来直飘，内心里，并不知道立刻要见到罗潜是什么意思，总之今天晚上，她是一定要找到他的。

是罗潜的妹妹来开的门，她一眼就看见餐桌前的罗潜，只是那轻松的、忘乎所以的笑容是她久违的——如同最初她在天津机场与他初遇时，这笑容曾令她怦然心动，婚后的罗潜渐渐变得心事重重，早已不这么开心了。

方佩一动不动地站在门口，原以为见到罗潜她是会七情上面的，但不知为什么她毫无表情地望着他，她没想到她不在他身边他会这样愉快，几乎恢复了青春活力。

也许是天色暗下去了，也可能是方佩脱相太厉害，三个月她竟瘦了二十多斤，居然罗潜在屋里问妹妹："她找谁？"妹妹离得近，见到方佩变成这个样子，惊得一时说不出话，听哥哥这样问，忙喊道："是大嫂呀！"

罗潜简直傻了，待他认出方佩，还没来得及问发生了什么事，方佩已经扭头走了。罗潜追出去，在大街上拉住方佩，顾不得来往的行人有多少，大声问她：“你到底怎么了嘛你？！”方佩一言不发，甩开他的手继续走，脸上没有泪，连表情都没有。她心寒地想，原来嫁人就是这么一回事，你无论多么美丽和贤良，到底只能成为人买到手的一件东西，收在家里是可以不理不问的。

她突然心里就透亮了，中国的男人无论对女人好也罢、坏也罢，内心里其实是没有一点点真正的怜惜和尊重的，这样看来她跟罗潜，或者与司令员的儿子结婚，结果是一样的，并不见得她就找到了所谓真正的爱情和自由。反过来说，不结婚也没有什么。

罗潜也被她的脸色吓住了，一直跟在她身后回到家。

关上门，一时还是无话可说，过了好一阵，方佩才心平气和地说：“罗潜，我们分手吧。”

那个时代，离婚是一件挺大的事。一般人不到万不得已都不会提这两个字，视其如洪水猛兽。罗潜急了，语无伦次道：“方佩，你……不要听人家瞎说，我跟那个女……同学其实什么也没干，我下船，她是在码头接人，没接到，我们就一块儿去了酒吧，聊了聊……当然也去看过电影，逛过公园，我只是想轻松一下……”方佩打断他道：“你不用说了，总之都跟在天津机场时一样，我能不熟悉吗？”罗潜被噎得说不出话来，方佩道：“你想轻松一下，可你替我想过没有？你一出门就是几个月，你牵挂过我吗？！”

“告诉你，罗潜，我跟别人不一样，我不在乎你跟什么样的女人来往，我在乎的是你不在意我，你太不在意我了。你经常发莫名其妙的邪火，现在发展到有家不回，云游四方，既然这样，我们何必还守在一起呢？

“我是再不会相信浪漫的一见钟情了。

“家里的东西我都不要，我只拿我的换洗衣服走。”方佩说完，就到卧室收拾衣服去了。

罗潜愣了好一阵才突发奇想地冲到卧室，“方佩，你是不是得了什么不治之症，你怕连累我……”

“不，我很好，”方佩道，“我怀孕了，我决定明天去医院做掉他。”

一句话惊醒梦中人。

第一次，罗潜从方佩严肃、果断和从容中相信了她的完美，但是晚了，方佩已从他的生命中离去。

多少年之后，每当罗潜忆起与方佩的这段短命的恋情，都会双泪长流。谜一样的方佩在他的生活中彻底消失之后，他才发现自己是那样爱她，她又是那样值得他去隽永地爱，因为她的美丽一点都不单薄和简单。

他身边一直留着一张与方佩的合影，是结婚后方佩第一次送他上船，他穿着白色制服，戴大盖帽，帽子微向左斜，几近压住那一侧的眉毛，感觉帅呆了。方佩则穿一条式样简洁的连衣裙，抱住他的一只胳膊，含笑地望着镜头。这张黑白照片很有几分好莱坞怀旧影片的神韵。

尽管罗潜做了各方面的努力，尽管医院说方佩的孩子太大了，不能刮宫，只能等到再大一些引产，而胎动之后，方佩就开始爱这孩子，怎么也不忍心将他消灭。尽管是这样，方佩却执意不回头。罗潜对她说："如果你觉得在团里栽了面子，我会帮你全部挽回。"方佩道："我没有你想象得那么浅薄。"罗潜急道："那你到底想要我怎么样？！"方佩叹道："我并不想叫你怎么样，罗潜，我们还是分开的好，我们俩根本不是一回事。"她想说，不要说你能给我什么，就是我想要什么你都不知道，这本身就不是一个弥合的问题。她深知若共同走下去，罗潜会用他的方式爱她，但她需要的不是赎罪，她需要的是一个懂得她的男人。

而罗潜不是这个人。

孩子终于生下来了，是个女孩，取名千姿。

那段时间，罗潜上船去了，但他托了一位海员朋友开了一辆面包车到方佩父母亲的家，卸下了成箱的奶粉、鸡蛋、对虾、鸡腿等，这在当时并不富裕的大环境下，简直是惊人之举。

如果当时方佩现实一些，她就会为之所动，毕竟顿顿饭菜飘香是一件实实在在的事，可以换来自己的健康。可惜那个时代拜物拜金还不是潮流，方佩又远不如泓菲和季潦潦脚踏实地，显然这做法并没有令她回心转意。

罗潜一改前非，每到一处都会寄到团里许多花花绿绿的明信片，虽说是写给方佩的，但上面滚烫的情话在团里肆意横行，几乎人人背得出来。渐渐地，他的行程大家都已熟知，只有躺在家中静静休养的方佩没有领略这份热闹。泓菲拿着这一堆充满异国情调的画片来探望方佩，见她躺在物质的海洋里——周围全是罗潜托人捎来的各类样式新奇、精美的食品和用品。她喜滋滋地献上明信片，引来的却是方佩的深恶痛绝。

见她铁青着一张脸，泓菲不解道："你摆架子也摆得可以了吧？"方佩道："我跟谁也没摆过架子。"泓菲道："你到底要什么？我也糊涂了。""我要的是一种感觉，以前曾经有过，现在找不到了。"泓菲不懂这话，只怔怔地望着方佩。

离婚的第二年，罗潜完全谢了顶。这之后他又结过一次婚，但很快又一拍两散了。最终他留在了国外。

事实上，方佩对罗潜并不是没一点感情的，这其中有相当长的一段时间，她想，哪怕他有一件小事能做到她心里去，她便原谅他。可惜一切都落空了。

是的，有一种感觉丧失之后，做法上就会越错越离谱，罗潜越是挖空心思地表现，方佩越反感。而她需要的那种自然天成的东西，早在罗潜发现她的价值时便已在空气中消失了。

潦潦阿姨的派对设在名苑别墅区，豪宅加私人花园，有一座泳池不稀奇，稀奇的是池畔修了一处水中酒吧，石墩完全埋在水里，岸上砌着黑大理石吧台，人在水中坐，便可趴在上面吸饮料。晓菲和千姿都穿着泳装在游泳，千姿从未见过这么好的私人住宅，满眼都是惊喜和羡慕。晓菲问道："你第一次来吧？"千姿点点头，晓菲倒是满不在乎地说："我将来的别墅肯定要比这儿强，潦潦阿姨连水力按摩池都没有，也太老土了……"

千姿望着正在仰泳的晓菲，穿着鲜红的三点式泳装，两腿啪啪地打着水花，脸上化着防湿的浓妆，带露红唇肥嘟嘟的，一看便知是个惹火女郎。

晓菲现在已经是小有名气的歌星，出了几盘盒带，又是新出炉的粤港杯青年歌手大赛的亚军，所以年龄不大，却已经染上了几分君临天下的气势。

而且她是走性感路线的，有意识地模仿麦当娜，服装暴露，又是劲歌劲舞，舞伴是清一色的帅哥，她则化得红眉绿眼，头上是最新潮的驳发，就是把一撮纤维发用像蜡一样的物质粉在本身头发上，搞得满头都是，像琵琶鬼那样。千姿跟母亲去看过晓菲的演出，那阵势的威慑力几乎令千姿不敢问津歌坛了。

母亲倒是气定神闲地看演出，她说："每个人都会有自己的优势，千万不要被表面的东西吓倒，你现在就是要多看、多听、多点感觉，然后找到适合自己的突破口。"

母亲还专门为她买了“随身听”的袖珍碟机，叫她耳不离曲，只要有空就听，不过买来的盗版碟均是古典音乐大师的古典作品，巴赫、肖邦、李斯特自不在话下，还有德彪西的《大海》以及斯特拉文斯基的《火鸟》《春之祭》等。这些音乐千姿小时候就熟悉，而现在则变成了一种强化训练。母亲说：“你对音乐的理解绝不能浅薄，不管别人怎么认为，你千万不要以为会咳嗽外加几分姿色就可以在歌坛立足了，每个行业都有一闪即逝的流星。”

话虽这么说，及时出名毕竟是年轻人的最大心愿。比如眼下千姿看乔晓菲，就像赛马场内已经飞奔了数十圈的骏马，酣畅淋漓，而自己还在热身呢。

自从那次偶遇简松之后，千姿感觉到自己有些神情恍惚，大概因为那晚之后，简松并没有来找过她，这使她的自信心锐减。想当初在芭团去大学演出时，她们这种台上台下均像天鹅般生活的女孩是最受大学生垂青的，怎么离开了“湖畔与密林”——当然她也离开了天鹅群，自己就像野鸭子一样不值钱了呢？

简松敢告诉她自己暂时吃软饭，还不是把她当作卖大腿的彼此彼此嘛。她赌气问母亲为什么要让她去做美腿小姐，母亲说，挣钱当然是一个很重要的方面，更重要的是这个很实际很现实的城市需要你放下天鹅的架子。

你很普通，你可以做任何工作自食其力。

你应该熟悉这里的生存环境。

果然，当千姿告诉母亲车场的经理要为她加薪时，母亲说：“为什么？”千姿道：“因为我从不在广告上露面，我觉得那样很掉价，乱哄哄的一堆女孩，乱喊乱叫，算什么嘛，他答应给我一个镜头，好像恩赐我，我不这么想……”“你怎么想呢？”母亲蛮有兴趣地望着千姿。千姿道：“他请半红不红的明星来拍广告都要花很多钱，为什么我是无偿的，这不公平。”母亲笑道：“这就是你外出谋生的好处呢。”

母亲最终并没有跟千姿讨论加薪问题，她叫千姿通知经理辞职，但她会在一周后离开，以便经理招募新人。原因是母亲已联系好余教授，他答应收千姿做学生。

“可他半身不遂呢！”千姿惊奇道。母亲慢条斯理地解释给她听：“老头左手可以按琴键，又没有失语，教你是绰绰有余的。”千姿道：“他怎么肯呢？不是说他宣布过再不收徒了吗？”

的确，余教授以前热忱助人，可谓桃李满天下，可惜他有几个日后出了大名的学生，不仅从不提余教授的栽培，甚至见到他还装作不认识。这次他是自己买票去看一个学生的演唱会，皆因那人已入星轨，万人不在她的眼里。演唱会完了之后突然下起倾盆大雨，余教授与老伴站在剧院门口等雨停，但见这位小姐前呼后拥地走出剧场，马上有一辆平治车开过来。她的随从撞了余教授，嘴里还不干不净的，她明明看在眼里，佯作不识，提着演出裙在别人撑起的伞下匆匆下了台阶，乘车扬长而去。

这件事对余教授刺激很大，加上淋了雨，结果造成小中风，几乎丢了一条命。

由于方佩总是定期去探望余教授，令他的老伴颇为感动，便向方佩提及这件事。但是余教授出院回家之后，仍旧不同意指点千姿。

余教授育人无数，可谓经验甚丰，但他的学生个个令他寒心，他再不愿做别人的发财跳板。

老头子生病之后变得格外倔，连老伴的劝说也没有用，他只见过千姿两面，听过她的发音，什么话也没说，对于方佩的请求，他以生病为由坚持推诿。

“你是怎么说服他的呢？”千姿一再追问母亲，方佩道：“我跟他签了合同，今后你的收入与他分成，他并不愿意这样做，是我说服他的，他希望保密。”千姿道：“那他教我还收费吗？”“当然，这是两回事。”“他能够帮忙推出我吗？”“不知道，合同上反正没有这一条。但我相信他一定会认真地指点你。”“为什么？”“有责任心的人对钱只会更负责。”千姿沉默了好一会儿才说：“我真不愿意相信他是被钱感动的。”方佩漠然道：“我们已经被钱感动了，否则怎么会跑到人地两生的地方来。千姿，我希望你能靠自己过上好日子。”千姿觉得母亲意味深长地看了她一眼。

最终离开汽车交易广场时，千姿唯一有些不舍的是假如简松来，便再已找不到她了。长长的一段时辰，千姿总是无法忘记简松，他们的第一次谈话真是别开生面，都是先亮出自己的伤疤。

千姿不懂简松，便问母亲，那是她辞职后的第一个晚上，内心有些翻腾。母亲静静地当听众，而后说："他在意你了，可是他的境况又不好，所以不会来约你。"千姿道："妈，你是安慰我吧？"母亲没做解释，很自然地讲起与父亲的初识，然后说："初次见面后的那种闪电般的感觉其实有很大的欺骗性，相爱不一定能相处。"千姿道："我并没有爱上他，只不过觉得他很特别。"母亲平静地说："还是要想办法忘掉他，我不想把他说得很坏，但他的心理实在不够健康，这个社会已经被污染得太厉害了，所以保持心理健康非常重要。"

此后，千姿每周三次去星海音乐学院余教授的家中接受训练和指点，回家练唱、听音乐，日子过得很闷。

母亲说要去潦潦阿姨家参加派对，她高兴得跳起来。

晓菲明明知道千姿还未出道，却在她面前大谈出场费，说得千姿心里好灰。

游完泳便是聚餐，仍旧在花园，西餐自助形式。晓菲只吃一点三文鱼，然后便吃草莓和杧果，见千姿吃得两个腮帮子鼓鼓的，手中还端着一盘沙律，便笑嘻嘻地对她说："小心太胖了，连美腿小姐都做不成呢！"千姿想说，我泡在鸡汤里也不会胖！但觉得说话这么冲不礼貌，只好笑笑什么也不说，心里面别扭得不得了。她想向晓菲宣布自己早已不做美腿小姐了，不等她开口，晓菲已经转身离开了。后来千姿发现，晓菲并不是只跟她一个人过不去，她落下毛病了，就是喜欢刺人。

甚至对泓菲阿姨和乔木叔叔，她也是阴阳怪气的。泓菲阿姨不但不生气、不教育她，反而对母亲感叹道：“现在时代不同了，我们要以孩子为荣了。”

饭后才正式回到客厅里唱卡拉OK，中午来的时候，千姿看到客厅的一面墙完全是玻璃缸，里面游满了热带鱼，还有两条雪白闪亮的龙吐珠，另外的三面墙均嵌着意大利柏木装饰板，上面有些海浪般的花纹，地板是德国云石的，未见特殊。想不到晚上一亮灯，客厅里的灯光讲究极了，上下左右一打，竟让室内生出水天浩渺、灯涛雾浪般的感觉，脚下也有了波光粼粼的幻影。连晓菲也禁不住哇的一声叫出来：“潦潦阿姨，这是什么时候装修的？”

季潦潦女士今天穿一件藏青色的露臂裙，领口开得很低，可以隐隐地见到点乳沟。她一点也没有发胖，脖子和手臂上皮肤依旧白皙，上面各配了一串晶莹剔透的珍珠，更令她珠圆玉润，一看便知她从未为生活付出什么艰辛。这么多年有教养的生活，使她的气质凝重了不少，加上她的丈夫一直把她奉为神明，所以她早不是团里那个没心没肺、唱歌含混的合唱队员了。

她对晓菲说：“这不是刚装修完吗，就请你们来了。”

千姿道："像到了水晶宫一样。"潦潦阿姨笑笑，对泓菲和方佩说："我命里缺水，算命先生说我是焦土命，滴水不存，幸亏老公是水命人，大水，不然就更麻烦。"她微皱着眉峰，用纤细的手指揉揉太阳穴。

后来泓菲悄悄对方佩说潦潦是因为养不出孩子才变得这么八卦的。

大伙在厅里坐下来，潦潦叫女佣打开卡拉OK的碟机，然后让晓菲和千姿唱歌给大家听。

晓菲跳起来先上去唱了一曲《爱了再说》，她的头发还没有干，湿湿黑黑的随着她大幅度的动作飞舞抖动，加上她烈焰般的红唇，灵活扭动的腰肢，在这个水族馆一样的大厅里，活像一条美人鱼。

潦潦阿姨叫千姿也唱一个，千姿望着母亲，方佩道："你随便唱一个吧，反正是好玩。"千姿就走上去，规规矩矩地拿起麦克风，她只唱了两句：

"原来原谅是那么难，

原来分手是那么简单……"

一下子大厅里就静下来，大概是因为千姿从一个相对简单和纯粹的地方走来，或许真的是从天鹅湖畔走来吧，所以她很自然地把音乐本质上的纯净唱了出来，并发挥到极致。她既有母亲中音的音域，又有属于她自己的清亮，加上她对歌曲的理解，唱出来的歌显得楚楚动人。

她没有什么刻意的动作，只是身体随着旋律轻轻地晃着，她的头发也没干，披着，偶尔滴下一两滴水珠，倒是像出水芙蓉一般靓丽。

一曲终了，潦潦阿姨带头鼓起掌来，对方佩道："你这副星妈的样子还不是摆出来的呢，我就知道方佩的女儿不会是等闲之辈。"方佩笑道："带她到南方来不过是碰碰运气。"潦潦道："她的实力还用碰运气？我看谁碰上她倒是有运气呢，这样吧，我认千姿做干女儿，你叫她每晚在我的夜总会唱，价码你随便开就是了。"方佩道："她现在还在星海音乐学院上课，虽然不是童子功，也希望她把基本的东西练得扎实一点。"潦潦急道："这么认真干什么？！出名、发财都要趁早，你和泓菲唱歌哪点不扎实，后来倒不让你们唱了……"

方佩笑了笑没说什么，泓菲也不接话。因为以前晓菲多次叫她找潦潦阿姨，想去贵族夜总会唱歌——晓菲倒不是为钱，关键想在里面认识真正的大款。但潦潦总是推说晓菲的演唱风格不合贵族夜总会的品位，没有答应。想不到见了千姿一面就巴结起方佩来了。泓菲心里老大的不痛快，又埋怨自己多事，火急火燎地联络季潦潦，若不让她和方佩这么快见面，事情也不会搞成这样。

晓菲阴沉着脸，坐在那里一言不发。

屏幕上无声地放着卡拉 OK 歌曲的画面，伴奏音乐委婉动人。见场面冷下来，潦潦感觉到自己有些性急了，晾了泓菲的面子，便赶紧做出若无其事的样子对方佩和泓菲说：“今天谁都别客气，咱们三个一人唱一曲，我先唱，我自然是宝刀未老。”大伙忍不住笑起来，紧张空气总算有些缓和。潦潦唱了一曲《红莓花儿开》，由于多年不开口，有些声音干涩得很，歌词仍旧是稀里糊涂混过去；方佩唱了一曲《鸽子》，只是因为身体不好没有底气，唱腔、吐字、音准仍旧是一流的；泓菲唱的是《太阳最红，毛主席最亲》，那才真叫不减当年。

后来三个人合唱了一首《花儿为什么这样红》，情绪都有些激动，感情也相当复杂，有久别之后的感慨，更有回首忆华年的惆怅和无奈。歌曲和音符是不变的，但是如花年少时的轻唱，与现在青春一去永不回之后的怀旧，心境到底是天壤之别。

当晚方佩带千姿回到家便接到潦潦的电话，谈了好长时间，中心意思是叫方佩和千姿搬到“水晶宫”去住，然后母女俩都去贵族夜总会唱歌。“我们就是太缺这种层次的歌手了。”潦潦叹道，“现在歌星到处都是，一天就能出现几张生面孔，但是他们的文化和教养都不够。包装？包装又不是万能的，包装可以出效果但是出不了气质。我就喜欢千姿的纯净，几乎没被污染过，你根本就是一种怀旧情绪，最能迎合高品位的阁佬心理……方佩，别犹豫了，搬过来住，我有车每天送你们去夜总会。”

方佩只是说：“一切等千姿出师再说吧。”潦潦道：“都什么年代了，你还按照程序生活？你不要以为千姿培育得越久就越能一鸣惊人，现在的唱片公司有什么眼光，别提多小家子气，要他们真正懂得艺术，至少还得一百年。”方佩沉默一会儿道：“需要的时候我会第一个找你，潦潦，今晚的派对真是好极了。”

千姿不理解母亲为什么要拒绝潦潦阿姨的请求，她跟余教授学唱歌真学得烦了。老头儿一点笑容也没有，学手击琴键，一段曲子别管唱多少遍，总也不会说半个好。千姿希望去贵族夜总会唱歌，她从晓菲冷落她的态度中感觉到，那里绝不是一般的歌厅。

“方佩，”千姿要与母亲讨论问题时会直呼其名，以示问题的严肃，“你不是说机会一闪即逝吗？”

方佩正在梳头，她侧过脸来说：“本来你应该在第二个路口转弯，千万不要因为第一个路口热闹就迎上去，记住了吗，孩子？”

千姿道：“我真不明白，为什么你肯叫我去做美腿小姐却不让我去唱歌。”“情况怎么一样呢？”方佩温和地说，“那时是启动阶段，你现在已经进入轨道，我希望唱片公司一下能接受你，而不是去唱高级堂会。”

“可是我也需要锻炼，我没有临场经验。”千姿力争。潦潦阿姨的家，潦潦阿姨的夜总会，对她的诱惑是巨大的。方佩道：“你并不缺乏舞台经验，面对观众，唱歌和跳舞是一样的。”千姿话锋一转道：“我们南下到底是不是为了挣钱，妈，我觉得你应该正视这个问题，如果搞艺术干吗不留在上海？！”

方佩正色道：“当然要挣钱，但你不要以为商业与艺术一定是不相融的。恰恰相反，你做得好，做得地道、到位，名利会滚滚而来。”千姿半梦半醒地望着母亲，听到母亲继续说：“人生重要的一课是懂得放弃，尤其是放弃那些最耀眼的、最浮华的、最富诱惑力的东西。”

千姿没有去贵族夜总会唱歌，依旧去余教授处接受指点，但她蓄意出击的心理已经箭在弦上，不得不发。

机会，终于像梦中仙境一般地出现了。

新开张的至尚音像公司为了打出自己的招牌，决定花大价钱包装并推出一名歌手，做成牌子菜，令至尚一下子在音乐界立住脚，销售方面也会前景可观。

谁都知道，至尚有外资背景，所以尚未出头或未出过大名的歌手无不蠢蠢欲动，争取一跃龙门。

后来才知道这是至尚高层管理人员有意作“骚”，希望广泛网罗人才，以便选择性更大更准确。

余教授推荐千姿进入新人组。

晓菲由于在歌坛熟门熟路，自然很早知道信息，进入群星组，含苞欲放。

另有一个人数不多的先锋组，是已出名的歌手弃暗投明，与原公司反目，借口大多是宣传不力且资金有限，所以涌向至尚旗下。

至尚放出口风，一旦签约，每个歌手的出资包装高达

20万元。成名歌手也希望抓住这个机会成为顶尖天皇级人物。

为了扩大影响，至尚高层决策人员决定搞一个擂台赛形式的晚会，检阅所有歌手的实力。

千姿在新人组意外地碰到简松，两个人像老相识那样彼此嗨了一声。不等千姿发问，简松便说："是你启发了我，反正唱歌比打杂总还轻松一点。"

简松说他在一家三流歌厅唱歌，走的是林子祥忧郁情歌的路线，到至尚来参赛也是碰碰运气。聊了一会儿，千姿望着窗外道："还在那个老女人的卵翼下吗？""早就离开了。"简松平淡地说。千姿道："觉悟了？"简松道："碰上电视台的一个女人因为移民倾向出不了国，叫我跟她假结婚，这样赚了三万块钱，我就搬出来住了。有了钱就这么简单，有什么觉悟不觉悟的？"

不知为什么，千姿心里不舒服。她对简松，是有一点点喜欢，自然希望他是健康、纯净的，哪怕是穷一点，可他令她有一种混浊的感觉，带给她的总是一片阴影，使她初见他时的喜悦变得荡然无存。

可是他是真实的，他总是不把虚假的一面展示给她，这是他与众不同之处，也是唯一令她留恋之处。

但总之千姿心里不舒服，她没好气道："为什么你总是拿女人铺路？你就没有别的啥招了？！"简松道："你首先应该批判的是女人的贪婪和名利心。"千姿道："即便是这样，你也不应该去迎合她们。”简松笑道：“如果我有一个你那样的舅舅首先让我吃住不愁，我也绝不去迎合她们，还会教导她们正直做人。”

千姿气得脸白，走台的时候都没有再搭理简松。

成名歌手都是自带乐队、伴舞，也有自己的化妆师，人员未必精干，但阵式都摆得怪吓人的。群星组晓菲这一档的歌手，都有自己唱熟的音乐带。新人组就由公司放卡拉 OK 伴奏带。

与至尚的工作人员打交道，晓菲没几天就与他们熟络了，逢人就打招呼，又喜欢买饮料和小吃与他们联络感情。千姿觉得自己很没用，连句话都搭不上。她也没有向晓菲借配器讲究的音乐带，因为晓菲不会借给她，又何必去碰一鼻子灰呢？她牢牢记住母亲的话，不要耍小聪明，要靠实力走上歌坛，每一个行当最终都是拼实力而不是其他。千姿对自己充满信心。

然而现实终究是玫瑰色的。擂台赛的当晚，千姿穿着母亲为她精心挑选的演出服，化着无懈可击的青春妆，精神饱满地走上前台，意外也就在这一瞬间发生了。她用的伴奏带莫名其妙地升了一个半调，无论千姿怎样竭尽全力，唱到高音部分，她的嗓音还是毫不留情地劈了。

回到后台，千姿忍不住放声大哭。负责录音效果的男青年说，他也不知道是谁偷偷按了升音键，等他反应过来时，千姿已经唱砸了。

千姿想到的第一个人就是晓菲，因为只有晓菲跟至尚的工作人员最熟，走到工作录音台附近没人注意。也只有晓菲知道千姿的实力，不了解千姿的人怎么会去防范她呢？可是这种亏是哑巴亏，你没有当场抓住，谁都可以不承认。千姿越想越委屈，无论如何咽不下这口恶气。

晓菲见到她则是万分同情的表情，还埋怨她临上场时不与音响工作人员核对音调，以至于酿成大祸。说得千姿也糊涂了，搞不清自己是不是冤枉了晓菲。

幸运的人总是极少数。最终至尚公司选中了一名名叫艾娆的女歌手隆重推出。她也是新人组的，曾经做过模特儿，外形非常抢眼，气质偏于冷艳型。

后来千姿在报纸上看到至尚为了艾娆出世，决定在北京举办大奖赛，拉周华健做评委，整个策划挥金如土，早已冲破70万。光奖给艾娆当冠军的轿车就是凌志三百型，皆因外资老板决定大手笔打出至尚门面。

尽管晓菲使尽浑身解数，仍未入围，依旧做她的三线歌手。简松在舞台上也是精神涣散，拿他玩风格还行，隆重推出显得颇滑稽。

这次失利几乎令千姿一蹶不振。之后母亲又带她去了几家唱片公司，但他们的制作人原本都看过擂台赛的演出，只对她失声有印象，自然不会表现出浓厚的兴趣。

一连数天，千姿的脸上都是阴云密布，母亲倒是表现得镇定自若："这是生活给你的挫折教育，求不来的。"

"艾娆现象"深深地刺激了晓菲的虚荣心，她在最短的时间内傍到一个大款。谁也没有见过这个人，不知道他的年龄、相貌以及他到底有多少钱。只知道他为乔晓菲专门成立了一个巨星音像公司，摆明车马地与至尚公司对着干。首先是给晓菲举办个人演唱会，由香港开来一班人马专门为她度身裁衣。从整体策划到音乐编配、演奏、伴舞、地毯式轰炸型宣传等等，事无巨细做出精心安排。还准备在演唱会开幕前夕，让美国流行乐杂志登上晓菲的特写照片和万里长城。港台方面的媒介就更不在话下，这笔开销不用算，只想一想便令人咋舌。

这一连串的景致让千姿目不暇接，相比之下母亲的计划与步骤显得苍白、保守、不值一提。她的那一套早就过时了，简松说得没错，这年头谁会跟你拼本事、拼实力？全是金钱大战。千姿后来才知道，至尚推出艾娆是蓄谋已久，所有涌进擂台赛的歌手无一漏网地做了友情客串，极卖力气地为艾娆铺垫了一把。

也就是说，千姿的演唱即便没有发生纰漏，甚至超水平发挥，也是于事无补的。

一天，趁着母亲外出买菜，千姿立刻停止练唱，本来她也是无心再练的，只是怕惹恼母亲便做做样子而已。她打电话呼简松，这家伙已经有 BP 机了，不一会儿简松打电话来，千姿叫他去搞清楚乔晓菲的出资人到底是谁。

然后她坐在窗台上发呆，望着楼下的车水马龙，全部变得小一号，运行吃力而缓慢，天空也是灰扑扑的，如同她的心情一般阴郁。她已经不再迷恋唱歌，精心安排自己的复仇计划，梦想着有一天晓菲哭倒在她的面前，求她饶恕她……

过了好长一段时间，母亲才回来，是跟舅舅方源一起开门进屋的。母亲的手上并没有提着菜，倒是鼓鼓的一包一包的中药。千姿感觉到舅舅的脸色暗淡，便问母亲："妈，你到医院去了？"方佩笑道："一点妇科毛病而已……你说巧不巧，我在路上碰到你舅舅，他不叫我买菜，说今晚他有空，请我们吃自助餐。"

千姿知道这是母亲的特意安排，因为她一向喜欢吃自助餐，这段时间又颇不开心，所以希望能调整她的情绪。

当晚，在花园酒店的旋转餐厅，千姿喝了很多酒。方佩并没有拦她，舅舅拉住她的手说："千姿你不要着急，这点失败算不了什么，我和你妈妈会鼎力推出你的……"千姿醉道："我再也不需要精神赞助了，我需要钱，很多很多的钱，可你是做小本生意的，妈妈也只是个中学老师，你们帮不了我……我有我自己的计划。"方佩道："千姿，你不要这么偏激，这点事值得你把一分钱说成车轱辘吗？"千姿提高嗓音道："方佩，你不要想在我身上实现你的梦。那种靠实力进取，四处做亲善活动，然后水到渠成地脱颖而出，我讨厌这个版本的童话！"

方佩并没有急，只是冷冷地说："如果你觉得这样说心里痛快一点，你可以随便说。但是我告诉你千姿，这种时候你只能挺过来，不管你是恋爱还是复仇都会毁了你。”

千姿颇感意外，因为她从未跟母亲提过这些事。可是什么也逃不过母亲的眼睛和感觉。

晚上，千姿睡到半夜，突然感到胃里面翻江倒海地颇不舒服，她爬起来摇摇晃晃地到漱洗室去，一按舌根，哇的一声就吐出来。经过客厅时，她看见母亲坐在沙发上，自己这边动静很大，并不见母亲过来呵护她。

胃里的东西吐干净了，算是舒服一些。她来到厅里，在母亲的身边坐下。母亲面前的茶几上放着笔、纸、存折、计算器等。见她坐下来，方佩道：“我想计算一下，自行筹资、制作一个专辑到底要花多少钱。”

千姿有气无力道：“费雷那里我们决定放弃了？”

费雷是本市独立制作人中的大哥大，在流行乐圈内混过多年，经验老到。不仅调动人力、物力非常充分，各种媒介关系烂熟，就是对市场的研究，歌迷心态的把握也是棋高一着，所以费雷推出歌手，还没有失败的记录。

但是费雷是出名的花花公子，烟酒不沾、不毒不赌，就是喜欢泡妞。大凡他推出的歌星，全都跟他睡过。总之，他没有兴趣的女孩，有钱也请不动他出面制作，所以贱一点的歌手还以被他看中为荣。

费雷自己有一个工作室，各种乱七八糟的关系颇多，北至春节联欢晚会的黄金时间段，南至老板及喜欢捧星的发烧友，只要他一出面活动，大都攻无不克。据说他的后台也蛮硬的。

还是在至尚的擂台上，费雷不经意地发现千姿，一见倾心，便叫他的助手找了千姿两次。当时千姿并不知道费雷是谁，自己又沉浸在演唱失败的痛苦之中，便把这件事告诉了母亲。方佩也是从侧面了解到费雷的情况。

此人并不喜欢曝光，坚持幕后形象。

这时方佩望着千姿道："你不准备放弃费雷吗？"千姿没表情道："我想豁出去，费雷自有办法叫我与艾娆、乔晓菲齐名。"方佩平静道："我并不把肉体关系看得至高无上，跟自己喜欢的人上床是一件很自然的事。可是如果靠睡觉解决问题，我想问你一句，你睡得过来吗？何况事情还没那么简单。"

方佩想了想又说："我不想在你面前说泓菲阿姨的坏话，但是她过去的确是为了入党与团里的书记有染，结果并没有如愿，因为支部大会通不过。"千姿道："乔木叔叔知道这件事吗？""知道。""他们为什么没有离婚？！""为了孩子，乔木叔叔是很爱晓菲的。""可是晓菲还是走了跟她妈妈一样的路。好像还走通了。"方佩叹道："乔木叔叔专门为这件事找过我。因为跟泓菲阿姨说不通，他这么大年纪的人都流了泪。晓菲这次是正式嫁人，那个男人坐轮椅，年纪比乔木叔叔还大。"

千姿并没有瞪大眼睛，她对母亲说："所以我觉得我也必须付出代价。"方佩意味深长道："我们会付出代价的。"

千姿翻看了母亲放在茶几上的存折，区区五万元。方佩在一边说："你舅舅赞助你两万……不要嫌少，这件事他没有告诉你舅妈。"千姿道："剩下的钱我自己去挣，我去贵族夜总会唱歌。"方佩道："也只好这样了，等凑足了十万元，你自己出一张专辑，这点钱当然不可能包装一个天王巨星，但是帮助你迈出第一步，应该够了。"

事实上，后来方佩也参加了贵族夜总会的演唱，她没舍得买演出服，便翻箱底找出一件许多年前演出时穿过一两次的孔雀蓝色的旗袍，长至脚面，开叉适中，既不招摇，也不古板。这件旗袍的手工非常讲究，领、肩、腰身都是不能增减一分的，幸好方佩的身材始终保持得很好，脸上的风霜虽然已不能靠化妆遮挡，但是她优雅的气质和风韵是漂亮的现代女郎无法对抗的。

她唱怀旧歌曲，大都没有动作，只靠她仍旧浑厚清澄的声音和她略显忧郁的眼神营造出一种感伤的氛围，让人体验到繁华和喧嚣之后的怅然。

她甚至比千姿还要受欢迎。

母女俩在去贵族夜总会唱歌之前，有一晚千姿在夜夜激情酒吧与简松约会。与简松的交往很复杂，一句话说不清。开始就没有什么浪漫情怀和花前月下，千姿对简松的处世哲学也完全不能接受。但就单纯从情感而言，她不知为何会留恋他，甚至留恋他的哪一处她都说不出。

她不理解他为何这样玩世，千姿从小是母亲的乖乖女，母亲不是好强而是从容，她的那种大家气派始终笼罩着她。千姿记忆中的母亲从未像市井妇女那样争吵、计较、动不动就一哭二闹三上吊，她不是忍让而是不屑。千姿记得有一回从舞校回家，那时母亲还在教中学音乐课，母亲的教导主任是一个彬彬有礼的男人，他离婚后便对母亲穷追不舍，而母亲认为这件事毫无可能。那次千姿看到他突然抱住母亲，因为他们都是背对着她，她无从猜测他们的表情，倒是自己的双颊腾地发烧起来，千姿完全不知道母亲会怎么做。

方佩一点都没有惊慌失措，也没有扭动身躯，更没有激烈地推开教导主任外加一个大耳光。她只是非常冷静地说："你这是干什么？"这种课堂上发问的语气令教导主任顿感抱着一截木头，双臂立刻松了下来，一丁点的激情也没有了。

单亲家庭的困难当然很多，但是母亲的所为从不让她感到向现实低头迫在眉睫。所以千姿不理解简松为什么那么情愿地顺应潮流。

在至尚的擂台赛中，千姿和简松接触较多，他对名利和对女人一样，均是可有可无，不大经意。他想做的事就去做，宁肯靠假结婚挣钱也不愿花精力和时间去感慨。

他得知至尚的阴谋之后也只是付之一笑，并没有太大的触动。

千姿必须承认自己有点喜欢他。

简松来到夜夜激情酒吧时，仍是一副懒洋洋的样子。千姿要了一杯薄荷宾治，简松是黑啤酒内打生鸡蛋。

闲聊了几句简松便提起正题："乔晓菲的出资人是一个香港殡葬业的老板，非常有钱。只是演艺界的人都觉得靠这种钱出头有些晦气，若让人知道也颇没面子。乔晓菲这回是真急了，所以也只好自慰英雄不问出处，先成名再说。"千姿道："亏她想得出，就算我想认识这种人，还无门呢。"简松道："听说她父亲是民乐高手，不仅会拉二胡，还会吹唢呐什么的。现在的有钱人出殡、办忌日、做周年喜欢搞这种事，他父亲找几个同行去挣死人钱，做噱头就是了。"千姿斜了简松一眼道："这事是你编出来的吧？"心想晓菲怎么干不足为奇，乔木叔叔总不至于出此下策……简松道："我若能编得这么奇特，留在电视台当编剧好了，还至于跑出来吃张口饭吗？"乔晓菲现在在电视台拍大制作的 MTV，总会有人知道她的来龙去脉。她父亲经常参加大型法事活动，有时正宗的法师由晓菲现在的黑衣人从香港带来，她父亲当然知道谁有钱，带晓菲去两次就把事情搞掂了。"

千姿坐在那里发呆，不知说什么好。

简松呷了一口黑啤道："别谈乔晓菲了好不好，她与我们有什么相干？千姿，我听说费雷对你很感兴趣呢！”千姿不动声色道：“我正要问你该怎么办？”简松道：“反正这是一个很好的机会。”千姿敏感道：“你这话是什么意思？你明明知道费雷是要与歌手上床才肯做下面的事。”简松没有正面回答这个问题，只说：“如果大把大把撒银子就能让歌手当红，那问题就太简单了，而你这种过分相信实力的人，即便挣上一笔小钱，盲人瞎马自己操刀想火爆一回，是谈何容易的事。所以说，费雷这种人还是可遇不可求呢。”千姿冷笑道：“照你这么说，合着我们先要为艺术献身了？！”简松忙辩解道：“你要怎么做，我可没发表意见呵。”千姿气道：“你刚才的那番话就够具体的了！”

接下来是冷场，千姿心寒地想，这回母亲预见得不对，简松压根从一开始就没有在意过自己，不然，一个再现实的人都不可能做出这样晓以利害的分析。

她深知自己对简松的朦胧情感可以到此为止了。

贵族夜总会的后台化妆室均是间隔相等的单间，千姿和方佩合用一间。

潦潦办夜总会是老公出闲钱叫她玩，并不全在盈利，所以潦潦喜欢追求品位，常花钱请大牌歌星来演唱，这种人或出名前或出名后总会有一些大款做后盾，以追逐艳光四射的美人儿为乐趣。

所以不光前台，就是后台也成为竞技场。歌星们脸上不动声色，心里是不会停止较劲儿的，今天你坐凯迪拉克来演出，明天我化妆室里的花篮就会多得堆满门口。有一次一个歌星在台上唱《九百九十九朵玫瑰》，当即就有人从台下送上来一个玫瑰花篮，号称其中的红玫瑰恰是九百九十九朵。

今晚你请伴舞，安排在花园酒店消夜，明晚我请全体歌星在白天鹅露天烧烤场狂欢。

更换演出服、珠宝钻石首饰更是家常便饭。

只有方佩和千姿没有这些噱头，有时潦潦看不过眼，便会叫人买些花来定时献上。

也会有人垂青千姿美色，但得知星妈在她身边不离左右，也只好作罢。

母女两人常搭公车去夜总会，半夜乘计程车回家，在街边大排档吃馄饨作消夜。

其他歌星对她们爱理不理，只当是潦潦必须照顾的穷亲戚。

反差这样大，加上简松不如人意，令千姿倍感失落。

她不知道自己在守什么？是忠贞还是本分？还是什么正直和真诚？即便守住了这些又有什么用？

所以千姿常常会闷闷不乐，会发无名火，刚到广州来时的万丈雄心早已被磨掉七七八八。

一天千姿突然对母亲说："不如你回上海去过太平日子，我留在这里也胡搅一气……你在，对我来说是一种无形的压力。”方佩依旧故我，很少话。倒是有一天潦潦阿姨对千姿说：“你其实根本不理解你妈妈的苦心，她早已厌倦舞台，因为舞台令她失去丈夫和家庭，同时受到许多人的误解，认为她轻浮、虚荣，像苍蝇似的盯着她，但是为了你……一个女人如果没能嫁给一个好男人，那就只能搏到尽了……”潦潦阿姨叹道：“千姿，你要对妈妈好一点，你的面相克她呢……我真担心她来日无多……”

千姿因为心境不好，也只当潦潦阿姨八卦。不过想想母亲，的确是不容易。除了到夜总会唱歌之外，还多次往返星海音乐学院，和余教授商量策划筹资、制作、挂靠一个唱片公司搞出版发行这一系列的事宜。都是在她熟睡的早晨，母亲已经奔波在外了。

余教授不肯将就地唱些别人已经唱出名的老歌，一定要找到一个适合千姿气质的作曲彻底贯彻他设计的音乐精神，母亲便根据他的指示东奔西跑地去找作曲，拿他们存档的音乐带给余教授听。

千姿看不出前景有多么美好，只承认母亲艰辛。

一连数日，贵族夜总会来了一位姓黄的房地产商人，预订一张固定的桌子，预订一打一打的鲜花，每晚听完千姿的歌曲起身就走，自有领班将鲜花送到千姿的化妆室。

千姿没有见过黄老板，天天收到他送的鲜花，又不见这人到后台纠缠，便对他充满了好奇心。方佩在一旁冷眼看着，提醒女儿：“他这是吊你的胃口呢。”千姿试探道：

“如果他请我吃夜宵，你会让我去吗？”方佩道：“你去就是了，测试一下自己有没有屈就能力。”千姿不服气道：“怎么就一定是屈就而不是高攀呢？”方佩笑道：“你去了便知道。”

黄老板果然下了帖子请千姿消夜，又派了平治车来接她。车子开到假日酒店，原来黄老板包了奥斯卡西餐厅，里面只有一张桌子放着银餐具，气派极了。

所有的灯都关着，满厅房的烛光摇曳，鲜花盛开。

他们落座之后，有侍者推来考究的烹调操作车，由戴着高筒白帽子的洋厨师亲自主理。

黄老板有酒存在这里，是路易十三。

千姿归来之后，闭口不提消夜的事，闷声不响地坐在屋里发呆。

方佩也不问，坐在客厅里听碟机。作曲是余教授选定的老枪，这个人的作品极少，人又清高，自己倾其所有在家里搞了一整套录制设备，价值50多万元。他并不见得给有钱的歌星作曲。老枪是将近40岁的中年人，独身，在音乐制作方面非常挑剔。这张碟的第三首歌曲标着几个铅笔字：1分28秒处有微嚓声，甚憾。

方佩仔细听了两遍没有听到，后来才知道必须用德国Pro.2耳机聆听时，才可能微显。

老枪的作品，大都是抒情慢歌，旋律极为优美、动听，让人感受到歌中的意境和情感，或许还能在音乐中找到抚慰，找到回忆的起点。

这在情歌泛滥的今天实属难得。

方佩高兴接受老枪，她去千姿的房中商议这件事。千姿半天不理，然后劈头就说：“妈，他很丑，虽然他很儒雅、幽默。”方佩平静道：“上帝是很公平的，它不会让简松既正直，又有钱，同时对你一见倾心。”千姿道：“我无论如何无法接纳他，不管他多有钱。最不能让我容忍的是所有的服务员，她们虽然面露微笑，但眼神是轻蔑、不屑的。”

方佩道：“这些并不重要，重要的是没有不要钱的午餐，谁会无缘无故地养你一辈子？人有不如自己有，手板向上讨人家的钱，就只有看人脸色，屈居下流。你不想风光一时而要踏实一世，在我看来只好靠自己了。”

千姿想了想叹道：“我真不理解晓菲为什么就能够接受这类人，虽然她的个人演唱会开得很成功，现在的名气青云直上，我却看不起她。”方佩道：“你可以不接受她的做法，但不要看不起她。借助金钱的力量攀上一个新台阶也不失为一种办法，许多大牌歌星、影星当年委身大款、拍三级片，他们珍惜自己的痛苦历程，最后获得了极大的成功，你有什么资格看不起人家呢？”

千姿无言以对，方佩道：“你自己不愿做或做不到的事，别人不见得不能做。”千姿道：“那反正你不会像乔木叔叔那样做。”方佩道：“那是一定的。千姿，我任何时候都不会那么做。但是你知不知道，泓菲阿姨的家要拆迁盖大楼，拆迁费只一万五千元，便叫他们全家搬到很远很远的郊区去住，三年五年都不知能否搬回，那里连公车和医院都没有，这是非常现实的问题。”千姿怔怔地听着：“那他们怎么办呢？”方佩道：“黑衣人替他们买了两套房子，问题就解决了。”千姿叹道：“有钱真是简单明了啊。”

方佩道：“人在现实面前低头是很自然的事。”千姿望着母亲道：“我却没见你低过头呢。”方佩自嘲道：“所以我是悲剧人物啊。”

一天，简松突然火急火燎地来找千姿，说他将在电视台《音乐电视》栏目里拍 MTV，想请千姿友情客串，唱两首对唱歌曲，另外是拍一些相思相恋的镜头。

千姿道：“你哪里来的钱？又假结婚一次？”简松道：“我哪里有钱，《音乐电视》栏目是女导演，搞掂她不是很容易的事吗？”千姿冷笑道：“你的人生哲学就是拿女人铺路？”简松道：“我可没这么说，不过我喜欢和女人打交道，她们韧性好，守信用，重情分，比臭男人强多了。”千姿道：“我也是你利用的对象之一吗？”简松轻松道：“我并没有叫你去攻关啊，我攻关，你出镜为自己做免费宣传，又帮了我这个穷光蛋，我是没钱请歌手或模特出镜的。”他边说边晃着二郎腿，手指头嘀嘀嗒嗒地击响茶几。

千姿半天没吭气，然后突然气道："你不能正经一点？"简松笑道："你们女孩子就是喜欢那种道貌岸然的伪君子，你们需要的是假象和虚伪，所以男人的质量才一代不如一代。有句名言说女人是男人的学校。学校不灵，毕业生还能好到哪里去。"千姿力辩道："你不要觉得你活得真实就可以抵消自己所有弱点，这是两回事。"简松道："这是你妈妈的话吧，她没教会你唱歌，倒教会了你怎么识别真假马列主义。"千姿更正道："她教会了我做人。"

这时方佩在厨房里做饭，她听见了简松和千姿的对话。一开始她对简松的印象不怎么样，接触了几次，倒是他的不刻意和满不在乎颇有几分吸引人之处。

简松走后，千姿问母亲如何处理这件事，方佩反问道："你说呢？"千姿道："我原想答应他的，又怕他是利用我。"方佩道："你无名无钱，他利用你什么呢？"千姿无言，方佩又道："想好的事就去做，不要太计较、太精明，你们俩以后打交道一定是各得其所，即便是哪个唱片公司把你们包装成金童玉女，你们也不会走到一块儿去的。"千姿吃惊道："怎么会是这样呢？"方佩道："你们这一代人都太自爱，不肯替别人做出任何牺牲，而爱情是最大的牺牲。"

过了几天，千姿去电视台和简松一块儿拍 MTV，她很少说话却非常卖力，这是简松完全没想到的。

千姿甚至出了不少好的点子完善这部名叫《都市民谣》的作品。

最后一个镜头 OK 之后，已是午夜时分，简松和千姿一块儿从电视台出来等计程车。这一次是简松有点恍惚，当千姿向一辆远远开来亮着红灯的的士招手时，简松突然抓住她高扬的手，计程车响箭一般地从他们身边擦过。

然而，千姿却没有了初见简松时的朦胧和怅然，尽管她也有些心慌意乱，火烧一般地将自己的手抽了出来，语无伦次道："你……别，别这样，我只不过觉得我们都不……容易……"简松一语到位："千姿，我会利用全世界的女人，却不会利用你。"千姿冷静道："你的技巧娴熟，我又如何分辨呢？且我也不想分辨。"简松道："我可以为你改变自己。"千姿笑笑，不说什么。简松道："我是认真的，拍完这部 MTV 后，我决定不再唱歌了，我会找一适合我专业的公司，从底层做起。"他说完这话，便自己挥手招停一辆计程车，为千姿打开门，做了一个半开玩笑的请的手势。

千姿晕晕乎乎地坐进车里，老半天也没报目的地，还是简松隔着车窗对司机大佬说的。

她只是反复地问自己，这是爱情吗？如果不是，这又是什么？！又想，现代人真是低能啊，除了利益之外，根本不认识其他的东西。

方佩终于病倒了，住进了省人民医院。

床位很紧，是季潦潦托了熟人才进去的。在医生做全面检查之前，方佩拿出了在上海看病时的诊断书，她是肝癌晚期，并已经扩散。

值得庆幸的是，简松和千姿的MTV《都市民谣》播出之后，好评如潮，使一直犹豫不定的老枪决定接受千姿，为她作曲并制作。其间，他请了他熟悉并配合默契的形象设计来包装千姿并构思海报。

事情进展到这里，方佩却再也坚持不下去了，她像一个电池那样耗到了最后一刻。以后的事也如她计划的那样，在一个明空皓月的晚上，她服下准备好的整瓶安眠药，熟睡而去。

这突如其来的打击，令千姿痛不欲生。当方源带着千姿赶到医院时，尸体料理已经做完了，雪白的被单蒙住了她的脸。

千姿回想起舅舅的忧郁和潦潦阿姨的预感，只恨自己守在母亲身边，竟没察觉她是身患绝症的病人。她终日以泪洗面，一个多星期之后才渐渐地恢复意识。

这时，方源才交给她一封信。

千姿打开素色的信笺，当她读到“千姿，我的孩子……”一行，不觉泪如泉涌。她镇定一下自己，慢慢地读下去：

千姿，我的孩子：当你读到这封来自天国的信时，一定不要难过，因为妈妈走时是熟睡的，没有你想象的那样痛苦。住院治疗太花钱了，且没有什么意义，所以我才选择这种方式离开你。

在上海得知诊断时，我心情糟透了，我莫名其妙地上了车，直到下车才发现是芭团的大门口，我去了排练场，当时你们正在排练《睡美人》的片段。我坐在最后一排观看，发现你在台上优美无瑕地起舞，纯洁如水，没有一点点洞察世事的能力。我突然想到，如果我去了，你将怎样独立面对这个复杂多变险情四伏的世界？！

我带你到广州来，是想试一试你的应变和生存能力，也想与你一起唇齿相依地走完我生命的最后一程。

你做得很好，终于靠自己的能力打开了一点点局面。我根据老枪的创作风格，想象你的第一个盒带，音域会比较宽阔，嗓音圆润迷人，又带些许深沉。老枪喜欢在间奏中加入口琴，那婉转的曲调引出你优美的声音，真是令人陶醉啊。你要注意的是控制抒情的分寸感，既不要拘泥，也不要滥情，你要有本事把听者带进歌声中去，甚至要让他们感觉到唱歌的不是你而是他们自己。

我预计你第一盘盒带的发行量是5万～6万盒。

记得按照合同给余教授送钱去，永不轻视舅舅资助你的两万元。无论出名与否都应感激他们的辅助，至少让你没有轻易地走上晓菲那样的人生之路。

千姿，你千万不要误会妈妈带你到广州，此行只在挣钱出名，这些固然重要，但更重要的是从中锻炼自己抗拒诱惑的能力，坚持诚实正直的能力，不模仿别人的能力，靠自己双腿走路的能力……假如你具备了这些能力，哪怕你不出名，或者钱财有限，相信你也能够健康、愉快地生活。

当然，金钱是重要的，但是它并不值得我们拿出整个生命和全部情感去下注，如果你轻易取舍，它也会轻易夺去你一生的幸福。

孩子，妈妈尤其要提醒你的是，女人最大的敌人并不是贫穷和默默无闻，尽管这两点会让你深深地感到人生的乏味和无聊，但更大的敌人却是时间和岁月。当风华一一过去，你定会知道踏实、恬静的心态是一笔怎样的财富。你年轻时的违心接受、曲意迎合，或者孤注一掷是多么地无谓，根本没有脚踏实地地艰苦奋斗更令人愿意细细品味。

千姿，我给你留下的这个存折，里面只剩下很少的钱，大数目全部用于你的专辑盒带了。我知道你会竭尽全力，也希望你能获得巨大的成功，但是我不会完全排斥掉倾其所有却付之东流的可能。如果是这样，你也不要气馁，要看重一路行来的景观和自己的精神，而不仅仅是结果本身。

在爱情和婚姻方面，我是没有资格教导你的。因为只有你知道，妈妈是一个一生情感寂寞的女人。我和你父亲的爱是静态的，如果我们生活在一个孤岛上，或许维系的时间会长些。可惜这种爱一进入流动的社会，立刻被世俗的东西淹没了，它把妈妈的一份感情变得无从解释，然后是猜疑、疏远、离心离德直至分手。我不曾原谅他是因为这些不是他的缺点，而是他性格、信念、世界观的一部分，是不可改变的烙记。女人在他的心目中最终是卑微的，我不能容忍的恰恰是这一点。不过你千万不要因为他曾经再婚就恨他或不承认他，他依旧并永远是你的父亲，不管他身在何处。而我，根本不想做什么圣女贞德，只是我运气不佳，始终没有找到自己的另一半。

你可能还记得，有一段时间，学校里的数学老师赵学礼叔叔经常到我们家来。是的，我们有极其投合的一面，他是真正懂得尊重女性的，且机智、幽默，又不失成熟男人的本色。但也正因为这种尊重，使他家有病妻，绝对不可能离婚及向我示爱，最终他调离了我们这个重点中学而去了一座三流学校。

我们没有过任何具体接触，这又要被你们这一代人取笑了。然而我们属于那个时代，这是结束一段感情的唯一出路。这件事让我看到了自己的平凡和普通。

但是千姿，你不要因为目睹过美人迟暮就在年轻时拼命地挥霍情感。你要学会爱的能力但不要相信爱的神话，没有两个人可以配合得天衣无缝。人经历得越多，感受得越多，就越难满足。

我曾经跟你说过，爱是一种牺牲，这话并没有说完，还要加上一句，爱是一种包容。你只有这样想才可能享受爱的幸福，而不至于被情丝缠绕、窒息、难以自拔。

自然、美满的爱情是女人一生的追求和向往，但是千姿，你要知道，对一个女孩子来说，守住分寸，懂得拒绝，保持适度的距离，可以说是一门重要的艺术。把持不住自己的女孩子，她换得的可能是一生的痛苦。

你今天碰到简松，今后还会碰到其他男人，你应以健康、本色、诚实的态度去对待他们。无论那个人是谁，我真心企盼你有一段好姻缘，楚楚留香，神功弹指，幸福得令人羡慕。

好了孩子，想说的话是说不完的，重要的大概就是这些。你应相信，离你而去是我万分不情愿的。好在岁月无敌，我们终会有见面的一天。当你走进另一个国度的时候，如果听见有人说，是你吗？千姿。那一定是我，爱你至深的妈妈。

千姿再也读不下去了，她伏在床上放声痛哭。信纸、信封，连同那个毫无含金量的存折自她的手中飘落，轻轻地，纸蝶般地落在她的脚下。

她多么不愿意看到这样残酷的现实：母亲通篇都在谈义重利轻，可她毕竟是为了节省一笔可观的手术费和医疗费而匆匆离去的。

然而哭过之后，她的心还是慢慢地平静下来。她在深夜的台灯下一遍遍温习着母亲的话，终于在那字里行间看到了这个混沌、虚假、拜金并且物欲横流的世界里的一点微光，看到了比死更重要的这份情愫。

当晚，她昏昏欲睡，梦见母亲像以往的某一天，在温暖的阳台上，她们朋友似的聊天。

品一壶香茗，她会不知不觉地伏在母亲腿上，任她的手指轻轻划过自己的长发……

老枪的作曲总算完成了，曲目是七首，合成一个专辑，以《孤独令我如此美丽》定名。千姿去试唱了一次，效果很好，皆因旋律优美、抒情。老枪决定做一些小的调整之后正式进棚。

其间，千姿仍在贵族夜总会唱歌，挣自己的生活费。潦潦阿姨劝她歇一段，因为内心痛楚，强颜欢笑毕竟不易，难为了千姿，工资照发就是了。她这样说，但千姿不肯。不过尽管她极力掩饰，到底歌声中平添了几分悲凄美。

一天，晓菲打电话来邀请千姿参加她的生日派对，千姿没有心情，不肯去。晓菲在电话里左说右说，吵得千姿脑袋发胀。最后是泓菲阿姨坐宝马车来接她，千姿也只有前往了。

泓菲阿姨一见到她便热泪盈眶，半天没说出话来。后来又埋怨方佩不道出真情，否则……她没有说出否则之后的什么，又拉着千姿的手叹道："你妈妈性格刚烈，到底不是我们这种人可以比的。"说着说着又面露愧色，倒叫千姿反过来安慰她了。

千姿转移话题道："乔木叔叔还好吧？"泓菲阿姨赌气道："不好，好像有些变态似的，总不开心。他又没有什么事，在家睡觉，却不来参加晓菲的派对。"

晓菲的生日派对在她的私人俱乐部举行。俱乐部设在市郊跑马场附近，由于是周末，俱乐部有专车送喜欢赌马的人去跑马场；俱乐部内设有台球室、壁球场、健身房、雀馆（麻将馆）、桑拿房以及泳池，另有中、西餐厅和酒吧；卡拉 OK 和影碟中心更是不可缺少。均装修得金碧辉煌，充满浪漫的欧陆情调。

会所式俱乐部是复式结构，对面是停车场和绿化带。晚上，若干巨型的射灯打在豪华楼宇的正面，令人望而却步。

千姿到达的时候，晓菲亲自到门口来接她。

作为今晚焦点人物的晓菲，早已摒弃了那种小明星披披搭搭的穿戴习气。金钱可以买来情调和品位，她一扫昔年的俗媚，显出大牌红星的风采。

千姿早就听说，晓菲是目前形象设计顶尖级公司“姿势堂”最大的米饭班主，不仅专修了社交礼仪、化妆技巧、穿衣搭配等课程，还花大价钱叫“姿势堂”专门为她成立一个“个人形象发展”小组，研究她不同环境、不同场合、不同演唱会的服装、发型、饰物、总体形象等一系列问题。今天见到她，果然不同凡响。

艳光四射的晓菲穿一件酒红色露肩连衣裙，缎及棉混合质料，裙摆宽阔兼微微乍起，臂膀的短小袖子与裸露的领口形成一条直线，是设计上的新意，突出了光滑柔亮的香肩和颈部。她的两只玉臂配了一对深紫色的丝绒长手套，另有一对吊有红、黑各一颗垂饰的耳坠在她的肩上摇曳不定，顾盼生辉。

晓菲长发披肩，烫成乱妆，在晚风中青丝飞舞，为她增添几分成熟韵味。

相比之下，千姿仅是一件白T恤、一条牛仔裤，素着一张脸，连点唇色都没有，人清瘦得可以，自然没有什么光彩。

晓菲热情地抱住她，又拉她去见潦潦阿姨，把她们专门安排在贵宾室。总之，玉色蝴蝶一般地飞上飞下。

泓菲阿姨也坐下来，三个人几乎同时想到方佩，一时都不知道说什么好。

渐渐地，三个人才聊些闲话。晓菲差人送来了参茶、果盘和冰激凌。

又坐了好一会儿，千姿起身告辞。晓菲见劝她不住，便把她拉到一间会客室，关上门，面有难色地说：“千姿，我想求你一点事。”千姿平静地望着她：“你说吧……”晓菲道：“前两天，我到老枪的工作室探班，无意中听到了他为你写的一组新歌，极棒。你知道我下个月要进京参加中央电视台的中国风云音乐流行榜的晚会，你能不能把这组歌让给我？”千姿不加思索道：“那是没有可能的。”晓菲急道：“我不会叫你吃亏的，这组歌我出二十万，你再找其他的歌，包装和宣传也不会那么寒酸了。”千姿道：“我已经说过不可能。”晓菲道：“或者你开一个价，五十万？”千姿道：“无论你出多少钱，我都不会卖这组歌。”说完欲拉门离开。

晓菲突然冲上去用后背抵住门：“或者你只让我一首《孤独令我如此美丽》，就这一首歌我给你二十万。因为这个晚会强手如林，没有好歌根本就没有竞争力。”千姿竭力抑制自己的情绪，不愿高声争吵，仍淡淡道：“你应该懂得，钱不一定能买到所有的东西。”晓菲恨道：“什么样的歌值二十万？千姿，你这是要报复我，告诉你，至少擂台赛时害你的不是我！不是我！是你们新人组的人。”

千姿道：“这些已经不重要了，重要的是我希望自己的这个专辑顺利问世。”晓菲道：“如果老枪改变主意呢？”千姿心安道：“他不会的，如果他是这种人，你就不会来找我了。晓菲，谢谢你的邀请，祝你生日快乐。”说完，她头也不回地离去了。

数天之后的一个晚上，千姿和简松通电话，简松现在在一家机械进出口公司做职员。两人聊了一会儿，简松说：“文艺小报上说乔晓菲要花五十万买你的一组新歌你不同意，她也太造新闻了。”千姿没好气道：“有这事。”那头一下就没了声音，千姿一心希望反应过来的简松会说，我明白你的意思。没想到隔了一会儿，简松痛心疾首地大喊：“那你干吗不卖？你知道五十万意味着……”不等他说完，千姿嘭的一声挂了电话，万分沮丧地跌坐在沙发上。

电话铃一声一声鸣叫着，她就是不接。

千姿的专辑问世之后，销量不错。在一个月光明媚的晚上，有人听到，这盘磁带在方佩睡过的房间里，响了一夜。

选自《大家》1995 年第 2 期

成珠楼记忆

张梅

作者介绍

张梅（1958— ），生于广州。一级作家。曾任《广州文艺》杂志主编、广州市文学创作研究所所长、广州文学艺术创作研究院院长、广东省作协副主席、广州市作协副主席等。著有《张梅自选集》《女人、游戏、下午茶》《酒后的爱情观》《破碎的激情》《游戏太太团》《暗香浮动》《口水》《夜色依然旧》《我所依恋的广州》，电影、电视剧剧本《周渔的火车》《大江沉重》《非常公民》等。

张梅小说除了有敏锐捕捉人物心理情绪的能力，还有叙述人的个性的能力。她不仅不全知全能，而且有些可疑。她是土生土长的广州作家，广州的氛围、空气渗透在她的小说中。她写到了鸡仔饼、汤粉、盘福新街、广卫路，还有河涌、花市、骑楼。她的笔循着她对广州的记忆和感情，织出另一片天地。自我和他人，先锋和本土化，如何统一起来？在《成珠楼记忆》和《老城纪事》中我们可以得到答案。（陈淑梅：《张梅：冷静又有些情绪化》）

• 一

那天早晨，珠珠原是答应了父亲去河南成珠楼买鸡仔饼的。早上起来的时候，天气好得很。是南方夏天的早晨，一早太阳就出来了，珠珠住的这个院子，是解放后才建起来的，全是三层楼的房子，院头院尾都有一棵巨大的榕树，一棵在东边，一棵在西边。透过东边榕树的空隙，可以看到斑斓的彩霞，颜色很像珠珠在小莹母亲的梳妆台上见到的胭脂粉。小莹的父亲是个工程师，而且是解放前留下来的旧工程师；她母亲是幼儿园的老师，经常穿着素色的旗袍在院子里走动。其实院子里住的并不都是旧知识分子，像珠珠的父母，都是南下的工农干部，自然就对小莹母亲的旗袍不大感冒，只是这种不满只是一种态度，从来也没有说出来。

从盘福新街到河南成珠楼买鸡仔饼要走比较远的路。成珠楼在河南南华西街，盘福新街在河北的越秀山北门的脚下。所谓河南河北，其实就是以珠江为界，江南为河南，江北为河北。从前的人迷信，认为河之北是阳宅，河之南是阴宅，因此做生意的当官的都愿意住在河北。有一句话是这样说的："宁要河北一张床，不要河南一间房。"这样，住在河南的人好像都比河北的人穷，河南的布局也要比河北简单、萧条。但南华西街例外，这条街和珠江隔着一条滨江路，街上店铺林立，解放前还有几处有钱人的大宅，亭台楼阁，古色古香，只是解放后都给拆掉了。

从河北到河南的公共汽车并不多，珠珠只知道有一辆14号公共汽车，在靠近北京路旁边的广卫路上。而从盘福新街到广卫路，没有公共汽车，走路要走30分钟。

珠珠可以这样走。从盘福新街的后门出去，经过周家巷，或西华二巷，就到了解放北路。这是一条很热闹的大马路，南北向，南至珠江边的海珠广场，北至越秀山的正门。平时珠珠上学也是这样走的。她有一个女同学住在周家巷的巷口，也姓周，但当时她怎么也没有把这位姓周的女同学和周家巷联系在一起。她是去过周姓的同学家里的，独门独院，里面有一个小小的庭院，但给她的印象却是有些黑暗，还很潮湿。

从周家巷走出解放路的口子上有一间面铺，铺面不大，但汤粉做得很好。珠珠每天的早餐都是在那里吃的。父亲给她的早餐钱可以吃一碗肉粉，但她时常只吃一碗斋粉，省下的钱用来租小人书看。

从解放北路的路口向左，过了马路再直走，这时会经过一间粮店，整个盘福新街的人都在那里买米，珠珠也经常和姐姐拿了米袋到这个粮店买米。因为怕丢了粮本，粮本就放在米袋里。粮本拿出来时上面铺了一层厚厚的白色的米粉。卖米的人拿到粮本时都要用手去拍一拍。

走这条路珠珠感到很亲切。干干净净的空气里充满了她熟悉的气味。白兰花的气味，粮店的气味，青石板的气味，还有猪皮的气味。铺着青石板的周家巷里有一家人专做猪浮皮——把新鲜的猪皮刮干净了晾在绳子上晒。

过了粮店再向右转，过了马路就到连新路了。连新路是一条所有广州人都喜欢的路。路的两旁种了高大的凤尾树。凤尾树一年四季都会开一种艳红的花朵，常常是红色的花瓣铺满一地。而花瓣可以捡起来放入嘴里吹，再用手一拍，发出好听的声音。

连新路头上有一个中央公园，里面古木参天，十分幽静。路头的右边还有一家电影院，叫新星电影院。珠珠和小朋友们也常到那里看电影。

经过了中央公园，就可以看见14号公共汽车站了。

珠珠当时不明白父亲为什么要她去这么遥远的成珠楼买鸡仔饼。在她的印象中，鸡仔饼是她喜欢吃的零嘴。每次家里买来了鸡仔饼，父亲也只是拿一块放到嘴里咬咬，然后跟她眨眨眼。而且并不是只有成珠楼有鸡仔饼卖，好多地方都有，只要卖点心的地方都有。她是问了父亲的，可不可以不买成珠楼的鸡仔饼。但父亲不同意，他说他现在只想吃成珠楼的鸡仔饼。

父亲和她说话时的口气非常和蔼，充满了父爱。好像不是让她去这么远的地方买一种零嘴，而是问她要什么新年礼物。当时珠珠的心充满了温暖。她想起了她要经过的那些特征，猪皮店、粮店、面铺、公园、同学的家，还有凤尾树、电影院，心里也充满了温暖。于是她就答应了。

珠珠在一个满天霞光的夏日的早晨从河北的家出发到河南的成珠楼替她父亲买鸡仔饼。她确实是已经出发了。经过了周家巷、解放路、迮新路，经过了猪皮店、粮店、凤尾树、电影院、同学的家，她甚至仿佛已经坐上了14号公共汽车。这辆公共汽车开往河南，其中有一个站就停靠在著名的成珠楼前。

但珠珠并没有坐上那部开往成珠楼的公共汽车。她在路上给一只猫耽误了。一只黑猫。她当时已经远远地看到了14号车站，还看到了排队坐车的人并不是很多，而平时这趟车总是很挤的。

黑猫就蹲在中央公园门口的左边的狮子旁。狮子很大，黑猫很小。但因为黑猫是活的，而且一双绿眼睛滴滴滴地转，很有杀气。看上去那只庞大的狮子就像是黑猫的仆人。珠珠的母亲爱猫，家里平时也养一两只猫。但都是土猫，灰不溜秋的那种。珠珠看到小华家的一只波斯猫实在是漂亮，眼馋了很久。但母亲不许。说爱猫不能挑猫，就像爱一个人一样，要连毛病都爱。道理归道理，但珠珠还是喜欢那些漂亮的猫。她家那只麻猫，冬天冷的时候卷在炉子旁边，闹得一身都是灰．珠珠好几次都差点把它当作煤球送到了炉子里。

珠珠紧走两步，在黑猫面前蹲下，和黑猫眼对眼地互相注视着。黑猫使珠珠大为赞叹。黑油油的毛闪闪发亮，因为鼻子有些发皱，所以看上去好像有些不满意，绿宝石一样的眼睛稍微有些忧郁地看着珠珠。这只应该不是野猫，没有一点受过苦的样子。身体圆圆的，而且很干净，身上发出香皂的气味，散发在早晨的空气里。

当时珠珠就把鸡仔饼完全忘了。她一心一意就想把这只黑猫带回家。她伸手去摸一下黑猫，黑猫没有躲避。珠珠高兴起来，就把黑猫抱进怀里。

珠珠抱着黑猫走在路上的时候，快乐得就像长了翅膀的天使。她从原路返回，在粮店门口见到了住在 17 号的卢姨，还打了招呼，卢姨看了一下她怀里的猫，当时黑猫在珠珠的怀里发出好听的呼噜声。卢姨说："黑猫？"接着卢姨自恋地说："我有一只胸针，就是一只黑猫。"在解放北路的菜场门口见到了同学冯令沂，他和另外一个叫储小雷的男同学正在菜场门口犹豫不决。珠珠充满自豪地把怀里的猫给他们看，冯令沂看了黑猫有点惊奇，他说："黑猫？"还伸手摸了一下猫头，但储小雷就很厌恶地扭过头去。

有必要说一下盘福新街的结构。盘福新街最早的时候叫高级知识分子宿舍，和建于人民北路的湖边新村一起，是当时的市政府建造给知识分子居住的示范性宿舍。最早的两幢房子建于 1958 年，楼层三层，每一幢有四个门，每一个门两个门牌，一个门牌三户人家，珠珠住的是最早建的一幢，19 号楼下。那时的人喜欢住楼下，因为有前后院，而且出入也方便。珠珠的母亲虽然是上海人，但到了广州后就向广州人民学习，爱上了花花草草。她最爱米兰，在生下珠珠的那年，也就是刚搬进大院的那年，就在门口种了一棵米兰树，米兰树的旁边有一棵木瓜树，在米兰树下还种了一棵攀藤的淮山，珠珠家平日汤里的淮山就是自己种的。后院种了鸡蛋花树，鸡蛋花是典型的亚热带植物，因为花瓣里黄外白，像鸡蛋的颜色，所以叫鸡蛋花，开出的花朵清香，而且能泡茶。后院还种了桑树，结出的紫色的桑葚子能吃。

随后盘福新街又添了三幢房子，两幢建在大院的中间，一幢是打横建在马路边上。这样，盘福新街就有了五幢房子，最后建的那幢是四层的。在盘福新街的东边，有汪精卫的一幢别墅，很大的一幢房子，现在起码住了有20户人家。汪精卫是广州番禺人。但那幢房子和盘福新街有围墙隔着，两边的小孩子也很少在一起玩。汪精卫的别墅旁边，是市委的幼儿园，是全托的，每到周末的下午，都有很多大人用自行车带着孩子在珠珠的家门前走过。

盘福新街的北边，是市人委宿舍，住着副市长。珠珠的一些同学也在里面住着。她的一个女同学家里有四姐妹，分别叫长娃、方娃、圆娃、扁娃，扁娃是她的同学，还和她同过桌。南面是计委的宿舍，西面就是马路了。在马路的正对面，是盘福路小学．收的都是住在这一带的子女，珠珠前面的四个哥哥姐姐都在里面念书。盘福路小学的北边是陆军医院的宿舍，陆军医院是国民党时期的称呼，解放后叫“总医院”，是广州军区的医院。盘福路的北头，就是越秀山的南门，沿着南门往上走，就可以看到广州城的标志——用石头雕成的五羊和五层楼，五层楼原来叫镇海楼。

珠珠抱着黑猫继续往回走。她这时是把鸡仔饼彻底忘记了。其实是有几个机会令她想起今天早晨的任务的。比如她走过一间点心店，比如她闻到了鸡仔饼的香味，她甚至还看见有小孩嘴里咬着鸡仔饼。但她完全被怀中的黑猫所迷惑了。如果她记起来了，再重新去买鸡仔饼，她就不会看到对她影响终身的那骇人的一幕。

珠珠回来的时候，没有走周家巷，而是走了周家巷旁边的一条巷子，那条巷子叫西华二巷，地上铺的也是青石板，比周家巷要窄一点，两边都是旧时留下来的房子，独门独院的不少，阳台和窗沿上都摆着花花草草。穿过西华二巷，走到院子的后门，珠珠就听见小朋友妹头的歌声。妹头很爱唱歌，而且声音嘹亮，一唱整个院子都听得见。院子里住的劳动局陈局长是当年的红军，在陕北待过很长一段时间，特别爱听陕北民歌，所以也特别爱听妹头唱歌，为此他的女儿燕红还跟妹头做了好朋友，燕红还偷偷把他父亲珍藏的梅里美的小说《嘉尔曼》送给了妹头，使妹头从小热爱梅里美，终生受影响，长大后成了一个作家。

珠珠听着妹头的歌声继续往前走。平时她喜欢把脚踩在花圃边上用砖头砌出来的像狗牙一样的围边走，但现在因为怀里有只黑猫，她就只好老老实实地走在路上。整个盘福新街是这样的安静，所有的树都开着花：紫荆、米兰、鸡蛋花、夹竹桃，还有在篱笆上爬着的金银花、喇叭花，空气中飘散着混合的花香，花香又混合着妹头的歌声，这个情景，后来屡屡出现在珠珠的梦中。

快走到家门口的时候，妹头突然不唱了。那首歌她才唱了一半。院子一下就沉静下来。太安静了，连风声也没有。于是，当珠珠推开门看到满地的鲜血时发出来的尖叫就像警报一样划破了盘福新街的上空。

珠珠的父亲死于割脉。

• 二

这天早晨，珠珠原是答应了女儿去河南的成珠楼买鸡仔饼的。女儿对她说："妈妈，我要吃成珠楼的鸡仔饼。"

这时候是冬天。早晨起来天是灰蒙蒙的。云压得很低。珠珠现在住的房子，是用房产开发商发的每个月4000块钱的拆迁费租的。珠珠在河南的江南西路租了一套三室一厅的房子，2500块钱一个月。

江南西路在江南大道的旁边，从前是一片菜田。珠珠小的时候从来没到过这里。而现在却成为河南最旺的一条路，地价也算是最贵的。从江南西路的后面，叫西基东的地方，开出了一条大道，和原来的宝岗大道相连接，北可以到南华西街的海幢公园，南至昌岗路，广州美术学院就在昌岗路上。昌岗路上有一幢当年由农民自己集资建起来的江南大酒店，情调甚好，二楼的咖啡厅的落地窗上悬挂着珠珠喜欢的竹帘。现在已经转卖给一家私人集团，最近永安百货也在昌岗路上建起了百货公司，底层是著名的超市“好又多”。

从珠珠现在住的地方到成珠酒楼，坐出租车 10 分钟就到了。中间经过好几个新开发的楼盘，还开了一家吃客家菜的饭馆，叫“客家王”，旺得不得了，分店都开了五六家。

珠珠从没买过鸡仔饼给孩子吃，“鸡仔饼”这个名字，自从那可怕的一天后，她就从来没有提起过。就连成珠楼，她也不会再去的。成珠楼什么样子，她也从不关心。因为城市改造，广州有许多著名的酒家都搬离了原来的地方，原来她以为成珠楼早就搬了，但听女儿一说，它还是在那里。

珠珠是三年前搬到江南西路的。因为盘福新街被开发商看中，要拆了重新做楼盘。前天她特意去看，看到盘福新街已经夷成了平地，从前的痕迹一点也看不到了，就剩下院头院尾那两棵榕树还屹立在那里，但却是孤零零的。珠珠想起小时候和小朋友们玩捉迷藏，她经常和妹头三两下就爬到树上。前几天见过妹头，已经开始发胖了，自己也是胖得没有人样。她站在树下面，想起从前那个小小快乐的人儿，眼睛竟有点红。

她特意穿过夷为平地的院子，重新走周家巷。只是从前的光景再也没有了，两边的小巷很多都拆了，建起了难看的高楼。做猪皮的那户人家早就不见了，或者不做猪皮了。巷口的面铺也变成了卖首饰的。盘福路两旁那些遮天蔽日的榕树，也给砍得七零八落。总之她再也不想看到这条路了。回到家里，她有些发呆。晚上还做了梦，梦到在后院挖到了一只翡翠玉船。那些开发商，不知怎么就看中这个院子了，旁边的市人委宿舍和计委的宿舍，还好好地在那里。

珠珠问女儿，怎么会想到要吃鸡仔饼。说话的时候，人就开始有点恍惚。女儿说："同学们都吃呀。"她不能告诉女儿关于系在鸡仔饼上面的惨痛。当然不能。人死不能复生，何况父亲是决意要死的，只是不想让女儿看到自己可怕的一幕。后来她问过妹头，怎么那天歌唱到一半就不唱了。但妹头实在想不起当时在做什么。妹头说，其实我经常都是唱歌唱一半的。很奇怪，长大以后，妹头却不会唱歌了。有一次盘福新街的小朋友聚会，把早就搬走的妹头叫回来，她一唱歌，把大家都吓了一跳，因为实在是太难听了。

自从搬离了盘福新街，珠珠就觉得自己浮在了半空，生活也变得无可无不可的。幸亏有女儿和她相依为命。但令她头痛的是，女儿自从搬来这里就经常性地迷路。这真让人感到奇怪。其实江南西路并不复杂。因为是新建的生活区，每条路都是笔直的，没什么七拐八拐的路。大路的两旁，开了许多家著名品牌的专卖店，还有饭店，叫“江南渔村”的，旺得不得了。珠珠告诉女儿，她们的家就在“江南渔村”的后面，很好认的。但女儿还是迷路。珠珠只好在自己的名片上写上家里的地址电话放进女儿的衣袋里。

为此她曾经想另租房子。现在租房子容易得很，广州人哪一个手上没有一两套房子的，你要租房子，简直就是一呼百应。但现在租的这家房子的房东很令她满意，原来是美术学院的教授，后来全家移民去美国，又是朋友介绍的，家具电器一应俱全，连墙上的装饰也没有撤下来，进来的时候，地上的木板擦得铮亮，还是长条的紫檀木，深色的，茶几下铺着厚厚的羊毛地毯。对于单身带了几年孩子的珠珠来说，这间房子真是令她喜笑颜开。而且房东也喜欢她。虽然没见过面，但通了几次电话，这么巧，教授的太太小时候是住湖边新村的，几个同学都在盘福新街住。于是越说越亲密。珠珠告诉她湖边新村也拆了，建了广东画院。她说她已经知道了，说太可惜了。珠珠有个同学，是岭南画派方人定的孙女，住在湖边新村，后来嫁到了美国。珠珠说如果见了她，请代向她问好。教授太太说她的同学是画家陈洞庭的儿子，住盘福新街，要是见了他，也问他好。珠珠说我们小时候都不和男生说话的，陈家又很快就搬走了，我现在连他的样子也记不得。电话那边就笑，说那时她们也是不理男生的。

你说这么一套房子，这样的关系，珠珠怎么舍得搬走。她只好期望女儿能快点正常起来。她甚至画了一张自己住家的地理图，让女儿带在身上。

早晨的时候，珠珠站在楼梯口，准备去成珠楼替女儿买鸡仔饼。她一再问自己是否准备好了。毕竟已经过了30年，再惨痛的记忆，也给时间冲淡了吧。

但珠珠感觉到自己的手在发抖。她真的不能鼓起勇气面对这件事。她重新走上楼梯。这时间她感到很疲倦，感到万念俱灰。她仿佛重新回到30年前的那个早晨，盘福新街里所有的树都开着花：米兰、鸡蛋花、紫荆、夹竹桃，还有在篱笆上爬着的金银花和喇叭花。空气里混合着花的香气，花香里混合着妹头的歌声。而突然，一切戛然而止。不！珠珠撕心裂肺地喊了一声。

有很多人听到了珠珠的喊叫。因为有不少窗户探出了脑袋。就在前一天，大街上有个行人被人抢了挂在脖子上的金项链，她也是这样撕心裂肺地喊叫过。当时那个歹徒给她的声音吓住了，就把抢到了手的金项链扔到了地上。因此听到珠珠喊叫的人十之八九认为不过是那天的事件重演。他们很放心地看看自己的楼下，看看防盗门有没有被撬开。当看到防盗门还锁得好好的就放心地把脑袋缩回去了。

有一种说法，说那个歹徒被女人的喊叫吓破了胆，从江南西路一直失魂落魄地步行到三里远的中山大学的校园里，投湖自尽了。这样，女人虽然用喊叫保住了自己脖子上的金项链，但她却使一个人丢了性命。

当然这一切都与珠珠无关。在喊叫了之后，珠珠反而有一点神清气定了。30年的郁闷，随着这一声惨痛的喊叫化成一股青烟缕缕散去，珠珠甚至看得见那些化作青烟的郁闷在离开她的身体时依依不舍地对她招手，还做着鬼脸。

珠珠重新走下楼梯。打开防盗铁门，听见身后的铁门的咣当一声，然后走到大街上，扬手叫了出租车，上了车，并对司机说："到成珠楼。"

• 三

真是巧了，在成珠楼临街的铺面卖鸡仔饼的是燕红。

隔着很远珠珠就认出燕红来。从远处看，燕红发胖得比所有盘福新街的小朋友都要厉害。和小时候一样，还是那副不修边幅大大咧咧的样子。她穿着一件蓝布的外套，戴着一副深度的近视眼镜。这副眼镜，在她小时候已经是挂在脸上的了。她托着下巴，好像在打盹。

看到打盹的燕红，珠珠有些淡淡的哀伤。她心里有一个冲动，就是马上坐到燕红旁边，和她一起支着下巴打盹。珠珠父母双亡以后，她经常到燕红家过夜。燕红的母亲替她在燕红的房间支起一张小床，她现在还记得燕红身上穿的一件格子睡衣。有很长的一段时间，燕红天天晚上坐在桌子前抄写小说《牛虻》。她从小就向往长大后能当英雄。

“燕红，”珠珠隔着马路喊，“燕红。”但不管她叫的声音有多大多响亮，燕红还是听不见，还是支着下巴打盹。珠珠感觉到有些冷。冬天寒冷的空气在她面前漫起灰色的一片，好像支起了一堵玻璃幕墙。在玻璃幕墙这边，她是寒冷的，在玻璃幕墙的那边，燕红和成珠楼浑然一体，燕红仿佛已经成为成珠楼的一个固定的摆设，是不可分割的。

隔着马路，珠珠仔细看着这幢她30年前就应该看到的楼房，结果还是令她感到满意。成珠楼的外墙用了青砖，沿着一楼的骑楼挂了一排的红灯笼。但二、三楼用了茶色玻璃使得这座历史悠久的茶楼变得土气。但幸好没有把骑楼拆掉。珠珠注意到成珠楼旁边的建筑物都已经把骑楼拆了。

早晨的成珠楼很安静，它所在的南华路也很安静。一些食客从热气腾腾的茶楼上走下来，手里拿着一袋袋的鸡仔饼。珠珠心里还有些惆怅，于是决定不先过去买鸡仔饼，而是在附近走走。她好像从来没有在这一带走过。

珠珠先走到成珠楼左边的漱珠桥。桥头上有两块竖起来的青石板，在青石板旁边有一个小小的花圃，上面题着四个字“漱珠点翠”。珠珠看看桥底，只是已经没有水了，两边成了一条弯弯曲曲的小巷，巷里种了很多花草，珠珠还看到两棵芭蕉，很有情趣的小巷。“漱珠”这个名字有典故的，说是从前这条河的两旁住的都是大户人家，因为那时的水很清，经常会有大户人家在夜晚拿出些珍珠宝贝到小河里洗。

在珠珠看漱珠桥的时候，有一个老伯一直在旁边看着她，还有意地往她身边靠。珠珠只好快步离开。

在成珠楼的右边，是有名的海幢公园。海幢公园前身为海幢寺，南汉（公元917—971）时称“千秋寺”，已毁。后历代毁而复建，到清康熙年间成为广州最大的佛寺。由于历代变迁，逐渐缩小，1929年辟为公园，至今仍为广东四大名寺、佛家圣地。

珠珠在小的时候，就听过父亲讲过海幢寺的钟声。所以她就买了一张海幢寺的门票。在她买门票的时候，两个看门的妇女正在跳绳。珠珠还想买一份关于海幢寺的简介，但没有。

珠珠有生以来第一次独自逛公园。她先看了有400年的斜叶榕和有300年的菩提榕，还看了那块著名的太湖石“猛虎回头”。这块石头肯定以前也是这附近的哪一家大户人家花园里的镇山石，解放后就被搬到了公园里，或许说不定就是南海十三郎的。但也不一定。因为海幢寺是名寺，有一两块名石也不足为奇。

公园的两旁，全是乱哄哄的住宅，一代名寺，就在这七零八落的普通民房中夹缝求生。珠珠听说燕红租的房子就是在海幢公园的旁边，还听别人说她一再抱怨说每天海幢寺的和尚的早修扰了她的清梦。没想到她自己就在成珠楼做了一个贩夫走卒。

珠珠往那些乱哄哄的民房看了看，却没法看出哪一间是燕红住的。在“猛虎回头”后面，两个穿着白布褂戴着白口罩的人在摆着一张“义诊”的桌子，一个老头在寒冷的早晨正把裤子脱下来好让医生替他打针。不远处，分别有两群中年妇女一边放着《茉莉花》的音乐一边在跳健身舞。珠珠面无表情地看了她们一会儿，就索然无味地走了。

珠珠再回头到成珠楼买鸡仔饼的时候，却不见了燕红。支着下巴打盹的燕红像一个幻觉在一瞬间就消失了。代替她的是一个年轻的讲着纯正广州话的女孩子。珠珠边买鸡仔饼边向她打听燕红，但她却摇头说没有这个人。

珠珠买了两袋鸡仔饼。一袋小的 9 块钱，一袋大的 18 块钱。大的给女儿吃，小的自己边走边吃。

珠珠吃了两块鸡仔饼，并没有觉得有什么好吃。她回忆了一下，觉得小时候吃的鸡仔饼没有炸得这么脆，油也没有这么重。

珠珠打了一个电话给女儿，告诉她鸡仔饼买到了，正宗是成珠楼的。女儿还躺在床上，她说刚刚有个阿姨来过电话，并留下了名字。她说自己叫燕红。

选自《张梅自选集》，花城出版社，2009年版

西关小姐
（节选）

梁凤莲

作者介绍

梁凤莲（1963— ），广州市社科院研究员、一级作家、多伦多大学访问学者。代表作有《城市的拼图》《百年城变》《文化的原乡》等；长篇系列小说《羊城烟雨》《西关小姐》《东山大少》和散文集《广州散韵》《应愿之地》等。

从梁凤莲以《西关小姐》为其书命名，可知她强烈的为广州西关文化立传的意图。梁凤莲用散文诗般优美的笔触向我们讲述了女主人公若荷生死缠绵的爱情故事、勤勉踏实而又勇于创新的守业创业故事。西关小姐那种积极进取、勇于开拓的精神为她丰富美好的青春画下了完美的句号。若荷凭着那股西关小姐特有的冲劲和独立自主意识，继承了父亲的绸缎庄，后来还因时制宜地开了“风荷甜品茶居”，成就了自己的事业和家庭。（蒋艳萍：《论广州本土文学创作的文化价值——以梁凤莲作品为例》）

第五章

无可奈何的命运，无法改写的人生。

黑暗与光明更替的前夜，动荡的世纪之初，新生的力量与腐朽的势力对峙着，时世的变迁，并没有给西关小姐的爱情带来祝福。

真爱就是深创剧痛，真爱就是在无以复加的痛楚中修行。内心的狂澜过后，记忆像碎裂的玻璃，不经意就切割着心神，这就是若荷不能诉说亦无法诉说的内伤。

经历过爱情煎熬的若荷，在挣扎中走出了命运的阴影，一边疗救着心灵之伤，一边在坚忍中重觅生存之道。

（一）

阳光穿过云层，和煦地洒落在清静庵后座小小的庭院里，通向菜畦小径河涌莲塘的偏门半掩着，秋姐刚刚离去。若荷陷落在铺着垫子的靠椅上，膝盖上盖着一张小毯子，乍一看，样相有点不复从前了，不再是带露含羞的娇嫩状，而是显出了一些抑郁的成熟，梨花带雨似的，虽有点不堪承受，毕竟洗去了一些尘俗。若荷的目光有点飘忽，像偏门前那棵老榕树筛落下来蹿跳的光斑，在阳光的背影下，茫然地弹动着，不知归宿在哪。

三个月过去了，若荷的身体还没有完全地恢复过来。

过去总是那么顽固地盘踞在每一条神经里，她用时间之水，还有静安师傅的经书，一天天地淘洗着，希望能把过去的留痕和着色洗淡一些，再洗淡一些。

一个人，一些事，一种感情，竟然像是渗透了空气里似的，每天睡去或者醒来，总是还得呼吸着，这是怎样让人无可奈何的命运。若荷有点痛恨自己，为什么愈要忘记痛苦，却愈是这般清醒。

她一天天把这些痛苦在阳光下摊晒着，她希望把那些霉气和阴影拂去，重新拼凑出一个完整的自己。

她总是不明白，她和刘可风，本来是两个世界的人，只是那个人，为什么偶然地掉进了她的世界？不堪的不是往事，而是岁月后的自己。

她才多大，若荷问自己，却为什么要猝不及防地把作为一个女人的幸福和苦痛，都一下子提前透支了？然后无所依傍地落在那空蒙无着里，她实在不知道，将有什么在前面等着她。

若荷终于是可以坐在阳光下，眯缝着眼睛，那些曾经的过往，梦一般地迷离，她在时间的这一头打量着那一头，依然能感受到那种战栗。

若荷觉得自己像是重蹈着鲍斯基的命运，只是她还多了一重罪罚的负担，她的身体孕育着一个不该来到世上的生命，这个小生命还没诞生，就已经被重重可怕的障碍围剿着，也许面临着没有父亲的羞辱，面临着阴暗的环境，面临着世俗的飞短流长，面临着自尊的脖子不得不屈辱地低下。

鲍斯基在信中给她传输着力量，生命是没有高低贵贱的，她若荷不能怠慢了造物以爱的名义把一个新的生命奖赏给她的恩赐，他愿意以上帝的名义帮她把这个孩子带大。

刘可风不再露面了，他像出现的时候那样突然，又一下子突然就消失了，令若荷来不及把内心的伤痛发作出来，她得把残余的信心和力量，用来呵护腹中的胎儿。

然而，她还是不能面对那个和她相关的人的相关的信息。

秋姐看着若荷的眼神，眼泪像是要流出来似的，秋姐是不能理解，这么好的若荷小姐，为什么要遭受这种不公平的境遇，上天还有公理吗？她结巴着说话，但是，她不能让她从小看着长大的小姐蒙在鼓里，这时候她真的是为自己的小姐感到不平和心痛了。“刘少爷月前已结婚了，我的一个姐妹在东山刘公馆隔邻的一户人家打工，说是刘少爷迎娶总督府的小姐时，排场还挺铺张的。小姐，小姐，你怎么啦，我不该告诉你的，可是我憋不住，你别吓我，你醒醒。快来人啊。”

若荷跌坐在椅子上，她觉得自己正在慢慢地往不可测的深渊里滑落，她心存侥幸的一丝希望轻易就给几句话碰断了。她以为刘可风还不会是无情无义的，他至少会把难言之隐告诉她，或者给她带来一个超乎她的想象之外的一个结局，而不是在消息的传播中让她遭受打击。脆弱的期待全部坍塌了，若荷感到眼前一黑。她早产了。

李和斌和慰南两天来悬着的心一直是放不回原位，看着女儿早产时所遭受的活罪，慰南眼睛都哭肿了，她不知道是什么现世报应，要在女儿身上肆虐。两人在清静庵后座的静室里，屏息听着若荷痛彻心扉的呼叫，在这偏远的屋外打着滚，和春夏的潮湿纠缠着，分明就有了寒意。

两夫妇更看到让人震惊的刘可风。当梁医馆的千金梁医生和护理正在手忙脚乱地一人忙着对付昏厥过去的若荷，一人忙着给那早产的婴儿吸痰啼哭，屋里一下子涌进了一大帮人。那脱了人形、被两个壮硕的家丁架着走路、胡子拉碴的就是刘可风。他的双腿打着摆，用死人一样的目光看着还没有完全苏醒过来的若荷，有什么东西在他的眼神里熄灭了。

还没等大家回过神来，一个手脚麻利的肥妗姐，三两下把哭声微弱的小婴用棉衾裹起来，由两个高大的女佣簇拥着，风一般地刮走了。刘可风目光呆呆地看着李和斌两夫妇，一句话也没说，两个家丁一使劲，刘可风一伙人悄无声息就消失了。

慰南被惊吓得在门边伸着手，抖动着嘴唇，喉咙里丝丝响着，就是发不出声音。屋子里一时安静得吓人，那个助产护理张着两只血手呆愣在那里，只有梁医生还在给若荷擦汗打针地忙着，边指挥着一屋子手足无措的人帮忙把若荷抬到一个干净的床铺上。

若荷发起了高烧，等到她情况好转的时候，一个多星期已经过去了。若荷恍然觉得自己不知是从哪里爬回来的，一场让人记不清细节的沉缓的梦魇，醒过来的时候，若荷感到了不对劲，屋里的安静缺少了一种什么东西，为什么没有婴儿的啼哭？她没有力气哭喊出来，也没有人告诉她真相。只有静安师傅，一看她眼睛张开了，就坐在她跟前，陪着她说话。说着出家前的前尘旧事，说出家后的来世今生，那清甜而温润的声音，一天天，一遍遍地抚慰着若荷的躁动和焦虑，泉流石上般地让若荷的内心与感受重新滋润起来。

静安师傅拂去若荷眼角里的泪滴："你不能放弃自己，重新开始过一种新的生活吧，你只有相信自己，才会真正地振作起来。信奉就是去除尘世中的邪恶，因为日子的往前流动，并不会容忍最初的美好。眼前的美好才是你所要把握的。"

（二）

尘世的经历，不仅给人的外貌留下痕迹，更给人的内心留下痕迹。重新回到逢源上街的若荷，重新坐在和顺绸缎庄柜台前的若荷，不仅让街坊们有些诧异，也让主顾们有些猜疑，少女的天真无邪已经从她的眼神和动静里褪去，取而代之的是另一种的沉稳和坚忍。正是这种状态，使很多流言蜚语无趣而退，也使很多主顾对若荷的信誉和手工增加了信任，她总是全力以赴地让主顾的心愿与想法得到兑现，她的沉静与有条不紊，她的宽厚与善良，常常让人觉出她是用率真和敬畏的本性，把自身所受的伤痛过滤出悲悯。

若荷给客人量体裁衣，已经承继了父亲的绝活，而且更独有一种女性的春风拂面，细致而体贴，从衣领到衣袖，从腰身到下摆，她帮助客人选择的不仅是合适，而且还有得体。现在和顺绸缎庄有少东家主理，名声与先前相比，又多了几分的温馨与香软，名门淑女更是趋之若鹜。

广州在时局的动荡中还能偷得一隅的安闲，表面的歌舞升平却暗涌着时势的风云。满街飞跑的报童，总在传递着京城及周边城市一些变化快捷的时局信息。

出乎若荷所料，周贻成了广州报馆的记者，他的灵活好动随机应变的聪明，得到了淋漓尽致的发挥。当他脖子上吊着个盒式相机，戴着个西式毡帽，兴冲冲来到和顺庄时，把个正端详着布料独自沉吟的若荷惊了一跳。

周贻的派头与风度已是十足。几年一晃而过，两表兄妹已各自长大成人，周贻自以为表妹若荷还是先前的乖乖女，不过是少女怀春，多了几分矜持和娇羞。他并不知道若荷确切的事情，几乎亲戚朋友都不知道若荷发生过什么事情，只隐约知道她生了一场重病，在一个安静的地方躲起来休养了很长一段时间。等到他们重新见面的时候，周贻以一个年青才俊的目光，以一双充满期待的青年男子的目光，来打量若荷的时候，他不无惊奇地发现，若荷不仅是完全长大了，不仅是出落得楚楚动人，而且她比他的另外的表妹倩瑶和倩蓓，身上还多了一些独特的、足以让人心旌摇曳的东西，那是一种梨花带雨般的忧郁，那是一种悲悯而又无助的娴静，正是这样一种东西，使若荷身上有着一种非同一般的气质，远超出于一般的青年女子，吸引着人，却又似乎一下子难以探究。

这一切，对于周贻来说，足以构成无法抗拒的吸引力，何况彼此又是一块启蒙开教青梅竹马一起长大的。

其时，白话文运动正在兴起，对传统文化挑战的潮汛刚刚涌动，周贻正热衷于用半文半白的语言与通讯报道，用白话文写新诗。他的心情和时局一样，都有着按捺不住的躁动，他有一腔热血，他有满腹情怀要表达，要祭奠，要宣泄。而若荷，则像是榕树的树荫下清爽的凉风，让他忘情和不知今夕何夕。

而若荷，看似走失了一段路，又回到几近同龄的表兄妹的体验上，领略青春生命的魅力。然而，这走失的一圈，却足以让若荷初尝尘世的悲凉了，心情不再，情怀已老，她已是用一种已阅沧桑的目光，看着周贻，恍惚的过去与隐约的将来让她心痛。她不知道自己是否因在如花似玉的年华已经被彻底剥夺了一种心情，是因她对情爱的渴望与追求不合传统的规范，是因她对爱情的义无反顾化倾身相许的决绝使她走上了不归路，在粗粝而又尖锐的现实面前，她已经被判决和流放了，与快乐和幸福无缘，与憧憬和守望无分，她以年少不更事的投入，换取的却是千疮百孔的惩罚。这是不能言说也无法倾诉的伤痛，像慢性病一般地一点点剜割着内心里的欢愉和平静，是不能为人知也无法为人知的，连父母也不例外，这种承担只能是她一个人孤独地走路时的重负，谁又能施以援手呢？若荷只能把无助的自己，偎贴着柔软而又沁凉的丝绸，去亲近这唯一的温慰与善解人意，所以她一天天痴迷地沉醉于与丝绸相伴的剪裁缝缀中。

所以，若荷与表哥周贻、与表姐倩瑶、倩蓓青春阳光、开敞乐观的心境已经隔着很遥远的距离，远得她似乎难以受着感染和影响了，她只能在同龄人光亮的阴影下，心事百结。

周贻仅以为若荷的身体不好才这样的落寞和寡合，却又对她那种说不出况味的忧郁，以及由此而来的雅致的伤感，有一种说不清道不明的痴迷，那种感觉，恍如在欣赏一阕阕宋词小令，暗合着青春的狂热和惆怅。他对这个小表妹滋生着一种情愫，他决意要把她带进火热的生活。

中国在面临着巨大的变动，面临着文化的迁改和国势的沉浮。

中国本来就是一座火山，沉睡千年、百年后，到了国运颓败的清朝末代，列强蚕食，内忧外患，国民在压力与焦虑中，苦闷彷徨，中国这座火山不得不喷发了。

这喷发的火山，首先得把阻碍着国人前行的枷锁和栅栏冲垮，让内外交困的挤压瓦解。1914 年，五四运动的前奏就是这样吹响的，反帝反封建的旗帜就是这样开始浮出水面的。

一切势在必行，一切如火如荼。

很多的游行，很多的集会与演讲，很多慷慨激昂的标语和传单，鼓荡起来的生活和对未来的憧憬，很多热血沸腾的爱国志士。没有什么可以阻挡这股洪流，也没有什么可以压制爱国之心乘风前行。

周贻作为一个报馆的记者，首当其冲地置身在时势的前沿，见证着时代火热的生活。

他忙得像陀螺一样。他是那样的精神焕发斗志昂扬。他发现自己有那么多的抱负，要奉献给这个时代，要奉献给他所钟爱的事业。是的，他渴望着成为一个优秀的社会活动家，一个出色的记者。是的，他不能坐视若荷作壁上观，他要去掉若荷身上闭塞的生活观，他需要喝彩，需要知音，这应和着他萌发起来的一些情绪。

周贻一有空就拉着若荷往街上跑。今天在西瓜园有一个集会演讲，他是其中的主讲人之一。

上午时分，那些来赶早市的小摊小贩正在散去，上班打工觅食谋生的人开始忙碌起来。陆陆续续，就有些学生模样、衙门模样的人聚集过来，闲散的市民亦三三两两地往这边凑热闹，周边也出现了几个巡警的身影。

周贻把若荷安置在一边，就忙前忙后地跟他的熟人或者社会关系打交道了。

若荷站在人群边上，周围有越来越嘈杂的声浪，她穿着一件月牙白的织锦褂袄，脸色有点苍白，弱柳扶风似的，她好像在周围越聚越密的人气中摇晃着，有两个戴着学生帽的人走过来，讨好地问要不要帮忙。她得体地微笑着谢绝了。

她看见了女子学堂的几个同学，她们分别相跟着一些男士，像参加什么盛会似的从跟前走过，急急忙忙的，来不及过多地寒暄。似曾相识的场景，越来越给着她压力。记忆不经意触碰了，那种痛楚顷刻就会汹涌而出。先前和刘可风参加黄花岗集会的一幕又恍如眼前。

冷汗渗出了若荷的额角，她觉得自己快要虚脱了。突然，一个飞跑过来的人，和一串玻璃珠碰撞似的脆响的笑声，停在了她的跟前。容光焕发的倩蓓，拉着一个同样神清气爽的小伙子，在忙不迭地向若荷打招呼。

"我哥的演讲到了，我们往前面去。"倩蓓一手拉着那个小伙子，一手拉着若荷，不由分说就往前走。

若荷的心急速地跳着，她的眼睛只留意到倩蓓和那小伙子紧紧握在一起的双手，这几乎是追求自由平等解放开化进步的象征，在今天，在这样的日子，他们是有足够的勇气与理由，宣示他们的追求和爱。可是，一年多前，一年多前的若荷与刘可风，却为这种几近相同的追求，为了爱的理由，却被无情的现实击溃得七零八落，而且，她似乎还得付出一生作为代价。为什么，阴差阳错，时间和时势不仅不来成全她，相反却要来剥夺她。若荷一个趔趄跪倒在地，一块突出地面的小石子磕在小腿胫骨上，即时青紫一块。

不是因为这，而是因为心堵得刺痛，若荷的眼泪一下子就流了下来。

倩蓓有点焦急："你没事吧，哟，还磕得不轻呢。不想歇，那好，听完我哥演讲就回去。来，我们一边一个搀着你。"

这是一个声讨袁世凯称帝、外国列强势力猖獗的一次集会。其时，孙中山在日本筹备成立中华革命党，国内同仁随即回应，倒袁反袁声浪一阵高于一阵，不少报章回应着，《民国》杂志、《大光报》、《香江报》都追踪报道，舆论攻势十分强劲，声援的声势甚是浩大。也正因这样，东南亚的一些报刊遭到了关闭，如仰光的《觉民日报》、槟榔屿的《光华日报》、新加坡的《南侨日报》等。当局的压制与民情的激昂形成了强烈的对峙。

周贻在前面的土台子上激情四溅地宣讲着，有若荷在下面当听众，他充满了表现欲和表达欲，他似乎是太在意得到来自若荷的赞美、喝彩或者仰慕了。以他现时在社会各界政要以及要紧部门出入的角色，以他年少气盛锋芒毕现的位置，不乏名门淑女或是新女性的暗送秋波，使他常有一种志得意满的飘然感。一个青年才俊能从自我、从他人的态度上领略到自身的出类拔萃，免不了会恃才傲物的。而令周贻百思不解的是，在若荷跟前，他的优越与优势好像变得七零八落。若荷的娴静、忧郁、聪慧与淡定，总使周贻有一种紧张感，他好像担心着若荷对他的洞察，也担心着若荷对他的透视。正是因为他仍然是按一般的男女之道来了解若荷，便越发觉出若荷不可穿越的神秘。

正因这样，正因着这种隐秘的挑战和压力，他被吸引着，他总是希望自己状态最好的时候，能出现在若荷的眼前，并且让他的虚荣心能感受到被青睐的满足。

而若荷此时正感到头重脚轻，那一阵阵的眩晕，随着声浪一下一下地向她袭来，她曾经受到的损伤，已经使她和正常的生活、和如花似玉的心态有了隔隙，她总觉得自己不仅不配，而且总是有意无意地回避，她觉得自己已经掉进一口深井里，谁能看清楚她，谁又能搭救她呢？她不知道，以泪洗面的无眠的夜晚，每一回，她都是自己把眼泪擦干，第二天，又不动声色地在和顺庄开档，她不能以憔悴和脆弱示人。鲍斯基在信里就是这样告诉她的，从哪里跌倒了，就从哪里爬起来，坚强地做回自己，不然，谁也帮不了她的。

鲍斯基每次给她的来信都是厚厚的一叠，他像她的精神导师一样，布道着对人生和现世的看法，而有意无意间，那些见解和观念，那些宽恕的、悲悯的、感恩的说法，就成了若荷彷徨无助的唯一可以攀扶的援手了，她的那些朦胧的宗教情结，在鲍斯基的字里行间，似乎被唤醒着、对应着，于是惊惶的心又一点点沉落回去，回到日常生活该待的地方了。

北方很乱，鲍斯基在信上说，尤其他所待的哈尔滨，军阀把持，民生动荡。索菲亚教堂在一片兵荒马乱中不知所措，只是在苟延残喘着。高昂的教堂里，信徒寥落，虔信散佚，人们忙着逃命，忙着偷生，信念与信奉变得七零八落了。鲍斯基每天看着那些摇曳的烛火，看着教堂里破损的门窗，心里都会无由地感到失落和隐痛，谁还顾得上去追随上帝呢？谁还有心思给精神的寄托留一块净土？他想念广州了，想念那里平静而真实的生活，他只有一个牵挂放不下，希望若荷能从破损中走出，修复好自己，重新出水芙蓉般地做回自己。

若荷没有听清周贻在说什么，肠胃一阵阵地绞痛，虚脱的汗水把后背濡湿了，像一块胶膜似的裹着她，让她透不过气来。她不知道自己是什么时候瘫倒在地、失去知觉的。

（三）

若荷的床头多了一封厚厚的信，包裹似的，好像里面还夹杂着什么，是一个陌生的字迹，母亲慰南拿来的时候，只是小心翼翼地看着女儿，也不多言语。若荷心情和身体都懒懒的，也不想打开，却直觉是和自己相关的人写的。那次去听周贻演讲晕倒，中医说她的内分泌严重失调，所以月经周期才如此混乱，导致身体十分的亏空。

中医说，若荷需要静养。

所以若荷迟迟不去碰那封信。一年多前的经历，梦魇一般的经历，已经退却在忆想的边缘，虽说是刻骨铭心，可谁都忌讳着不能触碰。若荷只是捕风捉影地知道一点相关的情况，她的儿子已经被那个家庭用隆重的认可接纳了，那个男人也用婚姻作了一次最大值的交换，获得了一顶官帽，也获得了官场一把大伞的庇护。若荷原本被挖伤的内心，因着这种结局，那流血的伤口算是结疤了。只是一切还会跟她有关吗？

生活把她的感情剥夺了，把她的骨肉也剥夺了，甚至把她母爱的本性和为人母的权利也给剥夺了。只有这样，她才会接近静安师傅所说的无欲无妄的虚空吗？什么是真爱，佛祖不语，只是用一把利刃在你身上重重地划了一刀，再追问，依然是再补顿挫而深切的一刀。真爱就是深创剧痛，真爱就是在无以复加的痛楚中的修行，然后就会大彻大悟，大悲大悯，然后就会无欲无妄，心如静水，进入澄明之境了。

那是刘可风动了恻隐之心的母亲给她的来信，这个女人也开始吃斋念佛，超度她先前曾经做过的恶行。若荷的儿子还是叫作刘冕，这个小人儿应该是无碍于世俗的恩爱情仇的，只是他被命运判给了一个不相干的女人，小人儿给交换进一种锦衣玉食，没有人关心他的内心所需，就像刘可风顺理成章的放纵和荒唐，精神与情感的需求被剥夺或者变得无所谓了，行尸走肉就是必然的，于是她倾注了希望的儿子刘可风成了狎妓嗜赌、吞云吐雾的浪荡公子，他在属于自己的阶层里理直气壮地堕落着。作为母亲，她后悔，只是铸成的大错是无可挽回的。她最后只是想告诉若荷，无论是谁出手伤害了谁，最终她们最好还是皈依宗教，那小人儿自有他的命运，那不过是她青春情感的最后轮回，对于大彻大悟的人来说，这个尘世跟她们并没有多大的关系。

若荷读着信，头皮一揪一揪地痛，心却有点禅心入定，大波大浪的内心狂澜过去之后，剩下的便是那些摇摇晃晃的波光，像玻璃那样，尖锐而又刺眼，偶尔地切割着心神，这就是若荷不能诉说也无法诉说的内伤了。这一切，阳光一般明亮的而又踌躇满志的周贻又怎能知晓，又怎能理解和抚慰呢？而且致命的是，那些封建礼教的森严壁垒虽说已经开始松动，谁又能容得下她这种人呢？也许，她对爱情追求的那种不管不顾，得用一辈子的隐痛来偿还。那个社会没有更多的宽容来原谅她。她只是为了对爱情表白，为了让所爱的人确认，她愿意什么都付出，把自己整个的交付出去，却从此让自己陷入了万劫不复的境地。

所有的前因后果，既不是周贻，也不是别的人，而恰恰是她自己才能承担的。然而，若荷不忍心，她孤寂的内心，怀着一种感恩的母性，在悉心地呵护着周贻对她的热情和殷勤。她在冰冷的内心里，禁不住想窃取一些外界的温暖。

每回周贻兴冲冲地走来，总是急不可耐地要与若荷分享他的所得所成、他的所见所闻。若荷娴静而温热地笑着，用开水拧出一条热乎乎的毛巾，捧出一盅汁液稠和的铁观音，带着善解人意的表情，听周贻滔滔不绝地讲着。

整洁的店铺，让货架上的匹匹丝绸，烘托出轻柔雅致的气氛，仿佛也在摩挲着周贻激越的话语。若荷无疑是个最好的听众，周贻讲到兴奋处，有时会戛然而止，他诧疑自己是来炫示，还是来倾诉，看着若荷冰雪聪明的眼神，他不知道这种方式会否为若荷心领，他对此好像是没什么把握。

已经成为二掌柜似的杨均宏影子一样地出没在店铺的某个角落里，他偶尔飘过跟前的眼神会让周贻头皮一麻，像被什么锥子般的利器刺了一下，很是不舒服。周贻不经意间还发现，这个小掌柜虽说是影子般地出现，却总是在躲闪中搜掠若荷的视线，并且像水蛭一般地吸附着。这就更让自傲与自信的周贻浑身不舒服，他要打击这个阴沉而不知好歹的小伙计，每回都要虚张声势地把若荷带到外面去，参加和做新闻相关的社交活动。

这天，广州的政要名人，与那些善长仁翁一起组织一次公益活动，与市民共庆荔熟蝉鸣的春夏交替，在荔枝湾举办赛龙舟，民间竞技，以助喜庆。同时在荔枝湾摆设“红云宴”，啖荔品茗，同贺升平。届时，还会有两艘红船赠兴献艺，那三几名伶老倌还会在水色河涌婉转曲韵。一时，亦吸引了大批市民云集。

荔枝湾素有小秦淮之称，地处广州西隅，与泮塘、芳村一水之隔，湾水出口处，通石门和白鹅潭，江中有大坦沙横亘其中，水势平缓，绿树沙岸蕉林小艇，南国风光怡然，是天然形成的水岸玩乐好去处，桑树荔影堤岸红船，更添了很多乐趣。“游船河”便成了最惬意最赏心悦目的休闲酬酢的消遣。不但游艇多，而且人客多，在南广州的天光夜色下，就绽放出这风俗人情的歌舞升平了。这里绕着沙岸堤边的游艇很多，有专供豪商权贵游宴的紫洞艇和酒菜艇，有专卖粥品的“艇仔粥”艇，有叫卖海鲜、生果、香烟和饼食的小艇，有出租留声机或卖唱的小艇。每到夏夜时分，凉风送爽，那些专门叫卖荔枝西瓜的小艇便穿梭往来，荔枝湾风情万种的夜游生活就此拉开了帷幕。

广州的夜空并不高远，低低地悬垂在树梢上，灰白色的云彩，梦游一样地飘荡着，满江流星点点，叫卖声、嬉笑声，还有管弦声，在江面窜跳着，这时候，就会传来旖旎悠扬、婉转姿彩的粤曲粤韵，在夜风中且行且住，袅娜远去，此时，荔枝湾就开始醉了。

这么丰富的从早到晚的活动安排，可谓是行云流水一气呵成。太阳才刚出来，用来比赛的河段已经清场了，两边的河岸热闹起来，准备参赛的龙舟已装扮停当，重新油漆的舟中龙头，闪着深棕光泽的锣鼓，壮实的汉子暴突的肌肉，扎在额上腰上红黄相间的，或是红绿相间的带子，全部给阳光涂上了闪亮的光泽，充满了喜庆，也充满了力与美的赏心悦目。

堤岸上观众越来越多，太阳越升越高，今天的阳光并不猛烈，而是霞光万道地涂抹着色彩，风从水畔涌边荡来荡去，从观众撑着的桐油纸伞遮阳伞顶掠过，从水波粼粼的河涌掠过。若荷与倩蓓、倩瑶坐在一起，似乎没有说话的兴致，只是静静地看着跟前令人眼花缭乱的场景，她的心情与此刻的热闹好像有点隔膜。

她看着两个表姐妹像花蝴蝶般在人丛中穿梭着，亮丽的身影，明朗的笑容，若荷不明白，她越是洁身自好地修炼，越是不知为何却把这属于阳光和青春的东西打碎了、丢失了。她看见周贻左右应酬着，很受欢迎，一个胖胖的夫人牵着他的手，把他领到一个娇小玲珑的小姐身边了。

若荷把目光移到河涌上，她看见旁边一个慈眉善目的中年男人正在向她点头微笑，有点面善，不知在哪见过，赶紧点头还礼。

中年男人彬彬有礼地搭话了：“你是和顺庄李老板的千金吧，国色天香我都不敢叨扰了。我和你父亲做过多次丝绸生意，最近是你在店里主理吧，令尊身体可好？”

有人跟若荷说话，若荷也少了些胡思乱想的尴尬。中年男人自我介绍叫马兴华，专做茶叶、盐巴、瓷器以及丝绸甚至山货等生意，近些年老在外面跑，多时没有尝过时鲜荔枝看过赛龙夺锦了。“今天天气还好，不热，有些和风散爽。吃荔枝前先喝杯放了葛根煎熬的淡盐水，可以先清清肠胃。”马老板不知从哪端来了一杯淡盐水，周到地请若荷慢用。

倩瑶两姐妹一阵香风又卷了回来，倩瑶还挽着个衣衫笔挺、头发梳得油光滑亮的公子。倩蓓快嘴快舌地说开了：“马会长，你可真快呀，还没待我介绍你就认识我表姐了。怎么样，我表姐是个淑女加才女加佳人的正宗的西关小姐吧，我上次可不是胡乱说的。你反正是来休闲的，我表姐不爱乱跑乱动，你就好好陪我表姐说说话吧。我们到那边玩去了。”

马老板原来是行业商会的副会长，也算是年盛得志，说话善解人意，没有什么架势腔调，赞美起若荷娴静雅致、满腹诗书也是不露痕迹的，说起家中太太年轻时的端庄倩丽与若荷相仿，只是多年瘫痪，话题也像是不经意提起的。

马会长舒舒服服地一路谈来，对着一盘刚从树上新鲜摘下端到面前的荔枝，说及如何把皮与膜一齐剥下而不汁液四溅，如何绕开荔枝核蒂就不会吃得口味生涩，还快手快脚剥了一满盏的荔枝，用牙签挑着请若荷品尝，把若荷看得目瞪口呆。

赛龙舟时的声浪，把夏季的空气都震荡得摇摇晃晃，力量和激情感染着在场的每一个人，箭镞一样的龙舟，一齐律动的船桨，扬起的水花像昙花一样地盛放收展，江面龙腾虎跃地沸腾着，人都挤在岸边看着，发出各种各样的声响。马老板用他宽大的身材，为若荷留出了一块空地，不动声色地照应着，提醒着那些挤来挤去看得投入的人。若荷很感激地向他笑笑，她开始东张西望着，不知道周贻离开那么久，为什么还不出现．究竟谁把她带到这里？

马老板用轻松的笑容安慰道："不用着急，比赛还要进行好一阵子呢，这么热闹就多看一会儿吧。你表哥可能有要紧事，我让用人帮找一找，到散场的时候他若不来，你要是不介意，我会安排好把你送回家的。"

周贻一副蟾宫折桂的春风得意样，哼着粤剧小调走进了和顺庄。在娴静和从不苛求他的若荷跟前，他像个小孩似的，急于表现，急于炫耀，他更在意若荷对他的赞赏，他有时候甚至把若荷看作是一个兄弟，和她分享对生活志得意满的期待。若荷慢慢地明白了周贻表哥的心性，他的行为与他的想法并不是完全一样的，若荷便有意识地引导着他，像个姐姐般地待他，让他一点一点地明白自己。

周贻说，赛龙舟那天，国税厅的长官太太和她的千金拉着他，非要一起说话不可，后来还上了他们官署包的游艇里，原来很多人都读过他的文章，把他当名人似的恭维着，他高兴过头了，就忘了若荷了，想若荷独当一面惯了，自会自寻乐趣的。

若荷听到这，只好苦笑了一下，顺着周贻的心思问，有没有什么官衙小姐围着他转。周贻不自禁地哈哈大笑起来，自嘲如同在世唐伯虎，几乎是应付不过来。他顿了顿："不过国税厅的那个千金小姐有点像你，比较安静，可就是太娇弱了。"

"那你不正好英雄救美，做个男子汉大丈夫去保护她。"若荷少有地跟他开起玩笑来。

"那我就得小心谨慎的，像捧着个明朝的珍稀官瓷一般，那就不能随情任性了。而现在讲究的是自由解放，不要自己束缚自己，就像我在你跟前那样，可以俯仰自适。"

不知为何，周贻的表情有了点心事，"唉，我这人就是好玩，有时管不住自己。你知道我今天来干什么吗？可不是来随便散心走动的，我今天给你带来了一笔大生意，就是那个马会长马老板，他要在你这定做一批丝绸服装。这人年纪不大，可在商会里位置了得，各路关口都打得通，却又不动声色，让人猜不透。

“可是他对你很是欣赏，他在社交方面很有控制力。没想到我的小表妹却有鹤立鸡群的才色，让马老板如此折服。”

若荷笑了笑，笑容里掠过一丝疼痛，没说什么，她转身去为一个预约前来的女客挑选衣料，一声叹息哽在她的喉咙里。她看见均宏从里间往外面探视的目光，抹布似的掠过店铺，突然有什么让她心里咯噔了一下。

马老板崭新的老爷车停在外面的时候，惹起了一些路人的围观。他径直坐在柜台前的高凳上，与周贻寒暄两句，就直奔主题，提出了定做衣服的要求。他看一眼相跟过来记录的均宏，他瘦削灰白的脸色有一种冰凉的寒意，再看一眼眉宇间有了些凝雾的若荷，简明扼要地把订单的事情落实，并且三几句就把时间敲定实处，落实什么时候送样，什么时候起货。

然后，马老板话锋一转，扭头对周贻说：“我们出去吃顿便饭吧，也是机缘巧合，庆贺一下我们合作成功。”后面的话好像是说给若荷的。然后对着均宏，目光如炬，“这位掌柜，这事也就同样有劳你啦，你照应店铺，也就不惊动你了。”

车把一行人送到了南岸江边的一艘画舫上。这里人客清爽，二层的雅座包间上，舷窗四开，江风盈盈，把盏开怀，着实令人神清。若荷披一件紫蓝的绸坎肩，在灰白的江色映衬下，似有荧光流动。她的神色，因为安静，而舒展起来。

吃什么好像已不重要，环境很好，而主人马老板在席间不经意地把各人都照顾得很好，谈话气氛几近有些投契的愉悦，不像是主顾之间的酬酢饭局，倒像是老朋友之间的聚会，虽说马老板年纪稍长，而言谈间的疏松随意，反而让周贻打开了话匣子。

炖热的几两绍兴老黄酒，徐徐的江风拂面，都是呵护心情的。马老板说起了他的生意，说起了他的家庭，说起了他对家庭的看法，把个周贻听得一愣一愣的，“你不信教，为什么你的言行象个教徒，你就不能放松点做人做事吗？比如你太太都瘫痪那么多年了，你为什么还约束自己？”

“这不叫约束，这叫规矩，生意人是要讲规矩的，商有商道，要是取之无道，那是不长久的。我太太一天在那，她就一天是太太，那我就得尊重她，纲常礼教就是这么来的。你们现在的运动要反这个，灭绝人性的要反，但设若其中自己认可的东西，那还是留着吧。”

“也许你有钱，不在乎很多，我可是不一样，我很多想法，所以我不安分。要是我是若荷，我就不会像她这么心静如水，我会四处寻找机会，看看有没有可能实现我的想法。若荷知道的，我都不知道自己想要什么，但我却又想真心实意地对待什么。”

“想法简单了，就容易专注，成事的效率就越高，太芜杂了，就会分散注意力，心猿意马的，就会顾此失彼。这是我做生意的经验，结果就越来越顺利，生意就越做越大，后来做人也依此行事，也得到个利索，所谓收放自如，不杂念缠心，也就不用一件事去排遣另一件事，比如嫖赌荡吹，不必对人生采取索要、报复或者对抗的态度，日子就会越过越怡然，做事的念头就会越来越大。”

若荷也没答话，只是安静地听着，边细细地想自己的心事。命运会怎样安排她呢，她还会有机会得到最后的成全吗？看着表哥周贻那张活力四溅的脸，她不知道自己是该祝福他，还是该祝福自己。而没有开始或者永远也不必开始的情愫是多么美好啊，没有后果，也没有重负，只有期待和隐约的向往，人生就不必承担太多了，那对于经历和记忆就不会构成障碍了。若荷有点抑郁的眼神慢慢地融化在夜色里，她没有看见马老板若有所思的眼神数次停留在她的侧影里。

周贻到和顺庄来得比以前少了，倩蓓和倩瑶却来得多了，社交活动一多，加上那些越来越清晰的意识——要钓得个金龟婿，把自己嫁得风光体面而又脱胎换骨——所以她们如花似玉的花季就是要充分地并且是极显其长地展示“人靠衣装佛靠金装”，而若荷则用手艺用心地为她们锦上添花增姿添彩。

清末的女子服饰，在西洋服饰的影响下，到民国初年，已经大大地改变了，更加讲究表现女性的妩媚和风彩美。用的面料不一样，样式与效果就完全不一样：用土布会显得充满活力和朝气，而用丝绸和织锦，则更容易还原女子的风情万种和仪态万千。倩瑶、倩蓓两人，在服装上对若荷的依赖已经是言听计从了，假如若荷心情沉落不吱声，两人还不敢拿主意。

一向以自我为中心的倩蓓托着下巴问若荷："表姐你待我们这么好，你有花点心思为自己的将来想想吗？自从你病了之后，整个人都躲到生活里面去了，很多事情好像都跟你无关了，你不会有什么吧？知书识礼，善剪善裁，又天生丽质，就这么待在和顺庄里甘心吗？"

"父母都老了，病痛也多了，我不多操点心，还有谁撑这个家呢。而且，各人的命不一样啊，命运有时候是一种选择，有时候就会变成无从选择。"若荷一脸苦笑，不知两人听懂了她的意思没有。

"我哥现在好得意啊，那个国税厅的长官太太把他宠得不知自己是谁了，那个千金小姐就像一个摆设，可我哥乐此不疲的，他没跟你说吗？"倩瑶试探着说，也想从若荷的表情上看出什么。

"周贻是个心气很高的人，他不需要理解，只需要喝彩，也许他终于发现了他的远大前途在哪，也许就可以安静些，不再盲目折腾了。这难道不是好事吗？"若荷平静地说着，口气有点如释重负的，她已经在心里为周贻祝福了。生活可能就是这样，期待的也许永远不属于自己，守望的也许永远遥不可及处，把遗憾和残缺留在那里，把欢乐和幸福弄得坑坑洼洼，难以逾越。而那些有福的人，他们被缘分垂青了，心愿可以有所附丽了，实在也是一种造化。命运的差异也许就是从这里开始的。

马老板反而来得勤了，他与和顺庄的合作关系开始正式建立。若荷觉得，马老板好像在有意地为和顺庄的拓展做着一些事情。一个女流之辈，虽说能独当一面，而在一个封建体系才刚刚松动的社会旦，要想施展自己的才情，要想打拼出更大的空间，都是有点举步维艰，而且不可思议的。

（四）

清光绪年间营建的老字号茶楼陶陶居，在这条热闹而店铺林立的马路上，虽是吃吃喝喝的消闲之所，却显出了清幽古雅的别具一格。那“陶陶居”的黑漆金字牌匾，是在 1891 年康有为上书不达回广州讲学时，到这里品尝专门从白云山九龙泉挑运泉水回店，用上等茶叶泡出的“山水名茶”时所题，该茶指定用宜兴茶煲、潮州炭炉作烹茶用具，于厅堂雅座间派专人侍弄，算得上是当时非常别具一格的茶艺，一时名声大噪，趋之者众。

陶陶居的门楠板隔屏风，全是用檀木、椋木雕刻出各种福禄寿喜的吉祥图案，一派古色古香，红木酸枝家具沁凉爽滑，与环境格调相得益彰，名人字画诗词对联悬于厅堂四壁，室内的七彩玻璃屏风均刻有诗画，陈设风雅，文化气息很浓，加之这里的点心烹调做工精巧，落座其中，在多雨潮热的广州，确实是清爽雅致、赏心乐事。

茶已过三巡，若荷对着眼前的杯茶，心神有点游离，并不想先说话。马兴华匆匆地写着一些简笺，偶尔看一眼似是醉心于茶之味的若荷，这雅座间的气息，仿佛不是对酌，而是独斟，很是随意自如，并不视对方为刻意奉迎的生意场上的对象。这也是若荷思量过后单独赴这茶宴的关键所在。面对着没有心机设置的好人马兴华，若荷不想设防，她多时的抑压，也渴望着找人诉说，只是眼前的这个人，这个地方，这种心境，是时候吗？

茶确实是好茶，上等的龙泉铁观音，是这么的汁液清澄，沉潜蕴藉，爽滑而又回甘，那馥郁浮动暗香潜逸的滋味，直抵肝肠，品咽含咂上一杯二杯，好不令人心生感慨。

马兴华把信笺交给下人，吩咐几句，把事务交代完毕后，赶紧拱手致歉。菜轮转着一一端上，清淡碧绿的菜蔬，新鲜嫩滑的蒸鱼，火候酽浓的小炒，加之小瓦钵的蒸饭，精巧可人的点心，都是那么秀色可餐，可品可尝。若荷在马兴华跟前，在他不经意流露的如兄如父的呵护中，有一种放松和怡然。只是，她能回应什么呢？所以她每次完成马兴华的订单，几近是做到无可挑剔。

饭席撤下，新沏的茶重新端了上来，马兴华开始说话了：“若荷，你想过自己的将来吗？和你合作做生意这段时间里，我一直在关注你，你冰雪聪明，而且沉实持重，应该是很有闺阁风范的，因为你的丽质天然，很多是与生俱来的，我也就不多说了。我想你明白我的意思，你就权当我是你的大哥，或者是可以信赖的朋友，我希望你不要荒废了你的大好时光，所以想给你一些建议，又或者我们之间的合作可以扩大范围。”

若荷沉吟之间，眼圈有点红了：“过去我并没有过分在意过自己的身世，虽说小时候家里遭遇过一些变故，依然可说是衣食安稳的，只是精神上从小就受了损伤。后来，我经历了不该我这个年龄经历的一些世事，我没有赶上恰当的时候，所以我被剥夺了资格，我不能守着自己的心愿，我能承受的结果就是支离破碎。内容和事实已经不重要了，说出来也没有多大意义了，因为我的心在年轻的时候已经急速衰老了，我能守住现在的日子已经是命运对我网开一面，我还能对将来指望什么呢？”

“你才情学识品貌兼具，你要学会欣赏自己，相信自己，才会充满信心，快乐起来，走得更远。当然，生活上的不如意对人的打击可能是很大的，但过去的事情已经过去了，你为什么不把握现在呢？”

“我一直没有放弃，所以我愿意全力以赴独当父亲的店铺门面，虽说时常力有不逮，但我会尽力的，在我的不甘心没有被击溃之前，我还是对和顺庄的将来寄予希望。

或者这仅是我的一厢情愿，在市道中，我才明白父亲拼着命把生意做大的用心，亦才明白我的卑微的身世，要转换过来，确实是势单力薄。父亲总算是入了商会，有了身份的确认，至于我，只能在守住家业的时候确认自己的能力了。至于其他，好像已不属于我了。”

马兴华目光炯炯地看着若荷，“我希望能帮助你，并且改变你。你愿意吗？我是有太太的，我是相信命运的，所以我不会轻易舍弃什么，那么你还愿意嫁给我吗？”马兴华以一种商人直截了当的方式，以一种好像是很时尚却因为过于直白而没有遮掩的方式，说出了自己的想法。他停了下来，注视着若荷的变化，他有点始料不及。他只是觉得这个可人的女孩子有着很重的负担，这种负担使她那种异常的气质更有光彩，抑郁的、沉静的，却又是光影浮动的，在他的见多识广里，他依然不能不停步欣赏，却不是很明白她的精神伤痛，究竟给了她怎样的桎梏，而她渴望的又是一种怎样的解脱。

若荷有点惊愕地看着马兴华，好像缓了一口气才明白马兴华说什么似的，她的脸色由白转红又由红转白。眼里的泪意盈满了，又退去了，神情由委屈激动而慢慢地平复下来。

若荷深深地叹了一口气，抬起眼定神看着眼前的茶杯，缓缓地说：“人与人的交流和交往，认识的大多都是表面，即使在这个翻天覆地的时代，女子的内心也总是被忽略的，即使不被忽略，又能怎么样，女人的生活是不需要这些东西的。我很感谢你，但是你所给我的，并不是我想要的东西，我希望自己生活在一种真诚里，而不是一个随便对付的名分。这让我从过去的阴影里走出来会有些帮助。”

“你很能干，我的意思是说有机会的话，你可以借助一下外力活得更轻松一些，太认真地活着对女人来说都是致命的，能放下的就放下，该把握住的就得把握住，生活毕竟不是想象啊。你父亲的家业要靠你来撑持，以你一个弱质女子，确实是负担太重了。”

“这是无从选择的，就像我的经历无从选择那样。也许以这种方式，我才能守住我的才情能力吧。不然，我的努力会变得毫无意义的。我曾经辜负了自己，再也不能在其他方面辜负了。”

马兴华有点匪夷所思地摇了摇头，又谅解地点了点头，“我明白。你不用担心，生意照做，我们不是合作得很好吗，欣赏和信服从来都会带来最好的合作关系。”马兴华的眼睛里堆积起一些无奈和痛惜，他读不懂这个女孩，“我还是建议，你要扩大一下和顺庄的经营范围，隔天，你到我们的锦纶会馆来看一下好吗？行业间的交流和互补会发现很多商机的。你应该扩大一下视野，假如你通过做好和顺庄的生意来证明自己的话，生意的渠道就不能太封闭。”

若荷使劲地点了点头，有一股热辣辣的东西涌到喉间，抑郁中她感到了一种分明的歉疚，她不敢去看马兴华一眼，只是端起茶杯，一口口含咽着那杯茶，苦涩而有点回甘。茶色是有点浓了。

（五）

锦纶会馆坐落在经纶大街和麻纱巷一带，这里店铺林立，经营批发的百货品种十分繁杂，有头绳、针线、纽扣、花边、脂粉等土制小商品，也有生丝、绫绸、绢、纱等丝织品，以及竹纱、呢布等匹头，还有不少日用品和食品，这一带，几近成了产供销一条龙的集散地，街景异常热闹。

锦纶会馆是西关纺织业的会馆，这个行业从清代开始延续至今，一直十分发达。广州近郊和邻近珠江三角洲盛行的养蚕种桑业以及盛产棉花，为“丝织业”和“棉织业”提供了大量价廉物美的原材料。到了清末，西关把附近大量的河涌和农田填平，用来兴建棉丝纺手工业作坊，又称“机房”。最兴旺之时，这里几十条横街窄巷几乎都是清一色的机房，经纶大街和麻纱巷更是其中有名的两条街。

在锦纶会馆偏房的会客厅里，马兴华和若荷对坐在八仙桌的两端，桌上摆满了丝绸的版样，两人端着一碗盖碗茶，马兴华说开了。

西关机房织出的丝缎十分精美，质量上乘，受人追捧，是事出有因的，是受着仙人神灵庇护的。传说汉朝博望侯张骞是机房行业的祖师爷，在他出访西域的时候，乘坐仙槎上了月宫，看见宫中的仙女在织世间从未见过的光彩夺目的天衣云锦。张骞遂拜仙女们为师学习织造技艺，以便把它带回人间，让这天衣云锦也装点世上人生。仙女们不仅教会了张骞，还在临别时赠给他一块宝石用作支机石，有了这两样东西，什么美丽的绫罗绸缎都能织造出来。张骞把技艺和支机石带回了人间，从此世人也能织造出绚丽多彩的锦缎。人们不仅把祖师爷张骞农历八月十三的诞辰作为行业的庆典拜祭日，而且每家机房都在每台织机上，按照习俗錾着支机石，果然，享誉盛名的七彩锦、金银锦织造出来，远销海内外。

一个美好的传说故事，把所有的情感用心都附着在上面了。若荷不说话，心思有点沉湎，胡思乱想时常把她带出尘世，也许正因这样，她才能对眼前的尘俗之物有了足够的想象，一款丝绸、一样布料、一种花式，她都可以把它想象成一种有灵性的东西，剪裁缝制正是给这有灵性的东西以生命，所以她的制作总是和人有着天然的熨帖。她特别着迷于丝绸和情绪的那种对应，沁凉温热，都是在会心会意中潜行的。

她知道马兴华是想帮她一把，把和顺庄的生意做大。若是把生意的重心转在批发和批销上，也许会赚更多的钱，可是和她性灵相近的制作也许就得疏淡了，她有点举棋不定。假如和顺庄和马兴华的商行合作，怎样才能更名正言顺呢？她毕竟是个待字闺中的女子，而且她并不在行控制范围更大的生意。所以她把杨均宏也唤来了。

若荷对甫到落座的均宏说："你不是跟我父亲都谈过了吗？具体合作的事情你和马老板详谈，我只是跟一下面上的情况，真正我能配合的起作用的还是剪裁。"

马兴华的表情就有了些怪异，他对若荷说："你是少东家，杨先生真能替你行事，可和顺庄打的还是你的招牌，所以你还是得参与。我可以借助商会帮你们打开局面，但你们也得有与众不同的做法和取胜之道。"

均宏还是一如既往的寡言少语，他仅是快速地用干涩的目光刮了一下马老板，依旧是敛目垂首地说话："和顺庄可以搞特色经营，搞特种丝绸的定向供应，这样就可以发挥若荷的特长，比如说这种丝绸是适合做礼服的，那种是适合做家居便服的，和顺庄可以提供相应的设计服务，这样和商家的关系也就更密切了。"

均宏的一番话让马老板正视起来，心里揣度道："这个外表苍白清瘦的二掌柜，心思竟是绵密的，而且对做生意还颇为在行。"

他接了话："那你们要在更大的范围把和顺庄的宗旨散布开去，得用商会和别的商家联系上，生意上的往来才能建立起来，随着诚信也建立了，才会有相互的合作，局面才算是打开了。"他顺便邀请若荷参加明天晚上商界的一个活动，无意中又看到均宏生涩的目光抹布一般地游走过来。

海珠大戏院门前甚是热闹，这一带毗邻多个码头，人来人往，做小买卖的，拉黄包车的，赶路的，饭后往江边闲逛纳凉的，或是专门奔这戏院，看今晚来自京城的京剧大师梅先生的表演的。络绎而至的客人中，偶有短打布衣的戏迷，更多的是穿长褂的绅士，或是着绫罗绸缎的太太师奶小姐，快意恩仇的戏里人生，总是平淡而凝滞的生活最好的点缀，何况是看誉满京城的梅大师的激情演绎。

若荷穿着一件自己设计缝制的旗袍，月牙底色桃红粉骨的花色，披一件椰青的坎肩，丝丝入扣的剪裁，把腰身衬托得曼妙婀娜，亭亭玉立如弱荷临风，那羞怯抑郁的神态，使脸上有一种如诗如画的色彩，是常人所难以明了也难以企及的。

马兴华在前面走着引领位子，若荷在后面跟着，很多的目光已往这边窥视着，目光有些异样，接着三三两两的太太师奶指指点点的，交头接耳起来，并不忌讳什么似的。

敏感和直觉让若荷不自在起来，心思动静就开始局促起来，闲言碎语飘了过来。

“噢，这是马会长私养的，还真是娇俏可人呢，像是大家闺秀。”

“什么大家闺秀，是个裁缝的女儿，充其量小家碧玉而已，不过她本人的手艺很好，远近闻名呢，你看她穿得雅致出彩，改天我们也去定做一下。”

“听说马老板把她连人带店铺都包养下来了，还介绍了不少生意给她，小小年纪就这等厉害，知道怎么捕获男人，真看不出。”

“什么看不出，人家还受过中西学堂的教育呢，要多解放多叛逆都行，有才有貌的，做起事来更可以有恃无恐了。”

“你说得过分了，听说她很孝顺的，女儿家一个就帮父亲撑持家业了，很能干，多不容易啊，连婚姻大事都给耽误了。”

“那还不赶快找个好人家嫁了，就什么都有着落依靠了，还用得着一个女儿家出来抛头露面的。”

“不是说时代不一样了吗，以前的规矩恐怕也不生效了，男女平等嘛。”

“时代再不一样，你是个好女儿，就一定会有好归宿，八成她有什么见不得光的事情呢。”

“是啊，不然好好的干嘛要依傍男人，马老板可是有家有室的。想不到他看似老实厚道，还有这等艳福。”

若荷的脚步有点踉跄，她的头越垂越低，纤细的脖子快要折断似的。一个女流之辈，混迹在男人堆的商界里，却要遭遇这等的污言秽语，她也预想过，不过事情好像要比想象的更为负重和疼痛。

有几个熟人围拢来跟马兴华打招呼，有什么要事把他拉走了。若荷一个人坐在那里，像陷落在无边无际的大海里，再坐下去，她可能要沉没了。尽管她喜爱的戏还没开场，可她自己却成了供人任意评点议论的戏了。她再也坐不下去。

她像一只老鼠一样地溜出了海珠大戏院，她需要一个人安静地想一想自己，想一想她的现状以及将来。

她扬手招了一辆黄包车，吩咐车夫沿着珠江岸边慢慢地走。江风熙和，江水潺溪，水面上细碎的光斑随水远去，远处的花艇红船，魅影一般的灯火通明，近处为着谋生的舢板小艇，还在夜色的浮沉里飘摇。

现在这种日子是否应该结束，嫁人是否成了她最大的出路，也可能是唯一不被非议的事情。现实的坚硬，以及人言的可畏已经令若荷不堪承受。已经没有爱，也可能不配有爱，损伤之后只能是损伤，已经不能期待，也不可能有期待，她还守望着什么呢，奇迹是不会发生，女孩子的梦已经永劫不复还了，那么，嫁给谁还不是一样的了结。婚姻和家庭也许能给她一个名分，让她可以理直气壮，可以挺直腰杆子做人，而为了这个名分，她已经把自己的一生弄得千疮百孔了。眼下的困窘，不也是所谓名分的欠缺，给她带来的雪上加霜吗？

她曾经把完整的自己不管不顾地全部拿来祭奠了那场爱，她以为她的决绝，会有一个感天动地的结局，谁知等来的却是刻骨铭心的伤痛。她不怨谁，她要放过自己，就只能原谅这世上所有的不对。剩下的残缺的自己，还能等来谁呢?

她已经无所逃逸了，没有谁会原谅她的过去，也不会有谁，会因为她的善良和诉求而给她更多的机会。她只能活在过去伤口的余痛里，仅仅是，兴许有可能在生存过日的缝隙里，守住一点聪明才智，守住一点点对人生的寄托，为了她的父母，为了她的家，为了她要过下去的生活，此外，她还能奢望什么呢?

这时候，若荷特别地想念鲍斯基，这个以一生的经历，给了她情爱引领的人，给了她生存影响的人，尤其是在她的人生面临着倒伏与站立的关口，给了她足够的开解、善待与爱护鼓励的人，假如他在跟前，她愿意跟着他，跟随着他的信仰而去，不管到哪，她都会跟鲍斯基所带给她的温暖在一起，让她不至于气馁、不至于绝望，以及放弃。

她对鲍斯基的牵挂和想念，几乎有了宗教般虔诚的情结了。可是很长一段时间，他行踪不定，动荡的东北，冰雪覆盖的东北，似乎也把他的书信冻结了，若荷很久没接到他的信，她的遥望与期盼，常常如断线的风筝，在令人绝望和神伤的距离中折断，或者不知所踪。

眼泪什么时候贮满了眼眶，扑簌一下就流了下来。若荷在黄包车上无奈地饮泣起来。夜风不解人意，依旧在江岸边悠悠地晃荡。

热闹依旧在街道里倾倒，若荷在夜色下走近和顺庄，店里依旧灯火通明，均宏还在那躬着腰，彬彬有礼地迎送着客人，乍一看，他更像是这里的老板，他其实不过是个伙计，可是他的一举一动一招一式都像是这里的主人，那么多年，可以说是从小到大，他把自己的一切都默默无语地奉献给了和顺庄，却不在乎有没有人留意他，有没有人在乎他。均宏没有家，便把和顺庄当作是家，若荷看到的是只做不说的他，是尽心尽力而不是斤斤计较的他。若荷在马路的骑楼下，看着这一切，情绪比较波动的她不禁唏嘘起来。

若荷立定了主意，她不再冒着一些莫名其妙的风险，去拓展和顺庄的业务，她只想脚踏实地去做好一切，假如命运不来剥夺她，那么就会来成全她的愿望。

她装作顺路经过的样子走进了店铺里，她让均宏把那个关于特色经营的计划再详细地讲一讲，那些实实在在的做法使她的心又落到了实处。她看见今晚的均宏容光焕发，神情不再是卑恭内敛的，眉眼飞扬灵动起来，使他的样相，一改往昔的瘦削苍白。

在若荷转身察看一款均宏新做的女装的货样时，不期然看到了他闪闪发光的眼神，里面在闪烁着些什么东西。就那一瞬，若荷被一个突然冒出来的想法怔在了那里。

选自《西关小姐》，花城出版社，2005年版

咸水歌

——鲍十

作者介绍

鲍十（1959— ），祖籍黑龙江。著有中短篇小说集《拜庄》《葵花开放的声音——鲍十小说自选集》《生活书：东北平原写生集》《芳草地去来》《纪念》《天空下的岛》，长篇小说《痴迷》《好运之年》等。

鲍十的人生，经历了从最北的哈尔滨到南方广州的重大迁移，眼界和思想认识的不断变化使他的创作不断走句成熟、老到。他书写乡村爱情的纯真，刻画乡村人的质朴、人的情感世界的波澜壮阔，他也讲述了人生的无常、历史的残酷、现实的艰难。鲍十将城市虚化处理，作为一种远景来书写，一种与乡村相对应的存在。生活温馨美好的一面和历史斑驳幽暗面夹杂交错，仿佛以多色彩编织的立体锦缎。他想让作品给人以温暖，却从不用廉价的虚假想象来麻醉读者。（申霞艳：《鲍十：在大陆的南端思念北方的家乡》）

· 一

广东番禺流传一种民歌，当地称作“咸水歌”。

番禺原是一个县，近年区划调整，变成了广州的一个区，就叫番禺区。

番禺是个老地名，早在秦朝就有了，时称南海郡番禺县，后来又是南越国王赵佗的治下之地（赵是秦治下的一名县令，秦亡后自立为王）。那以后，又经历了“汉”“南北朝”“隋唐”“两宋”……想想，确实够老的了。当地一直有个说法，先有番禺县，后有广州城——此说应有道理。

番禺近海。海边沙地平阔，水汊纵横。早些年，那时候经济还没有现在这么发达，海边尚有大片良田，沟渠水畔杂草浓密，颜色深深浅浅。草间飞舞着各种鸟类以及飞虫，禾花雀、画眉、伯劳鸟、钓鱼郎，蜻蜓、金龟子、三星瓢虫、七星瓢虫……夕阳西下时分，胭脂似的阳光照射着它们展开的羽翅，极薄极薄，一片透亮儿。

海边的乡亲多以种田捕鱼为生。捕鱼是男人的事，种田则以女人为主。在风和日丽的春天，或晴空万里的秋日，田间堤埂，处处都是女人的身影。她们打着赤脚，身穿蓝色的粗布衣裳，裹着一块遮阳的头巾，一会儿站起来，一会儿伏下去。累了倦了，便直起身子，呆呆地看着远在天边的懒洋洋的云朵。看着看着，忽然眯起了双眼，随即，便从喉咙里冲出了一串歌声：

正月望郎郎不返（哪），
年年正月往复返；
望尽海空鱼和雁，
并无音信寄回还……
二月望郎郎不返（哪），
又防上落甚艰难；
别离叮嘱言千万，
但逢风雨早埋湾（啦唉）——

一腔的思念，一腔的痴迷，一腔的幽怨，一腔的情不自禁……夸张一点儿说，各种滋味，这里面都有了。

这便是咸水歌了。

去年7月，我工作的单位与番禺区联合搞了一次活动。其中一项内容，就是听唱咸水歌。那天，我们在番禺地界儿转了整整一天，晚上来到了一家乡村风味的饭店，坐在用毛竹间壁起来的大厅里，一边喝酒吃菜，一边听两位女歌手在台上唱歌。

两位歌手一老一小。老的五十多岁，小的三十岁上下。老的腰上扎了一条滚了黑边的蓝布围裙，手里拿个花手帕。人已经发福了，长着一副双下颏儿，最动人的是她的眼睛，乐呵呵的，且很明亮，唱歌的时候，还不时抛出个眼风，让人觉得有趣儿。

小的却是苗条的，又不是很瘦，身穿一件浅粉色小褂和一条荷叶绿的宽腿长裤，上衣用银线绣了一朵浅浅的荷花，一双眼睛水汪汪的。细看时，会发现她和那个老的哪里有一点儿相像，可能就是眼睛吧，都是双眼皮儿，都那么灵动，就像会说话儿似的。

询问得知，两位歌手是一对母女。其中，母亲名叫董善丫，女儿名叫冯云云。据区文化局一位姓何的先生讲，现如今，已经没几个人爱唱咸水歌了，会唱的人越来越少，唱得好的更是少之又少，也许只剩下这母女俩了，所以，一有类似今天这种活动，就会把她们喊过来，给大家唱几曲，展示一下地方文化，也让她们过一过瘾。

脸色红润的何先生说："这是没办法的事儿，一个时代有一个时代的玩法儿啊……"看他说话的样子，俨然就是一个哲学家。

然而那对母女歌手正唱得起劲儿。两个人在唱"对唱"，一个唱男声，一个唱女声；唱男声的是母亲，唱女声的是女儿。

这会儿女声正在唱：

转归房中自偷弹，
含愁打叠哥衣衫，
苦别分离情切惨，

步步踏碎胆和肝……

接着男声唱：

今日同妹分离散，
举头日落西斜晚，
你睇山林雀鸟呱呱叫，
千里一别劝妹早回还……

母女二人均唱得情真意切。尤其是母亲，故意唱得粗声大气，就像个男人，还连唱带表演，偶尔把那条花手帕轻轻一抖，再根据歌词的意思做一点儿表情，蛮动人的。女儿的声音则显得很轻柔很娇嫩，略微有点儿尖，也没有什么动作，板板正正的，不过，唱到悲情处，却会不知不觉地——我相信是不知不觉——流出眼泪，亮晶晶地挂在那儿，让人感动了。

何先生介绍：流传在番禺一带的咸水歌不下几百首，有名有姓的歌手就有几十人。在他小时候，隔几年就要举行一次赛歌会。临时用木板搭个台子，台子下面全是人。赛歌会要举行好几天，就跟过节一样，嗨，那个热闹！

· 二

早些年，这里有一个唱咸水歌的，唱得好，名叫曾五娇，是个女子。

很多人还记得她。

五娇生于农家，父亲母亲打鱼种田，她在家排行第五，是最末一个孩子，广东话称作“殭女”（男孩便称殭仔）——“殭”字读“乃”的平声，这个字形也很有趣，“子尽”了吗，就是没有了。

五娇的父母都很勤勉。父亲老实巴交，性子有点儿蔫，不爱讲话，尤其不爱跟人争辩，却知道下苦力，每天从早忙到晚，一到天黑，早早就睡下了，对其他事情，包括一些新观念，好像都没多大兴趣，用现在的话说，就是属于那种爱“溜边儿”的人。在家里说话算数的是母亲。母亲性格开朗，喜说话，尤喜大声说话，直嗓子来直嗓子去，行事也颇果断，快刀斩乱麻，家里一旦遇到什么事情，父亲吭哧了半天还没说清楚，她一句话就给定下了（对错且不管它）。母亲跟父亲一样能干，甚至比父亲做得还多，除了下田，还要煮饭，喊仔，缝补浆洗，养猪养鸡，总忙得她团团转。不过，尽管两夫妻起早贪黑地忙，一家人的生活还是过得挺紧巴，吃糙米饭，住草顶屋。

五娇的前头是四个哥哥。大哥、二哥、三哥、四哥，四个哥哥一水水，一个比一个大两岁。四个哥哥都没进过学堂，长到七八岁，就陆续帮家里做事了。小时候，四个哥哥就像四只猪崽儿，一个个虎头虎脑，一到吃饭的时候，四个人便围坐在桌子前头，头不抬眼不睁，只在那儿狼吞虎咽地闷吃，胃口好得不得了。四个哥哥都像父亲，性子蔫蔫儿的，不爱说话，也不知道叫苦，眼睛却骨碌骨碌的，显得特别有主意。

五娇出生在民国二十五年，即公历1936年。

因为有了四个哥哥，五娇在家里很娇贵。在四个“秃小子”之后，突然来了一个娇滴滴的女孩子，父亲母亲都挺高兴，四个哥哥也觉得新鲜。大家便有意无意地宠着她。甚至，家里有什么好吃的，也要先尽着她吃。在这一点上，大家仿佛达成了共识，似乎不这样就是不对的。当时是很讲究男尊女卑的，他们家给反过来了！以前一直少跟孩子亲近的父亲，也喜欢过来逗弄逗弄她，捏一捏那光溜溜的小脚丫，还呵呵直乐。待她长大一点儿，一张小嘴叽叽喳喳，就像喜鹊一样，更是招人喜爱。每天一睁开眼睛，房前房后就都是她的声音。而且特爱管闲事儿，不论大事小事，只要她看见了，觉得哪儿不合适，就一定要说。对那四个哥哥，管起来更不在话下。她会经常站在四个身强体壮的哥哥面前，尖声尖气地训斥他们，四个哥哥则一声不吭，乖乖地听着。四个哥哥怪委屈，觉得妹妹这么霸道！可是他们都喜欢她啊（或者说都心疼她），也就心安理得了。从性格上说，只有她最像母亲。

五娇越长越好看了。

五娇的好看不似城里的女子，她没有她们那样娇嫩，也不如她们白，却比她们结实，胳膊、腿儿，说不出的标致！虽经风吹日晒，泥里来水里去，脸颊却特别光洁，隐隐闪现着一种淡淡的巧克力色的光晕，就像一片上了釉的细瓷。两只眼睛也美得出奇，水汪汪亮晶晶，一尘不染，微微有点儿吊眼梢儿，显出了骨子里的那么一点儿倔强气。

再就是那一副好嗓子。

好嗓子都是天生的，五娇也不例外。自小，五娇的嗓子就极脆亮，笑起来银铃儿似的，哏哏哏，哏哏哏，仿佛满世界都听得见。就是哭，声音也特别响，喉咙充分打开了，哭声冲口而出，哇哇哇，就像有人在吹唢呐，房顶的茅草都会簌簌地抖。几乎每天傍晚，一到快吃晚饭的时光，她都会喊几个哥哥回来吃饭："大头二头三头四头……家来吃饭啦——"哥哥们有时是在田里干活儿，有时是在村子的哪个角落里胡闹，不管在哪儿，他们都会听到她的喊声——那喊声穿过街巷，掠过树梢，飞过屋檐，左弯右转，终会抵达他们的耳鼓，而且依然那样响亮。

几个哥哥侧耳一听，马上纷纷说："呀，妹头喊饭了，回吧回吧……"

五娇长到十三四岁，突然喜欢上了唱歌儿。唱的就是咸水歌。十三四岁的五娇，早已出落得亭亭玉立，站在那儿，就像一枝儿馨香的野花儿，也像野花儿一样“皮实”。说来还要早一点儿，她就帮家里干活了，做家务，种田，担着担子赶集市，一点儿不比哥哥们差。如果在田里干活，就会听到人们唱歌儿。说不上什么时候——上午，下午，也许是傍晚，在开阔的田野上，会突然响起一阵歌声，调门儿高高的，就像从草丛中飞起了一只云雀，直冲云端，十分的嘹亮。歌声一起，那些同样在田里劳作的人，就会一个个从禾苗上面直起身来，一边捶打酸痛的腰背，一边侧耳倾听。稍后，还会有人回应她（他），跟着唱，或者与其对唱，一应一答，彼伏此起。

这些歌儿，五娇都听到了。

她觉得真好听！

因为听得多，便都记住了，学会了——学会了曲调，也学会了唱词，只是对一些唱词的“意思”还不十分明白。

五娇跟大多数女孩子不同，她们大多都很害羞，这是天性。跟她们相比，五娇要泼辣得多，天不怕地不怕，自然也就不怕羞，率性而为。有时候，母亲会埋怨父亲：“看你把她宠的，没一点儿女仔的样儿，疯张死了，啥都不在乎……”父亲蔫蔫儿地一笑，多半什么也不说，偶尔会摇摇头，说不上他是高兴呢还是不高兴。后来有一天，人们又在田里唱歌，唱着唱着，突然一个尖尖的声音加了进来，调门儿高高的，一上来就把其他人的声音给压住了。

这个声音还极清脆，极响亮，极甜美，悠扬婉转。原来唱歌的人都愣了一下神儿，然后就不唱了，都不唱了，怔怔地站在那儿，惊讶地听着那个新声音。

那是五娇的声音。

田野上只剩了她一个人的声音。

从此，若再有人在田里唱歌，五娇就一定要唱，跟着唱。但是，常常她一开口，别人就不唱了，都听她一个人唱。

五娇很快就出了名。短短的时间，她的名字便传遍了方圆几十里的村村落落。大家都晓得某镇某村有一个俊妹头，唱咸水歌唱得好。说她的嗓子多么多么甜，多么多么清亮，调门儿多么多么高。还说只要她一开唱，连天上的鸟儿都不敢作声了——这倒是实话，鸟儿们被吓跑了嘛。嘻！

那时候，人们经常会听到五娇唱歌。不光在田里，在去镇上赶集的路上，她也会唱。有时候吃过晚饭，她会跟一些伙伴儿到村外疯闹，偶尔也唱几句。有时候，她一个人待在家里，难得那样安安静静地做点儿什么事，可是做着做着，不知道心里想起了什么，也许是想起了出海的父兄，也许想起了其他什么人，就会突然间唱起来，声音并不大，听来柔柔的、细细的，就像溪水流过沟渠那样，却唱得那般的投入，全身心地投入。

也可以说，五娇唱歌，并不全是给别人唱的，也是给自己唱的。她在唱自己的心事。或者说，她是在用歌声排遣自己的心事。也许吧！

女孩子长大了，自然会有心事的。

一眨眼，五娇已经十六岁了。

五娇的心事跟一个男孩子有关，当然那也不是个男孩子了，都十八九岁了，是个大小伙子了。那个人姓董，单名一个永字。跟五娇家住邻居。

董永与五娇的哥哥们年纪相当，大家是共同的玩伴儿。小时候，五娇也常跟他们一起打闹。那时候，她常常欺负他，故意踩他的脚，抢他的东西，把他撞倒之后再揪他的头发，然后听他哇哇地哭。每逢这时，她都会哈哈大笑，心生无限的快意，同时还嘲笑他，瞧不起他，把他看作一个窝囊废——广东话叫“衰仔”。不过，在后来的某一天，她的感觉突然变了，完全变了，人还是那个人，眉眼还是那副眉眼，只是因为人长大了，感觉就完全不同了——人不是那个人了，眉眼也不是那副眉眼了……

长大以后的董永，变成了一个性格沉稳的人，不苟言笑，凡事都心中有数，又吃得苦，打鱼种田均是一把好手，人品也厚道，左邻右舍一旦有事，有人生病要看郎中了，有人种田需要帮手了，能帮忙他一定会帮，有钱出钱，没钱出力，绝不会在旁边看着，不管不问。时间久了，自然就引起了村里人的注意和重视，一提起他来，没有不夸赞的。人呢，也越长越壮实，肩背宽阔，脖颈挺拔，两腿粗壮，大手大脚，手掌就像一只小簸箕，面色黧黑，嘴唇厚墩墩的，两道眼眉又浓又密。自从长大，五娇一看到董永，心里就总有一点儿害怕，甚至心惊肉跳的，连多看一眼都不敢，好像他具有什么震慑力。不知这是为什么。离开以后，却又禁不住反复地想，想得心头痒痒的……

当然，这只是五娇的心事，是埋在心底里的，至于将来怎样，就谁也说不准了，她自己也说不准。所以，她没对任何人说过，也不想对任何人说。

五娇是骄傲的。

• 三

公元 1955 年，五娇十九岁。

这年秋天，县里举办了一次咸水歌比赛，通俗的说法就是赛歌会。凡是县境内的人，不论性别、年龄、职业、民族，均可参赛。那次活动规模很大，无论参赛者还是观众，都非常踊跃。参赛者和观众多半来自乡下。又恰是农闲时节。那几天，但见四镇八乡的乡亲，男男女女，老老幼幼，一律穿戴一新（新衣、新鞋、新袜子），络绎不绝地走在通往县城的大路上。有的地方路途遥远，人们天不亮就起了程。

赛歌的现场人山人海，从台上望过去黑压压一片，上万人都不止。赛歌台是临时搭建的，就在县政府门前的广场上。台子上方悬挂着大字横幅标语，从这一端直拉到那一端。赛歌会开始前，县上的干部还讲了话，他号召大家提高觉悟移风易俗。台下的观众掌声热烈，真如海潮般经久不息了。

五娇也是参赛选手之一。

参赛者都是各乡各镇唱咸水歌的高手。那其中有男有女，有年轻的，也有年老的。最老的一位已经七十多岁。据说，就是他，所有的咸水歌都会唱，可以连唱三天不重样儿，而且，就因为咸水歌唱得好，便娶了当地最好看的女子当老婆。

赛歌开始。

参赛者依次上台。大家放开喉咙，都拣自己最拿手的曲目唱。有人唱的是老歌儿。《膊头担伞》啦、《拆蔗寮》啦、《大海驶船》啦、《望夫归》啦、《沙湾对面北斗头》啦、《姑妹腔》啦，等等——说来，咸水歌里确有一些历史久远的曲子，流传也很广泛，当地百姓特别熟悉，大概可以称为“经典”了。有人唱的是新歌儿。比方《仇恨歌》《五更救国歌》《解放歌》《丰收调》，等等。这些都是新编的，其中一些是歌手们自己的创造，还有一些出自当地文化人之手。新歌都有一个特点，曲调基本都是旧歌的曲调，只有歌词是新的，确切一点儿说，应该是旧曲填了新词。

不论新歌老歌，歌手们都唱得全心全意，听众们也听得热火朝天。人群里不时爆发出欢呼声，唱到精彩处，台下会有相熟的人大声叫着歌手的名字喊叫道：“陈水保！你给我们争光了……”有时候还台上台下一起唱，形成了今天人们常说的一个词：互动。演唱的过程也有失误之处，有人唱着唱着跑了调儿，也有太紧张突然把歌词给忘了的，还有的起调太高，怎么用力也唱不上去了，有一个歌手本来唱得挺好的，下台的时候却脚下一滑，在台口跌了一个屁墩儿（可能是太兴奋了）……每逢这时，台下就会哄声四起，喝倒彩，还有吹口哨的。

轮到五娇了——她款款地走上了歌台。

台下顿时安静下来。真奇怪！刚才还吵吵嚷嚷的，现在居然一点儿声音都没有了。那一刻，大家似乎都屏住了呼吸，张大眼睛，只顾着朝台上望。

那天，五娇穿了一件白底儿带碎蓝花儿的斜纹棉布小褂，一条蓝卡其布裤子，裤脚很宽，就是那种家常穿的。应该说，装扮并不出众。但是浑身上下都特别干净，一尘不染，整个人显得清清爽爽。况且她是在台子上，四周空空旷旷的，使她越发突出。突出了她的清爽，也突出了她的朴素，总之，突出了她的美。

她的确是美的。无论身材、容貌，都是美的。但美得并不张扬。

大概由于紧张，她脸色红扑扑的。

片刻，五娇开始唱歌了。

生食藕瓜甜又爽（呀哩）——

五娇唱了《姑妹腔》的第一句。调门儿那个高！嗓音那个清亮！婉转悠扬——歌声就像一支响箭，直冲碧蓝晴空。歌声也像一阵风，向台下的观众迎面吹来，及至最偏远的角落。每个人都心头一震。尤其那个尾音儿，又响亮又俏皮，好听极了！

五娇一共唱了四首歌。每唱完一首，台下的观众都会欢呼，叫好。

她的脸色始终红扑扑的（不过后来就不是紧张而是兴奋了）。

赛歌会结束了。五娇获得了优胜奖的第一名。为此，她领到了一张奖状，还有一支国产的手电筒（上面系了一条红布）。奖状，父亲帮她贴在了正屋的墙上，手电筒，她送给了年纪最小的那个哥哥。

事情还没有结束。

大约在一个月之后，有一天，一个脸色白皙的男子来到了五娇家所在的村子，看年纪在三十岁左右，穿着一身四个衣兜的制服，自称是某地文工团的（讲话带有明显的山地口音），进村后先去村政府找到了一脸皱纹的村长，又由村长陪着来到了五娇家。当时正是中午，家里人正准备吃午饭，因为事先不知情，一时显得很慌乱，也很尴尬。村长哈哈一笑，先把这人向五娇、五娇的老父亲和老母亲做了介绍（其他人都不在家），末了说了一句："有好事呢！"那人一边向五娇等人点着头，一边掏出一张盖着印章的介绍信举给大家看了看，说："我姓简，名叫简家祥，是文工团的副团长。这次来，主要是想跟你们讲一下调曾五娇到我们团去工作的事。前段时间这里赛歌，我们过来听了，都认为她唱得好，音色也好，目前团里很需要这方面的人才……"

五娇的脸又红了——腾地一下就红了——还禁不住向前跨了一步，刚想说什么，却马上被父亲用眼光制止住了。

屋里一时十分安静。

过了一会儿，五娇的父亲说："你是说，我家五娇的嗓子靓？"

那位简副团长怔了一下，说："啊！靓，靓得很呢……"

父亲说："调她过去干啥呢？就唱歌？"

简副团长说："对，唱歌。"

父亲想了一下说："听你刚才的话，你们那个团……不在我们县吧……在哪里呢？"

简副团长说："哦，在北边。北边一点儿……"

父亲说："也是一个县？"

简副团长说：“差不多，比县还要大一级。”

父亲又说：“要是去到你那个团，人也要搬过去住吧？”

简副团长说：“在团里住，团里有宿舍。”

父亲说：“饭咋吃呢？自个儿煮？”

简副团长笑了一下说：“不用自己煮，有人给煮，团里有饭堂。”

父亲说：“白吃？不花钱？”

简副团长说：“花钱，开饭的时候买。”

父亲说：“哪来的钱？家里给拿？”

简副团长说：“团里发工资，一个月发一次，每个月都发。”

父亲说：“给现钱？”

简副团长说：“给现钱。”

父亲说：“那她……不就成了干部了嘛！”

简副团长停了一下说：“算是……不过还有一年考验期，转了正就是了……”

父亲也停了一下，说：“嗯……这挺好。这件事我们家里再商量一下看……”

站在一边的村长忍不住说：“还有啥可商量的？多好的事……”

父亲嗔怪地看了村长一眼，没搭理他。

不知他们是如何商量的，结果是同意五娇调去这个文工团。一应的手续也很快就办好了。户口啦，粮食关系啦，全都办了迁移。

五娇别提多高兴了。

在临走的前一天晚上，五娇去了一趟董永的家，说是去跟邻居道别，实际是想看一看董永。不料却没有看到。董永的妈妈说："你来的时候他刚出门，怎么你们没遇见？"五娇猜他可能去茅厕了，就坐在那里等。左等不回来，右等也不回来，便意识到他可能在躲她。说不上为什么，在离开董家的时候，她心里的高兴劲儿突然没有了……

· 四

五娇来到了文工团。

文工团的全称应该叫"文艺工作团"。现在已经不多见了，也许已经没有了，解散了。当年可是多得很，差不多每个县、地区，包括一些大工厂大矿山，都会有一个。一些林业局和国营农场也会有。由于主管部门的级别不同，文工团的规模也不一样，有的大一些，多达上百人，行政建制也一应俱全，财务、保卫、后勤都会有，还会有几辆汽车，一般都是解放牌大卡车——因为要经常到基层演出，必须具备一定的机动性。有的小一些，四五十个人。还有更小的，仅一二十个人（还有十几个人的）。这更小的，基本都是县一级的团，或者是工矿企业的团。

文工团“行当”很杂。除了乐队之外，一般要有歌唱演员，曲艺演员，舞蹈演员，戏曲或戏剧演员，有的还有杂技演员。另外，由于地域的关系，演员的配置也不一样。比方，东北一定要有唱二人转的，新疆要有弹冬不拉的，内蒙古要有拉马头琴的，南方的团一定要有唱评弹的，福建一定要有唱莆仙戏的，广东一定要有唱粤曲的。通常情况下，各个行当都能和睦相处，你说我唱，互相照应，一台节目就演下来了。当然也有互不服气的，你说唱歌重要，我说跳舞重要，反正尿不到一个壶里。

刚来文工团那会儿，五娇很不适应。一个是想家。她这是平生第一次离家这么远（都出了县了），有时候会想得直哭。一个是自卑。一到团里，她总觉得别人，那些老团员们，都比她强。她觉得他们（主要是女演员们），个个儿都比她漂亮，比她会穿戴，说话做事比她得体，也比她有文化。而自己，除了会唱几首咸水歌，再就一无长处了，甚至连自己的名字都写不好，七扭八歪的——倒是五娇多虑了。其实，当年大家的文化都不很高，大多都没进过学堂，只有极少数的人念过几年书，说来，凡做文艺这一行的，基本都是靠天赋，另外就是靠“家传”。

应该说，来到团里以后，五娇的表现还是不错的，参加过几次演出，有的是在县里，有时候是跟大家下乡，反响都很好，观众好像都很喜欢她唱的歌。团里的同事对她的评价也不错。大家一致觉得她很聪明，很单纯（或者说很简单），很朴实，很正派，少是非，另外人也好看，还说她的好看不像别人那样是外向的、光彩夺目的，她的好看是柔和的、含蓄的，会越看越好看，经得起端详……当然，这与她个人的努力也是分不开的。自从来到团里，她一直都很努力，努力适应新环境，努力不想家。特别值得一提的是，她还参加了团里办的识字班，叫文化补习班也行，除了有演出，其余的时间，每晚她都要去跟老师念“人口手，水火土”，念过了，还要一笔一画地写。

在识字班当教员的是副团长简家祥（兼任）。

简副团长是团里文化水平最高的人，曾经念过“县立初中”。据说他以前在山里打过仗，还负过伤，后来被派到文工团，做了主抓业务的副团长。他自己也很喜欢这个工作。原因之一，是他本来就乐意舞文弄墨，动不动就会写一些唱词、小调儿，交给团员们演唱。这人很爱讲话，一开会就讲个没完，而且一讲话就激动，声调儿高高的，语速也变快了，就像吵架一样，眼睛紧盯着你，咄咄逼人。他是个单身汉，平常就住在团里。听说他结过婚，离了。团里流传着一个说法，说他老婆背叛了他，跟了一个比他强的男人；还说他老婆跟他一样，也是个念过书的。

参加识字班的有十几个人，程度也不一样，有刚来的（比如五娇），有的都学了一两年，已经认得不少字，一些唱词也能顺下来了。

五娇学习刻苦，再加上天资聪慧，很多字念几遍就记住了，很快也会写了。但她毕竟来得晚，又一点儿基础都没有，不论怎样努力，也总比老团员们差一大截。

简副团长对五娇很关照，为了缩小她跟别人的差距，除了正常上课，还要给她“开小灶”，每个礼拜总有一两天，他会把她叫到办公室，补教以前他教过的字，每次一两个小时不等。有时候，教字之余，两个人还要说说家常，主要是简副团长询问一下五娇的情况：心情怎么样啊、有没有什么烦恼啊、想不想家啊，等等。开始，五娇还很拘束，有点儿战战兢兢。不过，她也确实感到了温暖，感到了些许的抚慰。有时候，她也会听他讲一些自己的事，偶尔也会讲一讲他的婚姻，这证实了五娇听到的那些传言。尽管他讲得轻描淡写，但还是可以感觉到那段婚姻带给他的伤害，同时也感觉到了他对某一类女人所怀有的深深的成见，他说她们势力、虚伪、轻贱、没有真情、不朴实，反正是一大堆的形容词。

五娇在心里觉得简副团长是个好人，是个热心人，是个有才华的人……

连五娇自己也说不清楚为什么，那以后，每次再见到简副团长，她都会想起远在家乡的董永，心里“咯噔”一下，感觉董永正在看着自己，眼睛黑亮黑亮的，眼神儿很专注，却又很平静，似乎有话要说，却又不知从何说起……

简副团长关切地问："怎么了曾五娇？"

五娇一惊道："噢没事，我没事……"

她有点儿心慌。

五娇是聪明的（在这方面，没有一个女孩子是傻子），随着时间的推移，随着他们见面次数的增多，她隐约地感觉到了一点儿什么，感觉到了简副团长在正常的"教"和"学"之外的一点儿其他的意思，比方关切，比方爱慕。尽管他一句这方面的话都没说过。但是，从对方的眼神儿，还有说话的语气上，她却看到了这一点，尤其是眼神儿，那可是想掩饰也掩饰不住的。

她说不上这是不是自己的胡思乱想。"也许是我先想的吧……"她脸红了。

奇怪的是，那段时间，每当见到简副团长，或者从他的办公室离开，她都会不由自主地想起董永，还试图把他和他放在一起做一番比较。可是，比较个什么呢？这是两个完全不同的人。相貌不同，脾气秉性不同，身份地位不同，做的事情也不同。若论身份地位，当然一个要比另一个高。还有，一个是那么有学问，知道的东西那么多，一个连书都没念过。这怎么比呢？但是，那个人，那个董永，却始终在她的心上不肯离去，就像田野上的旋风，一会儿消失了，一会儿又冷不丁冒了出来。

五娇心里越来越乱。

有一天，文工团的团长（正团长）把五娇叫去了，要给她说媒。

团长是个四十多岁的男人，因为还兼任别的什么职务（好像是文化局的副局长），所以不常到团里来。在团员们眼里，他是一个很爽朗又很威严的人。

团长给五娇倒了一杯水，问了问五娇最近的工作情况，又顺便表扬了她几句，然后话题一转，说："小曾啊，我给你说个媒吧。哈哈！有人看上你了。这个人你很熟悉，就是简副团长。简副团长是个好同志啊，有资历，有贡献，有才华，有干劲。虽然以前离过婚，但责任不在他，这个我们考察过。你是个年轻同志，团里的人一致反映你工作积极，要求进步，能和简副团长结为伴侣，对你的进步会有更大的帮助。你是不是还没转正？依我看，考验期是可以适当缩短的……"

五娇听着团长的话，听得很认真，不点头不摇头，也不吭声，只是脸色红一阵儿白一阵儿的，等到团长说完了，才轻声说了一句："那，我考虑考虑吧……"

事有凑巧，跟团长谈过话的第二天，五娇就接到了一封家信。信封上写着"本省 ×× 地区文工团请交曾五娇吾儿启"。信上告诉她上次汇来的钱 ×× 元已经收到，又说家里一切都好，还说了"爹娘身体安泰，不要挂念，你要安心工作，日日上进，争取早日转正"之类的话。信的最后，还有这样几句：

“顺告一件不幸的事，邻家董永，前日修补渔船，误被船顶一落木（碗口粗细）砸伤，当时昏倒，险些掉命，前几天刚从医院接回家。这已是不幸中的万幸了。唉。”

一看到这封信，五娇的心立刻痛得一哆嗦，瞬间额头就出了一层冷汗，什么都顾不得想了，光想赶紧回去，看看董永伤势怎样。当即就买了回家的车票。连假都没请，用刚学会的字写了一张假条，说有急事要回一趟家，托同事转交给领导（就是简副团长）。那趟车是下午的，从这里出发后先到县城，再转车到镇上，下车后又步行了几里路，天黑以后才回到她家的村子。

五娇想都没想，便径直来到了董永的家。一进门，就看见董永闭着眼睛蜷缩在竹床上，一朵微弱的烛火在床头轻轻地抖动，烛光映照着他毫无生气的脸，蜡黄蜡黄的。来给五娇开门的董永的妈妈想把他叫醒，五娇示意不要叫。看见董永的那一刻，五娇的心似乎都化了，化成了一摊水。那一刻，她心里的种种感觉：心疼、思念、怜悯、恐惧、委屈……都一股脑地涌出来，涌到眼眶，变成了泪水，刹那间喷涌而出，仿佛打开了一道闸门，不可遏制，遏制不住……

就在这时候，董永醒了，看见了五娇，满眼的惊异。

五娇在村子住下来，每天到董永家里去，服侍他。看他一天天见好，她心里充满了喜悦。

她一住住了一个多月。

后来，她给文工团去了一封信，明确表示自己不想回团了。还找了一些借口，说自己觉悟低，不适合在那里工作，还说自己的父母老了，需要她在家里照顾。总之诸如此类吧。

这中间还有一些过节儿，就不说了。

又过了一年，五娇和董永结了婚。那场婚礼十分热闹。应大家的要求，五娇还在婚礼上唱了几首咸水歌——就是当年她在赛歌会上唱的那几首。

再过一年，五娇和董永生了一个女儿，小名叫善丫，大名叫董善丫。

据董善丫说，她母亲后来曾经好几次跟她提到过一个人，姓简，还说那个人在1957年犯了错误，最后死在了粤北山区的一个林场。唉！——她说母亲每次提到他都充满了愧意。

选自《纪念》，文化发展出版社，2019年版

开门

陈崇正

作者介绍

陈崇正（1983— ），广东潮州人。一级作家。现任广州市文艺报刊社副社长，广州市作协副主席兼秘书长。著有长篇小说《美人城手记》《悬浮术》，小说集《黑镜分身术》《半步村叙事》，诗集《时光积木》等。曾获广东有为文学奖、红棉文学奖、华语科幻文学大赛银奖等奖项。

陈崇正的这篇小说勇敢地回到现实主义中来。他在一个精心设计的封闭空间里，密集了疫情、核酸检测、援非、志愿者等大量现实元素，以流畅的叙述，直抵关乎人类未来的共同体艺术想象。《开门》的开口很小，小到只有螺蛳大小。时间固定，人物固定，场景固定，然后再没有位移。作为深谙小说技艺规律的陈崇正当然知道自己的冒险，他偏要在螺蛳的壳里移挪腾转，演出一场“大戏”。（贺绍俊、李浩等：《开门，直抵关乎人类未来的共同体艺术想象》）

• 一

过了海关，就像进了家门，走起路来也觉得踏实。老冯在电话里嘲笑我，说援非医疗队的英雄归国，有更好的安排不去，非得来挤他的破酒店。我说破归破，离家近，还按照上回那样安排吧，这次时间更紧，隔离结束后还得去北京开会。酒店经理老冯是我的病人，也是十多年的老友。破是玩笑话，酒店挺好，虽然装修比较旧，但位置好，白云山脚下，与白云机场相距不到半个小时车程。这样一栋建筑如果放在阿克拉，那也气派得很。

我需要在酒店里进行为期十四天的健康观察。过去六七年里，我在广州与阿克拉之间已不知道往返多少回。以前只能在广州短暂停留，办完事情便又匆匆回到加纳，我的胃比我的心还忠诚于广州的美食，它早就受够了阿克拉的各种番茄汁，每年总会疼两天以示惩罚。现在好了，我有整整两个星期的时间来满足它，隔离期间酒店也能点外卖，所以十几天的时间倏忽而过，眼看就可以自由活动了。我想去见我的老母亲，陪她说说话。可就在结束隔离的前一天，房间的门锁坏了，关上后会自动弹开。这本来对我也没有影响，就算大门洞开也没有人敢乱闯隔离酒店的房间。但是，一来门没关空调漏风，二来还是得为下一任房客考虑，于是我给酒店客服打了电话。

很快，一个背着挎包的男人就出现在门口，他戴着

N95 口罩，身穿浅蓝色一次性隔离衣，手里的橡胶手套型号偏大。他眼睛没有看我，看着门：“门坏了吗？”

他仿佛在问门，而不是在问我。

“门没坏，应该是锁坏了。”我只能替那扇门回答他。

他低声嘟囔了几句，听不清。我没再搭理他，继续在手机上玩五子棋。眼睛不看，但我还是知道他这里敲敲、那里撬撬，嘴里小声骂骂咧咧，我想老冯这酒店后勤水平也太差了。我站起身，问他是否需要帮忙。他一个激灵，一只手掌挡在胸前：“别过来，不用帮忙，你站在那边说就行。”

我悻悻然坐下，用一个深呼吸平复了自己的情绪，告诫自己，不能因为一个修理工的无礼而动怒；再说修理一下门锁，不就三五分钟的时间，他很快就离开了。我望向窗外，脑海里浮现出几内亚湾蓝色的波涛，来自大西洋的风呼呼吹过椰子树梢。

突然，身边不知不觉多了一个白色物体，把我吓了一跳。抬头一看，是个穿着医用防护服的人，像个宇航员，只留一双大眼睛看着我。

“发呆啊，在门口叫你几声都不应！”是个女声，声音不大，但清脆好听，“核酸检测，请张开嘴巴。”

我跟她解释说门被修理工虚掩着，听不见。她说知道你听不见，所以才进房间来。她一手拿着试管，一手拿着棉签，已经准备来捅我的喉咙。

“今天怎么一个人？”

“别说话，嘴巴张开，啊——”我张开嘴巴她才说，“这次形势严峻，广州全民核酸，同事都被派去支援社区了，就我一个人跑上跑下，累死老娘了。”

一个“老娘”把我逗乐了。语言像酒瓶里飘出来的酒香，让我感觉在防护服下面是一个有趣的灵魂。采集核酸样本的姑娘小心翼翼拧紧了试管的盖子，我这才发现她肩膀上挂着一个大箱子，平时这个箱子会有另外一个小伙伴帮忙背着，今天她得一个人扛了。

就在这时，只听房门哐当一声响，然后又是几下咚咚咚的响声，接着就听到修理工在那里抱怨：“这什么破锁！房门怎么完全开不了了？”我们看向他，问他怎么了，他回头看了我们俩一眼，又看看门，正式宣布道，“门锁死了，彻底打不开了。”

我说：“叫你来，不就是来修锁的吗？现在你的意思是，我们三个都被你锁在房间里面了？”

那姑娘听我提起嗓门这么说，不禁咯咯笑了起来：“锁把修锁工人锁住，这是什么绕口令？”

修理工没空儿理我们，又是一顿操作。我心想你别把门彻底搞坏了，但想起他刚才的态度，我把话又咽回去，转头对我旁边的“宇航员”姑娘说：“你怕是也出不去了。”修理工显然不太服气，又叮叮当当敲了一会儿，终于停下来，非常沮丧地说了一句：“还是打电话叫专门开锁的师傅吧。”

“你不就是修锁的师傅？”姑娘调侃道。

“我上班还不到一周，每天工资两百块，空调风扇洗衣机什么都修。”

他侧身走动时，我才注意到他的右肩往下沉，看来右边的脚有问题……跛脚。我一瞬间在内心原谅了他，向前几步想过去帮他看看门是否真的锁死，此时他那只“如来神掌”又举到胸前，让我又好气又好笑地退了回来。他解释说，深圳有一架从国外回来的飞机上，检测出三十多人核酸阳性，又听说只需要十四秒病毒就能完成传播，还是安全第一，不能闹着玩。

“我小孩今年中考，马上读高中了，我要是住院了，谁给他交学费？”

他的话让房间里安静了下来。这时姑娘放下肩膀上的箱子，走向门口，她试着摇了摇门把手，又敲了敲门，说：“该死，这扇门看上去是木纹的，其实是不锈钢的。”她上上下下打量了一下修理工，又看了看我，径直走向窗边的椅子，坐了下来。她的意思很明确，出不去了。

接下来就是打电话了。我也打电话，修理工也打电话，得到的答复是一致的：酒店的后勤今天刚好组织了一支队伍，外出支援社区核酸检测，当志愿者去了，现在没人，唯一的修理工现在自己把自己锁在客人的房间里。

我给老冯打电话，老冯慢悠悠地说：“兄弟啊，你看看你的窗外，现在广州全民抗疫，这是目前最大的事对不对？”落地窗的下方，是一个小广场，广场上此刻有许多人正在排队等待做核酸。人类的伟大，大概是从这样强大的社会互信和协作开始的，从而缔造了一个高效运作的共同体。

老冯说他名下有三家酒店，我住的这家酒店从去年开始做隔离酒店，餐饮、商铺和会议室，全部停掉没有收入，还得养一帮人，目前全靠其他两家的利润在支撑。“我跟员工说，凭良心做事，赚赚赔赔不要紧，疫情如果控制不住，大家都得歇菜。”我夸他有大局观，然后把话题绕回来，提醒他得找人帮我开门：“有两个人关在我房间里，怎么也得把他们放出去。”

“这个吴医生你放心。”退伍军人老冯用洪亮的男中音说，“那个门啊，修了几回了，上次也把一对情侣锁在里头，只能等专业开锁公司派人来。”

老冯预约了一个专业开锁公司上门，但需要耐心等待，很多地方封控，开锁师傅过来也是需要时间的。我表示理解。过了一会儿他给我发微信说，耐心等待，最快也得两三个小时，才会有人去给你们开门。又用语音留言嘱咐说：“你让那个修理工别乱敲，前天他把五楼的空调外机砸了几锤子，现在是彻底坏了，修不了了。”

我的微信语音刚好外放，修理工也听到了，在口罩后面嘀咕了一声什么，然后眼神躲开了，把手肘靠在鞋柜上，手指拨弄了一下鞋柜上的那把锤子。

二

房间刚好有三把椅子，我让姑娘搬了一把给修理工，他就在靠门的地方坐着。我和姑娘则一人一把圈椅，坐在窗边。我打开电视，端午刚过，新闻里“神舟十二号”正在准备发射前的各种检查，修理工的坐姿稍微松弛了，没那么僵直。平时我在房间里不戴口罩，刚才以为修理工三五分钟能修好离开，也没戴口罩，但此刻三人处于密闭的空间里，我取出口罩戴上。

取口罩的时候，我顺便把背包里那只徕卡望远镜取出来，这是我有一年经过阿布贾的二手市场淘到的。自从发现老冯这酒店有一面的房间正对着我家，我回国之前检查了三遍，以确认我带了这只望远镜。

我的望远镜刚放到桌子上，姑娘便说：“哟，好东西，德国货啊。”

我没理她，举着望远镜对着窗外张望。广州的天空永远如此神奇，一边霞光灿烂，一边却沉积着浓墨般的乌云。街道的尽头，一棵凤凰树已经开花了，毫无顾忌地红着了魔般绽放，看上去像燃烧的火炬。

我的镜头往近移动，手指调节着镜头的清晰度。我的老母亲，每天会摇着轮椅来到大阳台上，晒晒太阳或者发发呆，有时候还会给阳台上的绿萝浇水，而我从这个角度，刚好可以看到她。在非洲的日子，我隔三岔五会给她打个电话，她的记忆像一只会自动重启格式化的磁盘，每个电话都会问我在哪里，今晚是否回家吃饭。非洲、加纳、阿克拉、医疗队、杧果树、巨大的落日、顶着大盆走在公路上的女人……我在电话里对她描述非洲的所有细节，她竟然没法记住一个词。她听力也不好，这让我重复的讲述更为艰难，但她却能清楚地记得若干年前的事，比如问我小钟还好吗。小钟是我第一任女朋友，是我把她从死神那边救回来的。我们谈了半年恋爱，她还是忍受不了我随时需要往医院赶的工作节奏，提出分手。那天她像所有刚分手的恋人那样失声痛哭，险些昏厥，但过了这一天，她便很快翻页，开始了她的新乐章，而把我留在原地。我跟母亲说，小钟已经是别人的妻子，生了一对双胞胎。母亲说："啊？是这样吗？"她仿佛活在另一个平行宇宙，在那里我有另一个故事。

望远镜里，阳台上的母亲果然很准时出现了。在非洲的日子，这个情景无数次出现在我的梦里，伴随着西非的海风穿透我的睡眠。十年以前我还没有搬离这条街，我每天开车上班，她都会在阳台出现，或者晾晒衣服，或者侍弄花草，然后目送我上车离开。我在汽车的后视镜里能看到她就站在那里，目光里似乎什么都没有，却从容坚定，不容置疑。晚饭时，她会将其他菜先做好，然后在阳台上坐着，择菜或做手工，见我的车进了小区，便开始炒青菜。我也是很长时间之后才发现，每次我一进家门，饭菜已经备好，而且青菜每次都刚好端上桌，还青翠着呢。

“男人果然没一个好东西，”穿防护服的姑娘说，“住酒店还带望远镜，看什么呢？长腿大美女？有没有穿黑丝？”

虽然看不到她的表情，但可以想象她脸上一定挂着俏皮的笑。见我没回答，她站起身，伸出手来，要拿我的望远镜：“给我也看看，这么专注，有什么好看的？”

我只能把望远镜给了她。

“这有什么呀？什么都没有。你在偷窥谁家……就一个老太太，坐在轮椅上……好酷，这老太太只戴了一边金耳环！”

“耳环是我十多年前第一次去非洲带给她的礼物，后来她不小心掉了一只，她就收起来了。几天后我爸去世，她迷信，认为丢失的那只耳环与我爸的去世有某种联系，从此每天戴着仅剩的那一只，她对我说，你不能有事……”

姑娘轻声说了声对不起，把望远镜轻轻放在茶几上。她说，你需要纸巾吗？我摇摇头笑着说，我是医生，没有那么脆弱，我们都铁石心肠。

“你们这一批明天就可以离开酒店，明天就能见到老太太了。”

“明天应该还见不到，我家姐明天在家，她在我不敢过去，后天周六她不在家，我再过去见见老太太。”我不知道自己为什么会对这个女孩子说这么多话，是不是因为太久没有跟别人说话了，“七年前，我姐夫在我的手术台上离开，我大姐便没有再跟我说过一句话……我那时认为自己尽力了，但后来我一遍遍复盘……如果是现在，他应该能活下来，没办法，很多事情就是没办法。”

跟我母亲年轻时候一样，我姐性格很烈，全家她就只怕我父亲一个人；无论她有多大情绪，我父亲就像一头老虎，只要一瞪眼，她必定缩回去。父亲去世后，她简直没有天敌。我明白姐夫的死对我姐意味着什么，所以医院援助非洲的项目出来，我第一个报了名，还得到领导的表扬。那时候我也没想太多，但是到了非洲以后，我所见到的情景，让我重新思考一个医生存在的意义。或者说，只要你见过工棚一样的医院，见过被疟疾袭击的村落，见过失去亲人的哀号，你就明白同为人类，应该做点什么。所以，本来这个援非项目只需要两年，但我在加纳一待六七年，这期间和同事到村庄组织义诊，和那里的许多人成了朋友。但我这个举动显然加剧了我姐的情绪，她撂下的话是：“你最好死在非洲不要回来！”

房间里安静下来，没有人说话。良久，女孩才说：“我叫薛晓清，师傅你叫什么名字？”她问修理工。修理工在发呆，被她的提问吓一跳，大声说：“张万红，弓长张，一万两万的万，红色的红。”修理工张万红介绍自己的这句话一气呵成，看来不知道说了多少遍。薛晓清这才转向我：“医生呢？您叫什么名字？”南方人很少用“您”，她还用了重音，听着很奇怪。

“吴艺越。”我明白她的心思，绕了一圈就是想问我的名字。

“吴医生，”她清脆地叫了一声，“所以这就是拿手术刀的手？”她的目光落在我的手指上。我点点头，不知道怎么回答她。

薛晓清又伸手去摆弄我放在桌上的木雕。那是我从加纳带来的乌木工艺品，有一个准备留在酒店送给老冯，他人好，我得祝他发财。薛晓清自言自语地说：“右边这个我认识，叫特勒姆，高举双手，我在也门见过，应该是在祈求合家平安、国泰民安吧。”她问我，“左边这个没见过，这雕的是什么？”

“左边是巴乌莱人的尤苏神像，一个加纳病人送我的礼物，他说这个神仙有治病救人的法力。中国医生在非洲，常被当成下凡的尤苏神。”

“您在加纳当医生？”

“是的，我们医院对口援助西非加纳，六年了，我的医疗项目主要是救治先天性心脏病病人，为非洲的医生带去先进的技术，目前我们医疗队已经救助了很多人，包括儿童。”

虽然被蚊子咬一口就可能得疟疾，虽然吃不惯他们黏糊糊的食物，但医疗队还是挺住了，用技术实力赢得了名声。这支医疗队到了加纳两年之后，克里布教学医院心内科死亡率从每月百分之十一下降到百分之五。有一次，村民不知道从什么渠道听说我们的医疗队将出门义诊，竟然一千多人从各地赶来排队等候，队伍简直望不到边。我对队员说，现场只要有一个病人，我们就不能离开。队员知道我的脾气，因为我这句话，医疗队在窝棚搭成的诊室里整整奋战了三天。收队的路上，路边的红土长着荒草，我想起了我死去的父亲。

这时，坐在厕所门口的修理工张万红突然高声说："非洲的加纳吗？加纳我知道！"

我和薛晓清都看向他。

• 三

张万红的叙述能力确实太差了，前言不搭后语，我可以凭借他的声音，想象口罩后面他有两片厚厚的嘴唇和一条笨重的舌头。他没说清楚，我们只能通过不断追问，终于大概拼贴起他的故事。

那么，事情是这样的。大概十年前，修理工张万红还没有成为修理工，孩子还小，他可以在深夜的烧烤摊跟朋友喝啤酒。他就是在烧烤摊上认识萨尔佩，然后才发现萨尔佩居然是他的邻居。邻居萨尔佩是加纳人，但很奇怪，他说一口带粤语腔的普通话，深入交流才知道，萨尔佩从小跟一个广西上林来的邻居学习中国话，跟着唱粤语歌。“萨尔佩说他们那里到处都是挖矿的广西人。”张万红很快和这个扎着一串串小辫子的加纳人成为好朋友，萨尔佩则把他带进了动物园。萨尔佩是动物园的驯兽师，更具体地说，是一个驯虎师，他的特长是训练老虎，这门手艺是他跟一个会谈西塔尔琴的印度师傅学习的。来自印度喀拉拉邦科塔亚姆市的西塔尔琴师傅功夫了得，他能让两头孟加拉虎同时穿过火圈。张万红说，那段岁月他每天都激情万丈，感觉自己终于迎来了充满希望的生活。他第一次伸手触碰到老虎皮毛时，浑身好像也被一只老虎附体了，充满了神奇的力量。从某个角度看，萨尔佩就是张万红的驯兽师父，他虽然年龄比张万红小，但是得益于广西上林口音的普通话，他融入粤语生活圈比张万红还快，喝啤酒的时候还可以用混杂着英文单词的普通话，给做非洲服装生意的朋友们讲粤语段子。但很快，萨尔佩就讲不了笑话，也喝不了啤酒，他生了一场大病，病情好转之后，他变得沉默。两个月后，他向动物园辞职。

萨尔佩走后，张万红就不应该再继续留在动物园了，他并没有任何驯兽的技术和证照。

“就没了？”薛晓清似乎有点失望，“我还以为有什么跌宕起伏的情节呢。”

修理工张万红眨了眨眼睛，他似乎也为自己前不着村后不着店的故事感到抱歉，然后他看着我，很严肃地问了一个他一直想知道的问题："萨尔佩曾经告诉我一个秘密，说加纳的泥土煮一煮，里面就有黄金，所以当地的黄金都不值钱，是真的吗？"

我听完不禁大笑起来："加纳确实被叫作黄金海岸，那边有大量中国人在淘金，但也非常辛苦，中国人在哪里都比别人勤劳，就像黄金在哪里都值钱，没有不劳而获的事。"

他没有笑，又严肃地问："非洲真的没有老虎？"

"没有。"

"萨尔佩说非洲遍地都是老虎，所以经常会死人。"他的语气里尽是失望，显然，他对加纳只有想象，所知甚少。

非洲确实经常死人，但不是因为老虎。我谈起了非洲的生活，那里的贫困和疾病，也谈起加纳人的热情，以及在这片土地上中国人留下的印记。说到莲雾在加纳被称为玫瑰苹果，说到他们欢乐的葬礼、手鼓和萨克斯，张万红笑了，那是他陌生的另一种生活，但一群中国人在异国他乡的拼搏，确是他所熟悉的。他终于靠近我，给我看萨尔佩的照片。萨尔佩没有留下任何联系方式。"也不知道他是不是还活着。"张万红低声说了一句，眼中掠过一丝悲伤。

我也没有继续再说下去。

这时窗外的小广场上突然大雨倾盆，薛晓清站了起来，忧心忡忡看着这一切。端午前后的龙舟水，向来阴晴不定。大雨把很多人都淋湿了，有几个志愿者死死护住雨棚，不让大风把雨棚刮倒。这是来自太平洋的风，明显比大西洋的要猛烈一些。

我给张万红递过去一瓶矿泉水，张万红接过水，放在鞋柜上，显然，他不愿意脱下N95口罩去喝水。他说，不喝水，但我得借用您的厕所，快憋不住了。

我和薛晓清都笑了。笑了一半薛晓清就没有笑了，如果开锁的人迟迟不来，时间一久她也会有各种不方便，防护服一旦脱下来，那也很麻烦。无聊和焦虑的气氛再次回来。薛晓清拿起挂在胸前的手机，看样子是在回复信息。但接下来她的一个操作让我目瞪口呆。她分别用微信语音回复了四个人的信息，一个用普通话，一个用粤语，一个用英语，还有一个，居然是阿拉伯语。

我对着她笑了："看来给我关上一扇门，真的便会打开一扇窗，你居然会阿拉伯语？"

她没有抬头看我，依然在拨弄她的手机："我语言天赋还行，父母以前在阿曼做生意，常听他们说起那边的事，很好奇。大三那年碰巧有个机会，我去也门做了交换生，在离学校不远的阿拉伯人家里住了一年。"

"那你有考虑到非洲工作吗？我们医疗队这次需要阿拉伯语翻译，我正为这个事发愁。这些年我们在培养一批能够熟练掌握心脏冠脉导管介入手术的非洲医生，这个项目进展不错。接下来将会有来自苏丹的一批医生到我所在的克里布教学医院，参加为期三个月的培训学习。我们想给非洲留下一支永远带不走的医疗队伍，所以阿拉伯语翻译非常重要。”

薛晓清还是没有抬头，视线没有离开手机，随后她摇了摇头。

· 四

修理工张万红从厕所里出来，他显然忘记了老板对他别随便抡锤子的叮嘱，说闲着也是闲着，还不如试试能不能把门打开。他拿起锤子和螺丝刀，准备继续砸门。

砸门的声音把埋头看手机的薛晓清吓一跳。薛晓清对砸门声的反应有点儿过激，她的双手猛地丢开手机，紧紧攥住圈椅的扶手。明白怎么回事以后，也没有去骂张万红，而是对我说，她以前被吓破胆，现在不经吓。出于一个医生的警觉，我心里突然有了一个猜测。

“薛晓清你现在做什么工作？是护士吗？”我问她。

她说不是，她在一家医学检验实验室工作：“我们公司这次也承担了核酸检测的项目，去年疫情发生以后，公司安排我们也参加培训，考了 PCR 上岗证，就是感染性疾病核酸检测上岗证，所以这次到这家隔离酒店驻点。我还是一支志愿者组织的负责人，我们这次也参加全民核酸检测，刚才我就是在微信上跟他们在沟通。”

“志愿者也有外国人？”

“哦，刚才那是个说阿拉伯语的留学生，他这次跟朋友租住的小区也刚好被封控了。我们的志愿者群里，各行各业的人都有。”

我点了点头，又问：“是什么事促使你去做志愿者？”

“我从也门回国之后，有一阵子很迷茫，偶然接触了志愿者组织，当时我就发愿，我要完成一万时长的志愿者工作。”

我在内心计算一万小时的时长是多久：“那现在完成多少小时了？”

“去年疫情加快了我的速度，现在大概已经接近四千小时了。”

“从什么时候开始做？”

“2015年4月开始，”薛晓清眼睛里浮现出笑意，“吴老师您是在面试我吗？”

如果是面试，到这时大概已经结束，她这样的性格和能力，正是我们团队需要的人。我没有接她的话，继续问出了我最想问的问题：“也门撤侨？”

薛晓清眼睛里的笑不见了，她的目光变得严肃：“是的，海军把他们的床让给我们，把吃的也让给我们吃。那一路上海浪很大，我哭了几回，我当时以为我会死在也门。我爸在我包里塞了一个手榴弹，告诉我最危险的时候用上它。我摸了摸，那是一颗真实的手榴弹，吴医生，鲜血您可能见多了，但真正的炮火，我想您还没看过，我的房东就死在我的面前……”

她低下头，左手掐着右手，眼睛没有跟我对视，但我知道她流泪了。我面前的这个女孩，裹在防护服里，而她居然是也门撤侨的亲历者，我有点儿恍惚。这真是一个神奇的下午，也门撤侨已经从新闻变成传奇故事，变成电影。薛晓清简单地说了她如何撤离，离开时如何给海军鞠躬，她说现在还经常梦见那时的情景，梦见炮火纷飞中的逃亡。

“所以，”缓了缓她说，“吴医生，我再也不想走出国门了，真的，我这辈子就想留在中国。我可以不休不眠做志愿者，我可以用我的双手去帮助身边的人，如果一万个小时不够，那么我就做两万个小时……”

这次，轮到我把纸巾递给了她。我内心涌起复杂的情感，我想起与我恩断义绝的大姐，还有酒店对面患有阿尔茨海默病的老母亲，胸口似乎有一只孟加拉虎在狂奔，在怒吼。孟加拉虎慢慢停了下来，我感觉到它脚上的肉垫轻轻落在地面上，只要站稳，孟加拉虎便会成为一只猫，温顺的猫，像猫一样轻轻地呼吸着，耳边仿佛响起了加纳双音铁筒牛铃清脆的节奏。

窗外广场上做核酸的人渐渐变少，刚才排队的人都已经散去。风吹着小广场一侧的细叶榕，隐约听见哪里传来几声蝉的鸣叫。

房间门口传来人声，一个声音在训斥修理工张万红，让他不要乱敲，不要把锁彻底弄坏了。然后从门那边传来了开锁的声音。张万红只能回到椅子上坐着，过了一会儿他自我解嘲说："你看，这也不能怪我，他们专业开锁都半天打不开。"

我接了他的话，但是眼睛却看着薛晓清："门总是要打开的，不能总是锁着，不是吗？"

薛晓清点了点头，对我说："吴医生，我明白您的意思，您让我考虑考虑吧。"

"当然需要考虑，而且你还需要知道，我们援非医疗队，有的同事已经永远留在非洲了。我们是看不见炮火，但我们耳边随时都是炮声。"

她又点了点头，很慢地说："这我不怕。"

门终于被撬开了，开锁的师傅脾气很大，说张万红瞎搞，好好一把锁都给砸变形了，才导致门被卡得死死的。"你再多砸一锤子，我们就只能叫消防来强拆了，换门的钱你出吗？"张万红倒是没有生气，他嬉皮笑脸开了两句玩笑，还连声说谢谢，然后才辩解说这个也不能怪他，门锁本来就是坏的，这扇门这么结实，看来不便宜，他也赔不起。他一边说一边往外走，跛着脚走向电梯，开锁的师傅才发现他的脚不方便，当即也闭嘴了。薛晓清跟我交换了联系方式，便拎着药箱起身告辞。走到电梯口时，她突然回转身给我深深鞠了一躬：“向您致敬。”我不知道怎么回应才得体，只能把手搭在耳边说：“等你的电话。”她点点头，进了电梯。

夜里，我正在写我的会议发言材料，手机突然响了，我还以为是薛晓清，看都没看便接了。

“你在对面？”这个声音如此熟悉，又如此陌生，我浑身不禁一震。

“是。”我不自觉拉开窗帘，走到落地窗前。果然，不需要望远镜，对面熟悉的窗口出现她的身影，她正看向我这边。

“小薛说，你每天用望远镜看我们？”

小薛？我登时明白她说的是谁，我说：“是的。”

她没有说话，我听到轻轻呼气的声音。

“出门戴好口罩。”她说完，便挂了电话。

岁月并不能改变她，还是那么强势，还是那样的脾气，简直是一只母老虎！但姐夫去世之后的这些年，她一个人照顾生病的母亲，把两个孩子送进大学，这看似简单的生活里尽是艰辛，但她把一切都安排得妥妥帖帖。外面夜色正浓，落地窗玻璃上映出了我的脸，让我突然想到，我觉得她是老虎，从她的角度看，可能我也是一只脾气很臭的老虎。

第二天，外面天气阴沉，我一早就收拾好行李，靠在床头，心里盘算着应该先去超市，给队友们买各种他们托我带的东西。电视里“神舟十二号”正在缓缓升空，我像一只被关了很久的鸟儿，只等时间一到，鸟笼打开，便拖着拉杆箱出门去。这时老冯给我打电话，说他就不过来送我了，然后又说，听说昨天跟你关在一起的是阿清，那姑娘厉害哟，别看年纪小，干起活来不要命，许多社区的阿叔阿婆都认识她，小名人啊。我说，这样的人，冯总要多关照。

退了房卡，把送给老冯的礼物留在前台，走出酒店，一阵清凉的夏风吹来，浑身舒爽，这才是我记忆里广州的夏天。忽然，我看到薛晓清站在细叶榕树下向我招手，她双手卷成一只望远镜，对我做鬼脸。在她身后的轮椅上，戴着一只耳环的母亲正呆呆望着我。我小步跑过去，却见榕树花圃的那一侧，我的大姐站在阴影处，手里提着一网兜粽子，她眼睛通红，眼里噙着泪水。

选自《人民文学》2021年第9期

你的目光（节选）

王威廉

作者介绍

王威廉（1982—　），中山大学中文系副教授、创意写作教研室主任，广州市作协副主席。出版小说《野未来》《内脸》《非法入住》《听盐生长的声音》《倒立生活》等，文论随笔集《无法游牧的悲伤》等。曾获首届“紫金·人民文学之星”文学奖、十月文学奖、花城文学奖、茅盾文学新人奖、华语科幻文学大赛金奖、中华优秀出版物奖等。

《你的目光》是王威廉最近几年写得非常好的一部中篇小说。小说以“家族寻根”为叙事动力，书写了客家人和疍家人的历史渊源和当代遭遇。尤其是疍家人，这是我第一次在小说文本里接触到这样一个文化人类学的概念。他有人类学的视野，将客家人和疍家人这两个族群的文化置于21世纪的文化语境中并进行对话。小说中的客家人和疍家人的爱情是一个装置或者设置，这一设置，暗示了两种古老的文化在全球化时代破茧重生的可能，从这一点来说，《你的目光》有着非常丰富的历史和文化的纵深。（杨庆祥:《目光相遇的“关键性时刻”——评王威廉〈你的目光〉》）

• 6

她的工作室位于一个叫“创造社”的创意园里。这名字真响亮。她告诉我，这里离珠江很近，原先是水上居民的老旧住宅，已经有超过五十年的历史了，残破不堪，因此被重新设计改造了。

“水上居民？”

“也就是疍家人，知道吗？他们以前都是生活在船上的，以捕鱼为生。有句歌谣就说他们‘世世水为乡，代代舟为家’。新中国成立后，政府给他们建楼房，他们才从水上搬迁到陆地上来了。”

“疍家人，我知道的，我喝过艇仔粥，听说最正宗的艇仔粥以前在珠江的船上才有得卖。”

“冇错啦！”她脱口而出一句广州白话，“估唔到你都知？”

“当然知啦，”我模仿着白话，“我也系广东人嘛。”

我们村是客家人，可邻村是讲白话的广府人，所以我会说客家话，也能听懂白话。很多外地人以为广东人都是讲白话的，这是一种误解。广府人自然是珠三角地区的主流民系，他们的白话影响极大，港澳以及许多海外华人中，白话都是通用语。不过，在广东不仅有白话，还有客家话和潮汕话，说后两种方言的人数也是不少的。广府、客家、潮汕，这三大民系构成了岭南文化三足鼎立的局面。

不过，话说回来，我自己更喜欢说普通话。因为横岗的外地人越来越多，要是不说普通话，大家根本没法交流。而且，普通话跟书面语关系更紧密，所以能表达更多复杂的意思，眼镜那么多配件，用客家话怎么叫得出来。毕竟科技在发展，新事物太多了，超出了方言的范围。中国各个地方的方言都是以农业生活为底子的，客家话也不例外。母亲在这点上就极为开明，她一直让我们教她学普通话，她学会后，在外面用普通话，在家跟我们还是用客家话。我喜欢这样，这样一来，每当我听见客家话的时候，我就会想起母亲，想起家。

“别客气，请坐。”她恢复了普通话。虽然她的声音婉转柔美，一听就是南方人，但几乎没有方言口音，吐字极其清晰。她生在广州，在香港读书，不知道她怎么做到的。

她的工作室并不大，说白了，还没我的眼镜店大呢，但我还是发自内心地祝贺她，羡慕她，因为我那只是间商店罢了，谁都能接手，而她这里浸透着她的艺术气息，是她这个人的一部分，无可替代。靠墙的纯色原木架上陈列着她设计的一些展品（昂贵的宝石眼镜被照片取代了），那款环保眼镜被放在显眼的位置。

我在沙发上坐下来微微放松，抬头看到吊顶上还悬挂着别致的小鱼和小船。

“阿良，给你个惊喜。”她说着，打开灯，也坐下来，跟我一起仰头望。过了一会儿，那些小鱼的身体扭动起来，像是游动了，小船尾部的小马达也开始旋转。头顶变成了活的水世界，我们像是水底的鱼在琢磨上边的世界。

“太棒了，也是你设计的？”我低头看她，她还凝神望着头顶。

“是我设计的，可我要感谢你。”

“感谢我？”

“感谢你提供的记忆钛材料呀，这些是用记忆钛丝做成的，利用灯光加热产生温差，从而让记忆钛丝产生膨胀效应。”

“难以置信！你简直是个魔法师！”我惊叹起来。

“设计师应该成为魔法师。”她淡淡地说。

“你这个设计是从疍家人那里得到的灵感吗？”我追问。

“聪明，”她说，“但不用什么灵感，因为我自己就是疍家人。”

轮到我一愣，然后弱弱问了句：“现在还有疍家人吗？”

“疍家人作为一个群体已经消失了，但他们的后代还在呀，”她微微一笑，“比如我。”

经她说，我才知道至少有十分之一的老广州人有疍家人的血脉。但是，历史上对疍家人的歧视很严重，认为他们是贱民，因此长期以来他们对自己的身份变得讳莫如深。

搬迁上岸之后，曾经的水上生活更是成了无人谈及的往事了。阿姿之所以还知道自己的来路，是因为她的母亲。

“我母亲的童年是在船上度过的。她小时候背上绑着木头，还拴着绳子，在船上爬来爬去，一不小心掉到江里，就浮在水上。她在水里玩得特别开心，所以她上岸后还不习惯，会‘晕陆’。”她笑着说，仿佛说的是自己的事情。

“完全想不到，在我们岸上的人看来，那样的生活够艰苦的。”

“何止是艰苦，但是那艰苦变成了记忆，就不一样了，”阿姿说，“那安慰过童年的，才能安慰人生。”

“确实如此。”我无比认同她说的，那就像是围屋对父亲的安慰。

我看着头顶那些轻盈的小鱼和小船，幻想自己也生活在其中的一艘小船上，耳边响起了孩子们戏水的声音。

她的工作室瞬间变得很大，能够容纳整条珠江。

“晚餐吃什么好呢？”她问我的意见，我自然听她安排。她决定带我去吃茶点，其实这也是我暗自期待的，我一直想尝尝正宗的广州茶点。

她特别点了一份艇仔粥，让我又想起了她的疍家母亲。

热气腾腾的粥里边配料极为丰富，有鲜鱼片、瘦肉片、叉烧片、猪肚丝、鱿鱼丝、油条丝、海蜇丝、鸡蛋丝、腐皮丝等十几种材料。她告诉我，这些配料不是跟粥一起熬的，而是先将粥熬好，再将滚烫的粥倒入配料中，配料被很快烫熟却又保留了原有的鲜嫩，再撒进花生碎和葱花提味，绵滑的口感中便不时出现不同的食物香味，堪称粥中极品。

我喝了一口粥，软中有脆又有韧，味觉被完全调动起来。

“给你讲个故事吧。”冼老师说，“很久以前，一个船上人家的女孩叫金水，心地很善良。有一天，她父亲捕到了一条大鲤鱼，她看到那条大鲤鱼受了伤，脸上极为悲伤，她便将大鲤鱼放回江中。父亲得知后，还责骂了她。过了几年，她父亲患了重病，她非常伤心，面朝江水，祈求保佑。这时，一位仙女从水中现身，对她说：‘我是被你救过的鲤鱼。你在煮粥的时候放进鱼虾，再加些炸花生、油条丝，拿去卖会大受欢迎。你拿钱带你爹去看大夫，十天内即可痊愈。’金水依法照做，治好了父亲的病，从此，这粥就被取名为‘艇仔粥’。”

“没想到仙女也是个吃货。”我又喝了一口粥，滋味愈加丰富。

“哈，在广州生活，什么人都会变成吃货，这是一个注重感官的城市。”说着，她让我试试豆豉凤爪。

“这故事是你母亲讲给你的？”

她点点头，说：“我跟母亲的关系很亲密，她生病前，我们几乎无话不谈。”

我不敢多问，正好这时清蒸笋壳鱼上桌了，我用铁勺划开，给她碗里盛了一块。

“谢谢，”她说，“再告诉你一些好玩的习俗吧。在广州吃饭，不能说‘将鱼翻过来’，要说‘顺过来’，碗和勺也不能扣在桌上。这些都跟水上生活有关。”

“我们那儿也有个讲究，你肯定猜不到。”我卖了个关子。

“你说说看。”

“父子同席，忌面对面坐。”

“为什么呀？”她睁大眼睛看我。

“怕成为‘对头’。”

我们一起大笑起来。

“玩笑吧？”她不信。

“真的。”我和父亲确实从来都不会面对面坐。

吃完饭，我们走出来，在夜色中散步。天气真好，不冷不热，是难得的好日子。两边的楼越来越高、越来越密，我们像是置身谷底。我跟着她来到一个岔路口，一转身，走到了小路上，珠江在望。我有些兴奋，加快了脚步。很快，到了江边，备受压抑的视野忽然开阔，心情都振奋了。披挂彩灯的各式游船来往穿梭，对岸是一个造型像帆的现代音乐厅，好一派繁华气象。

“你读过罗曼·罗兰的《约翰·克利斯朵夫》吗？”

我问她。

“没读过，没想到你还是文青。”

“算不上文青，为了戒网瘾，无聊时读了好多小说，后来发现能记得的还是世界名著，估计是因为难读吧，耗费精力多。”

“你别说，还确实是。我好久没读小说了，忽然有点想读了。我喜欢《简·爱》，上女校时必读，从此害怕带阁楼的房间。”

“害怕里边藏着一个疯女人？”我笑道，“不过，确实适合女校，独立而又包容。”

她却没有笑，若有所思的样子。她问我刚刚提罗曼·罗兰那本书是想说什么。

“哦，我想说那小说的开篇我一直记得，‘江声浩荡，从屋后上升’，这句话我总是念念不忘。我家附近没有江，只有小河，一直好想体会下那种感觉。”此刻，江风袭来，我闻到了一股淡淡的腥甜味。我俯身靠在石栏上，望着上百米宽的江面，极为壮阔，对岸音乐厅下面的人像蚂蚁一般无序运动着。我有些兴奋地说：“我终于体会到‘江’的感觉了。”

“江声？如果是指水流的声音，好像不曾听到。也许是我在江边住久了，我觉得它好沉默，满怀心事，也许是‘静水流深’吧。”冼老师也靠在石栏上，我们之间只有一厘米的距离。

“我觉得‘江声’应该不光是水声，它像是交响乐，有很多声部，浑厚复杂，我们现在说的话也是它的一部分。小河的声音倒是清脆，听久了却单一。小河流水哗啦啦，小船在摇荡……”我还哼起了小调。

她被我的公鸭嗓音逗笑了：“看你心情这么好，请你去吃消夜吧。”

其实，我早已想好了，等会儿请她吃消夜。如果人与人的聚会没有消夜，那显然是不到位的。消夜不是因为饥饿，而是一个可以让彼此再次坐下来，喝点小酒，说说心里话的借口。

“来广州不吃消夜那我不是亏大了，”我说，“不过说好了，我请你哈，我这拜师了还没请老师吃过饭，倒是刚刚让老师破费了。”

“行，去吃烧烤！”

“想到烤生蚝，我的口水都快流下来了。”

跟着冼老师，来到了一条叫“下渡路”的老街。

“这里够古老的，有个汉代的古井遗址，旁边靠着中山大学。”她说，“这里最出名的就是烧烤，是广州最有名的大排档据点之一。”

果然名不虚传。各种烧烤档连在一起，桌子就摆在街边，食客们摩肩接踵前来，一家一家询问着，坐在位子上的食客则安之若素，大吃大喝，高谈阔论，丝毫不受来往行人影响。桌下堆满了各种贝类的壳子，有点像废弃的工地。整个街道都被烧烤的烟雾笼罩着，既呛人又诱人。我们选定了一家排档，她说这里的炭烧生蚝特别好，然后又叫了必点的烤茄子、烤韭菜以及鸡中翅。她也没问我喝不喝啤酒，就叫了一打珠江纯生。

“太多了吧？”我惊了一下。

“慢慢喝嘛，”她说，“这里喝不完可以退的。”

铁盘子里装着十二只大生蚝端了上来，生蚝壳里的汁液还在沸腾，上边厚厚的一层蒜蓉散发出催动食欲的奇香。我突然觉得自己没吃晚餐。在我大口吃肥嫩生蚝的时候，她已经开始自斟自饮了，似乎对烧烤兴趣不大。我劝她吃，她敷衍着吃了一个，擦擦嘴说：“刚才已经吃饱了，你使劲吃，不用管我。”我看她喝酒有点猛，劝她慢点喝，并问她酒量如何。

“也没有怎么样，就是喜欢喝酒的感觉。”

“我不喜欢喝酒，我妹夫喜欢喝，他是陕西人，还喜欢喝高度酒。”

“你说起过他，你似乎对他不满。”

“有吗？”

“问你自己咯。”她转而说，“我呢，其实并不喜欢喝酒，我只是因为喝酒的时候可以忘掉一些事情。”

“不愉快的事情？”

“不愉快的事情。”

她喝掉三瓶之后，速度才有所放缓，整个人也似乎放松了不少。酒精正在麻醉她的神经，从而屏蔽了她的焦虑。我交际狭窄，从未见过喝酒这么凶悍的女性，被她震慑了。我琢磨着她的心事应该跟感情有关。我不知道她为什么从香港回来。她在那边读了几年书，顺便谈个一两场恋爱，也是很正常的事情。女孩子嘛，总是会有一两段放不下的感情，虽然真放下的时候要比男人决绝得多。就在前不久，我听国麟说，我之前的女朋友上个月结婚了，我还是想起了很多过去的事情。

冼老师突然看着我说："你是不是觉得我失恋了？"

"没有啊，"我从黯淡的记忆中抽身而出，还狡辩说，"你这样的人怎么会失恋呢？"

她狡黠地笑了："你别装了，你就是这样想的。但我告诉你，还真不是，是我家庭的事情。"

"好的，是你的老公还是……"我还准备说孩子的，但立即觉得不妥，赶紧刹车。

"喂！我还没结婚呢，"她说，"我说的是老爸老妈，还有……哥哥。"

没结婚，我心中顿感踏实。没想到她还有个哥哥，听到她说起哥哥时那吞吞吐吐的语气，也许跟我提起妹妹借钱的事情差不多。

"那肯定是你哥哥的什么事情，让你觉得为难了，给你添麻烦了吧？"

"岂止是添麻烦这么简单，"她又喝了一杯啤酒，有神的眼睛变得暗淡，“我们整个家庭都因为他毁掉了。”

我等着她说原因，可她却哭了起来。在餐桌上哭，我一下子就想起了妹妹。父亲病重时，妹妹在摆着酸菜鱼的餐桌上也那么哭着，孩子一样无所顾忌地哭着，我除了递纸巾给她，完全不知道该如何劝慰。现在也一样。她哭了一会儿，竟然重新端起酒杯，说：“不说这些了，喝酒。”

“少喝点吧，我们聊聊天。”

“你不喝我喝。”说完，她一杯啤酒又下肚了。

对这种情况，我并不陌生，我妹夫陈春秋喝到一定量的时候就是这德性，开始频频举杯，各种花式敬酒，我每次喝醉都是被他这套“组合拳”给打败的。但是，我现在面对的是我格外在乎的女人，跟她第一次见面喝酒，是不能退缩的，不然一定会被她认为是没有男子气概的。

我咬着牙，说：“姿淇，我陪你喝。啊，冼老师，我叫你姿淇，你不介意吧？”

“叫阿姿吧，他们都这么叫我。”

“阿姿，谢谢你。”我举起酒杯，她的小名第一次从我唇间发出，跟啤酒的微甜融合在一起，咽下去，是我喝过最好的酒。

这下好了，她一杯，我一杯，你来我往，好不飒爽，没一会儿，一打啤酒都被喝完了。我应该喝了有五瓶之多，已经突破了我喝啤酒的历史记录。我的脑袋晕乎乎的，整个世界的嘈杂声离我很远很远，好像整个世界只有我跟阿姿了。

等我醒过来的时候，或者准确说，当我重新具有意识的时候，我发现我跟阿姿挤在一张小床上，脑袋疼得要命，稍微一动就天旋地转。阿姿还躺在一边昏睡，那副金边眼镜还戴在她的脸上。我摸了摸我的脸，眼镜也戴在我的脸上。这提醒我这并不是幻觉。我们竟然戴着眼镜睡了一晚上，更何况身上的衣服，也是一件没少。

闭上眼睛又躺了一会儿，再睁开眼睛望着天花板，让身体适应这种状况。过了一会儿，我挣扎着坐了起来，发现这里太简单了，除了一张床之外，还有一个衣架，然后什么都没有了。显然这不是酒店，也不是家的样子，而像是公司的简单宿舍。门背后还挂着值班表什么的，门边是个小厕所。这是什么地方？我努力回忆，可除了烧烤摊上我们喝酒的场景之外，什么都没有了。

就在这时，胃部涌上来一阵极其可怕的恶心感。我爬起身，摇摇晃晃冲进厕所，抱着马桶呕吐不止。巨大的呕吐声引发了外边的动静，有人敲门。我按下冲水按钮，把秽物冲走，其余什么也做不了。然后，门开了，探进一个身穿制服的保安，他操着一口东北腔说："你们够可以的呀，要是搁大东北，早把你们给冻成冰棍了。"

"你在哪儿找到我们的？"我有气无力地说。

"就在大门口呀，俩人背靠背就那么躺下了，幸亏那会儿没车。"

“哪里的大门口？”

“创造社的呀，还能是哪儿的。那位女老师瞅着很面熟，原来就在里边上班的。可惜了大兄弟，还差最后十五米你就到她办公室了。可惜了。”说完，他被自己逗笑了，在门口乐不可支地哈哈大笑起来。

阿姿被吵醒了，挣扎着坐起身来，说了句：“这是哪？羞死人啦！”

“你们聊。”保安坏笑着把门又关上了。

“你们创意园的保安救了我们。”我走过来，却不敢再躺她旁边，只能坐在床脚。

“我好像记得你先喝醉了，我想把你带到工作室休息的，可我后来也断片了。”阿姿的嗓音都沙哑了，她用双手撑住下巴。

“不好意思，我酒量很差劲的。”我又感到一阵眩晕。

“本来今天还想带你去‘小蛮腰’看看呢，这样子也去不了了。”她叹口气，“唉，太过分了。”

为了缓解一下此刻尴尬的氛围，我说很多年前读过韩东的一首诗叫《有关大雁塔》，里面就写登上去看看，然后下来，无非是这样的，“小蛮腰”也是一样。

“不一样的。”她摇摇头。

我干脆靠在墙上，闭上眼睛，感觉能舒服一些。我努力搅动起脑细胞，说：“当然，那首诗有特定的背景，原诗也没我说的这么简单。有一次，我跟我那妹夫陈春秋说起这首诗，就是为了调侃他。因为他觉得陕西的任何东西都是能让他无比自豪的。我没想到的是，他听了这首诗后，不甘示弱，随口就背了几句关于大雁塔的诗：‘十层突兀在虚空，四十门开面面风。却怪鸟飞平地上，自惊人语半天中。’他还一脸得意地对我说：‘你看这唐诗多霸气。’这可把我给气坏了……现在头晕乎乎的，居然还记得这诗，唐诗是果真厉害。”

我笑了，掩饰着我的紧张。没有了宿醉感的保护，我和她的陌生感在一点点恢复。

“哈，你怎么老是被你妹夫戏弄？说真的，你妹夫背的这诗确实有种八面威风的感觉，也挺适合‘小蛮腰’的。”阿姿把身体侧了下，也靠着墙，用慵懒的语气说：“‘小蛮腰’看夜景还是很不错的，一条大江尽收眼底。”

“好的，下次还有机会吗？”

她笑了，用白话说：“再讲啦。”尾音很长，很悠扬。

“我第一次跟人醉成这个鬼样，”我补充道，“还是个女人。”

“我也是，”她说，“还是个男人。”

***

我偷偷瞄了一下阿姿，她还戴着她的眼镜，镜片后的眼睛半睁，睫毛低垂，依然有些醉意。她的醉眼如此迷人，让我不敢多看。我想起了曾经读过一本叫

《醉眼》的小说，它以“醉眼”为线索，写了古代文人的生活、交友以及爱恨情仇。最让我吃惊的是，通过小说引述的很多唐诗、宋词以及元曲，我这才知道居然有那么多文人都喜欢用“醉眼”这个意象来写诗填词。

原本我都忘记了这本小说、这个意象，但是此刻的阿姿唤醒了我的记忆，也让我真正理解了什么叫醉眼。不仅仅是妹夫陈春秋喝醉后圆瞪着牛似的醉眼，也有阿姿这样喝醉后露出无限哀愁的醉眼，也许还有我自己这种喝醉后陷入无限呆滞的醉眼。有醉眼就得有与之匹配的眼镜。遮掩要遮掩的，放大要放大的。用“醉眼”给眼镜命名，也许不为俗世所理解，但其中表达的是一种率性生活的气质，总会遇见相知者。

造型要不拘一格，要大胆，尤其弧度要大，镜框要宽厚。

【醉眼】

没有用醉眼看过世界的人

就像不知夜晚有月光和星空

醉眼与醉眼的相视

才敞开了人间的秘密

型号：006

材料：约需银 11g

配件：刚一开时想到用古人喜欢的玳瑁做镜腿装

饰，不过，很快意识到玳瑁是玳瑁龟的龟甲，玳瑁龟现在属于濒危动物，万万不可用，用牛角制作出玳瑁的纹理就好，要让眼镜传达出古典文化的意蕴。

有些古诗词真好，能让人过目不忘。比如词人张先的句子："多情无奈苦相思，醉眼开时犹似见。"我眼下就处于这种微妙的时刻。可我更幸运，我此刻醉眼开时，见到的阿姿不是幻影，而是真的。我知道，当今天过去，我便会重新陷落到"醉眼开时犹似见"的相思苦中。不敢多想，无须多想，再多看她一眼吧。

· 8

"该你啦！"

阿姿说着再次将杯中啤酒一饮而尽，然后杯子重重落在桌面上。巨大的敲击声引得左右侧目，尤其是服务员警惕地望着我们。

"我？该我……什么？"我在感伤中变得虚弱。

"该你讲讲你的故事了，阿良，我能感觉到你和我是相似的，有什么东西在折磨着你，你压抑着自己，但你并不甘心。"

"我有吗？"

“有。”

“其实我对我妹夫陈春秋没什么意见，”我想到此前阿姿问过这个问题，便从这里说起，“但是他跟妹妹还没有自己的房子，我们挤在一起，他们还在凑钱想付首期款，我赚得不算多，母亲让我也给他们凑一份。”

“你当哥哥，不应该帮帮妹妹吗？我的哥哥虽然出了这么大的事，但上学的那会儿，他一直很照顾我的，生怕我在学校里被谁欺负了。”

“我也是的，一直呵护着妹妹长大的，但是……但是她不是结婚了吗？妹夫毕业后来到深圳，几乎是从零开始的。我知道他很不容易，他们还没结婚的时候，我就让他可以先住到家里来，他节省了不少房租。但老实说，家里地方不大，嗯，不是不大，是很小。六十八平方米，我让他们住在房间里，我自己住在客厅。我这个当哥的，也没那么差啦。本来我们不必这么惨的，如果父亲还在，按照老规矩，我们可以多分一套房子。实际上，在父亲病重的时候，拆迁的风声已经传开了，但父亲不以为意，还跟我们说，不该我们占的便宜坚决不能占。我当时心里想，他怎么会那么迂腐呢，我还拐弯抹角劝过他，让他跟当居委会主任的廖叔商量一下这个事情，廖叔一定会帮我们想办法的，可他闭着嘴巴，不说话，就那样看着我……”

“可惜你父亲死得不是时候。”阿姿说，“我喝多了，这样说你别生气，可你就是这样想的吧？”

“我不是这个意思，但客观上来说，假如父亲能多活半年，真不会是这样的局面。”

“那你不就是在怪你的父亲吗？”

“我……我也不知道，是个悲剧吧。”

“那你到底想说什么呢？他也不想那么早死去。”

“唉，是的，我也不想，我真不是怪他，而是怪命运的捉弄。说心里话，我可怜他。一般我不敢想起他，想到他，我首先觉得他这一生是不幸的，从他的父亲开始，包括母亲和我，都是他不幸的一部分。他的父亲，也就是我的爷爷，我从来都没见过，不知道是跑去了加拿大还是美国，想挣大钱的，但是一去不返，没有半点消息，连怎么死的都不知道。父亲做了一辈子民办教师，连个编制都没混上。母亲一度跟父亲的关系也不好，也觉得他迂腐，不懂得变通，不能赚钱。我本来是很爱父亲的，但他对我太过严格了，在他的潜意识里，男孩子一定不能溺爱，要受苦。他把他不幸的父子关系投射到了我和他之间。所幸，妹妹是个暖宝宝，她和父亲相处得很好。”

“我不了解你的父亲，但听你这么说，他应该是个正直的人。”

“是的，这是毋庸置疑的。可他对我做的每一件事情都百般挑剔，让我无所适从。假如我有能力，可以自己去买套房，就好了。”我被她逼问，脑子一片混乱，不自觉地叹口气，“可我觉得自己失去了这样的能力，我都不敢去想。所以，归根结底，我还是无法面对自己的怯懦吧。”

“你怪你父亲也不仅仅是分房的事情吧，好像你对他又恨又爱，”她笑了笑，然后却说，“我们家也是两房一厅，以前也特别挤，小时候我和哥哥住上下铺，长大后，哥哥跟你一样，也睡在客厅里，在他的床边摆了一个印有扬帆出海图案的屏风。哥哥坐牢后，家里是大了，可我倒是愿意哥哥还在家里，挤挤也没关系……”

我刚想说那是因为你还没结婚，还没自己家庭的缘故，可突然间，她像断电的机器人一样，脸部直挺挺地倒在了餐桌上，眼镜都扎进了盘子里。

“你没事吧？”我赶紧跑过去扶起她。幸亏她没受伤。我用纸巾擦干净她脸上的脏东西。她浑身瘫软，嗓子里发出细微的呻吟。

她彻彻底底喝醉了，这可怎么办？我主动呕吐了三次，此刻除了食道火辣辣的，头脑还是清醒的，我们不可能再像上次一样同时醉倒在路边，现在唯一的办法就是开房。

我扶着她往外走，很快，找到了附近的一家宾馆。办理入住的时候，我居然想起了那则新闻：有色狼专门去酒吧门口“捡尸”，将那些醉倒后人事不醒、瘫倒在地的女孩子带到房间里猥亵。这让我不敢正眼看服务员的眼睛，仿佛我要干什么坏事。但我又不能开两个房间，也怕她出事，喝醉熟睡后呕吐是很危险的。因此，我选择了两张床的标准间，一人一张，心里倒也踏实些。

迷迷糊糊不知睡到深夜几点，我起身上厕所，回来后顺便看看她。突然，她伸手抱住了我，我也本能地回抱她。她的拥抱不是轻飘飘的触碰，而是极其有力的，我只得顺势躺下。我和她脸挨着脸，她的气息与呼吸占据了我的意识，我们的嘴唇情不自禁地触碰在一起，急切地探入彼此的边界之内。身体的欢悦如同猛烈的潮水，将我推到幻觉的更深处。

早上醒来的时候，我和她仍抱在一起。

赤裸的身体接触，那种潮热的感觉忽然让我紧张不安，一种自我质疑出现了：我昨晚是否乘人之危犯下错误了？我只得半睁眼睛观察她，却发现她的眼睛正直视着我。从她的眼神中，我能感受到她的温柔。于是，我大胆吻了她的眼睛，然后搂紧了她。

此前，我是多么渴盼能和她在一起，但是，很快这让我有了一种不真切的感觉，我依然怀疑这是自己醉酒后的幻觉。

我们起床，一起洗漱，她给我的牙刷也挤上了牙膏，递给我。我接过来，忽然意识到，即便做梦，我也不会梦到这样的场景，这是超出我经验范围的事情。一种美好的暖流让我全身松软，我想再抱抱她，可她灵活地躲开了，咯咯笑着。奇怪，昨晚明明是她酩酊大醉，现在她却行动利索，像是什么也没发生过，反倒是我笨手笨脚，好像仍处于宿醉之中。

“还想喝艇仔粥吗？”她刷完牙，从镜子里看着我问道。

“当然好啊，喝粥养胃。”我赔着笑，小心翼翼地问，“你昨晚喝醉了，你知道吧？”

“废话。”

我又问：“咱们聊了好多，你还记得吗？”

她点点头。

“那你没喝断片吧？”

“阿良，你到底想说什么？”

“我经常喝醉后醒来，不知道自己说了些什么。”

“你别再怪你父亲了。”

我一愣，她笑了。

我也笑了。

看来她什么都记得，我的心里终于有种飞机着陆般的踏实。

我们喝艇仔粥，吃虾饺，饮了好多茶。阿姿专门点的是潮汕的单丛茶，既有绿茶的清香，又有红茶的浓郁，解腻又提神，宿醉状态彻底消失。退房后，我们来到江边，沿着江边缓缓散步。我试着牵她的手，她没有拒绝。没有酒精的催化，说话自然没有昨晚那么密集，不过，江边的风景弥补了说话的间歇。白天的珠江没有游船，露出了它的天然本色，正像阿姿说的，它是如此沉默。它将无数的倒影记取在它的记忆里，却无法破解。

我和阿姿并排俯靠在石栏上，凝望着江面，与喜欢的人同看一片风景，跟凝视彼此的双眼有着异曲同工之妙。

阿姿说为了兑现她上次的承诺，要带我去登“小蛮腰”，吃那家旋转餐厅，奢侈一把。我当下心领神会，今天对我和阿姿来说，是值得纪念的一天。从今天开始，我结束了我长达数年的单身生活，有了一个知心人。

我们沿着江边向“小蛮腰”走去，大约走了三公里，有种徒步的快乐。我们走走停停，等走到时，已近黄昏，“小蛮腰”亮灯了，周身都闪着各色彩光，犹如一个巨大的宝瓶。站在下方仰望这个六百米高的庞然大物，令人迷幻不已。我们走进宝瓶，我突然觉得自己的生活从此开始脱离现实，要变成童话了。

电梯是透明的，眼看着视野阔大起来，江的长度也显现了出来。大江蜿蜒着从这座高楼林立的古老城市横穿而过，江水沉重如同银色的重金属，装饰着万家灯火。这一幕还真是震撼到我了。我承认，我确实没法再跟我妹夫陈春秋说，上去看了看，又下来了，仅此而已。我反而想的是，我以后应该带着母亲，还有妹妹一家子，也来看看。当然，还有阿姿和她的家人。白我和她带着一大家人，谈天说地，其乐融融，那该多好。世俗生活的普通场景，现在对我来说竟然有点类似奢望。

“我还是喜欢广州。”阿姿跟我一样凝望着大江。

“喜欢香港吗？”

“也喜欢，但不一样。”

“深圳呢？”

“那得问你了。”阿姿收回目光，笑着看我一眼。

“我当然是喜欢的，但我觉得深圳是一个变化很快的地方，要说出对它的喜欢，不是一件轻易的事情，得真正理解它。我小时候觉得深圳是最有活力的地方，每个人都是老板，所以那会儿我觉得既然老板这么好当，那还苦哈哈学习干什么，父亲批评教育我，我也听不进去。显然，这种思想害了我，原本我可以有一个更高的起点，可等我意识到这点的时候，已经老大不小了，晚了。”

“不晚，你还要当眼镜设计师呢，加油。”阿姿说着，用手指轻触我的手背，我竟然感动得无言以对。

走进塔顶的旋转餐厅，我们坐定后，叫了牛扒和罗宋汤，我问阿姿：“要不要来杯红酒？”她摇摇头：“疯了，酒才刚刚醒。”我跟她开玩笑道：“你这样说真不像是酗酒的人。”她说：“你不懂，喝酒不是爱酒，是一种逃避。”我赶忙说：“知道了，我们戒酒。”

沉默了一会儿，我忽然想到不知下回什么时候才能见她，心中一阵焦虑，便邀请她再来横岗玩。

她问我：“横岗除了眼镜，还有什么好玩的？”我着实愣了一下，横岗没有大江，也没有大山，只好调侃道：“哦，对了，我们那儿有座小山，叫‘跌死狗’。”阿姿听后笑了，觉得不可思议。我忽然想起一件陈年往事，告诉她，当年有人为了逃赌债，竟然逃进“跌死狗”里，还是被警察抓住了。

“应该改名叫‘跌死人’。”阿姿的语气有些不悦。

我这才意识到自己说错话了，让她想起她哥哥了。

“赌博让人有种失控的激情吧……”既然话已出口，覆水难收，只能想办法宽慰她，我说：“我还知道一个叫陀什么的俄国作家特别喜欢赌博，靠写作的稿费去还赌债，还写成了伟大的作家。你哥哥只是运气不好，他本心肯定不想如此的。”

“陀思妥耶夫斯基。那个俄罗斯作家的名字再难，我都记得住。”阿姿说，“哥哥出事后，我有一天在图书馆看到了一本叫《赌徒》的书，看译者的介绍说这是根据作者自身的经历写的，便借回去看了。”

“对，就是他，我也恰好读过那本书。”

“那你也知道，阿列克谢一开始赌博是为了爱情，但等他赌赢了，却发现赌博的快感远远大于爱情的快乐。他说的那句话你还记得吗？我把那句话抄下来，本想寄给哥哥的，但后来想想还是算了，觉得太过残忍。”

“哪句话？”

“我的整个生命都成了赌注。”

我伸出手，握紧了她的手。

食物上桌了，可气氛沉重。我们默默吃了一会儿，不知不觉中，我们已经旋转到了另一侧，没有大江的一侧，只有浩瀚的城市灯光，犹如荧光生物聚集在夜晚的海面。

终于，我把自己的隐秘和盘托出：“阿姿，你来横岗看看茂盛世居吧。”我把父亲临终前去看围屋的事情跟阿姿说了，也讲了何氏兄弟艰辛创业的故事。

“茂盛世居，好名字。”阿姿望向窗外浩瀚的灯光，“我喜欢‘世居’这个词，有着大地的稳定，被你说得还真想去看看了。”

“大地的稳定……不愧是冼老师，每次都有独到的发现。”

“也许是我敏感了，我想起我的祖先，他们世居在水面上，你听听，这个说法似乎有些超现实。”

“世居在水面上，简直像一句诗。”

“如果我们深入了解这首诗，会发现这是一首恢宏的史诗。”阿姿若有所悟地沉吟片刻，“我要为母亲设计的那个艺术空间，一直没想到贴切的名字，似乎就可以叫‘水上世居’？”

“绝妙！就叫‘水上世居’。不仅是为你的母亲，也为所有的疍家人，留下一个激活历史记忆的地方。历史记忆这个说法，其实还是父亲告诉我的。他说个人记忆终究要汇入历史记忆，我当时还不理解。”

“你父亲哪里是个中学老师，分明是个哲学家。”阿姿笑道。

我们的谈话渐入佳境，我有心旷神怡之感，“我之前喜欢的是‘茂盛’这个词，我还想设计一款叫‘茂盛’的眼镜呢，没想到经你一说，‘世居’更是意味深长。如果没有‘世居’，又何来‘茂盛’呢？”

“我知道你的‘茂盛’眼镜，昨天看你本子上写了。”阿姿突然有些动情地说，“阿良，你真的是用心了。本来我还没想好去不去横岗呢，但我现在想去了。”

“周末就来吧？”我迫不及待地说。

“这周还有事，下周吧，下周末，我去深圳。”

我笑着说：“顺便来我家里做客。”

“你想干吗？太快了吧？”她佯装嗔怒。

“你多虑啦，就是来家里吃顿饭。我把你设计的环保眼镜送给了家里人，他们赞不绝口，都想认识你呢。”

“真不知道你是怎么说我的，”她站起身来，“到时再看情况吧。”

她没完全拒绝就有希望，我暗自窃喜。

从“小蛮腰”出来，我们便得道别了，她还有事情要忙。我恋恋不舍，握着她的手不愿放开，并让她别再酗酒了。她点点头，说会尽力克制的。我忍不住当街轻轻吻她，她嘴唇微张，说了个无声的“羞”。

我走下地铁站，回味着这梦幻的一天，脚步像踩在云端上一样轻快和愉悦。

回到家中，妹妹和妹夫上班未归，母亲一个人坐在客厅的窗前，戴着眼镜，一点一点地用竹条编织着造型，就跟小时候给我们兄妹打毛衣一模一样。她那双手，这辈子很少有闲下来的时候，上边布满了粗茧。

“崽，你最近忙什么呢，好像魂不守舍的样子。”

果然母子连心，我脱口而出：“阿妈，我有女朋友了。”速度之快，仿佛就等着她问呢。

母亲的手停下来，抬头望着我笑了：“崽，你不是哄我开心吧？”

“哪有拿这种事开玩笑的？她在广州，是个好厉害的设计师。”我说的时候，竟然在母亲面前都有些羞涩。

我干脆搬个凳子，坐在母亲身边，把阿姿的情况跟她慢慢讲了。她的父母出身，哥哥如何出的事，以及她如何努力自救的历程，都一一讲了。我感触很深，因此也讲得格外动情。母亲听完之后，竟然摘下老花镜，用手背擦了擦眼泪，连连感叹了几句：“苦命的孩子！”她专门说到阿姿的母亲，“这个老太太太苦了，比起她来，我可以称得上幸福了。”我看着母亲布满老茧和伤疤的双手，一时间觉得我和她对幸福的理解是不是有些差别？

“你想想看，要有多大的苦，才会把人逼疯？要是你出了事，我也不知道该怎么活了。”母亲用泪眼望着我，脸上又挂着慈爱的微笑，“我现在唯一担心的，就是你的婚姻大事，看你一直不急的样子，还以为你要当剩男了，可没想到你是‘懒人自有懒人福，迟来食碗猪肉粥’。”母亲把流行用语和客家土话来了个大杂烩，把我逗笑了。

我告诉她，阿姿下周末会来横岗玩，但还没说好见不见家长。

“耕田唔好误一年，娶妻唔好误一生。”母亲低下头，她的手继续开始忙，“现在你们好上了，反而不着急，慢慢来吧，你对人家付出真心，人家自然回报你真心。”

“我想带她去茂盛世居看看。”

“去吧，你阿爸，还有何氏的老祖宗，会保佑你的。”

“要是阿爸还在就好了，”我说，“你也不用这么辛苦。”

“你阿爸要在，你也不用这么辛苦。”母亲顿了一下，并没有看我，继续说，“然后你迟早跟你那个远房表哥一样，成天就知道吃喝玩乐，最终染上毒瘾。”

“阿妈，你不能这么说呀！”我有些急了，“我在你眼中就是那样的烂仔？”

母亲放下手里的物件，站起身来，向卧室走去。我有点纳闷，母亲这是怎么了，怎么好端端地忽然发火了？她可是个极少发火的人。很快，她又走出来了，手里拿着一个红色的本子，递给我。我一看，是房产证，整个人愣住了，不知她的用意。

“阿良，你阿爸临终前专门跟我说，这套房是留给你的。我看你这些年迷迷糊糊的，不知道怎么过日子，就一直帮你保管着。现在，你谈女朋友了，店铺也算是做稳了，这证应该交给你了。从今天起，你就是一家之主，明天我们就去房管局，把上边的名字改成你的。我要好好养老了，不想再操心咯。”

“阿妈，这上面写谁的名字不都一样？换成我的名字，又不会大一寸，还是咱们挤在一起。”我不知道该怎么回应母亲，只好说着这样的话掩饰慌张，然后把房产证重新放回了抽屉，仿佛那东西是见不得光的。

“嘴硬。”母亲说，“就这么定了。”

过了一会儿，妹妹回来了，她看到我有些意外：“咦，哥哥，今天这么早回家？”

“你快有嫂子咯。”母亲搭腔道。

“真的啊？太好了，我要看照片！”

“小细别胡闹，哪有照片看！阿妈，你嘴太快了。”我嘴上严厉，脸上的表情一定是掩饰不住在笑。

***

“世居”对我来说是个理所当然的名字，我竟然长时间忽略了它。在我的意识里，“世居”跟“围屋”都快变成同义词了，但它们显然是不一样的。“世居”与其说是一个词，不如说是一句话。在两个字构成的简洁叙事中，透露出的是一部史诗的片段。“世居”是时间和空间在人类身上的结合点。

但“世居”终究还是被我忽视，被很多人忽视，尤其是被带着大地属性的人忽视。反而是阿姿这个水上居民的后裔赋予了“世居”全新的意味。是啊，在水上世居意味着怎样的漂泊与荡漾，意味着怎样的艰辛与磨砺，更是意味着怎样的诗意与自由。

在水上世居——凡是有水的地方都可以称之为故乡。

这不仅仅是一种比喻，也是现实。实际上，在知道阿姿的身份后，我在网上查阅了疍家人的相关资料，知道疍家人不仅分布在广州，还分布在珠江流域与韩江水系的很多地方，从江门、东莞、佛山到潮汕地区，都有。而且不只是淡水，从福建到海南的沿海港口，从古至今一直有疍民的船影。在江水上讨生活的叫“河疍”，在大海里闯荡的叫“海疍”，还有一种专门养殖和采集珍珠为生的叫“珠疍”。回头我会好好跟阿姿聊聊这些。可惜她的母亲已经失去了大部分的记忆，无法回忆起祖辈的更多生活。

疍家跟客家真是具有鲜明对比度的两个族群。当客家人用一砖一瓦把自己安全守护起来的时候，疍家人却在敞开的水面上不断寻找着适合生存的地方。可以说，疍家人是最极端的游牧者。当中亚大草原上的游牧者第一次感受到大陆的广袤时，以水为家的疍家人早已在风浪的拍打下寻找着世界的尽头。

【世居】

住下来，因为大地是稳定的

住下来，即便水面是晃动的

住下来，生命靠繁衍穿越了时间

住下来，空间向所有的生命敞开

型号：008

材料：设想用黄金代表大地，用蓝钻代表大江

设计人：希望能和阿姿一起完成

住下来，不仅是身体安定下来，心也要安定下来。那么，我跟阿姿何时才能真正地住下来呢？如果说，从前我根本不敢想这个问题，但现在，显然我们正在往那个方向迅速发展着。总有一天，我们会住下来的，身与心一起住下来。

选自《你的目光》，花城出版社，2021 年版

烟霞里（节选）

——魏微

作者介绍

魏微（1970— ），祖籍江苏。一级作家。著有《暧昧》《大老郑的女人》《化妆》等。曾获第三届鲁迅文学奖、第二届中国小说学会奖、第十届庄重文文学奖、第九届华语文学传媒大奖·年度小说家奖、第四届冯牧文学奖及各类文学刊物奖。

《烟霞里》是魏微的天命之作，是献给改革开放的壮丽史诗。萧红的热情与张爱玲的冷静在此得以综合，我们能够从中理解女性作家的艰难成长与蜕变。小说假“我们”叙事，以三角田庄之眼撷取历史材料，清晰的年表形成时间之流，史料的裁剪、铺排与家族代际的命运里应外合。（申霞艳：《〈烟霞里〉：烟霞漫卷，朗润人间》）

· 卷四　广州（1995 年—2008 年）

1996 年　二十六岁

这是田庄来到广东的第三个年头。若以身份证的履历，当然还要早两年。那张小卡片，带她先去的深圳，经历了 1992 年夏天的狂潮：骄阳似火、大汗淋漓，空气里有一股汗馊味，身份证的塑封都热气腾腾，蒙着雾气。

两年后，当她的肉身来到广州，还是同样的气息，热火朝天，身上动辄就出汗，黏搭搭，不干净。田庄是到了广州后才体会“冲凉”的意思：心浮气躁，必得拿凉水浇浇。

后来，每当她回望 1990 年代，首先想到的就是那股盛夏气息，湿热扑面而来，潮得人喘不过气来。烈日，正午，人的影子小小的；疲乏，躁动，坐不住。这气息，跟岭南、跟她的青年时代合在一起，成为她对于那个时代的永恒记忆。

校园里也不清净。研一时，就有两个学长找到她，问她想不想写小说，弄个爱情故事出来。田庄惊讶道：“你是说当作家？”

张学长笑道：“当作家怎么了？又不是叫你当托尔斯泰。”

李学长说：“二十万字以内，往狠里写，爱而不得那类，写给小女生看的，虐恋型，互相折磨，时不时来点小误会。稿费三千。”

“啊？”田庄开心坏了，“那么多啊！”声气都颤了。虐恋她有心得，一路被虐过来的，经验丰富，没想到这个都能换钱。

张学长说：“琼瑶、三毛、岑海伦，还有雪米莉之类，可以借鉴一下。”

李学长笑道：“或者往生猛里写，重口味的，你行吗？”

田庄说：“我不行。估计你们行。”

三人都快笑死。

张学长说：“要不这样，你先写个初稿，我们把握一下，到时再加些猛料。三个月内要交稿。”

这是田庄挣到的第一笔外快。书名叫《女生之恋》，署名米莉雪。封面花里胡哨，姹紫嫣红中两个少男少女在拥抱。她翻了翻内页，也还好，两个学长没太加猛料，除了拥抱、接吻、省略号，他们没搞小方框带括弧，也未见“此处省略多少字”等字样。用不着，少男少女还不到那一步。

《女生之恋》未有正式书号，印得粗制滥造，散见于天桥、夜市、工地、中学门口；偶尔，街边的报刊亭也有代售。这是田庄的处女作，也是她唯一的一本小说，文通字顺，不比今天的所谓名作家差到哪里去。这事她谁都没说，挺难为情的。

这本书卖出去多少，她不知道。倒是有一次，她看到旧书摊上有本《女生之恋》，心里怪怪的，把眼看着“米莉雪”，很不屑。有传作家都挺自恋，田庄因为不自恋，所以也当不了作家。她的处女作虽然是地摊文学，但毕竟是她一字字写出来的，写的时候挺认真，写出来后她就不屑一顾，有羞耻心，一点也不“敝帚自珍”。

她后来做学问也有这毛病，属于勤恳耕耘、不问收获的那种，从不把自己当回事，这也罢了；她还不把别人当回事，这就很麻烦。其结果就是，别人当然也不把她当回事了，却照样还把自己当回事。

因此我们说，该当回事还是要当回事，该吹吹、该踟踟，名篇都是吹出来的，名家都是踟出来的，踟着踟着，他自己就信了，越踟越像，大家都蒙了，慢慢就习惯了，就真踟成名家了。

广州有个诗人说：“我们也许写不出伟大的作品，但一定要有伟大的幻觉。”田庄就吃亏在这一点。她不喜欢幻觉，更何况是“伟大”的幻觉。出于一种奇怪的心理，她这辈子与“伟大”犯冲，坚决走南辕北辙的路。人生四十年，她按部就班地生活，以平庸自守，她清醒、消沉、暗淡、无聊，全在于她不让自己有幻觉，不给自己打鸡血，拒绝让伟大、理想这一类的词汇把她照亮。也因此，日子并不好过。

世俗意义上，她后来在广州过得不错。媒体上开过专栏，文章写得挺顺溜，千字文、豆腐块，顺手拈来，还“形散神不散”，不愧当过中学语文课代表，看来《读者文摘》《女友》之类没少读过。这类文章，内行人称作“口水文”，奈何读者就好这一口。

有一回，两公婆出去赴饭局，王浪介绍说：“我老婆田庄。”

就有人问：“是作家田庄吗？”

田庄把脸都红了。她为什么要脸红？是为自己脸红，还是为作家脸红？两者都有。中文系读了那么些年，眼界是有的，把文学看得很重，深知非有两把刷子做不得这一行。她因为导师的缘故，也认识了几个作家诗人，见过真佛，后来把他们的书找来读了，发现也就那么回事儿，人比文字会来事儿。

有的文字笨的呀，粗蠢得不透气，再回头思忖那些写笨文字的人，却个个都是冰雪聪明之人，又机灵，又有眼色；也有的很端庄，说话滴水不漏，一副大师口吻，是真把自己当根葱了。起头，田庄也当他是葱；葱年纪不小了，叔叔辈的人物。有一晚校园里遇上，他把田庄的女伴打发走了，单留下田庄，说有事要跟她说。

两人在校园里走了走，走不上几步就开始上“咸猪手”，田庄目瞪口呆，吓得汗毛直竖。她那时还是个小白兔，没人告诉她文化圈的生猛逸事。若是很多年后，她就知道，此人是生手，不谙风月。声色场中混惯的人，绝不会这么泡妞的：第一，得看女方是不是此道中人，第二，还得费些功夫，说些不着边的话，探个路，做些铺垫什么的。哪有一上来就这样的？当然也有一种可能，他也未必好这口，但文艺圈既以落拓不羁自诩，他自然不甘落伍，赶个时髦。

田庄虽是个小白兔，却是动如脱兔——甩过前男友耳光的人呢！那晚她虽然吓坏了，不知如何反应，却本能地“啊”了一声，几同尖叫，引得路人纷纷驻足，“咸猪手”只好止住。

田庄仓皇逃窜。这还不算，她一口气跑去找师兄，竹筒倒豆子全说了。惊魂未定，世界观都颠覆了。小白兔是好惹的吗？不按牌理，一气之下，摔牌而去。搞得个乱七八糟。

“我靠！”张学长说，“真看不出，整天人模狗样，装得不行了！诗文写得狗屁不通，也不知怎么混出来的？”

李学长说：“我们杨老师的座上宾。老师脸皮薄，禁不起他磨，害得我都给他写过评论。”

张学长说：“这事不用告诉王浪。但以后得拿他挡一挡了，就说你是有男朋友的人。”

“要有心理准备，这类事还会有。”李学长笑道，“你太单纯了，看上去傻乎乎，好欺负。”

“什么叫看上去？”张学长说，“她本来就是！”

田庄笑道：“算了吧。”傻也傻的，她不是装傻，是真的傻，但又不全是真傻，奥妙是在这里。就比如单纯，她是后来才知道，单纯其实是一种力量，一种很吊诡的力量，直来直去，不拐弯抹角。在这样的力量面前，任何心计都拿它无可奈何，施展不开手脚。就是，我不上你的道，不玩你的套路，不在一个频道上，你能拿我怎么着？

有一回，她跟几个女友闲聊，说起后宫戏，田庄笑道：“后宫争宠，我绝不会是最惨的那一个，争不过么，就不争。皇上，您爱上哪儿上哪儿去！”

她后来果然不争吗？也未必，她这说的是静态，而世界是动态的，必得置身其中才能知晓。但不争是她的秉性。

女友中有个肖太太，田庄看了她一眼，笑道：“你很麻烦！机灵外露，弄不好是要被吕后搞成人彘的！”

肖太太说：“也未必，人彘不人彘全在刘邦一念间。她差点就成了皇太后。你这样活着有意思吗？‘落一个白头宫女在，闲坐说玄宗’。”

“我觉得有意思。”田庄说，“我会活得很长，看尽人间百态。不，是人间丑态！我看死他们！”

肖太太说：“第一，你未必活得过他们；第二，他们不觉得这是丑的，比你位高权重，压根就不在乎你。你也就一旁看看，在你是鄙视，在他们还以为你是羡慕呢。什么都捞足了，富贵煊赫，气死你！”

单纯的结果是，田庄剥了那根葱。当然，他还是葱，但至少在田庄面前，他不装葱了，起头讪讪的，后来淡淡的，再后来他就忘了。田庄也忘了。后来两人遇上，还能闲闲地打声招呼。也是没谁了。

田庄后来供职于岭南文研院，全称是“岭南文化艺术研究院”，职业属性上她算是学者、文化人、知识分子。要命啊，这三个称谓她都不喜欢，比作家还不如，更叫她脸红。但有一个好处，在同等层级上，这三个身份不比作家有虚名，使得她能够做一个默默无闻的人，躲在人群中，静如——嗯，处子。王浪介绍起她来，也不说田庄了，免得遇上读报人，说：“哇，我读过你的专栏，佩服佩服，才女才女！”田庄就会犯尴尬，还有比才女更狠的骂人话吗?

王浪后来只说，我老婆。郑重些的场合，他会说，我太太。

一般也就到此为止。但有时也会遇上神经病，追问道：“王太太在哪里高就啊？”

两口子就会对对眼色，简直犯怵。说岭南文研院吧，须费些口舌才能解释清楚，及至解释清楚了，人家就会说：“哇，文化人！大学者！了不起，了不起！”口气是真诚的。然而正是这真诚，使得田庄如坐针毡，心里想，幸亏他们不读论文，否则就是伤口上撒盐，对她构成双重伤害。老实说，她写的那些破烂文，她自己都读不下去，主要是用来评职称、上工资。她是拿“学术八股”当饭碗，虽然王浪也不指着她养家糊口。

文化人也就罢了，最要命的是“知识分子”，并且，还是女的。“女”和“知识分子”合在一起，就好比鸡鸭同笼，简直了，诸位看官想象去，夹生成什么样了！逢着这时，田庄宁可当作家，写自己都瞧不上的口水文，至少说人话。女人不比男人，尤其要说人话。

且慢，知识分子怎么了？招谁惹谁了，这么不堪？这话很难讲。曾经是“臭老九”，被打入十八层地狱的。但1990年代以降的知识分子，怕是连“臭老九”都不及，跌到底了。因为“臭老九”时代的知识分子，哪怕是扫厕所，也算不得“斯文扫地”，在于内心没垮，哪怕卑微如尘，挑大粪的时候还能昂昂头颅。

1990年代的知识分子则塌了，虽然人五人六，大踏步走路，腰板挺得笔直，神气活现，阔了嘛！但是内心则全盘失节。两年前引发热议的“教授卖大饼”，毕竟是极端事例，说明这教授是个老实人，没关系，没门路，穷得只能出卖体力，干粗活。聪明的教授干吗去了？不声不响挣大钱去了！有关系的去搞批文、做倒爷，转手就是几十万；有名头的就去企业当顾问、做技术指导，月薪也是好几万。忙得连上课都没时间．天上飞来飞去，一天能赶好几场。

你说呢？这时还谈什么斯文？扫地去吧。

田庄自从1994年来到广州，就栖身于文化圈，后来浸濡颇深，拉拉杂杂认识不少人，情知怎么回事。其实，那会儿各圈都乱，人人晕菜。没法子，素俭惯了，乍见到花花世界，好比凡心不死的小和尚，还有不犯浑的？跟醉了似的。

王浪后来懒得烦了，很少带田庄出来玩儿，介绍起来不方便，吞吞吐吐，人家还以为是他的马子、包的二奶。不得已必须介绍她的身份时，他就说："她没工作，家里蹲，就一大老粗。"田庄开心坏了，很满意。恰好那一阵，她在家休产假，文研院又不坐班，几同家庭妇女，这身份她喜欢，介绍起来不尴尬。

王浪说："你是不是有毛病？我看你们圈还蛮好玩的，个个不务正业，游手好闲。你跟他们不也玩得挺好的？怎么一出圈，你就扭手别脚？这是什么心理？"

田庄想了半天，答不上。她也深觉蹊跷。

王浪说："文化人怎么了？外人都挺稀罕的，听起来神秘，不比官商两界，他们摸得透熟，有时挺狎昵的，还瞧不上呢。外人对你们只有高看，什么清高、风雅，巴还巴不上呢！越这样，他们越敬重！凡是钱搞不掂的，他们都敬重。你倒好，别扭得跟自己是三陪女似的！"

更要命的是，外人还一头蒙，搞不清楚状况，贞节牌坊前一站，就有些自卑，比得自己挺猥琐的。常说："唉，还是你们文化人好啊，我们穷得只剩下钱了！"是这个让田庄犯别扭。她是天性坦诚，明人不做暗事。照她的意思，还不如把牌坊推倒，遮羞布扯掉，明明快快挣钱去，这样反而坦荡。

再别扯什么理想、伟大、情怀之类，文字就是个行当，跟打铁铺、豆腐坊没什么两样。首先，活儿要漂亮，精雕细刻，平时要琢磨琢磨，肯吃苦，要有工匠精神。她的同行中有几个做到了？全在混，满脸的功名利禄，还拿文化说事儿，还装！是这个让田庄吃不消，动辄脸红。她的意思是，钱可以挣，明着挣，别当婊子又立牌坊；差不多就行了，别吃相太难看，什么都要！怎么胃口就那么好？怎么不怕撑死？

1996年，田庄还体会不到这一层，她那时还不是文化人，是个在校女青年。得再等上一些年，她阅历渐深，七荤八素也见识了些，也不当回事儿了。再回头观望1990年代，竟至苍苍茫茫，很多事她都不记得了。眼前浮尘四起。浮光掠影中她有一个模糊印象，1990年代就其底色，比1980年代亮了太多，噪音高了八度，满街的灰尘污垢浮在富丽繁华中，或称“浮华”。人人如蚁虫蠕动，奔波劳碌，开心得想放声歌唱，心里略有些空虚。

那是他们自己都感受不到的空虚。钱挣足了，人生无望了，没盼头了。有什么东西坍塌了，伟大、理想、崇高之类坠入浮尘中，跌成幻影，摔成了泡沫。

这一跌、一摔对田庄影响甚重，她的后半生并不好过。因为父辈的覆辙，她对伟大、崇高本来就心存芥蒂，避之不及。她宁愿过平庸微渺的人生，也不骗自己正在从事壮丽的伟业。可是，平庸微渺多么难过啊，是要靠肉身一天天去熬的，是消沉、怠惰，看着自己在衰老，皮松肉糙，一点点靠近终点，光阴里没有光。

是的，1996年田庄还看不到这一层。写地摊文学赚了三千块，就让她开心坏了。研究生三年，她奔波于校内校外，跟玩儿似的：读书、恋爱、交游、写论文、写广告文案、写软文……各式活儿总会找上她，人缘好，师兄师姐都爱带她玩儿。

来广州已经两年，她深深爱上了这座城市。那是广州最好的时代……有一天，田庄出门散步，恍惚间被人轻轻擦了一下，她扭过身去，却见一个小孩正在狂奔。她急忙翻手袋，手机皮夹全不见了，顿时大喝一声，拔腿就追，竟然追上了。原来那小孩的妈妈等在路口，他跑到妈妈身边就止住了。田庄追上前来，大喊大叫。那女人瞪着她，心里直道晦气，今天碰上鬼了，不好惹，遂把手机、皮夹扔给了她，一边往地上啐两口。

田庄后来也常告诉新人，路上别打手机，以防“飞车党”抢了去；倘是抢包，就给他，以免他剁你的手。

这里，必得说说广州站了。哪怕你没到过广州站，影像里必定见过它的样子，那宏阔的广场，“统一祖国，振兴中华”的巨大标语、高架桥、流花宾馆、流花汽车站，春运是它最著名的标签。很多年后的2008年，这广场上聚拢了五十万人，滞留十一天，哭天恸地，哀嚎一片。全广州的公安、武警、人民解放军全出动，严防死守，就怕出事。这次滞留改变了中国，拉开了后来被称为“基建狂魔”时代的序幕：高铁、高速公路四通八达，密如蛛网。中国进入高速时代。

就不是春运，广州站也是人头攒动，每天十几万人在这里涌荡，奔向珠三角的各个角落。每隔几分钟就有列车进站，它们发自北京、上海、西安、武汉、成都、重庆、沈阳、兰州……中间停靠无数的小城小站，也就是说，它们很有可能把全中国的有志者、梦幻者全卷了，满载他们一路南下、南下。

多么壮阔的一幕。条条大路通罗马，有那么些年，趟趟列车都奔向广州，这里是“改开”的中转站，吞吐量极大，好比蛇吞象，竟然也消化了，只是中间难免“腹痛”，常有“拉肚子”的时候。内中有这么个小姑娘，十六七岁模样，初中才毕业，就坐在这“时代的列车”上。她第一次出远门，到东莞找她的同乡，想进工厂，想穿工装，想住工棚，总之只要脱离土地就好，否则她可能很快就要嫁人，挣不到钱，挣不到那在她可能是巨额的工钱。

现在，她蜷缩在列车的一个角落里，那样羞怯、满怀憧憬。前面就跟老乡联系过了，手里有他的电话。人家千叮咛万嘱咐，广州站危险，人心难测，叫她不要跟人说话、不要对视、不要回头，就照他教的步骤走，一二三四，不能走错。这姑娘记牢了。她坐在火车上，眼神直愣愣，偶尔也会眨一眨。她的神情挺严肃，浑身紧绷绷的，只有熟睡时，嘴角才会泛起微笑。一车厢的人全是这样的神情，痴痴的、犹疑的，梦游一般。

昏暗的车厢突然一阵骚动，广州到了。是啊，广州到了。很多年后，他们中定会有人念记这一刻，感奋不已。这一刻，是背井离乡的欧洲人经过漫长的海上漂泊，遥遥看见自由女神像的一刻；这一刻，是革命青年奔赴延安，遥遥看见宝塔山的一刻；这一刻，更像是百年前的乡下混混们初到上海滩，梦想当流氓大亨的一刻。概言之，广州这几十年，类似历史上的纽约、上海、延安、芝加哥。究其原因，是它们的身后都站着动荡、梦想、激情、可能性。

小姑娘跟着人群下了车，年轻的她站在出站口的风里，蓬头垢面，满面倦容。无数的人挤迫着她，她躲一躲，再躲一躲，一边护着行李，一边还要东张西望。一个男人倚着廊柱看她，她把眉头一皱，脸拉得老长，意思是，少来这一套，我是不会上当受骗的。她果断地拎起行李，一路小跑，让自己消失在人群里。

当然也有一种可能，那倚着廊柱的男人无关紧要，她躲过了这个男人，却没躲过下一个男人。到处都是坑，每一步都充满艰难险阻，使得她未能顺利，也有可能是永远没有抵达东莞城。

小姑娘呢？她哪儿去了？她是谁？这么说吧，她是我们所有人，她是我们的兄弟、姊妹，我们的父母、儿女，她大概率来自湖广、四川，也有可能来自云贵、江西……她是每个初来乍到的外省人，怀揣梦想，时而豪情万丈，时而战战兢兢，在列车进站之时，命运之神突然睁开眼睛，把他们全笼在视野里，你永远不知道它会选中哪一个、抛弃哪一个。而他们都是普通人。

1996年暑假，田庄去《珠江潮》杂志实习。学姐在这里做编辑，推荐她来写稿子、做选题。《广州站与农民工》便是她做出来的，因为她第一次来广州，也是坐的绿皮火车，和他们相处了一两天，察言观色，大体知道他们的身份，从哪里来，到哪里去。“工作找好了吗？”“哪个厂？”“有没有老乡接应？”他们也一眼看出她的身份，问：“大学生？走亲戚？是去广州出差？”

说：“中山大学？那我们同路啊，我们也去中山。”

说：“读书好啊，将来包分配，有铁饭碗，佩服佩服！”

后来，田庄总想到他们，车厢里的左邻右里，跟她说过话的人，共处两天一夜。吃个方便面都要让一让人的。那一家三口，夫妻俩跟她差不多年岁，孩子已经五岁了。还有对过窗口的小姑娘，十六七岁样，长得眉清目秀，却异常沉默，很少参与车厢谈话。多数时间她都放眼窗外，把头贴着窗玻璃，要么就是假寐。

后来，这姑娘就虚化了，化成了所有人。每当田庄听到广州站的新闻：坑蒙拐骗、人贩子、卖猪仔……她都会想到那姑娘满怀憧憬、小心谨慎的样子，但是谁知道呢？谁知道她现在在哪里。

为了采写《广州站与农民工》，田庄几人去了两次广州站，有天消夜后已是凌晨，兴之所至，又跑去转了一圈。广场上躺了不少人，正在甜睡，光影照着他们。那边出站口又拥出来一窝人，拖家带口，大包小裹。一对夫妇搁下行李，抬头远眺，很茫然的神情。田庄顺着他们的目光，看远方高楼林立，糊在夜色里。夜不黑，苍茫的灰蓝色，时有灯火闪烁，明明灭灭。

田庄若有所思道："广州站不知伤了多少人的心！"

学姐说："伤了还要来，可见值得冒险。这里是他们举行成人礼的地方，过去了就好。"

"要是过不去呢？"

"那就没法子了，"学姐说，"命！广州站都过不去，那也只好认栽了。"

田庄喃喃道："为什么是他们？"她的意思是，为什么不是我们？

学姐听明白了，说："没什么他们、我们的，大家都一样。过个十几二十年，他们中不定什么人会一飞冲天，而躺在广场上的却可能是我们。"

城市和人一样，魅力并不在于好看、温柔、举止得体、情操高尚，而在于活力、独特性。或许魅力跟这些都没关系，它是四目相视时突然怔住了，电光火石般被击中，神痴目呆。简言之，就是化学反应，那种眩晕感。认定它跟自己有关系，是万千人群中突然发现自己人，是认同感、归宿感，是彼此互为镜像，是在对方的眼睛里看到了平凡的自己，原也在闪着光。原来自己这么好，这么可爱又能干，由此获得一种价值感。是彼此成就、互相烘托。是相处时的轻松自在、不拘束，是相信。

魅力当然来自活力，它自顾自地招摇，爱答不理，其实也是在撩。它不会主动讨好你，跩得很！很多人跑来扑它，它难以招架，搞不清楚是怎么回事，所谓美而不自知。

田庄扑它，纯属于瞎起哄。考来广州干吗呢？是来挣钱吗？有梦想？喜欢中文，以学术为志业？都不是。好比夏天，大家都下河游泳，她站在岸边心痒痒，也跟着一个猛子扎进去，先凉快凉快，凑个热闹。这一扑，果然热闹坏了，大开眼界。

她在最好的年纪，遇上了最好的广州，彼此都新鲜有活力，有的闹腾。那确实是广州最好的时代，风华绝代。并不全在于田庄年轻，眼皮子浅，而在于这城市够派、够潮，风骚妖娆，活泼坏了，是中国的一个例外。它之于“改开”，有点像上海之于晚清中国，一枝独秀式的存在，熠熠生辉。

广州的光芒是在黎明时分，这个国家醒了，东方露出了鱼肚白，有的人起床忙碌，有的人还在酣睡。这里却七搞八搞，已跑出了一大截，并且日上三竿。回头看了看，有人在奋起直追，它急了，尥了个蹶子，一路狂奔。这以后，它或许被追上了，然而唯因 1990 年代它散发的光芒照亮了整个国家，借用一句广告词就是："一直被模仿，从未被超越。"

这光芒，在田庄第一次来广州时就感受到了，扑面而来的都市感——这个词很难讲，并不全在于高楼广厦、人潮汹涌；就譬如 1990 年代的内地，高楼广厦也不少，一样是摩肩接踵。区别在哪儿呢？不在同一向度上，广州是异域感、陌生化，迥异于内地的、带有现代性的一个存在：毗邻香港，那边吹来咸湿的风，带得这里香艳一片。

满街都是广东话，听不懂。可是熟悉的腔调，跟粤语歌里一样。穿得也时尚，香港最新款的时装，隔不上几天就穿来广州了，满大街都是，还便宜。女仔"港里港气"：红唇、大波浪；也有飒爽短发，一袭黑裙，回眸一笑时，妩媚不输于王祖贤、张曼玉。

男仔爱玩摩托，挺烧钱的，本田大黑鲨，三万多，抵得上今天的三百万。夜间的东濠涌高架是他们最爱的去处，几十条大黑鲨、大白鲨风驰电掣，像闪电一样。弯道尤其漂亮，车身快贴着地面了。

1995 年，日本电视台来广州采访，跟拍了一段。镜头给到两个小靓仔，一个留郭富城的蘑菇头，一个是齐肩长发。广普讲得都不好，但眉飞色舞，劲爆了，跟翻译说："告诉他，日本人爱玩的，我们都在玩儿。不比他们差！"

人生目标就是快乐，长发仔说："美好的生活就是我们现在这个样子，飙车、速度，没别的了。"说完自己都笑了，意气风发。

问及改革开放，蘑菇头伸手一挥，豪情万丈："三十年后一定会赶超香港，"笑了笑，对着镜头说，"可能还有日本噢。"

噫，太谦虚了呀！那时他们怎会想到，八年后的2003年，广东就把香港超了；十五年后，中国超了日本；二十二年后，单一个深圳就超了香港；二十四年后，广州与香港齐驱。

走笔至此，我想怯怯问一句，当年的蘑菇头和长发仔还在吗？活着否？他们是田庄的同龄人，现在快当爷爷了吧？大腹便便？谢顶？大概率他们是守在家里，意兴阑珊，或者痛风、膝盖疼，一身的毛病，常常往医院跑，他们的时代过去了。但年轻时飙车的那一道道闪电，真不愧为1990年代广州街头最靓的仔啊。

小一辈的孩子也不落后，十六七岁，开始上街晃荡了。歪戴帽，穿夹克衫、休闲裤，裤脚塞进短靴里，还大踏步，肩膀一抖一抖，挺有节奏的——多半是戴耳机，听劲歌，踏着铿锵节奏。难抑制，难抑制！

那会儿，天河北荒草萋萋，珠江新城还是个大工地，天河城正在筹备，地铁一号线还没开通……那会儿的广州是“老广州”，在东山、越秀、荔湾一带，旧街巷活色生香，老洋楼雕梁画栋。内中一款叫作骑楼，为岭南独有，类似走廊式，沿街赋形，一路铺开去，九曲十八弯。里头是店铺，外头是马路。原是为躲落雨，亦当人行道用。夜间人烟消逋，街灯昏黄，骑楼里走着，广味十足。

环市东则是另一种风味，颇似香港，广东话所谓的“身光颈靓”。淘金路有的逛，中国初代CBD：花园酒店、友谊商店、丽柏广场……田庄读研时没少来过，跟同学泡咖啡馆。冬日坐在户外，沐浴在阳光里，看光影斑驳。她能想象的“都市生活”都在这里了，很满足。

有一回去花园酒店，那里有个旋转自助餐厅，挺贵。两个女生攒了稿费，AA制，跑去“潮”了一回，颇似今天的上班族买奢侈品，是一种稀缺心理。那餐厅一个钟转一次，可以饱览全市风景。两个女生痴痴看，好中意，这花花世界，时代之光聚拢在它身上，那等璀璨，怎么偏偏让她们遇上了呢？

当然，田庄也不单去这些“高大上”的地方，小街小巷她也走，藏在摩天大厦后，很害羞。红砖楼，墙皮斑驳，古意深重。或有碰上城中村的，农民自建房，横七竖八、杂草丛生，有的在拆迁，有的还在扩建。内中有一种叫握手楼，楼间距极窄，必得侧身才能通过。

这里住着农民工，来广州做点小本生意，房租极便宜，便是今天，几百、上千也能租到一个小隔间，是底层人的天堂。田庄常来这里，寻各种小吃，最正宗的广式小吃：双皮奶、姜撞奶、萝卜牛腩、鱼皮、虾蟹粥、肠粉……好吃到爆，还便宜。

这才是最好的广州啊，各式兼容，不势利，不欺客，每个人都能找到自己的位子，先安顿下来，且把他乡作故乡，慢慢就真成故乡了。心里安定，相信自己能挣到钱，终有一天会搬离这里，住到更好的地方去。就是说，人人都有希望，自由，欢脱、奔放，规矩还没立起来，野蛮生长，怎么样都行，真正是开放。

所谓“众生平等”，1990年代的广州配得上。无高低贵贱，机会给到每个人，就看你有没有本事，有没有欲望。街头各种光怪陆离，人人都神采奕奕，走路都带甩膀子的，有劲道。

那边小靓仔正在玩街舞，豪车飞驰而过；这边却是农民工在涌荡，肩上挑、背上扛，嘈嘈嚷嚷。一边又走来几个漂亮女仔，人人都似王祖贤、张曼玉，和农民工并肩走，都是大踏步。

何为1990年代？这就是．以广州为典型，混搭风，怪力乱神，各色人等都能跟这城市发生关系，一撞就是满怀。结实、莫测且亲密，用今天的话讲，简直魔性。

田庄后来也看明白了，这城市没人关心你，大家各玩各的，心态好，能上能下。王浪有个本地朋友，烧包到去“白天鹅”住总统套房，夜间却呼朋唤友去吃大排档。好的档口，豪车列队，那些坐塑料台桌、跷二郎腿，把人字拖一抖一抖的，你不知道他们是谁。

那年头，广州还不是“国际大都市”。今天是吗？很可疑。首先，隔壁小深就瞧不上，嫌它土。老广说：“OK，OK，你开心就好。”土是挺土的，摩天大厦里夹着城中村算怎么回事？不上层次。还有街头走着的北妹，乡气还未脱尽，有可能一辈子都脱不尽，有可能成了阔太还有一股粗豪气。

可是，这才是广州味：务实、淳朴、荣辱不惊；大风大浪早经历了，反而极具人情味。它是包罗万象的一个存在，民本思想、公民意识在这里交相辉映。又不修边幅，有时精致，有时粗粝，视心情而定。北方人说：“一点都看不出你们珠三角有钱。”开始嫌弃了？嗯，珠三角的有钱是让你看的吗？有本事你来赚！

选自《烟霞里》，人民文学出版社，2022 年版

图书在版编目（CIP）数据

文学里的广州.小说 / 刘秀丽，唐诗人编.— 广州：广州出版社，2023.8 (2023.9重印)
（读懂广州）
ISBN 978-7-5462-3510-3

Ⅰ.①文… Ⅱ.①刘… ②唐… Ⅲ.①小说集－中国－现代 ②小说集－中国－当代 Ⅳ.① I217.1

中国版本图书馆 CIP 数据核字（2022）第 179762 号

书　　名　文学里的广州·小说
Wenxue Li De Guangzhou Xiaoshuo
出版发行　广州出版社
（地址：广州市天河区天润路 87 号 9 楼、10 楼　邮政编码：510635）
责任编辑　厉颖卿
责任校对　李少芳
责任技编　刘雁明
书籍设计　洪　卫　潘焰荣
印刷单位　广州市岭美文化科技有限公司
（地址：广州市荔湾区花地大道南海南工商贸易区 A 幢　邮政编码：510385）
规　　格　787 毫米 ×1092 毫米　1/32
字　　数　295 千
印　　张　16.75
版　　次　2023 年 8 月第 1 版
印　　次　2023 年 9 月第 2 次
书　　号　ISBN 978-7-5462-3510-3
定　　价　68.00 元

鸣谢

本书出版得到以下单位和个人的大力支持：

广州市文艺评论家协会；
广州博物馆；
广州艺术博物院；
广州十三行博物馆；
广州日报社；
中央广播电视总台播音指导陆洋；
新疆广播电视台播音艺术指导李亚萍；
北京广播电视台节目主持人、节目监制白钢；
广东广播电视台康毅工作室制作人、首席业务指导康毅。

特表谢忱。